THE RAVENHOOD LEGACY

One Last Rainy Day

Tome 1

De la même autrice

THE RAVENHOOD

Tome 1 – *Flock*

Tome 2 – *Exodus*

Tome 3 – *The Finish Line*

Kate Stewart

THE RAVENHOOD LEGACY

One Last Rainy Day

Tome 1

Traduit de l'anglais (États-Unis)
par Sylvie Del Cotto

Chatterley

Titre original :
One Last Rainy Day

Pour plus d'informations, adressez-vous à Pan Books,
an imprint of Pan Macmillan,
The Smithson, 6 Briset Street, London EC1M 5NR

Édition française publiée par :
© Éditions Chatterley,
un département d'Univers Poche, 2025
92, avenue de France, 75013 Paris – France

info@lisez.com

ISBN : 978-2-38579-147-6
Dépôt légal : octobre 2025

Ce livre contient des scènes pouvant heurter la sensibilité d'un lectorat non averti. Merci de bien vouloir prendre en considération les différents *trigger warnings* réunis dans la liste ci-dessous :

— langage cru et grossier ;
— scènes à caractère sexuel explicites ;
— violences physiques et psychologiques ;
— consommation de drogues et d'alcool ;
— utilisation d'armes.

Aux héros dont nous avons désespérément besoin.
Montrez-vous, montrez-vous, où que vous soyez.

Prologue

L'intuition ne m'a pas été accordée comme à d'autres. En général, c'est un don qui se manifeste à certains moments pour nous guider. Il n'en a jamais été ainsi pour moi. Tout au long de ma vie, elle a été mon carburant quotidien. Elle ne m'a jamais laissé tomber.

Pas une seule fois.

Alors comment j'en suis arrivé là ?

Qu'est-ce que j'ai fait pour ça ?

« Il a trop de secrets, et personne avec qui les partager. »

Cecelia, *Flock*

Chapitre 1

Je serre la dernière vis au moment où le bolide de Sean vrombit. Les rugissements du moteur et le crissement du gravier me détournent enfin du boucan qui fait rage dans ma tête depuis ces douze dernières heures.

J'ai constaté de nombreuses fois les agissements de ces pourris, ivres de pouvoir, qui ont tellement d'autorité à leurs postes de haut rang qu'ils finissent par s'ennuyer. Ce cap franchi, ils testent les limites pour voir jusqu'où ils peuvent aller sans se faire pincer. Et ils s'en sortent en toute impunité. Ils se livrent aux magouilles les plus répugnantes, sans aucune retenue, bien souvent en s'attaquant aux plus faibles et sans défense ça ne devrait plus me surprendre.

Pourtant, quoi que je fasse, je ne trouve jamais les ressources en moi pour rester indifférent à ces travers-là. Je ne suis pas du genre à implorer le ciel, mais ces temps-ci, je prie tous les jours pour avoir la capacité de m'en foutre.

Ravi que l'arrivée de Sean me change les idées, je le regarde approcher derrière la Mazda que je bricole depuis que j'ai renoncé à dormir. Il marche vers le garage avec une décontraction à faire pâlir d'envie une star, son sourire hautain bien en place.

— Tu vas réussir à la faire rouler ?

Question idiote.

— Ma question n'est pas idiote, lance-t-il avec malice comme s'il lisait dans mes pensées.

Il jette sa cigarette avant de l'écraser sous le talon de sa botte.

— Si tu réussis l'impossible, j'irai jusqu'à appeler ça un miracle, ajoute-t-il.

Je replie la tige qui retient le capot et le ferme tandis que Sean s'installe au volant pour obtenir sa réponse. Je m'approche du siège en similicuir râpé sur lequel il est assis, sa botte plantée sur le sol. Pendant que je me nettoie les mains avec un chiffon, il tourne la clé. Instantanément, le vieux tacot démarre. Un grand sourire aux lèvres, Sean m'adresse un geste de la tête.

— Tu serais potable comme mécano si tu étais un peu moins flippant et un peu plus loquace.

Je lève les yeux au ciel.

— J'en suis à combien ? Trois ou quatre phrases sans que tu dises un mot ?

Il coupe le contact, sort et claque la portière.

— C'est bien ce que je disais, continue-t-il avant de m'examiner. Tu as fait quoi hier soir ?

Je hausse les épaules.

— J'ai roulé.

— Roulé ? Et tu as vu quelqu'un ?

Je fais non de la tête.

— Ce n'est pas recommandé de s'isoler dans ton cas. Ma porte n'est qu'à quelques mètres de la tienne.

— J'étais pas d'humeur à bavarder.

— Comme tous les gamins contrariés.

Il observe ma posture et soupire.

— Ça va être comme ça toute la journée ?

Agacé, il secoue la tête.

La vérité derrière ce rare moment de friction est que Sean pense qu'il aimerait savoir ce qui me turlupine. Il croit qu'il serait rassuré si j'évacuais mes tracas pour qu'il les analyse. Tout ça parce qu'il se figure qu'il peut me secourir. Mais comme je le connais aussi bien qu'il me connaît, je sais que ces secrets-là le déchireraient intérieurement, à un point quasi irréparable, où il serait à peu près aussi démoralisé que moi. Pour l'instant, en attendant de pouvoir me défouler sur les responsables, je suis coincé dans la prison la plus démoniaque qui soit. *Mon esprit.*

Pour l'instant.

Mais bientôt…

— Allez, parle-moi !

Sean sent que je lutte pour me libérer de la corde qui, malgré tout, continue de se resserrer un peu plus chaque jour autour de moi. Il prend une cigarette.

— Allez ! Donne-moi quelque chose, mec.

Le clic de son Zippo m'apaise un peu. Ce son familier me rappelle que je ne suis pas seul dans cette galère, que je ne l'ai jamais été.

— Tu t'imagines que tout est bien verrouillé à l'intérieur de ta tête, Dom ? Mais ça commence à fuir de partout. Tu compliques déjà suffisamment les choses entre nous. Alors, si tu ne te confies pas, ça va être compliqué…

Je ne m'embête pas à me défendre vu que c'est la situation globale qui est impossible.

C'est rare que j'aie des secrets pour Sean, mais là, je ne peux rien dire sans risquer d'attiser sa curiosité. Il exigerait d'assister à ce que j'ai vu. Après ça, personne ne pourrait empêcher les répercussions que ça aurait.

Sean a un petit problème de sang-froid. Surtout avec ces questions-là. Pour moi, la tension est chaque seconde un peu plus invivable. Ce que j'ai fréquemment échoué à faire comprendre à mon frère. Chaque fois que Tobias m'écarte, il nous laisse sur le carreau… Eux, nous tous.

Auparavant, j'étais fier d'être le seul à avoir accès à tout ce que je désirais. À présent, je le vis comme une malédiction. Un fardeau trop lourd à porter.

Je dois juste tenir bon encore un peu. Très bientôt, je serai libre d'évacuer ce que je garde en moi depuis des mois, depuis que je me suis attaqué à ma *to-do list*.

En pratique, cette liste a pris une tournure inattendue dès que j'ai compris comment puiser dans le trésor caché sous des sourires aux dents blanches et des modes de vie faussement patriotes. Des vies habilement façonnées pour correspondre au rêve américain, de plus en plus insaisissable. Alors qu'en réalité, j'assiste aux passe-temps préférés de foutus monstres.

Les preuves que j'ai réunies contre les puissants démoliraient notre fragile écosystème en moins d'une journée. Ce qui tourbillonne dans ma tête a le pouvoir destructeur de dix bombes atomiques, et je ne peux même pas y faire allusion.

Pas pour l'instant.

— T'as faim ? demande Sean, conscient qu'il n'obtiendra rien de moi.

Ai-je mangé ? Ai-je faim ?

— T'es relou. Deux mots. Donne-moi deux mots de plus. Je ne peux pas te laisser comme ça, râle Sean en soufflant un filet de fumée. L'hostilité irradie de toi.

Ravalant ma réponse, je m'écarte pour échapper à son intrusion inaltérable. Dans l'état actuel des choses, je ne peux pas faire un geste sans l'aval de mon frère.

D'un coup d'œil à la pendule en plastique derrière moi, Sean coupe court à mon combat avec une lueur d'espoir.

— Je dois filer, je vais être en retard. Mais ce n'est que partie remise.

Le plan. Nous avons un plan.

Dont la dernière partie débute aujourd'hui, avec son retour à Horner Tech. Dès que le plan sera mis à exécution, rien ni personne ne m'empêchera d'exposer la crasse qui se cache sous les tables trop bien vernies. Comme s'il partageait cette pensée-là, Sean fait sauter les clés dans sa paume et s'écarte de la voiture. Alors qu'il s'apprête à partir, je me retrouve à regretter qu'il ne reste pas, ne serait-ce que pour me distraire. Avoir besoin de compagnie, ce n'est pas mon genre. Ça ne l'a jamais été. Mais là, j'ai besoin… d'un truc.

— Intégration ?

— Ça fait déjà un mot, ironise-t-il, le regard calculateur.

Il ne me fait pas confiance pour que je reste seul avec mes pensées. Et je ne suis pas sûr de pouvoir encore le faire longtemps.

— Donne-m'en un de plus, Dom.

— Prêt ?

— Ça change quoi ? dit-il en se passant la main dans les cheveux. Il est temps que je joue mon rôle. On se voit à la maison.

Chapitre 2

Les lignes de basses crachées par le haut-parleur sur le bord de ma fenêtre se répercutent dans le jardin de notre nouvelle maison, où traîne une vingtaine de nos amis les plus fiables. En tapant mon mot de passe, j'espère avoir une heure pour moi avant qu'ils m'appellent pour les rejoindre en bas. Je n'ai pas du tout la tête à faire la fête. Je me concentre pour éviter d'y penser quand mon téléphone prépayé vibre. Enfin, je reçois la réponse au SMS que j'ai envoyé depuis le garage il y a des heures. Ses réponses sont de plus en plus longues à venir.

Dom : Tu vas bien ?

Tobias : Définis « bien ».

Je souris, ce qui me fait un drôle d'effet. Mais mon sourire s'estompe aussi vite qu'il est apparu.

Dom : Quand je saurai, grand frère, je te le dirai. Je fais une liste.

Tobias : Au père Noël ?

Dom : Bah ouais, et personne n'a été sage.
Quand peut-on se parler ?

Tobias : Bouge pas.

Traduction : je reste en laisse.

Dom : J'insiste : il faut qu'on parle.
Une vraie conversation. C'est important.

Tobias : Patience.

Dom : Ça, je n'en ai plus.
J'ai épuisé mes réserves.

Tobias : T'en as jamais eu.
Peux pas sortir, là.

Dom : Peux pas ou veux pas ?

Tobias : Attends-moi.

Dom : Tu ne sais pas ce que tu demandes.

Tobias : Je ne demande pas.

— Enfoiré, dis-je entre mes dents serrées, en jetant le téléphone sur mon bureau.

L'écran clignotant dans l'attente d'un ordre, je décide de ne pas me faire aspirer par la spirale infernale dans laquelle j'ai plongé. Je commence à trouver un peu de répit dans une activité plus douce et moins cérébrale, quand Tyler aboie mon nom avant d'ouvrir la porte de ma chambre.

— Mais je t'en prie, entre !

Même si nous sommes adultes, la cohabitation est nécessaire pour réaliser nos plans ambitieux des prochains mois. Une décision que je regrette amèrement, tant ça défile au rez-de-chaussée, avec les allées et venues de Sean, et leurs interruptions répétées depuis que nous habitons ici.

— Attends, ça va te plaire, annonce Tyler. On a de la visite.

— Ça, j'avais deviné.

Je montre le haut-parleur qui braille ma *playlist* pour noyer le bruit des intrus.

— Pas ce genre de visite, rétorque-t-il, appuyé au chambranle de ma porte.

Je repousse mon fauteuil de bureau, attrape ma boîte secrète et j'en sors quelques fournitures.

— OK, dis-m'en plus.

Tyler s'avance dans la pièce. Son hésitation à parler est palpable.

— Tu sais, mec, quoi qu'il te soit tombé dessus…

— Déjà eu cette conversation aujourd'hui, le coupé-je en attrapant une feuille à rouler.

— Je ne pense pas que tu aies la tête à ça.

— Alors pourquoi tu me déranges ?

Mobilisant un peu de patience, je déroule le papier entre mes doigts.

— Raconte. Je vais bien reprends-je plus calmement.

— Je ne crois pas. Et tant que tu n'auras pas lâché le morceau, on ne peut pas t'aider.

— J'ai déjà contacté France, dis-je pour couper court à l'interrogatoire.

Il sait que si je me suis tourné vers mon frère, c'est qu'il ne peut rien pour moi. Le comprenant, il change de sujet.

— Sean a ramené une nouvelle employée de l'usine.

J'émiette une tête de cannabis sur la feuille dépliée.

— Content pour lui. Blonde ou…

— Cecelia.

Il observe ma réaction dans les secondes de tension qui suivent. Malgré la montée d'adrénaline, je ne laisse rien paraître, et il continue tandis que je tape déjà sur mon clavier.

— Je vois deux options : je tâte le terrain avec elle ou tu t'en charges. Dans un cas comme dans l'autre, ça complique tout.

Désormais connecté à la boîte mail de Cecelia, je survole le dernier e-mail que Roman, son père, lui a envoyé hier matin. Il regroupe toutes les informations utiles concernant sa propriété, du code du portail au planning du personnel.

Bien que la bâtisse soit édifiée au bout d'un chemin privé et qu'il n'y ait qu'un seul portail à l'avant, elle se dresse comme une forteresse. Surtout parce que les bois qui entouraient la propriété ont été éclaircis afin que les caméras de sécurité méticuleusement disposées détectent toute intrusion. Ironie du sort, nous possédons le terrain adjacent, ce qui nous offre un accès par l'arrière. Hélas, la villa est trop éloignée de tout passage à couvert susceptible de nous permettre de nous introduire à son insu. Toute tentative de mettre cette maison sur écoute donnerait l'alerte, ce que nous préférons éviter.

Je ne doute pas que Roman l'ait conçue dans ce but.

De toute façon, il y dort très rarement, voire jamais. Il réside dans un appartement à Charlotte, brillamment mis sur écoute, et il passe beaucoup de temps dans son bureau à Horner Tech. Depuis, nous nous sommes rendu compte que ces micros ne servaient à rien, hormis à rester informés de son planning et de sa localisation. Certes, cela facilite le boulot de mes hommes chargés de le surveiller en permanence. L'un d'eux est actuellement employé au siège de la boîte.

— Je pensais que des gars la surveillaient… commente Tyler.

— J'ai pris la relève quand je suis rentré, parce que nous nous rapprochions de Roman. Donc l'ancien garde ne nous a pas alertés quand elle a plié bagage hier pour venir ici. Merde.

— Il sait, France ?

— Que j'ai pris le relais ? dis-je en braquant mes yeux sur lui. Pourquoi ? Tu penses qu'il aurait désapprouvé ?

— Seulement au cas où tu aurais merdé, ce que tu as clairement fait, m'accuse-t-il, les bras croisés. Tu ne rates jamais rien pourtant. Alors, dis-moi, Dom, qu'est-ce qui t'a distrait ?

Les monstres. Le bruit. La spirale infernale que j'ai provoquée, dans laquelle j'ai plongé la tête la première et qui m'a suivi quand j'en suis ressorti, pour me hanter à chaque instant que je passe éveillé.

— Elle n'est pas revenue une seule fois en huit ans, et il ne vient presque jamais dans cette maison, dis-je dans une minable tentative de me défendre. Je n'ai pas imaginé que ça changerait de sitôt. Et toi ? À quand remonte la dernière fois où tu l'as épiée, ô tout-puissant marine ?

— OK. Arrêtons de nous renvoyer la balle et préoccupons-nous de la bombe à retardement de 18 ans qui est dans ton jardin. Ou dois-je plutôt m'inquiéter de celle qui est assise devant moi ? raille-t-il en me clouant du regard.

Je l'ignore et examine en détail la proposition que Roman a soumise à sa fille, avec qui il s'est brouillé. Calé contre le dossier de mon siège, je cogite en terminant de rouler mon joint. Mais Tyler se lance dans une série de questions.

— Pourquoi elle est ici ?

— Il financera ses études, en plus de faire d'elle son héritière. À condition qu'elle travaille à l'usine… pour une année entière, rien que ça !

— Ça craint, Dom. Rappelle France.

Furieux d'avoir merdé, je redresse le menton.

— Il n'est ouvert à aucune discussion en ce moment.

— Je pense que ça, il voudra le savoir. Ça change la donne.

— Ça ne change rien du tout. On s'en tient au plan. Sinon, je ne réponds plus de moi.

— À la lettre, ajouté-je.

J'entends le ton de ma voix devenir autoritaire. Et, après toutes ces années à se soumettre aux ordres dans l'armée, Tyler n'apprécie pas. Sa posture m'envoie un avertissement, même s'il mobilise sa patience pour revenir à la charge et voir ce que cache mon entêtement.

— Dom…

— Tu te souviens quand tu rentrais de tes missions à l'étranger et que tu ne voulais pas en parler ? dis-je en roulant le papier à cigarette très serré.

Je termine mon collage sans m'embêter à le regarder.

— Eh bien, c'est pareil pour moi.

— C'est si grave que ça ?

— Pire. Ce ne sont pas des actes de guerre, continué-je en essuyant les miettes sur mon bureau.

— C'est bon, j'ai compris. Mais là on ne peut pas…

— On n'a pas le choix ! Pas un mot, Tyler. À aucun des deux. Sean ne supporterait pas tout ce bordel et mon frère a déjà trop avancé dans ses combines à l'étranger. Si je lui dis, il aura la tête ici, et il ne faut pas. Pas dans l'immédiat.

Je laisse ma déclaration flotter entre nous pour plus d'emphase.

— La balle est dans notre camp. Fais-moi confiance.

Tyler rumine une longue minute avant de céder.

— OK. Pour l'instant.

Le regard noir que je lui lance donne du poids à ma requête.

— Ne doute pas de moi, réplique Tyler.

— Ne me donne pas de raisons de douter.

— T'en ai-je déjà donné ? aboie-t-il, ses bras retombant le long de ses flancs. Concentrons-nous sur l'urgence du moment. D'après moi, tu ne devrais pas la rencontrer, mais je sais que tu n'écouteras pas mon conseil.

— C'est quel genre de fille ?

— D'après ce que j'ai pu observer en quelques secondes : curieuse, naïve, observatrice et, pour être honnête, beaucoup trop belle.

Une fureur sourde picote mes veines alors que je passe en revue une liste de scénarios, dont l'idée actuelle de Sean de mélanger nos affaires avec son plaisir.

— Ce n'est pas moi que tu dois prévenir, sur ce point.

— Putain, imbécile de Sean, grogne Tyler. Je comprends que ça sorte de nulle part, mais nous n'avons pas prévu cette éventualité. Bon, souffle-t-il de manière audible, je vais multiplier les missions de reconnaissance sur Roman pour savoir ce qui le pousse à faire revenir sa fille dans sa vie en la soudoyant. Je ne vois pas d'autre raison qu'une dernière tentative de nouer une relation avec elle.

— Elle vient d'avoir son bac, dis-je, pensif. Roman était là.

— À la remise de diplôme ?

— Je n'y ai pas attaché d'importance. J'aurais peut-être dû.

— Dommage que ce n'était pas dans ma putain de *newsletter*, rétorque-t-il, exaspéré. Dom, tu aurais dû…

— Inutile de me rappeler en quoi consiste mon job. Je sais quelles seraient les répercussions si je ratais quoi que ce soit, mais rien ne sera négligé. J'y veillerai.

— Et pour la situation actuelle ?

— Je vais y réfléchir.

— Tu es sûr de ne pas vouloir rappeler France ?

Et mettre en danger mon frère, occupé à jouer à la roulette russe avec un malfrat français atteint d'un complexe de Dieu ?

Sûrement pas. J'ai durement gagné ma place. C'est ma responsabilité et nous le savons tous les deux. Il lit ma décision sur mon visage.

— À toi de voir. Je vais aller la jauger.

Je hoche lentement la tête avant qu'il disparaisse. Le claquement de ma porte augure une dispute prochaine.

J'allume mon joint avant de m'approcher des stores. Je relève une lamelle et repère la fille près du grillage. De dos, éclairée par le soleil du crépuscule qui souligne sa silhouette. Tirant une taffe, je la regarde contempler le paysage, la crête des montagnes, au moment où Tyler l'aborde. Quand elle se retourne vers lui, je laisse tomber le store au lieu de la regarder véritablement pour la première fois.

À quoi bon la découvrir en vrai ? Je ne peux pas apprécier et je n'apprécierai pas la beauté d'une quelconque complication qui menace nos plans. Nous avons travaillé trop dur, attendu trop longtemps en vue des jours, des semaines, des mois à venir. Nos plans ne changeront pas, pour rien ni personne, et encore moins pour la fille de Roman Horner.

Contrairement à ce qu'on dit, tous les oiseaux ne sont pas attirés par ce qui brille et tournoie.

Chapitre 3

Après avoir fumé le joint entier afin de me calmer suffisamment pour assumer ma bourde, j'établis un faux rapport d'avancement au nom du corbeau qui surveille Cecelia depuis des années, au cas où Tobias vérifierait. Pour mieux écarter mon malaise avant de l'envoyer, je me persuade que c'est la seule façon de ne pas détourner l'attention de mon frère du seul sujet censé le préoccuper. En descendant, je croise Jeremy dans l'escalier, qui monte avec une de ses copines régulières.

— La chambre de Sean, l'avertis-je quand il m'adresse son sourire alcoolisé en faisant passer sa conquête près de moi.

J'ignore le long coup d'œil de la fille, comme celui des autres que j'attire en traversant le salon, puis en passant la baie vitrée.

L'instant d'après, je suis enveloppé par les basses et un pot-pourri d'odeurs de fumée qui s'échappe d'une foule jadis familière. Des gens avec qui j'ai grandi, mais qui sont maintenant comme des étrangers. Au premier regard dans ma direction, leurs bonjours meurent sur leurs langues.

Tant mieux. Ça devrait m'énerver d'inspirer cet embarras, mais je préfère ça.

De retour après mes quatre années au MIT, et même si j'étais revenu chaque été, j'ai dû reconquérir ma place parmi certains tatoués. Ce fut réglé en quelques jours, car j'ai tout fait pour. Au lieu de faire une démonstration de force, j'ai écarté l'obstacle pour aller droit au but, ce qui me ramène à l'affaire – ou plutôt au problème – en cours. Je scrute le jardin en tournant la tête plusieurs fois et, après avoir laissé mes yeux errer sur les différents groupes, je localise l'intruse à côté de Sean. Ils ont l'air très proches.

Comme si elle me sentait approcher, elle tourne les yeux et nos regards se percutent. Au même instant, une étrange prémonition me saisit sous la forme d'un murmure qui serpente dans mon esprit. La repoussant, je file droit vers la fille et m'impose dans son espace personnel. Je refuse de mâcher mes mots. La tentative d'interception de Sean ne parvient pas à me dissuader d'exprimer mon point de vue, et avant même que je ne prononce un mot, Cecelia semble savoir à quoi s'en tenir avec moi.

Notre combat commence et s'achève après un bref échange, dans lequel je me fais un devoir de l'embarrasser. Je lui dis clairement que, non seulement, elle n'est plus sur la liste des invités, mais encore que sa présence n'est pas désirée. Elle me répond alors d'une voix alcoolisée :

— Laisse tomber, je me tire.

Alors que je m'apprête à repartir, elle m'attrape par le bras. Malgré son geste invasif qui me fait l'effet d'une brûlure, je résiste à l'envie de me défaire de sa prise et je tourne à nouveau la tête dans sa direction. Ses yeux bleu foncé, identiques à ceux de mon ennemi, me défient. Elle vide le reste de sa bouteille avant de la jeter à mes pieds.

— Oups.

Pendant que nous nous jaugeons du regard, ma mission se clarifie. Il s'avère que j'éprouve de vagues remords tellement elle n'a pas conscience de la menace qu'elle représente.

Tyler avait en partie raison, mais je n'avais pas mesuré la portée d'un élément crucial.

La beauté tragique de cette fille.

Si sa présence altère un tant soit peu une minuscule partie du plan d'origine qui sera exécuté ces prochains mois, je ne reculerai devant rien pour l'éliminer de l'équation.

L'idée me traverse l'esprit quand elle conclut sa diatribe, résolue à avoir le dernier mot.

— Tu as oublié de dire que t'es ravi de m'avoir rencontrée. Vu que tu me fous dehors, ce serait la moindre des politesses.

— On m'a jamais accusé d'être poli.

— C'est de la décence, connard.

La sensation de ses doigts autour de mon avant-bras érode le peu de patience qu'il me reste. Sean, sentant le vent tourner, la soulève sur son épaule en jurant. Son regard s'attarde sur mon profil en signe de reconnaissance, le mien reste verrouillé sur la fille de Roman.

— Et même un charmant connard, bafouille-t-elle.

Les rires qui fusent autour de nous dissipent un peu la tension. Malgré moi, je ne peux m'empêcher d'avoir un petit sourire. Vite chassé par ses derniers mots :

— J'attire les ennuis, tu sais… Demande à ton frère.

Juchée sur l'épaule de Sean, elle me fixe sans ciller alors qu'ils franchissent les portes coulissantes censées la protéger contre ce qu'il y a de pire en moi. Dès qu'elle est hors de vue, Tyler se faufile à côté de moi et énonce à haute voix la question à laquelle nous connaissons tous les deux la réponse.

— Il pensait à quoi en traînant avec elle ?

— À tremper sa nouille et à nous convaincre qu'il nous rend service, dis-je le regard tourné vers là où Sean s'est enfui.

— Et personne n'a pensé à l'en dissuader ?

— On l'a fait. Il n'a pas écouté.

Tyler cogite, et je me remémore une lointaine conversation autour d'un feu de camp, lorsque nous étions adolescents. Une nuit dont le souvenir est, ou devrait être, aisément accessible pour nous tous, étant donné que c'est celle où tout a réellement commencé.

— On s'en tient à une stratégie élémentaire, expose Tobias, songeur, en fixant les flammes.

— C'est-à-dire ? demande Tyler.

— Il faut pas qu'on se plante. La seule manière de vaincre un type comme Roman est de miser sur la stratégie du géant endormi, répond mon frère sur un ton qui attire notre attention.

— Genre Hélène de Troie, dis-je en suivant le fil de sa pensée, et sachant que nous maîtrisons tous la mythologie grecque grâce aux cours de Mme Green en quatrième.

Dans la légende, Hélène, la femme du roi de Sparte Ménélas, est séduite et enlevée par Pâris, un prince troyen, avec qui elle décide de rester ; ce qui déclenche une guerre de dix ans. Je ne fais pas ce rapprochement pour évoquer l'histoire d'amour, mais la tactique du cheval de Troie. Les soldats grecs ont réussi à entrer dans la ville de Troie et à la prendre, après un siège infructueux d'une décennie, en se cachant dans un cheval géant, censé être une offrande à la déesse Athéna. En nous inspirant de leur tactique, nous pourrions atteindre Roman avec méthode, en avançant à petits pas.

Au lieu de ressasser, j'expose ma solution simplifiée.

— Mais ça fait beaucoup de complications alors qu'on pourrait se contenter d'éliminer le problème.

La réaction de mon frère est aussi prévisible qu'instantanée. Une peur rare dans les yeux, il réfléchit tout en m'évaluant. Le dire à haute voix le force à reconnaître la partie de moi qu'il a entraperçue et qu'il redoute à cause de l'inquiétude paternelle qu'il ressent à mon égard. Une partie de moi dont l'existence le terrifie, parce qu'elle implique qu'à un moment donné, je serai au plein centre de la cible, là où j'ai la ferme intention d'être. Il exprime son objection une seconde après.

— Je sais que tu ne suggères pas qu'on l'abatte de sang-froid…

— Œil pour œil, dis-je avec un haussement d'épaules. Nos parents sont morts dans un incendie. Tu ne crois pas que ça appelle une action agressive ? Tu as toi-même dit à Delphine que tu en avais assez de discuter. Les réunions sont creuses, remplies de mauviettes tout juste bonnes à se plaindre pendant qu'elles remplissent leurs tasses de café. Vu le résultat, autant diriger un club de lecture.

Étape suivante, j'expose mon plan simplifié.

— Vous savez que si on recouvre de concentré de tabac la poignée de la portière de sa voiture, la substance pénétrera dans sa peau en quelques minutes et adios. Crise cardiaque, conclura le rapport d'autopsie. En agissant au moment opportun, ce sera intraçable.

Dans la pénombre des bois qui nous entourent, le feu diffuse assez de lumière pour que je voie mon frère pâlir tandis que sa voix exprime à la fois son inquiétude et un avertissement.

— Il ne fume pas. Première faille de ton plan débile, crache-t-il. On n'est pas comme ça, et on ne le deviendra pas, Dom. Ce n'est pas ce que les parents voulaient. Il y a une meilleure manière de procéder, plus diplomate et moins miséricordieuse que la mort.

Il secoue la tête d'un geste inflexible.

— *Non. Par contre, ce que nous allons faire, c'est changer les choses, mais en mieux. Une fois que Roman sera tombé, il y en aura cent comme lui pour le remplacer. Ils exploitent les gens comme nos parents et les jettent quand ils ne leur servent plus à rien.*

Il nous regarde un par un avec insistance.

— *Qu'allons-nous faire d'eux ?*

— *Pas notre problème, déclare Sean, calé sur son siège de camping, en maillot de foot, une bière à la main, encore survolté par le regroupement d'avant-match.*

— *Sauf que ça va le devenir, affirme Tobias. C'est le but ultime de toutes nos actions. Elles ne se limitent pas à notre famille ou à cette ville. Plus maintenant.*

Les mains dans les poches, il pivote vers la villa toute neuve de Roman, à peine à un terrain de football de distance de notre spot.

— *Nous allons agir d'une manière qui leur rende hommage, ajoute-t-il d'une voix lointaine.*

Sean décapsule une bière en donnant son opinion.

— *Très ambitieux. Sérieux, regarde dans quel trou paumé on vit.*

— *C'est tout l'intérêt.*

Mon ton est si mordant que l'attention de Sean se tourne vers moi. Il est encore à cheval entre deux mondes, entre la réalité et la vision que Tobias veut que nous l'aidions à recréer. J'ai eu beau les prévenir que Tobias ne nous prendrait pas au sérieux tant que nous ne nous imposerions pas, Sean a l'impression inverse, à savoir que nous faisons automatiquement partie du mouvement en raison de notre lien. À cet égard, il n'imagine pas à quel point il se goure.

— *Tu veux finir cuistot au restau de papa ? lui dis-je. Et que se passera-t-il quand la banque exigera le remboursement du crédit ?*

Le regard de Sean s'embrase, mais il ne dit rien de plus, se contentant de gratter l'étiquette de sa bière. Je me tourne vers Tyler, dont les perspectives sont tout aussi sombres.

— Tu vas t'engager dans l'armée ?

Il me décoche un regard noir. Marcher dans les pas de son père est sa plus grosse crainte.

En vérité, aucun de nous ne veut suivre l'exemple de nos parents. Si Tobias et moi avons immensément souffert, nos frères n'ont pas été mieux lotis. Tyler a enduré le pire, en raison des souvenirs qu'il a de son père : l'homme qui a un jour quitté le sol américain n'est pas le même que celui qui est revenu. Sean est le premier témoin des épreuves que traversent ses parents pour garder leur restaurant à flot et éviter à la famille de se noyer.

Cette peur de répéter leur destin est l'une des principales raisons qui font que Tobias bénéficie de notre entière attention, mais il nous en a fourni plein d'autres. Il a été le premier à briser la chaîne le reliant à cette bourgade à l'esprit étriqué pour prendre le large. Ce sont les changements si peu subtils qui se sont opérés en lui au cours de ses voyages qui attisent notre curiosité. J'ai assouvi la mienne en cherchant pourquoi la décontraction de mon frère a disparu en si peu de temps.

Cela a renforcé ma détermination à éradiquer toute mièvrerie d'adolescent pour m'endurcir, afin de devenir un homme avant l'heure. Non que j'aie eu le choix, ou qu'il l'ait remarqué.

— C'est exactement pour ça que nous sommes là, déclare Tobias. Pour revoir nos priorités.

— Mes priorités sont parfaites.

Sean lève les mains et compte sur ses doigts pour nous embêter.

— Des meufs, des meufs, des meufs et… encore des meufs.

Je ris, même s'il m'agace et que Tobias lui lance un regard menaçant.

— C'est aussi pour cette raison que j'ai voulu nous réunir. Tu veux une copine ? Prends une copine, mais les confidences

sur l'oreiller et notre putain de club ne seront jamais conciliables. Ce que font les autres corbeaux ne me regarde pas, mais en ce qui nous concerne, les filles n'ont pas leur place autour de ce feu. Pas dans l'immédiat. Et pas avant d'avoir été approuvées par moi seul. Point final.

— Je pensais que pour toi les filles étaient un refuge, raille Sean pour provoquer Tobias avant de siroter sa bière.

— Elles ne se mêleront pas de nos affaires, crache Tobias. L'attachement affectif est le pire des fardeaux. Et le premier qui fait un faux pas devra assumer de lourdes conséquences.

De nouveau, il nous observe chacun notre tour pour s'assurer que le message est passé.

— Il n'y aura pas d'exception, souligne-t-il.

Au fil de la conversation, j'essaie de dissiper la tension qui reparaît fréquemment, au gré de nos joutes verbales. Tobias, à cause du ressentiment suscité par ses longues absences, ajouté au fait qu'il ne revienne que pour faire le chef, reçoit deux fois plus de venin qu'il en distribue. Je réussis à peine à cacher ma rancœur, en particulier quand l'alcoolisme de ma tante surgit au cœur des débats.

— Si j'ai bien compris, esquive Tyler avec raideur, il nous faut recruter une armée et créer un cheval en bois pour la cacher à l'intérieur, ainsi qu'une occasion pour nous introduire dans la ville.

Tobias confirme d'un léger hochement de tête.

— Je vais devenir la troisième génération de marine de ma famille, déclare Tyler, ce qui ne surprend personne. C'est couru d'avance, et s'il y a une chose que je sais faire, c'est bâtir une armée.

Sean prend ensuite la parole, mettant de côté ses enfantillages.

— Avec Dom, nous nous occuperons le garage, et une fois qu'il sera opérationnel, je trouverai un moyen de nous faire franchir le portail.

Il ébouriffe mes cheveux et je repousse sa main d'une tape.

— Nous savons tous que ce crétin, continue Sean, sera accepté à Harvard ou Yale ou un truc comme ça.

— Donc ça fait de toi le cheval, dis-je à Tobias.

— Non, petit frère, conteste-t-il alors que nous nous mesurons du regard.

La tension est de plus en plus difficile à ignorer à cause de notre récente querelle. Surtout due au fait qu'il refuse que je le rejoigne en France et pense que je ne comprends pas ce qu'il a entrepris à Paris, que ce soit les gens qu'ils fréquentent ou le danger dans lequel il vit en permanence.

— Vous êtes le cheval, nous déclare-t-il à tous trois. Dès à présent, je n'existe plus.

Après avoir revu la stratégie, je rejoins mon frère, un peu à l'écart du feu.

— Et Hélène ?

Il me regarde sans cacher sa surprise. Il y a quelques minutes encore, j'étais son petit frère adolescent et un outil capable de le sortir de situations périlleuses, en plus de mener des missions de reconnaissance pour l'aider à gagner du terrain là où il en a besoin. Pour lui, je devrais me contenter des miettes dont il me nourrit avec parcimonie, pendant qu'il me tient à distance de ses transactions à l'étranger. À ce stade, je garde mes secrets pour moi et je choisis quand et comment je les dévoilerai.

Ce que j'ai appris sur Cecelia est minuscule, en comparaison de tout ce que je me suis donné pour mission de savoir. Comme Tobias, je l'ai vue aujourd'hui. Fraîche et innocente, sa rébellion était visible dans ses yeux alors qu'elle enfonçait un bouquin dans son pantalon pour offusquer Roman. Visiblement révulsé, il a jeté des regards autour de lui, dans la bibliothèque, comme si les murs étaient maculés de merde.

Tobias m'avertit que nous ne toucherons pas aux proches de Roman. Connaissant mon frère, c'est un ordre définitif.

— Nous laissons Hélène en dehors de ça.

Une décennie plus tard, Tyler observe la fête avec moi. Sans un mot, nous portons notre attention vers l'endroit où Sean a embarqué Cecelia. Dans ses yeux, je vois qu'il se remémore ce moment aussi nettement que moi. Il use souvent de sa mémoire, aussi précise que la mienne, et de son ouïe quasi surnaturelle. Il le prouve à travers son avertissement bourré d'ironie mêlée d'effroi.

— Méfie-toi des Grecs qui apportent des cadeaux.

Il se frotte la mâchoire avant de continuer :

— Putain, Hélène vient de débarquer à Triple Falls.

C'est là que réside la tragédie.

L'histoire d'Hélène s'est mal terminée, pour elle comme pour tous les autres.

L'avertissement de Tobias résonne clairement dans mon esprit pour la première fois depuis cette conversation, parce que j'ai senti un frisson m'envahir à la seconde où mes yeux se sont verrouillés à ceux de Cecelia, et il persiste encore. Sachant pourquoi Sean l'amène sans même se justifier, il n'est pas question que je continue de regarder ce cheval qui nous est offert dans les yeux, ni où que ce soit d'ailleurs. Parce que je sais sans l'ombre d'un doute que si Cecelia a un rôle à jouer dans le club, ça ne se terminera bien pour personne.

— On fait quoi ? demande Tyler.

— Réunis tout le monde au garage dans vingt minutes.

Elle est impliquée maintenant, frangin.

« Une foule de villageois se baladent le long des stands. La plupart arborent un sourire, merveilleusement inconscients de la bataille en cours. Que derrière certains de leurs arbres et de leurs parcs naturels, un groupe d'hommes se bat pour eux, pour que l'économie locale prospère et que les profiteurs n'accaparent pas la plus grosse part du gâteau. »

Cecelia, *Exodus*

Chapitre 4

Le soleil filtre par mes stores baissés. Je bois ma tasse de café en concentrant ma vision floue sur mon écran divisé en plusieurs vues de caméra, dont deux montrant le jardin de Roman – j'ai fini par réussir à cracker son système de sécurité. Une autre caméra, attachée à l'arrière du pick-up de notre future lady bird, offre une vue large sur la route menant à l'entrepôt que nous avons récemment découvert. La dernière vidéo provient de la caméra boulonnée au toit de cet entrepôt qui appartient à la cible que nous suivons depuis longtemps : Anthony Spencer. L'un des quelques ennemis de Roman, le premier à avoir taillé dans le vif. Des ennemis à la tête de leurs propres empires, que nous prévoyons de dévaliser et de démanteler avant de les détruire.

Éliminer la concurrence nous permet de garantir que nous serons bien ceux qui feront payer à Roman, gagnant gros au passage. Il ignore encore que notre stratégie implique de détruire ses adversaires. Mais il sera tuyauté en temps voulu, quand certains des magnats avec qui il a de vieux désaccords concernant des immeubles environnants tomberont comme des mouches grâce à un projet méthodique ; ce qui les empêche aussi d'atteindre Roman avant nous.

Il saura bien assez tôt que quelqu'un cherche à s'en prendre à lui.

Franchement, j'ai hâte qu'il s'agite pour découvrir qui le vise.

Le temps. Tout n'est qu'une question de temps.

J'ai défendu à fond cette stratégie, au point de l'imposer à mon frère comme la condition sine qua non à ma participation, puisqu'il refuse que j'élimine directement Roman. Mon raisonnement ? Le moins que nous puissions faire serait de le déstabiliser psychologiquement, tout en veillant à ce que nous ayons l'honneur de lui faire payer. Au début, Tobias a rejeté l'idée, mais son côté vindicatif l'a emporté.

La camionnette de Jeremy, au nom de Fleet Heating and Air, apparaît tandis qu'il traverse à vive allure le parking caillouteux et se gare à côté de Tyler. Il sort, puis cherche des yeux la caméra jusqu'à la repérer. Activant son oreillette, il lève son majeur – geste signature du groupe – entre chaque mot.

— Un, deux. Un, deux.

— Imbécile, dis-je sans pouvoir m'empêcher de sourire.

— Bonjour, princesse, roucoule Jeremy, le visage tendu vers la caméra. Ton fauteuil rembourré traite tes petites fesses comme il faut ?

— Il tient mes couilles au chaud, frère, répliqué-je alors que Russell sort du côté passager et ouvre la porte latérale de la camionnette. Si tu avais fait tes devoirs de maths une seule fois dans ta vie, tu ne serais pas celui qui a les mains rêches, et pour plus d'une raison.

— Ne flirte pas avec moi maintenant, Dom. C'est sérieux, ce qu'on fait. Mais dis-moi un truc. Et sois honnête, dit-il en se retournant, les fesses levées vers la caméra. Mon treillis me fait-il un gros cul ?

Russell secoue la tête et glousse en examinant l'entrepôt.

— Alors, qui l'a trouvé, celui-là ?

— Tyler, répond Jeremy. Il n'était pas listé dans les propriétés de l'autre enfoiré, mais il a débusqué l'adresse dans les archives de Spencer.

Dans l'intervalle, Tyler est déjà entré dans l'entrepôt d'où il nous interpelle.

— Le test audio est réussi. Suffit les conneries maintenant ! Le temps nous est compté.

— T'en es où ? demandé-je à Tyler en surveillant l'horloge sur mon écran.

— Déjà à la porte, bougonne-t-il. Comme je le soupçonnais, c'est un verrou de sol à tige, pas à combinaison. Si on n'embarque rien, il ne saura jamais qu'on est passés. J'ai un mal fou à déloger la tige. Attends une minute.

— Tu n'as pas beaucoup plus que ça, l'avertis-je.

Russell enfile ses gants avant de saisir deux pieds-de-biche, dont un pour Jeremy qui évalue le bâtiment isolé, dressé au milieu de nulle part, juste à la frontière de notre comté. C'est l'emplacement de l'entrepôt qui nous a fait tiquer. Ça, et le fait qu'en creusant nous avons découvert que Roman avait vendu la terre et l'entrepôt à Spencer quand il a entrepris de se débarrasser de ses propriétés inutilisées il y a des années, à l'époque où les deux faisaient encore affaire ensemble. La question est : pourquoi Spencer l'a-t-il gardée et enregistrée comme un bien personnel ?

— Alors, il y a quoi dans celui-là ? demande Jeremy, faisant écho à mes pensées.

— C'est pour le découvrir que vous êtes là, crétin, rétorqué-je

Jeremy s'adresse à Russell.

— Il est hargneux en ce moment.

Russell regarde Jeremy de sa manière habituelle, comme une expérience de labo qui a mal tourné.

— Je comprends, Dom, râle Jeremy. Un jour de congé ne nous ferait pas de mal. En fait, il nous manque un corbeau aujourd'hui. Sean est sûrement pris… Oh ! ou Cecelia l'occupe.

Au même instant, un SMS de Sean s'affiche sur mon téléphone prépayé.

Sean : 5 min de retard, mais j'ai le code du portail.

Dom : Je n'ai pas besoin de tous les détails.
Et on l'a déjà. Trouve une info utile
et attends mon signal.

— Faut dire qu'elle est hyper-sexy, ajoute Russell.

Cecelia apparaît sur la caméra de la piscine, absolument parfaite dans son bikini. Ses longs cheveux châtains balaient son visage impeccable, et sa silhouette est digne d'un rêve érotique. Pensive, elle scrute la surface de la piscine. Le simple fait de la voir suffit à me ronger. Jeremy interrompt mes observations en rebondissant sur celle de Russell.

— Elle a beau être hors de portée, si c'était moi qui étais coincé avec elle, je la laisserais probablement me faire tout un tas de choses extrêmes… avec des plumes, de l'huile… peut-être même du cuir.

Jeremy illustre son propos en tournoyant vers Russell, lequel le repousse.

— M'approche pas, cinglé.

— La récré est terminée, grondé-je en détachant mes yeux de Cecelia.

Hier soir, alors que Sean revenait de raccompagner Cecelia chez elle, Tyler l'a pris à part et engueulé dans le couloir, juste devant la porte de ma chambre. Je ne me suis pas embêté à donner mon avis ni à participer à la discussion. Après avoir transmis à ceux qui sont dans le secret qu'au garage ce serait « la routine habituelle », j'ai accepté que Cecelia ne soit rien d'autre qu'un obstacle à contourner. Sean m'a regardé avec appréhension juste avant que je claque ma porte, les laissant se quereller pendant que je me remettais au boulot. Pourtant, je sais qu'à la seconde où Sean verra Cecelia, il oubliera de nous transmettre quoi que ce soit d'utile, bien qu'il s'y soit engagé auprès de Tyler.

Ce matin, il a tâté le terrain, mais j'ai clairement dit que je n'étais pas intéressé. Et il a continué, en vain, à vanter les avantages, les mêmes qu'avec Tyler la veille au soir, avant que je m'isole.

En dépit de mon ressentiment croissant pour Sean, j'arrache mon regard de Cecelia pour la deuxième fois. Je me vide la tête pour me concentrer sur le destin des corbeaux dont j'ai la responsabilité.

— Treize minutes avant l'arrivée du shérif adjoint de mes deux, leur rappelé-je en scrutant l'entrée de l'entrepôt. Camionnette 3, où êtes-vous ?

— On se gare, répond Peter. Denny et moi étions coincés derrière un putain de tracteur.

Grâce à la caméra attachée au pick-up de Layla, je la vois appuyée au hayon ouvert. En tenue aguicheuse, comme convenu, au cas où elle doive distraire les agents de sécurité qui contrôlent l'entrepôt à heure régulière.

— Comment ça va, lady bird ? demandé-je à Layla.

— Rien de spécial, répond-elle, sans perdre du temps à faire la causette, surtout que son fiancé est aussi sur le coup.

Juste après, la troisième camionnette se profile dans l'allée. Elle arrive à vive allure, à l'opposé du lieu où Layla patiente. Danny et Peter surgissent et passent à l'action, ouvrant les portières arrière avant de mettre leurs gants.

— C'est bon, déclare Tyler en relevant la porte roulante.

En quelques secondes, ils disparaissent tous à l'intérieur.

Pendant une bonne minute, je n'entends rien d'autre que des bisbilles.

— Il fait noir comme dans un four là-dedans, grommelle Jeremy alors qu'un petit bruit de chute se fait entendre. On aurait dû prendre des lampes torches.

— Au cas où vous l'auriez oublié, bande d'idiots, il n'y a pas de caméras à l'intérieur. Parlez-moi !

— Il y a une douzaine de caisses et quelques cartons, signale Denny. Il faut qu'on aille chercher les chariots pour les embarquer.

— Essaie d'en ouvrir une, intervient Jeremy, pour voir ce qu'il y a dedans. La vieille collection de BD de Spencer ne nous intéresse pas.

— La sécurité ne patrouillerait pas sur les lieux toutes les quarante minutes pour une collection de BD, abruti, rétorque Tyler. Ouvre la caisse du haut… en douceur.

— Douze minutes, préviens-je.

— Il nous faut d'autres pieds-de-biche, aboie Tyler. Russell, à l'arrière de ma camionnette.

— J'y vais.

Russell surgit dans mon champ de vision, s'empare d'un sac de sport noir, et disparaît dans l'entrepôt.

— J'ai ouvert la première caisse, annonce Jeremy. C'est quoi, ce bordel ? Tyler, approche.

— Onze minutes. Tyler, parle-moi.

Je perçois de l'agitation, suivie du bruit des caisses forcées à travers mes haut-parleurs. Sean apparaît sur la vue de la piscine alors que Cecelia sort de l'eau après avoir fait ses longueurs. Mais Denny s'empare de mon attention.

— J'en ai ouvert une autre. Putain… dites-moi que ne sont pas des vraies.

C'est la réaction de Tyler qui me stresse.

— Armes de guerre. Sûrement pas des jouets.

Au son de sa voix, Russell est aussi choqué.

— Tu es sûr qu'il s'agit de l'entrepôt de Spencer ?

Ma patience s'émousse.

— Huit minutes. Parlez-moi.

La voix de Tyler est crispée, sa fureur à peine contenue.

— Nous avons six putains de caisses de M9 et de M16, mec. Avec des gilets pare-balles, et assez de munitions pour prendre d'assaut dix pâtés de maisons. Des fusils qu'aucun PDG d'une compagnie de fret aérien ne peut posséder s'il n'a pas les bons contacts.

Tyler sort par la porte roulante et regarde vers la caméra, s'adressant directement à moi.

— Et par « bons contacts », je veux dire des gars dans mon genre. Ce n'est pas de mon ressort pour l'instant, et s'ils appartiennent bien à Spencer, il a eu tort de faire surveiller les lieux par un flic, parce que leur propriétaire d'origine les cherchera partout quand il s'apercevra qu'ils manquent. On fait quoi ?

Réfléchissant à toute allure, je me prépare au grand plongeon lorsque j'ouvre mon second écran et commence à taper.

— Prenez le gros des armes et envoyez-moi tout ce que vous trouverez dessus. Je vais voir si je peux remonter jusqu'aux potentiels acheteurs et mettre le doigt sur l'enfoiré qui les a mises en vente.

Tyler saute à l'arrière de sa camionnette et vide le contenu de six gros sacs noirs avant d'aboyer des ordres en direction de l'entrepôt.

— Ramenez-vous !

— Cinq minutes, dis-je en me connectant à mon second écran.

Jeremy, Russell, Peter et Denny surgissent dans le champ de la caméra, rejoignant Tyler qui leur passe les sacs vides en braillant :

— Seulement les armes. Laissez les caisses qui n'ont pas été ouvertes, et retournez-les pour qu'on ne voie pas qu'elles ont été touchées. Pas une seule ne doit éveiller les soupçons. Je balaierai. Magnez-vous !

Jeremy et Denny apparaissent en premier avec les sacs en toile pleins à craquer, et les empilent dans leur camionnette, pendant que Tyler, Russell et Peter chargent les autres véhicules.

J'agrandis la vue sur la rue principale et repère la voiture de sécurité à huit cents mètres. Je préviens Layla.

— Ils approchent, lady bird, tiens-toi prête.

Rapide, Layla se repousse du hayon et s'installe au volant.

— Prête.

— Temps écoulé, lancé-je à Tyler, qui abaisse la porte roulante et la verrouille comme il l'a trouvée.

En quelques secondes, il reparaît à l'image et saute à bord. Les trois camionnettes foncent en file indienne vers le portail, un modèle qui s'ouvre et se referme en quinze secondes. Des secondes dont nous ne disposons peut-être pas.

— Lady bird, dis-je alors que la voiture n'est plus qu'à deux cents mètres. Si tu pouvais sortir lentement devant lui pour nous faire gagner quelques secondes, ce serait sympa.

— Tout de suite, confirme-t-elle pendant que je donne les indications aux autres.

— Dès que vous pouvez franchir le portail, foncez. Je vous veux à un kilomètre de l'agent de sécurité… Layla, maintenant.

Le klaxon du gardien retentit quand Layla lui fait une queue de poisson et joue son rôle en forçant sur son accent du Sud.

— Je suis vraiment désolée. C'est la première fois que je conduis ce gros engin !

— Écartez-vous de la route, ma petite dame.

Dès que le portail est suffisamment ouvert, les trois camionnettes sortent en trombe du parking et filent dans la direction opposée.

— Bien joué, lady bird, dis-je en voyant le portail se refermer, le cœur battant sous l'effet du pic d'adrénaline.

— Je ferais n'importe quoi pour mes garçons, répond Layla avec affection.

— Si tu le penses vraiment… susurre Jeremy comme si c'était une proposition.

L'instant d'après, nous entendons tous un grognement de douleur.

— Tu me fais mal, Denny ! Je conduis ! Qu'est-ce que t'es jaloux !

Jeremy continue de provoquer Denny. Les poings serrés, je retiens mon souffle.

— J'allais juste lui demander de me tailler… les cheveux ! Arrête, putain ! Layla, tu sais que tu vas te marier avec un homme de Cro-Magnon, j'espère ?

Layla s'esclaffe.

— Je compte les jours. Je te retrouve à la maison, bébé, dit-elle à Denny avant de se déconnecter.

La voiture de sécurité apparaît quelques secondes après et attend que le portail archaïque s'ouvre avant de rouler au ralenti sur le parking de l'entrepôt.

— Fin d'alerte, déclaré-je.

— Putain, on a eu chaud, souffle Tyler.

Jeremy recommence à déblatérer :

— Je vous le jure, je sens que mes burnes ont rétréci… ou grossi. Denny, regarde-moi ça.

— Jeremy, grogne Denny sur son ton intransigeant. Dégaine quoi que ce soit, et nous mourrons tous les deux aujourd'hui.

Secouant la tête, je souris, mais efface tout amusement de mes directives.

— Rentrez au camp. Denny, planque-moi tout ça comme il faut.

— Ce sera fait.

Les épaules relâchées par le soulagement, je lance mon oreillette alors que la nouvelle apparaît comme je l'ai programmée sur l'un de mes écrans. Je mets fin au suspense et ouvre le SMS de Tyler sur les armes que nous venons de subtiliser. J'espère avoir pris la bonne décision tandis que je me prépare à tomber dans une nouvelle spirale infernale pour découvrir dans quoi Spencer est impliqué. Je me réjouis de ne pas être à proximité de Tyler, qui doit être en train de saisir l'importance de ce que nous venons de découvrir. Cela, ajouté au fait que des militaires véreux – son talon d'Achille – pourraient être impliqués, m'incite à faire une prière silencieuse pour ceux qui sont avec lui.

D'un coup d'œil à la vue sur la piscine de Roman, la caméra offrant un large panorama sur le bassin et le jardin, je vois Sean dans le petit bain, une cigarette entre ses doigts. Cecelia barbote à une bonne distance. Ils papotent, mais sa posture trahit sa méfiance ; elle l'évalue. Je n'entends pas leur conversation parce que Roman n'a pas remplacé ses vieilles caméras de surveillance depuis qu'il a construit la villa.

Tout en l'attirant avec ses charmes de joli garçon, Sean ne manque pas de soulever le menton, un geste de reconnaissance qui m'est destiné. Juste après, je fais clignoter la veilleuse rouge de la caméra à deux reprises, sans certitude qu'il la voie. J'envoie un SMS aux corbeaux pour qu'ils se préparent à aller le chercher. Ayant besoin de me concentrer sur autre chose, j'observe leur posture quelques secondes de plus, et mes doutes sont confirmés. Sean fait tout sauf prendre des notes pour le club, étant bien plus focalisé sur des détails qui l'intéressent à titre personnel.

De toute façon, les faits sont les faits. Pour l'instant et grâce à Sean, nous nous sommes rapprochés d'un pas de la possibilité d'accéder à cette villa.

J'ai souvent soupçonné Roman de l'avoir construite comme un coffre-fort grand luxe. Ses secrets cachés quelque part entre les murs expliquant pourquoi il reste à distance.

Le temps nous le dira.

Quand Sean s'extrait du bassin une fois notre corbeau arrivé devant la maison, Cecelia le regarde s'éloigner et continue de fixer cette direction bien après qu'il est sorti de son champ de vision. C'est alors que survient mon premier pressentiment.

Ça pourrait marcher.

Chapitre 5

Épuisé par le pillage de l'entrepôt, les recherches liées à nos découvertes et la longue journée de travail au garage, je dévisage l'enfoiré que j'ai en face de moi. Il teste mes limites en invitant dans mon espace personnel la fille qui comate sur le canapé à côté de lui.

— Je la reconduis chez elle. Trouve une excuse, dis-je. Je dois étudier la maison.

— Je m'en occupe affirme Sean.

— Tu étais dans sa piscine il y a quelques heures et tu es revenu avec que dalle. Tu as épuisé ta crédibilité ces deux derniers jours, en jugeant bon de la mettre sur mon chemin.

— Je ne cherche pas à te contrarier, jure-t-il.

— C'est pourtant ce que tu fais. Putain, Sean, si tu fais ça pour une histoire de cul…

— Pas du tout, tranche-t-il avec un geste irrité. Ce n'est pas ça.

Il jette un œil derrière lui, vers Cecelia, assommée par le joint sur lequel elle a tiré deux taffes durant notre altercation dans l'entrée.

— C'est juste… Elle pose des questions sur tout depuis la première minute. Elle est jeune, mais pas idiote. À ce que j'ai compris, elle n'apprécie pas plus Roman que nous. Il y a un potentiel que tu ne détectes pas parce que tu es trop en rogne pour le flairer.

Il souffle de la fumée trop près de mon visage. D'une tape, j'envoie valser la cigarette. Des cendres brûlantes se dispersent sur son bras et son jean.

— T'es con ou quoi ? s'écrie-t-il en tapant sur les cendres. Pour qui tu te prends, là ?

— Pour un type à qui tu la mets à l'envers pour coucher avec cette nana.

— Vu comme tu es de moins en moins reconnaissable et que nous n'avons jamais droit à l'erreur, tu es sûr que c'est moi le problème ?

Il continue, sans s'embêter à cacher le doute dans son expression.

— Je comprends pourquoi ça t'énerve, mais le frère que je connais ne laisserait personne d'aussi explosif dans ce genre de situation. Alors, à toi de me dire si je dois te faire confiance pour gérer ça en notre nom. Parce que d'après ce que j'ai vu, tu l'as déjà effrayée.

Il semblerait qu'elle soit mûre pour son âge. Trop jeune pour être bien avisée, mais assez courageuse pour enfreindre des limites et en tirer ses propres enseignements. Elle a quasiment admis pendant notre prise de bec qu'elle nous utilisait, nous, cette situation, comme une expérience pour exaspérer son père, ou pour se tester. Probablement les deux.

Parce que connaître son ennemi est la règle la plus importante à intégrer. Contrairement à Sean, j'ai pris le temps de comprendre son schéma comportemental. Traîner dans un garage avec des mécaniciens tatoués qui se défoncent ? Pas son style. Elle est même allée jusqu'à m'appeler « le Français », ce qui signifie qu'elle a déjà été avertie par quelqu'un qui n'a pas su repérer mon frère dans une file d'attente de deux personnes.

Même quand je l'ai très clairement prévenue qu'être ici n'était pas dans son intérêt, elle n'a pas eu une seconde d'hésitation avant de sauter par-dessus la limite que j'avais tracée. Elle est entrée direct dans le garage et s'est comportée comme chez elle, avec nous, et avec les encouragements de Sean.

Alors, même si elle pose les bonnes questions pour obtenir des réponses qu'elle ne découvrirait jamais seule, ça ressemble plus à un cas classique de gentille fille qui veut s'encanailler ou, du moins, prendre de mauvaises décisions.

C'est là que j'interviens.

Je ne l'effraie pas. Je l'intrigue.

Mon rejet criant de son intrusion dans ma vie et mon espace attise encore plus sa curiosité, ce que j'utiliserai à mon avantage dès que je réussirai à chasser son nouveau garde du corps.

Reportant mon attention sur Sean, j'ignore son raisonnement grotesque ; l'image de ses doigts la saisissant tout à l'heure dans un infime geste possessif est encore fraîche dans mon esprit.

— Ai-je vraiment besoin de le dire ?

Le frottement du Zippo est la seule réponse que je reçois jusqu'à ce qu'il relève ses yeux débordant de mépris.

— Ouais, Dom, ce serait peut-être mieux.

— Tu serais prêt à nous la faire à l'envers pour elle ?

— Ouais, je suis amoureux, pérore-t-il sur un ton sec.

— T'es qu'un putain de canard !

— Possible. Parce qu'elle a un vrai cœur sincère, une âme pure et un cerveau bien fait. Nous savons tous les deux qu'elle est innocente, souligne-t-il. Elle n'y est pour rien. Mais je suppose qu'en tenir compte fait de moi un sale monstre.

— Je la reconduis. Débrouille-toi avec ça. Ce n'est pas une proposition.

Il digère le fait que je viens d'user de mon autorité sur lui pour la première fois. Je refuse de craindre les répercussions que cela aura. Il s'écarte et hoche légèrement la tête avant de caresser Cecelia pour la réveiller. C'est alors que je comprends qui est réellement en danger ici, et ce n'est pas Cecelia Horner.

Dans les haut-parleurs, « Bundy » noie toute possibilité de discussion. Malgré tout, je ne peux ignorer le cri terrifié de Cecelia assise dans la voiture à côté de moi, qui se transforme en rire strident, pendant que je fonce vers la propriété de Roman. En dépit de ma nervosité, je ne réussis pas à ravaler tout à fait mon sourire, parce qu'elle kiffe. Ses paumes sur le tableau de bord, et ses cheveux qui volent dans l'habitacle à cause des vitres ouvertes, elle m'analyse, comme elle l'a fait toute la soirée. J'évite de croiser son regard, bien que j'en aie initié quelques-uns, plus tôt dans la journée, lorsque je léchais le papier de mon bédo comme je lèche les filles. Elle a essayé de me parler, avant et après, ce que je trouverais énervant si je n'avais pas besoin de cette attention pour l'emballer sans un minimum de courtoisie.

Contrairement à Sean, je suis déterminé à jouer mon rôle.

Pour autant, je ne me voile pas la face, et je ne nie pas l'attraction qui bourdonne quand elle se penche devant moi pour taper le code du portail de son père, alors que Tyler s'arrête derrière nous à bord de la voiture de Cecelia. Bien qu'elle essaie de ne pas me toucher, ses cheveux soyeux effleurent mon avant-bras et l'odeur du parfum qu'elle a vaporisé sur ses vêtements me titille les narines.

Je contemple son profil durant ces quelques secondes où elle envahit mon espace. Sa beauté tragique.

Même si je me surprends moi-même à pouvoir apprécier son physique, je suis doué pour l'ignorer – contrairement à Sean –, et ce depuis que j'ai eu ma première érection et que j'ai appris à en faire bon usage.

Repoussant le charme de l'appât qui tient Sean par les burnes, je remonte lentement l'allée en examinant les lieux et en prenant des notes.

J'ai beau connaître la forteresse de Roman sous toutes les coutures et en avoir mémorisé les plans avant même que sa construction débute, c'est la première fois je la vois de près.

Cela confirme mes doutes. Elle se situe trop loin de tout abri pour qu'on puisse la mettre sur écoute sans être repéré. À la moindre tentative, Roman enquêterait pour savoir qui et pourquoi. Dans ce domaine, il est expert. En ce moment, il a connaissance de tous ses adversaires… sauf de nous.

Nous le savons au prix d'années de surveillance efficace. Comme nous, Roman achète au prix fort ceux qui font le sale boulot à sa place pour qu'ils se taisent.

Cette villa n'était pas un haut lieu d'activité jusqu'à maintenant, et nous devons y avoir accès.

Cecelia en est la clé.

Je suis l'allée circulaire jusqu'au pied des marches. Là, je tourne enfin mon attention vers elle.

— J'hésite entre te gifler et te remercier, dit-elle, ses yeux bleu marine me parcourant.

— Tu as kiffé.

Je me retourne face à la maison. Très impressionnante, mais dans mon esprit, c'est l'endroit où réside mon ennemi ; il dort à quelques mètres de là. C'est le plus près qu'un corbeau ait jamais été en près d'une décennie.

Avec le Glock dans ma boîte à gants, je pourrais mettre fin à ce long cache-cache d'une balle tirée à bout portant, et en même temps gagner la liberté de me défouler sur les monstres qui ont élu domicile dans mes pensées. Mais dans cette villa se trouve le monstre qui a volé mon enfance en complotant la mort de mes parents parce qu'ils avaient vu l'homme derrière son masque. Un homme qui a ensuite couvert leur assassinat et s'est débarrassé de leurs enfants comme de vulgaires déchets, en versant des indemnités. Le même genre d'indemnités qu'il semble offrir à sa propre fille en échange d'un travail laborieux et superflu.

Que représente Cecelia à ses yeux pour qu'il tienne tant à ce qu'elle trime dans son usine après des années à l'ignorer ?

Rien. C'est impossible qu'elle compte pour lui. Elle pourrait très bien être une nouvelle victime de sa cruauté.

Devant cette maison, je ravale la pensée que les ambitions de mes parents étaient si modestes qu'ils vivaient dans une maison bien plus petite que celle-ci. À présent, mon frère et moi pourrions acheter cette villa des centaines de fois sans nous salir les mains ou en perdre le sommeil Tobias nous a mis dans une position qui rend cela possible. S'il n'avait pas pris autant de risques – qu'il continue de prendre en France –, où serions-nous aujourd'hui ?

À des années-lumière de tout ça. Malgré cela, aucun de nous ne possède un endroit qu'il considère comme son chez-soi.

Le temps de ces réflexions, je sens Cecelia hésiter un peu à descendre de ma voiture, comme si elle captait ce que je ressens.

Elle sait.

J'ignore le murmure qui traverse ma conscience pour la seconde fois en vingt-quatre heures tandis qu'elle descend et remercie Tyler de lui avoir reconduit sa voiture. C'est alors que je surprends son regard sur moi. Dans ce bref échange, les remords me menacent encore, renforcés par le fait que je connais son parcours.

Comme moi, elle a été négligée et, parfois, livrée à elle-même en raison du caractère volage de sa mère et de ses problèmes d'alcoolisme. Comme moi, Cecelia n'a pas eu d'autre choix que d'élever une adulte. Un point commun qui me pousse à rompre notre connexion, alors que Tyler dit au revoir à sa façon mielleuse.

Même lui n'est pas à l'abri du magnétisme qu'elle dégage.

Nouvelle défaite pour les tatoués.

Pour ça, je ne remercie pas Sean et Tyler.

Notre tatouage existe à cause de Roman.

Dommage pour eux s'ils l'ont oublié.

Ce ne sera pas mon cas.

Le point de bascule approchant, je fais signe à Tyler. Il rentre dans la voiture, et la portière passager est à peine refermée que j'appuie sur l'accélérateur, la rage bouillonnant en moi quand je vois dans le rétroviseur qu'elle me suit des yeux. Elle me fixe, putain.

— Tout doux, mec, prévient Tyler, comme s'il s'adressait à un chien enragé. Je comprends que tu sois furax.

— Tu comprends que dalle, riposté-je en prenant un virage serré avant de rejoindre la route. Sean et toi, vous êtes pathétiques à croire que vous avez un intérêt personnel dans tout ça. Le truc, c'est que vous n'en avez pas et que c'est moi qui dois payer le prix de vos conneries !

— Va te faire foutre, mec. C'est pas juste, ce que tu dis là. Tu sais…

— Fais-toi une fleur, ne gaspille pas ta salive.

Je l'aperçois se crisper sur le siège passager alors que je me mets à conduire comme je baise.

— Putain, Dom, t'es pas tout seul dans cette bagnole !

J'écrase l'accélérateur tandis qu'il s'évertue à me raisonner.

— Je sais qu'elle ne faisait pas partie du plan, et que tu t'es retrouvé face à un dilemme de merde, mais ce n'est pas la solution.

Il m'a cerné et il le sait. À cause de Sean, je suis forcé de distraire la fille de l'homme qui a tué mes parents parce qu'ils savaient quel voleur il était.

De retour au garage, je pile. Ma Camaro dérape sur les graviers qui fouettent la carrosserie. En jetant un coup d'œil vers le bâtiment, ce qui mijotait depuis le moment où j'ai posé les yeux sur Cecelia se met à déborder. Tyler m'affronte dès que je me tourne vers lui dans cet état de rage.

— Tu vas m'obliger à le dire ?

— Tu es trop intelligent pour ça, Dom.

— Pas toi, apparemment. Dégage.

— Je ne te laisse pas dans cet état. Gare-toi, donne-moi les clés et parle-moi.

— Ce n'était pas une suggestion.

— Il ne doutait pas que ça irait aussi loin, Dom.

— Qu'est-ce que vous foutez ? lance Sean, derrière Tyler, sans doute inquiet de ce qui a pu se passer avec Cecelia.

Par-dessus l'épaule de Tyler, je verrouille mon regard sur lui, et je vois rouge. Si je ne pars pas tout de suite, les dégâts seront irréparables entre nous. Je semble le voir dans mon expression quand Tyler se décide enfin à sortir de ma voiture. Sean démarre pied au plancher, tandis que Sean crie mon nom alors que je sors en trombe du parking.

La minute suivante, je pars en vrille. C'est seulement quand je perds le contrôle du volant, qui me glisse des mains au milieu de la route, que je retrouve mes esprits, assez pour m'arrêter sur le bas-côté. Je descends en titubant. Le souffle court, je me retrouve dans un champ moissonné. Les yeux levés vers le ciel sans étoiles, j'identifie ce qui m'a mis hors de moi.

Sympathiser avec la fille de mon ennemi.

J'ai peut-être exigé de la raccompagner chez elle pour continuer d'avancer, mais Sean l'a invitée au garage. Ce qui m'a forcé à la reconnaître comme autre chose qu'une cible.

Quelques secondes ou minutes plus tard, j'entends approcher la Nova de mon frère, et me retourne au moment où il en descend. Éclairé par ses phares, il retire son tee-shirt, et marche vers moi, l'air sinistre. Je décèle la résignation dans ses yeux.

Il savait et il l'a ignoré.

— Seules les frappes au corps sont autorisées, ordonne-t-il à l'instant où j'injecte toute ma force dans mon premier coup de poing.

Chapitre 6

« Renegade » jaillit par ma fenêtre à l'étage pendant que je m'exerce sur le banc de musculation dans notre jardin. Sean me rejoint. Sans un mot, il se met à faire des tractions en me jaugeant. Après quelques mouvements, je remarque la trace de mes phalanges sur ses côtes, qui a déjà viré au jaune clair. Je suis pris de remords, parce que je ne me suis jamais défoulé comme ça sur quelqu'un, même si nous nous sommes déjà cognés dessus par le passé. Mais c'étaient des empoignades de petits voyous bourrés de testostérone. Cette fois, c'est différent, et je sens à sa lassitude les séquelles que ça a laissées. Je m'apprête à parler, mais il secoue la tête.

— Ne dis rien. On est quittes, frangin.

Aucun de nous n'y croit, mais je suis interrompu par le bruit métallique du portail. Tyler marche vers nous.

— On a des ennuis. Fatty s'est fait serrer.

Sean se laisse retomber de la barre, et je suspends mon développé avant de finir mon mouvement.

— Pour quel motif ? demande Sean en attrapant une cigarette.

— Recours à la prostitution, révèle Tyler, écœuré.

— Une histoire de pute ? s'étonne Sean. T'es sérieux ? Il était dans notre camionnette ?

— Non, répond Tyler. Donc ça, ça reste notre secret.

Sean se masse la nuque.

— Encore heureux.

— Il veut qu'on se réunisse, ajoute Tyler.

— Évidemment, rétorque Sean. Et l'autre problème ?

Son regard va de Sean à moi.

— Tu sais ce que c'est.

La posture de Sean se raidit par anticipation.

— Déjà réglé.

Tyler nous fusille du regard.

— Je n'ai pas servi comme marine pendant toutes ces années pour la coupe de cheveux, aboie-t-il. Et je ne vais sûrement pas sacrifier pour du sexe tout ce pour quoi nous avons travaillé.

Sean secoue la tête.

— Elle ne représente pas une menace pour nous, et tu le sais. Je suis prudent. Nous en avons déjà parlé. Ce n'est pas comme si j'allais la tatouer, mais toi, tu donnes clairement l'impression de marquer ton territoire.

Tyler s'insurge. Apparemment, il est autant sur les nerfs que Sean et moi. Il a pris du muscle, en plus d'être devenu plus autoritaire. Autrefois, il était nettement plus laxiste. Chacun a ses raisons d'être là, et l'arrestation de Fatty est une complication de trop quelques semaines seulement après le coup d'envoi.

— Tu m'en demandes trop cette fois, réplique Tyler. Ça va foirer. Et le jour où ça arrivera…

— Si ça arrive, le coupe Sean. Mais ça n'arrivera pas, et nous ne serions pas dans cette situation tordue si vous deux, dit-il en nous regardant, vous me l'aviez dit.

— C'est quand tu veux pour intervenir, Dom, lance Tyler.

— Règle numéro 1 en temps de guerre, frère : connais ton ennemi et ses faiblesses, dis-je à Sean en posant la barre.

Je me redresse, m'essuie le visage avec mon tee-shirt avant de boire de longues gorgées d'eau. Et je renvoie à Tyler son regard inébranlable.

— La souris est déjà dans le piège, mec. On ne peut plus faire grand-chose.

— Oh, j'ai ma petite idée, moi. Et même plusieurs idées. Ce n'est pas trop tard pour…

— Contrôle ton jet, l'avertis-je, énervé de devoir lui rappeler pourquoi nous ne pouvons pas contacter France. Parce que c'est sur moi que tu pisses, là. J'ai pigé ton objection, mais, comme l'a dit Sean, l'affaire est réglée.

Tyler proteste d'un geste de la tête.

— La fenêtre de tir se referme, si on veut corriger les choses. Ai-je besoin de souligner qu'un seul faux pas compromettra tout définitivement ?

— C'est pas croyable qu'on soit obligés de plaider notre cause avec toi, crache Sean en refermant son briquet avant de pointer sa cigarette allumée vers lui. Je suis fait de la même étoffe et je porte le même tatouage. Je sais que ça remonte à loin, parce que pendant que tu faisais ta muscu en poussant des petits cris, je mettais au point nos plans dans la rue. Et ne va pas croire que je ne t'ai pas vu baver en la regardant.

La cigarette pendue entre ses lèvres, Sean soulève mes haltères et fait des flexions des biceps.

— Je suis capable de séparer le travail des filles. Je l'ai prouvé plus d'une fois.

Tyler fait remarquer qu'il est ridicule, à se muscler avec de la fumée de cigarette qui sort de sa bouche.

— Tu veux un cheeseburger pour aller avec cette crise cardiaque ?

Sean repose les haltères, tire une longue taffe sur sa cigarette avant de souffler des ronds de fumée vers Tyler qui enchaîne :

— Les circonstances sont différentes et tu le sais.

— Elles ne le sont pas, conteste Sean. Tant que je ne fais pas de différence de traitement, rien ne change. Et puisqu'on parle des filles, je ne pense pas trop m'avancer en disant que tu es désespérément en manque.

Cette fois, Tyler s'insurge.

— Va te faire foutre.

— Je sais que tu n'as pas touché une fille depuis un moment, alors je vais te donner un coup de pouce, raille Sean en mettant ses mains en coupe sur son torse. Imagine une silhouette plus fine, des hanches plus rondes.

Irrité par cet échange puéril, je cloue Tyler d'un regard.

— C'est une foutue souris.

Tyler réoriente sa colère sur moi.

— … attachée à un putain de puma.

Sean s'impose dans le champ de vision de Tyler.

— Tu penses que je vais laisser quelque chose ou quelqu'un compromettre une décennie de planification ?

Il souffle de frustration avant de mettre en lumière le sujet que tous esquivent.

— Tu penses que je trahirais France ? C'est bon, on gère.

— Tu n'as pas l'air de gérer quoi que ce soit, rétorque Tyler sans bouger d'un pouce.

— C'est mieux comme ça, dis-je en haussant les épaules. Les plans changent. Nous nous adaptons. Tu sais que je ne suis pas connu pour mon charme. Laisse le joli cœur manœuvrer avec elle, et je m'occupe du reste.

— Tu gères peut-être ta vie sexuelle de cette façon, mais elle n'est pas adaptée à cette situation.

Les yeux de Sean lui sortent presque des orbites, sous l'effet du coup bas qui m'est destiné. En éternelle voix de la raison, il s'approche de Tyler.

— C'était malvenu à tellement d'égards. Tu dépasses les bornes. Il faut que tu essaies de le voir comme nous, comme une occasion.

— Tu me prends pour un idiot ? Je vois de quelle façon tu la regardes. Et ça date pas d'hier. Tu ne contrôles pas plus qu'elle ce qui se passe entre vous.

Le regard de Sean devient menaçant.

— T'es sûr de ce que tu me dis, là ?

La peur de Tyler est tangible. Clairement, il pensait que j'accepterais de contacter France. Je le vois envisager plusieurs scénarios avant de s'écarter et de se passer la main dans ses cheveux. Enfin, il semble se résigner.

— Je fais une exception, parce que c'est vous. Mais quand ça tournera mal, parce que ça arrivera, vous me serez tous les deux redevables et je réclamerai mon dû, déclare-t-il avant de se tourner vers moi. Désolé, mec.

Je ne réponds pas, obnubilé par le fait que la pique de Tyler ne m'atteint pas autant qu'elle le devrait, ce qui m'emplit de crainte. Me suis-je détaché des émotions humaines élémentaires au point de m'être immunisé ?

La victoire égaie le regard de Sean. Il pose un bras sur l'épaule de Tyler et chatouille le contour de son oreille.

— Et maintenant, va me préparer des œufs. Je te trouve plus sexy aux fourneaux. Et si tu es gentil, je te laisserai même me punir.

Un petit sourire sur les lèvres, Tyler essaie de le repousser.

— Je t'emmerde, bâtard.

Un bras enroulé autour de son cou, Sean l'attire contre lui. Les narines de Tyler frémissent.

— Ce que tu pues !

Pendant qu'ils partent vers l'arrière de la maison, Sean se retourne pour m'adresser un clin d'œil.

— Lâche-moi, nom d'un chien, gronde Tyler.

— Allons, mon chou… juste le bout, roucoule Sean avant qu'ils disparaissent à l'angle.

C'est mon premier sourire sincère de la semaine.

Chapitre 7

Le soleil couchant qui embrase le ciel imprègne le paysage d'une lueur orangée apocalyptique. En uniforme Horner Tech, Sean sort de sa Nova. Comme il est en horaires de nuit, il utilise son heure de pause pour régler notre dernier contretemps. Quand il arrive devant moi, je lui tends le joint. Nous attendons entre nos voitures, sur le parking, la livraison de Tyler.

La porte roulante se relève derrière nous, et Russell en sort au volant de notre fourgon Fleet Heating and Air. Sur le siège passager, Jeremy porte un uniforme du même nom et arbore un joyeux sourire.

— Malgré les petits pépins, c'est une vraie beauté, commente Sean.

Jeremy et Russell nous adressent un geste du menton quand ils passent avec leurs ordres de marche pour demain – une mission de collecte pour aider à payer les factures.

— Peux pas le nier, dis-je en les regardant partir.

Il y a des années, nous avons fondé plusieurs SARL regroupant toutes les sortes de techniciens parmi les tatoués, dans l'idée que les demandes d'assistance offrent l'occasion de se renseigner sur les lieux qu'on voulait infiltrer. Non seulement cela nous a permis de planifier des cambriolages minutieux, mais les services d'assistance légitiment nos sociétés, afin d'éviter que les SARL aient l'air suspectes au moment d'intervenir. Depuis la concrétisation d'une de nos premières grandes trouvailles, l'entrepôt se remplit rapidement, à tel point qu'il est presque temps de faire une donation.

Sean me rend le joint, ce qui me ramène dans l'instant présent.

— Quel est ton avis sur Fatty ?

— Tu le connais déjà, rétorqué-je, agacé que Fatty soit devenu une préoccupation.

Il y a des années, quand j'ai accepté de le mettre dans le secret, j'avais des réserves. Issu d'un milieu privilégié, Fatty n'a pas d'intérêt personnel dans le club.

Déçu, Sean secoue la tête.

— Quand même, il nous a bien aidés. Tu sais qu'il est loyal. Sans oublier qu'il trouve toujours la meilleure beuh, dit-il en reprenant une taffe de ladite beuh.

— On a avancé nos pions un peu partout, lui rappelé-je. On ne peut pas se permettre ce genre de complication à ce stade.

— Pourquoi ai-je l'impression que tu ne parles pas seulement de Fatty ?

Son regard se durcit. Mon absence de réponse l'exaspère.

— Sérieux, Dom, je t'ai dit que le tatouage serait toujours ma priorité. Toi, plus que quiconque, tu sais que je n'ai pas besoin d'être surveillé ni dirigé.

Je jette le mégot et l'écrase sous ma botte.

— OK. Alors, raconte-moi comment ça va se dérouler, d'après toi.

— En notre faveur, répond-il en me tapant l'épaule. Comme toujours, frère, assure-t-il alors que Tyler entre dans le garage, suivi par Fatty.

Fatty descend de la camionnette, son regard passant de Sean à moi. Malgré son surnom, il ne pèse pas plus de soixante kilos tout mouillé. Son sobriquet vient des pétards dodus qu'il roule avec la meilleure beuh du marché, comme si c'était son business – d'ailleurs, ça a fini par le devenir, sans qu'il ait besoin de se priver un seul jour de sa vie.

Ça se voit à son jean de marque et à ses chaussures dont l'achat ruinerait la moitié des habitants de notre bourgade, qui galèrent à payer l'électricité. Renfrogné, il a tout l'air du condamné qu'il est, en raison de son faux pas monumental. Ses menottes sont invisibles, mais bien réelles.

Tyler me remet le téléphone de Fatty.

— Il est nickel. Tu trouveras son mot de passe dans tes SMS.

Ouvrant ma Camaro, je lance son téléphone sur mon siège passager alors que Fatty commence à plaider sa cause :

— Dom…

— Tu avais une mission, le coupé-je, sourd à toute excuse. Garder la camionnette à l'abri et ne pas attirer l'attention sur elle et sur toi. Simple comme bonjour.

— Je n'étais pas dedans.

— Il faut qu'on te remercie ? raille Sean, avant de poser la question fatidique : Fatty, pourquoi tu te paies des filles ?

— Ce n'est pas ça. Je n'avais même pas conscience…

Exaspéré, je lui refuse son temps de plaidoirie.

— Ils ont pris tes empreintes. Tu ne nous sers plus à rien. Comme tu le sais, nous ne nous associons pas avec des délinquants fichés.

L'espoir éclaire son expression.

— Justement, mon avocat pense pouvoir faire réduire voire abandonner les charges, parce que c'est ma première infraction. Vous pouvez encore m'utiliser.

— Ils ont tes empreintes. C'est mort. Il n'y a pas d'exception.

— T'abuses, Dom. Trois ans… je t'ai donné de l'herbe gratos. J'ai fait tout ce que tu m'as demandé.

— Si tu avais fait tout ce que je t'avais demandé, nous n'aurions pas cette conversation.

Fatty se tourne vers Sean, comme ils sont nombreux à le faire.

— Sean, tu sais que tu peux me faire confiance.

Sean me soutient :

— Tu ne peux pas rester dans le club. Pas pour l'instant. Peut-être plus tard.

— Ne lui bourre pas le crâne avec des illusions.

Je réitère mon verdict, irrité qu'il s'acharne à le contester.

— Tu es viré. J'espère que la fille en valait la peine.

— Dom, tu me connais depuis le lycée. Tu sais que je suis loyal. Dis-moi comment rattraper le coup.

J'empoigne le col de son tee-shirt hors de prix et le plaque contre le pick-up de Tyler pour m'assurer qu'il m'entend.

— Doucement, Dom, s'interpose Tyler.

Fatty est bouche bée. Je n'ai jamais été aussi agressif avec lui, vu que je n'en ai jamais eu la nécessité.

— Ce dont j'ai besoin, c'est de quelqu'un qui soit capable d'appliquer les ordres à la lettre, sans mettre toute ma famille en péril. Sais-tu à quel point nous avons bossé dur pour en arriver là ? Inutile d'ouvrir la bouche, Fatty. C'était une question rhétorique. La réponse est non, tu ne sais pas. Que peux-tu bien savoir de la détermination, de la réalité, quand la tienne se limite à ton surnom ? Un putain de défoncé qui n'a pas de notion de ce qu'est la responsabilité. Tu penses que tu es là pour négocier ? Erreur. Tout le monde comptait sur toi. Mais tu es devenu présomptueux parce que, contrairement à nous autres, ce n'est qu'un loisir pour toi, le friqué. Alors, ce que tu peux faire maintenant ? Te souvenir que je tiens la fortune de ton père, la pension de ta mère, et le capital destiné aux études de ta petite sœur dans le creux de ma main.

Fatty s'avachit contre le pick-up de Tyler.

— T'es pas obligé de me menacer, Dom. Je ne dirai rien. Je sais que j'ai déconné. J'assume.

Je cogne son dos contre la carrosserie.

— Tu disais ?

Il déglutit, le regard enflammé par une colère légitime, à laquelle je m'attends de la part de tant d'autres comme lui. Mais il réagit intelligemment et rengaine sa colère.

— Tu as raison. Les menaces ne sont pas nécessaires. N'est-ce pas, Jonathan Daniel George ? Alors ce soir, quand tu dégriseras et câlineras ton nounours, souviens-toi que j'ai enregistré ton ADN et que je peux m'en servir pour ruiner ton existence d'une manière très réelle.

Je le lâche, mais soutiens son regard.

— N'oublie pas. Nous faisons taire les oisillons amers qui ne réussissent pas à quitter le nid. Ce serait dans ton meilleur intérêt de ne pas l'effacer de ta mémoire avec la fumette. Fiche le camp et reste loin de nous.

Sean tente de consoler Fatty :

— C'était vraiment stupide. Tu étais tout près du but.

La réponse que donne Fatty en ouvrant la portière de Tyler m'interpelle :

— Ce n'est pas si simple. C'est elle qui m'a envoyé un message.

Exactement ce que je pensais. Donc j'ai encore plus de boulot. Un projet à ajouter à ma liste et, surtout, un corbeau véreux à chasser.

Chapitre 8

Je sirote mon café du matin tout en surveillant le cours du Nasdaq qui défile dans le bas de mon troisième écran. Satisfait par l'évolution de notre portefeuille, je consigne mes derniers ordres dans un nouveau programme que j'ai conçu et l'envoie. Quelques secondes après, une symphonie de caractères verts se succède sur mon second écran. Souriant, je me félicite mentalement. Ces dernières heures, en suivant la piste des caisses que nous avons découvertes, j'ai sans le vouloir pris au piège un perturbateur, un poisson dont l'activité en ligne a titillé mon réseau. Cela m'a incité à le suivre sur le *chat* où il a fait une demande. De là, j'ai localisé son adresse IP et actualisé son programme VPN. En une minute, il a mordu à l'hameçon, que j'ai déguisé en logiciel censé préserver l'anonymat de son activité en ligne alors qu'en réalité il me donne accès à tous les clics et commandes de son historique.

La sécurité nationale est un mythe. Nous ne sommes pas protégés, nous sommes connectés, et nos comportements sont observés et recueillis. Ces données aident à orchestrer la stratégie la plus efficace pour manipuler les masses.

Le plus effrayant là-dedans ? Ça marche.

Ce n'est plus nécessaire que la CIA procède pour le compte de l'État à des expériences de contrôle de l'esprit avec des hallucinogènes. Tout ce qu'ils ont à faire à présent, c'est inventer des trappes au sein de la technologie mondiale utilisée par les masses au quotidien.

Ironiquement, la seule chose contre laquelle nous devons nous protéger est le gouvernement – sous tous ses aspects – que nous avons nous-mêmes élu.

Ayant confirmé mes soupçons après quelques minutes de recherches et d'observation, je décide de surveiller ce poisson de près dans les semaines à venir. Ce qui rallonge ma liste de tâches urgentes. Je ne peux tolérer d'ingérence à ce stade, avec cette liste qui ne cesse de s'allonger, et qui concerne aussi bien le club que mes plans pour nos cibles à venir. Mais frappé par une nouvelle prémonition, je décide que ce poisson devra être prioritaire à un certain moment.

Je me déconnecte après avoir installé une alerte sur son compte bancaire afin d'être informé de tout achat en gros ou de tout retrait d'importantes sommes d'argent.

Ma priorité pour l'instant est d'aider Tyler à découvrir ce qui motive Roman à faire venir Cecelia.

Ça m'étonnerait qu'il ait changé d'avis sur sa relation avec sa seule héritière, ou sur sa sécurité matérielle à long terme puisqu'il l'a laissée vivre dans la misère toute sa vie. Ce serait tout aussi improbable qu'elle lui ait pardonné ou qu'elle souhaite nouer des liens.

Reste le profil psychologique de Roman.

Le premier facteur étant son âge. En vieillissant, les hommes au cœur de pierre ont tendance à s'adoucir au moindre rappel de leur mortalité. Ses regrets vis-à-vis de son unique enfant pourraient être la clé.

Tyler et moi avons planché sur cette logique ces dernières semaines, depuis que Cecelia est revenue. Nous sommes sceptiques, d'autant plus que Roman est encore relativement jeune et n'a pas eu d'ennuis de santé récemment.

Et pour un connard égoïste, arrogant et obtus comme lui, je doute que sa motivation soit liée à Cecelia. Tyler n'y croit pas non plus.

Il nous manque un élément.

Nous passons à côté de quelque chose de vital. C'est pourquoi nous sommes déterminés à veiller à ce que le portrait de Roman que nous peignons avec des nombres depuis des années soit si précis qu'il ne manque pas un seul chiffre.

Cecelia est sans doute aussi confuse que nous quant aux motivations de Roman, avec huit années de retard certes, mais l'argent a toujours été l'un des plus grands moteurs.

La solution se trouve dans le problème. Le pourquoi.

Pour l'identifier, nous devons mettre cette villa sur écoute, en particulier s'il commence à y dormir régulièrement. Même si la présence de sa fille constitue une sérieuse interférence, le plan de Sean, tout aussi motivé par le tatouage que par le sexe, n'est peut-être pas dénué d'intérêt.

Mes espoirs reposent sur tous mes frères, à ce stade. Mes frères d'encre et de sang.

Ces temps-ci, les deux me déçoivent tant que je perds foi.

Même si ce plan ne peut être bâclé, je suis prêt à tout pour trouver un moyen d'accélérer le processus afin qu'il coïncide avec mon calendrier. D'après ce que je vois, je suis le seul à ramer, sur tous les fronts, pour maintenir notre vitesse actuelle.

Quand mon téléphone sonne, je désespère de recevoir une réponse de Tobias quand « Tatie » s'affiche. Je réponds de mauvais gré.

J'arrive au garage après avoir géré ma tante une bonne partie de la journée. C'est une bonne chose qu'il soit fermé, car je dispose ainsi de la tranquillité nécessaire sans éveiller les soupçons des autres corbeaux. Me dirigeant vers la boîte à outils dans l'atelier de réparation, je m'arrête dès que je vois Cecelia affalée sur le canapé, un livre devant les yeux. Je sais qu'elle ne m'a pas entendu approcher à cause de ses écouteurs et de sa position alanguie, les joues rouges, le souffle court. Et c'est là que je comprends. Quoi qu'elle lise, ça l'excite, et je sens qu'elle est sur le point de se masturber. Je suis tenté de m'asseoir pour assister à la scène, juste pour pouvoir l'embêter un peu plus, mais le fait qu'elle vienne s'incruster ici m'agace trop.

Cecelia me remarque quand, plié en deux, je tire sur ses écouteurs. Elle bafouille une raison qui explique sa présence :

— Je ne suis pas s… seule. Enfin, là, si. S… Sean est sorti acheter des cigarettes et de la bière avec les gars.

Fixant le livre broché pour éviter de la regarder, je me rends compte que le garage n'est pas le seul de mes refuges qu'elle a envahis récemment.

— Où as-tu trouvé ça ? dis-je en lui lançant un regard noir du pied du canapé.

Elle croise nerveusement ses jambes fermes aux chevilles. Elle est gênée, tout à coup. Tant mieux. Elle ne devrait pas prendre ses aises, ni ici ni dans aucun de mes espaces.

Elle jette un coup d'œil au livre, un sourire frôle ses lèvres.

— À la bibliothèque. Je l'ai emprunté et j'en ai chipé un autre. C'est une sorte de tradition.

Je ne connais que trop bien sa tradition. Elle la pratiquait la première fois que je l'ai vue – c'était aussi censé être la dernière. À cet instant précis, je déteste que cela ne l'ait pas été.

— Une tradition débile considérant que les livres sont gratuits… et la bibliothèque est zone interdite, grogné-je, tout en sachant que je m'exprime comme un connard. Et ici, ce n'est pas une salle de jeux municipale, quoi que Sean t'ait dit. Trouve-toi un autre endroit pour t'étaler, craché-je en zyeutant le minuscule bout de tissu qui lui sert de robe.

— Sérieux ? fait-elle sur un ton moqueur. Tu es vraiment en train de me dire que la bibliothèque municipale t'appartient ?

— Toute cette putain de ville m'appartient, Cecelia.

La colère déforme son visage parfait, intensifiant sa beauté. Dans sa hâte de se lever, le livre lui échappe des mains et atterrit dans un bruit mat sur le sol derrière elle. Elle se retourne puis se penche pour le ramasser, m'offrant par inadvertance une vue spectaculaire. Entre ses cuisses bronzées et fermes, j'entrevois une bande de tissu bleu cobalt. Sa culotte en tissu fin glisse dans le mouvement, me laissant apercevoir son sexe tandis qu'elle se penche très lentement pour préserver, en vain, une once de pudeur. Grognant intérieurement, je laisse mon regard rivé là où il ne devrait pas, alors qu'elle reconsidère sa stratégie. Elle s'accroupit en se tenant au canapé pour garder le dos droit, et même rigide. Je contourne la table basse et m'empare du bouquin avant qu'elle l'ait touché.

À la vue du titre, *Tatiana*[1], j'ai un sourire en coin et je relève la tête en veillant à diriger mon expiration entre ses cuisses. Je me relève lentement en me tenant au canapé pour imiter son mouvement ridicule.

— Tu devrais rendre la robe en taille 8 ans que tu as empruntée si tu as l'intention de passer du temps dans un endroit rempli de grosses machines. Tout compte fait, t'embête pas. Tu ne feras pas souvent escale ici.

— Tu es une sorte de nuage noir. Tu le sais ? Pas un seul rayon de soleil ne passe quand tu es là.

— Tant que tout est clair.

— Quoi ? Que tu es un connard enragé qui se croit tout permis ? murmure-t-elle. C'est limpide.

Je me baisse au niveau de ses yeux, le bout de nos nez se frôlant presque. Ses yeux bleu intense se dilatent quand j'envahis son espace.

— Pense ce que tu veux de moi, ou encore mieux, dis-je en appuyant le livre contre sa poitrine palpitante, reste dans tes fantasmes grotesques de héros vertueux dans une réalité inexistante. Tu es bien plus en sécurité là-dedans.

Me retournant, je rassemble les outils dont j'ai besoin avant de ressortir. Tous les poils de mon corps sont dressés quand j'ajuste mon érection contre ma braguette. Une fois de plus, j'ai été éjecté de ma seconde maison pour éviter de m'exposer à elle et à sa façon de me fixer. C'est trop,

1. *The Bronze Horseman* (titre original) est une fiction historique de Paullina Simons qui se déroule durant la Seconde Guerre mondiale.

et ça dure depuis trop longtemps. Au début, ça semblait plutôt innocent et ça remplissait une fonction. À présent, ça m'énerve parce que, qu'importe le nombre de fois où j'esquive son regard inquisiteur, mes yeux retournent vers elle. Et la regarder me rappelle pourquoi je l'évite depuis son arrivée il y a plusieurs semaines. Cette raison, mon corps ne peut plus l'ignorer.

Le besoin de coucher avec elle.

Plus que ça, je veux le faire d'une manière qui punisse la nouvelle protégée de Sean, tout en l'érigeant en exemple pour qu'il assimile enfin le mémo.

Sean est amoureux, ça saute aux yeux de tout le monde. Ce n'est qu'une question de temps avant qu'il couche avec elle, si ce n'est pas déjà fait. Mais bientôt, il se rendra compte de l'énormité de sa connerie. Qu'importe que la fille de notre ennemi soit parfaite, ce que j'admets aisément, elle fait entrave à notre plan et, surtout, à notre amitié.

Même si elle n'est rien d'autre qu'une souris sans défense, prise dans un piège que nous n'avons pas posé, le sang de Roman coule dans ses veines. Je mettrai un point d'honneur à ce que Sean commence à le voir sous cet angle, parce que ses garanties s'affaiblissent de jour en jour.

En traversant le cimetière de voitures à l'arrière de l'atelier, je repère celle qui m'intéresse. Je me dirige vers ce modèle en regrettant de ne pas avoir traîné un projecteur à l'extérieur, maintenant que le soleil menace de se coucher. Mais le besoin de garder mes distances passe avant tout le reste.

Elle est une sorte de flamme rare, bien trop près de ma mèche, laquelle se réduit de jour en jour, en partie à cause de son invasion, mais surtout en raison des cauchemars qui hantent mon esprit.

Malgré mes actions, la manière dont je l'ai traitée me procure peu de plaisir. Comme Tobias, je vois les femmes comme les innocentes spectatrices de notre cause. Ce qui fait d'elles un désagrément une fois que nous les avons utilisées pour servir nos objectifs égoïstes. Raison pour laquelle j'ai peu de relations. Dans ce domaine, ma progression est ralentie à cause de ce que j'ai à offrir – ce que j'ai toujours eu à offrir aux femmes –, c'est-à-dire rien.

Désormais, c'est une affaire de protection. Le charme de Cecelia est aussi dangereux pour nous que pour elle-même. Soulevant le capot de la Buick, j'ajoute une autre tâche à ma liste : le prouver à Sean avant qu'elle s'en charge.

Chapitre 9

« Un nombre alarmant d'entrepôts ont été cambriolés dans le centre-ville de Charlotte, ces trois derniers jours. D'après les estimations, cela aurait coûté au magnat du fret maritime Anthony Spencer d'Export Execs 1,8 million de dollars de marchandise », annonce le présentateur radio quand j'arrive devant l'entrepôt.

Dans ma Camaro qui tourne au ralenti, je scrute les alentours. Le journaliste continue : « Les autorités pensent que Spencer est ciblé personnellement, mais la police n'a aucune piste pour l'instant. Quiconque aurait des informations est prié de les contacter… »

Je coupe le contact et descends. Au volant du fourgon Fleet, Peter entre dans l'entrepôt en marche arrière à côté de celui de Jeremy, dont la marchandise est déjà en train d'être déchargée pour ajouter la marchandise de Spencer à notre stock de produits.

Les chariots sont poussés vers l'entrepôt, puis interceptés par Denny, qui en fait l'inventaire avant qu'ils soient déchargés. Quand Russell rentre la dernière camionnette, empli de satisfaction, j'envoie un SMS à Tyler en attendant Sean.

Dom : Tous les oiseaux sont de retour au nid.

Jeremy surgit du côté conducteur et se dirige vers moi avec une fierté flagrante dans les yeux. Derrière lui, l'expression de Peter reflète le même sentiment. C'est mérité, c'est l'une de ses plus grosses prises dans le cadre de notre mission secrète.

— Où est Sean ?

Je jette un œil vers le portail de sécurité resté ouvert.

— Cecelia lui a demandé de lui apprendre à conduire, ils sont partis, répond Jeremy en me rejoignant devant ma portière. Nous avons récupéré les utilitaires juste après et nous sommes venus directement… mais tu l'as vue dans cette robe ? Moi non plus je ne me serais pas pointé si j'avais ces fesses-là sur mon siège conducteur.

Russell nous rejoint avec Peter sur les talons, tous les deux aussi satisfaits par le butin, à juste titre. Tout ce que nous avons volé a été emmené sans qu'une seule alarme soit déclenchée.

Dans la foulée, chaque gars a caché sa camionnette dans un lieu différent, histoire de faire profil bas quelques jours, jusqu'à ce que nous puissions les réunir ici sans être repérés, au cas où elles aient été reliées aux cambriolages.

Ces mesures supplémentaires sont nécessaires étant donné que la police locale mange dans la main de Roman, grâce à des années de contributions excessivement généreuses. Mais notre moment arrive. Ce dernier œuf tant attendu éclôt enfin, avec Sean qui recommence à fouiller à Horner Tech… et revient sans rien, inévitablement, comme la première fois où il a travaillé à l'usine.

Pour moi, nous perdons notre temps avec cette approche. Tout ce qui peut prouver que Roman a étouffé les crimes a sans doute été détruit et effacé la nuit où mes parents ont péri dans les flammes. Mais même si le retour de Sean à Tech est une perte de temps, tout n'est pas perdu puisque son poste actuel lui permet de garder Cecelia à l'œil.

À cause du contrôle que Roman exerce sur elle par le biais de son héritage, c'est difficile pour Sean d'avoir librement accès à la villa. Roman a réprimandé sa fille par e-mail, dès le deuxième jour, parce qu'elle avait invité Sean, et l'a prié de limiter les invités au maximum. Nous avons décidé de ne pas forcer les choses, pour éviter qu'il se renseigne sur ses fréquentations.

Ces derniers jours, j'ai fait la paix avec l'idée que Cecelia viendra régulièrement au garage jusqu'à ce que le moment opportun se présente. Enfin, ça, c'était avant que Sean décide de l'inviter ce soir, plutôt que tous les autres, prolongeant ainsi la livraison à l'entrepôt. Raison pour laquelle nous nous sommes disputés avant et après qu'elle a débarqué.

Dans l'immédiat, nous n'avons pas d'autre choix que l'autoriser dans notre espace et l'inclure là où c'est possible. Cela implique de la dévoiler à tout le club et d'alimenter sa curiosité, mais elle remarque trop de choses pour que je reste serein.

Ce qui me rappelle…

— Tu as écouté les infos ? fanfaronne Jeremy en approchant, sa cagoule pendant de sa poche arrière. Ils ne parlent que de ça et ils n'ont pas la moindre piste.

— Les infos. D'accord, commençons par ça.

Jeremy fronce les sourcils, confus, de même que Peter. Russell se raidit quand je me tourne vers lui et lève mon index devant ses yeux.

— Que fais-tu ? demande Jeremy, son regard allant de moi à Russell, un sourire niais plaqué sur le visage.

— Imagine que mon doigt représente les infos, Jeremy, ordonné-je en bougeant mon doigt d'avant en arrière devant le nez de Russell.

Perplexe, il le suit des yeux.

— Tu regardes les infos, Jeremy ? dis-je en déplaçant lentement mon doigt dans le champ de vision de Russell.

— Ouais, répond Jeremy sur un ton jovial, comme s'il captait la blague.

Je le promène devant Russell une toute dernière fois et le tiens devant lui avant d'attaquer Jeremy au dépourvu avec mon poing libre.

— Enfoiré !

Jeremy se tient le nez pendant que Russell et Peter, surpris, éclatent de rire.

— T'es ouf, Dom ! grogne Jeremy d'une voix étouffée, les yeux larmoyants.

— Tu vois ce qui arrive quand tu concentres ton attention sur la diversion, au lieu de ce qui se passe dans la réalité ?

Jeremy examine ses doigts ensanglantés.

— Tu aurais pu choisir une autre méthode pour illustrer ta théorie, ducon.

— J'aurais pu, admets-je en m'emparant de la cagoule dans sa poche et en la levant devant lui pour souligner mon propos. Mais maintenant, tu sais pourquoi je ne l'ai pas fait.

Les yeux pleins de culpabilité, il tire la conclusion escomptée.

Cecelia a remarqué la cagoule qui pendait de sa poche arrière pendant qu'ils jouaient au billard et elle l'a questionné. Une conversation que je n'ai pas pu avoir avec lui jusqu'à présent, mais qui n'est désormais plus nécessaire.

Même si Jeremy s'en est sorti habilement, cela a aggravé les soupçons de la fille.

— Désolé, articule Jeremy. J'ai merdé.

— Non, tu crois ?

— Ça ne se reproduira pas. Juré, mec. Au temps pour moi.

— La prochaine fois, laisse l'uniforme à la maison, en particulier quand tu n'en as pas besoin… En plus, tu sais *qui* contrôle les infos, lui rappelé-je. À ce stade, tu ferais mieux de croire aux théories du complot. Au moins, on peut leur accorder du crédit.

— Donc Tupac est en vie et se la coule douce à Cuba ? plaisante Jeremy.

— Tu sais bien qu'ils exterminent tous ceux qui disent la vérité.

— Tu es le nouveau Nostradamus ? se braque Jeremy en raison de son nez enflé et de son orgueil blessé.

M'imposant dans son espace, je le force à me regarder.

— Ouais, je suis devin, et écoute ma prédiction. On se fait baiser par ceux qui diffusent des prévisions ciblées pour faire paniquer tout le monde sur le prix d'une pomme ou d'un plein d'essence dans le seul but d'accroître leur mainmise à travers des propositions de loi, tout ça pour détricoter les libertés durement acquises ces dernières décennies.

La main sur son torse, je le pousse doucement.

— C'est pour ça que nous ne pouvons pas trop nous vanter ni parader comme des imbéciles. Il y a trop en jeu.

Il hoche la tête, s'essuie le nez avec sa cagoule. Je lui coince la nuque sous mon bras et frotte brutalement sa tête avec mes phalanges.

— Et nous savons déjà qu'ils n'ont rien sur nous.

Je le lâche et il m'évalue pendant que je le félicite comme il le mérite.

— Hormis ta faute d'inattention, tu as fait du super boulot.

Mes félicitations étant rares, son expression s'illumine. Je me tourne vers Russell et Peter.

— Vous aussi.

Avec un grand sourire, Peter porte son attention sur les chariots bourrés de marchandises que les recrues sont en train de décharger. Songeur, Russell murmure un « merci ».

Il est l'un des seuls gars qui analyse mes discours. Il a clairement annoncé que son objectif était de diriger sa propre branche, un jour. De ce fait, il est très attentif à nos paroles, à nos actions et à nos stratégies, en particulier les miennes. Du groupe, lui et moi sommes ceux qui avons le plus en commun.

Comme moi, Russell vient d'une famille d'immigrants, venue aux États-Unis en quête d'un bout de l'illusion. Sa mère est née et a grandi au Japon, son père était un fils de militaire élevé sur la base aérienne de Yokota. Dès qu'il a eu l'âge requis, son père a épousé sa mère et l'a amenée aux États-Unis pour conquérir sa part de rêve américain. Ce que son père n'a pas compris, parce qu'il n'a pas lu les petites lignes, est que si l'on acquiert soudainement une fortune sous quelque forme que ce soit, il vaut mieux qu'il s'agisse de plusieurs millions. L'Oncle Sam vêtu du drapeau vient toujours réclamer son dû, qui correspond à un pourcentage légèrement plus faible que celui du lion. Et si vous dépensez vos dollars, il se change en usurier. Et si vous ne payez pas, il s'approprie votre liberté en guise de remboursements. Le juge a voulu en faire un exemple et a laissé Russell sans père toute son adolescence. Nous sommes très semblables en ce qu'il est un homme d'action, et dire plus de quelques phrases le met mal à l'aise à moins qu'il soit entouré par nous, sa famille de cœur.

Je sens en Jeremy et Peter l'excitation de ce qui se développe entre nous, qui grandissons dans des circonstances similaires. Des gamins sauvages sans personne pour veiller sur eux ou les rappeler au bercail, et qui font de leur mieux avec les cartes qui leur ont été distribuées.

Jeremy renifle, ses narines maculées de sang. Les remords m'assaillent. Il est voué à commettre des erreurs à l'occasion, comme nous tous d'ailleurs, jusqu'à ce qu'il puisse voler de ses propres ailes. Même topo pour Peter, dont le récent tatouage est encore en phase de cicatrisation.

Tyler a enrôlé Peter dans une cellule où les flics l'avaient enfermé, dans l'espoir que la peur lui donne une bonne leçon. Un jeune sans casier, que tout prédestinait à une vie de criminel. Un candidat idéal pour nous. Ce que la police ignorait ou ne voulait pas reconnaître est qu'un estomac vide fournit une motivation puissante. Peter s'était mis à voler pour pouvoir payer l'électricité de la misérable caravane dans laquelle il vivait, et dont le sol était, d'après Tyler, percé d'un trou béant. Il a brièvement commis des cambriolages pour nourrir sa petite sœur après la sortie de prison de leur père violent.

Je déteste le fait que nous ayons ces points communs. Contrairement à Fatty, ces gars-là jouent gros. Et c'est notre boulot – le mien – de veiller à ce que les erreurs, à ce stade, soient rares et réversibles. Du reste, depuis que je suis revenu à Triple Falls, j'ai eu à peine une seconde à leur accorder.

— Va te reposer. Ce n'est que le début, dis-je en prenant mes clés.

— Où tu vas ? demande Jeremy, le coup de poing oublié.

— J'ai des trucs à faire.

Surtout un corbeau à trouver.

— Dom, intervient Peter, hésitant, le regard honteux. Dans notre prise, j'ai vu des livres de coloriage et…

— Prends-les, dis-je avant de m'adresser à eux trois. Prenez tout ce que vous voulez. Pensez juste à l'enregistrer avec Denny.

— Merci, mec, dit Peter, le regard éclairé, en se dirigeant vers l'enceinte avec Jeremy.

Je sens Russell hésiter.

— Un souci ? dis-je dans son dos.

Il s'arrête et se retourne vers moi.

— Juste… merci, Dom.

— Nous sommes là pour ça. Penses-y, la prochaine fois que la culpabilité t'empêchera de dormir.

Il esquisse un sourire.

— Crois-moi, ça ne risque pas de m'arriver.

— Content de l'entendre.

Nous échangeons un grand sourire avant qu'il reparte vers l'entrepôt. Le voyant rejoindre les autres, la démarche victorieuse, un sentiment de fierté m'inonde.

Ça marche.

Nous prenons soin de notre ville. Ce n'est plus un lointain projet ni une utopie. Nous le vivons. Tous les complots, la préparation pour en arriver là se révèlent payants. Décidant qu'il faut fêter ça en fumant un pétard, et qu'il n'y a qu'un corbeau avec qui j'ai envie de le partager, je vérifie mes messages. Pas de réponse de Sean. Alors que tout espoir de célébrer notre réussite avec lui s'envole, j'ouvre l'appli de traçage. Sa Nova est garée dans un chemin paumé sans issue.

Ce qu'il fait en ce moment n'est pas un mystère : Cecelia.

Je démarre en trombe alors qu'un SMS de Tyler s'affiche sur mon écran.

Tyler : Il a mordu à l'hameçon.

Un peu de la tension se soulève de mes épaules. Au moins, Tyler reste concentré.

Dom : Dans ce cas, remonte la ligne.

Chapitre 10

Le soir suivant, Sean se tient devant sa portière ouverte, son téléphone à l'oreille. Je patiente, adossé à ma Camaro, contemplant les montagnes qui se découpent sur le ciel d'encre. Il roucoule dans le téléphone, surprend mon regard avant de me faire un clin d'œil.

— Tu sais que je pourrais te border convenablement si tu étais d'accord.

Sa performance, qui me semble destinée, ne m'intéresse pas. Je lui fais signe de se dépêcher pour qu'on se mette au travail.

— Restons-en là, répond Sean en ignorant mon signal. Au fait, tu ne m'as pas raconté ton rêve ce matin.

Il écoute patiemment sa réponse.

— Je ne t'en ai pas donné assez ? T'es dure avec moi. Tu vas me le payer… moi aussi. À demain. Dors bien, Pup.

Sean raccroche et enferme son téléphone dans sa Nova. Dans l'autre main, il tient son flingue braqué sur Clint depuis que je suis arrivé.

Tyler a trouvé le corbeau véreux.

Il a fallu plusieurs jours pour attirer Clint dans ce piège ; et Sean a repris le flambeau dès que Tyler l'a identifié.

Clint geint, agenouillé à nos pieds. Il ressemble en tout point au junkie à cran qu'il est. Dans le faisceau de nos phares, ses yeux creusés jettent des regards tous azimuts, alors qu'il cherche une excuse crédible pour se sortir du pétrin.

Sean arrache le ruban adhésif qui étouffe la voix de Clint. Quand j'avance, Sean secoue la tête avec véhémence.

— Celui-là est pour moi.

J'acquiesce d'un seul hochement de tête, malgré mon envie de me défouler. Mais les règles sont les règles et quand il s'agit des recrues de Sean, c'est à lui de décider. Il s'agenouille devant Clint, l'arme tranquillement posée sur sa cuisse.

— Tu pensais que ça passerait inaperçu, Clint ? C'est bien ce que tu pensais ?

Clint est déjà au bord des larmes.

— Je… j'avais… juste… be… besoin…

— Oh, je sais de quoi tu avais besoin, le coupe Sean. C'est une chose de t'empoisonner au point d'être mis sur la touche, mais c'en est une autre de répandre ce poison. (Sean se penche vers lui.) Tu pensais qu'on ne trouverait pas comment Fatty s'est fait pincer et se retrouve avec un casier judiciaire ? Tu pensais qu'on le virerait et qu'on en resterait là ? Tu devrais savoir que nous ne négligeons rien. C'est comme ça qu'on préserve nos secrets.

Sean sort un flacon de médicament de sa poche et le secoue devant le visage de Clint.

— Tu connais ce son, Dom ?

— C'est quoi ?

Sean le provoque en secouant le flacon.

— C'est le cri d'amour du camé.

— Je vais me soigner, postillonne Clint. Je ferai tout ce que vous voudrez.

— Tu entends ça, Dom ? lance Sean avec dégoût. Il fera tout ce que nous voudrons. Sa copine a fait une overdose il y a trois semaines, elle a failli y rester. Pourtant, son déclic, c'est ça.

Sean dévisse le bouchon du flacon avant de poser une pilule sur le bout de son doigt. Clint suit ses gestes des yeux.

— Tu es devenu accro et tu as empoisonné tout le monde autour de toi. Mais après ça, tu as perdu ta place parmi nous ainsi que notre respect. Aucun corbeau ne voulait traiter avec toi ni partager ses secrets avec toi, alors tu as décidé de trahir Fatty pour voler les tiens… Je vais te donner une minuscule chance de confirmer ce que je sais déjà.

Clint hoche la tête en reniflant.

— Avec Fatty, on fumait un pétard chez lui quelques jours avant ça.

Il est saisi d'appréhension et son expression vacille, autant que ses mots. Sean l'encourage d'un geste et Clint bafouille sa confession.

— J'ai… j'ai vu l'une des camionnettes chez lui. Elle était sous une bâche, mais je savais ce qui se passait parce que j'ai déjà participé à des dépannages. Je voulais en faire partie…

Essoufflé, il ferme les yeux et Sean appuie le Glock sur son front.

— Et ?

— Personne ne voulait m'emmener alors j'ai épié la maison de Fatty et attendu qu'il parte. Je ne voulais pas tout prendre, juste un peu sur le dessus… Je te jure.

Las de ses hésitations, Sean le toise avec mépris.

— Mais il… il ne s'éloignait pas de la camionnette… alors j'ai détourné son attention. Je connaissais la fille, je lui ai proposé de l'argent, mais je ne pensais pas qu'elle se ferait serrer ce soir-là… (Il secoue la tête.) C'était une pure coïncidence. Je ne voulais pas qu'il se fasse coffrer. Je voulais gagner du temps pour avoir de la marchandise à vendre. Il faut que tu me croies. Jamais je ne…

Sean presse durement le Glock, obligeant Clint à reculer.

— Mais tu l'as fait. Et à cause de toi, Fatty a perdu toute possibilité de se faire tatouer. Quel bordel ! Tu as dû avoir les boules quand tu t'es aperçu que la camionnette était vide. Tu nous as fait perdre un bon gars avec tes conneries.

Sean soupire, tourne les yeux vers moi pendant que Clint bredouille des excuses dénuées de sens.

— Je suis vraiment désolé, Sean.

— Le plus triste est que tu pensais t'en tirer alors que tu sais comment on fonctionne.

Au signal de Sean, je saisis la tête de Clint pour qu'il le force à avaler une pilule.

Clint halète avant que Sean lui referme la bouche. Décapsulant une bouteille d'eau, il le force à boire pour l'avaler. Alors que Sean sort une autre pilule et s'approche de Clint, ce dernier regarde la bouteille avec angoisse tout en levant ses poings liés dans une vaine tentative de se protéger.

— S… Sean, s'il te plaît. Je ne peux pas.

— Quoi ? Tu n'aimes plus l'oxy ? C'est pas ce que tu espérais voler à tes frères ?

Clint lève vers Sean son visage pathétique.

— Sean…

— Cesse de répéter mon nom. Tu penses que je ne reconnais pas la manipulation psychologique ? Tu penses que ça me fera changer d'avis ? Que j'y réfléchirai à deux fois ?

Sean souffle lentement de déception.

— Je sais que tu es fait de chair et d'os. Je sais que tu es constitué d'un cœur et d'une âme. Mais les tiens ont pris la mauvaise direction. C'est beaucoup trop tard pour défendre ta cause. Ouvre.

Sean enfonce une autre pilule dans la bouche de Clint et referme le flacon avant de se relever et d'allumer une cigarette. Refermant son Zippo d'un claquement, il passe son pouce sur sa lèvre inférieure tout en réfléchissant à ce qu'il va dire.

— Putain, mon pote. Je n'aime pas faire ça, Clint. Aucun de nous n'aime ça, mais ton jugement de junkie t'a fait ignorer l'une des règles les plus importantes, et trahir la promesse tatouée sur ta peau. Ça, je ne peux pas le tolérer.

La posture résignée, il exhale lentement la fumée.

— C'est tellement plus important que moi ou toi, que n'importe lequel d'entre nous. Je t'ai pris sous mon aile. Je t'ai donné tout ce que j'avais, et tu me trahis ? Les règles sont simples. Pas de drogue, pas d'arme, pas d'innocent. Nous n'en achetons pas, nous n'en vendons pas, pas plus que nous nous mêlons de la traite des personnes. Et nous ne vendons certainement pas l'un des nôtres. Toi, tu étais prêt à troquer ton propre frère contre une putain de dose.

Clint nie en secouant la tête, alors que j'approche par-derrière et arme mon revolver, que je presse contre l'arrière de son crâne gras.

— Je me demande s'il manquera à quelqu'un.

Clint proteste.

— Attendez ! Attendez !

Sean me consulte du regard.

— Devrions-nous attendre, Dom ? Il a déjà choisi son poison, pas vrai, Clint ? Il passe avant toi-même, les gens que tu aimes, tes putains de frères.

Clint essaie de laisser retomber sa tête en avant, mais Sean empoigne ses cheveux et l'oblige à la relever.

— Non, mon gars. Personne ne m'embrouille les yeux fermés.

— Sean, je vais arranger ça. Je vais m'améliorer.

Au regard apathique de Sean, je sais que la récré est terminée.

— C'est marrant que ce soit moi que tu implores. Et je peux comprendre. Dom a l'air d'une putain de brute, mais moi ? Je dégage autre chose de plus cool et globalement, je le suis, jusqu'à ce qu'on touche à ce qui compte le plus pour moi…

Sean jette sa cigarette et l'écrase sous sa botte. Avec un regard de tueur, il dévisse le bouchon et verse une pilule dans sa paume.

— … c'est là que je deviens effrayant.

Clint ouvre la bouche dans un cri muet, de la bave coule sur les côtés avant que Sean enfonce un cachet de plus dans sa bouche. Clint le recrache, suppliant d'une voix étranglée.

— Pu… putain, mec. S'il… s'il te plaît. Tu me connais.

— C'est ce que je croyais, admet Sean, la tête inclinée. Es-tu au moins récupérable, Clint ? C'est la vraie question, non ? Peux-tu passer de mauvais à bon, du mal au bien ? Es-tu le méchant ou est-ce moi ? À moins que je sois les deux. Mais je suis celui qui t'a introduit dans le groupe, ce qui fait de toi ma responsabilité. Clairement, mon jugement était biaisé, et ta mémoire défaillante vu que tu as oublié que quand tu embrouilles l'un de nous, tu nous embrouilles tous. Le temps est écoulé.

Horrifié, Clint écarquille les yeux. Au même instant, Tyler arrive dans sa voiture et en sort, endimanché, sa casquette baissée sur son front. Serrant des gants noirs, il se place à côté de moi pendant que Sean secoue le flacon devant le visage de Clint pour regagner son attention.

— À partir de combien est-ce trop ? provoque-t-il Clint avec un regard malfaisant. Tu veux jouer ta vie à la roulette comme tu l'as fait avec mon club ? Tu ne voudrais pas rater ta dose. Ouvre.

Sean enfonce le cachet dans la bouche de Clint. Il recrache, et bredouille en vain des excuses.

— Je suis désolé. Tellement désolé. Je ne pensais pas que ça irait aussi loin.

Sean a un rire moqueur.

— Dis ça à Fatty. J'espère que tu ne peux pas tomber plus bas. Sincèrement. Comment pourrais-je te faire de nouveau confiance ?

Tyler avance. Le visage dénué d'émotion, il fixe Clint comme un bourreau. Mais l'espoir renaît dans les yeux et dans le ton de Clint.

— Je peux le prouver. Dans ma b… boîte à gants, il y a mon autre portable. Vous verrez le SMS que j'ai envoyé à la fille. Toute la conversation. J'en ai parlé à personne d'autre. C'était juste entre elle et moi. Et tout ce que je lui ai proposé, c'est de l'argent. Elle n'a pas su pourquoi je lui faisais cette offre.

— Prie pour que ça suffise, crache Sean en puisant dans le fond de sa colère.

Lisant le conflit intérieur qui grandit en Sean, Tyler le pousse sur le côté.

— Je prends le relais.

Sean hoche la tête, alors que Clint l'appelle en hurlant et que Tyler le tire vers le côté passager de la Honda avant de le pousser sur le siège. Il sort le téléphone de la boîte à gants et me le passe. Je le glisse dans ma poche. Tyler nous consulte du regard. Les hurlements de Clint résonnent, puis sont assourdis par le claquement de la portière avant que Tyler redémarre.

Au son du Zippo de Sean, je me retourne et le vois se frotter le visage avant de pencher la tête en jurant. Je m'approche en sachant que sa conscience le rongera pendant des jours.

— C'est la guerre, frère, lui rappelé-je. La première bataille d'une longue série.

— Je sais. Je comprends. Et nous comptons sur la loyauté de la seule variable que nous ne pouvons pas contrôler… les individus.

Sa déclaration s'attarde dans l'air, résonne de tant de vérité. Les séquelles de ce qui vient de se produire sont manifestes dans sa posture.

— J'étais tellement sûr de lui, et maintenant…

Il reporte son regard vers la voiture de Clint qui s'éloigne. Sean a toujours cru que l'intuition était son plus grand talent. Je ne le corrige pas parce que, en réalité, il a un don unique pour discerner les bons œufs des mauvais. Il lit naturellement les gens, anticipe leurs besoins et, si nécessaire, il les manipule à notre avantage. La vérité est qu'il est empathe jusqu'à la moelle. Sa kryptonite est son aptitude à ressentir chaque partie de ce qui vient de se produire… alors que la mienne est de rester objectif et détaché. Cette situation ne m'affectera plus une fois que j'aurai repris ma voiture, mais Sean ne l'oubliera pas de sitôt. Il perdra le sommeil à force de ressasser le sort de Clint, et portera ce poids.

— Tu le crois ? demandé-je.

Il exhale un long panache de fumée.

— Peu importe que je le croie, hein ?

Côte à côte, nous regardons les feux arrière disparaître au loin. Pour le bien de Sean, je me surprends à espérer que Clint nous a donné suffisamment.

Chapitre 11

— Je sors, annonce Sean à voix basse alors que je remplis ma tasse de café.

Un sac de linge plein à craquer sur l'épaule, il descend l'escalier. Il cherche dans mon expression le verdict de Clint. Je secoue la tête pour signaler que je ne l'ai pas encore.

J'imagine que son excursion à la laverie est un prétexte pour échapper aux affaires du club aujourd'hui. Il fait la tête depuis le soir où nous avons regardé les phares arrière de Clint disparaître, il y a quelques jours. Il a pris une cuite après avoir lu parmi les gros titres qu'un type du coin avait disparu et que sa voiture avait été retrouvée dans un centre commercial très fréquenté. Ce sera ma priorité de l'en informer, dès que j'aurai terminé les vérifications requises. Même si avec Sean, nous avons collectivement condamné à mort ceux qui le méritaient, c'est une autre histoire quand le sort de l'un des nôtres est en jeu.

— Tu veux un coup de main ?

Devant la porte d'entrée, il me lance un regard hésitant. J'en déduis qu'une main charitable l'attend déjà. D'un geste approbateur, je lui concède la voie de sortie nécessaire. S'il veut noyer ses soucis et lui-même dans Cecelia, c'est son droit. Quand il ouvre la bouche pour proférer une excuse inutile, je le congédie d'un geste.

— J'ai des trucs à faire.

Il s'arrête dans l'entrebâillement de la porte d'entrée et cherche les mots susceptibles de m'atteindre. Réalisant que rien n'y fera, il claque la porte derrière lui.

* * *

Je grimpe les marches deux à deux, après avoir travaillé tard au garage. Je décide de me remettre au projet qui me passionne, quand un geignement rauque m'arrête. À travers la rampe d'escalier, j'identifie sa source, collée contre le petit bout du mur du fond du couloir, entre les chambres de Sean et de Tyler. *Cecelia.* La tête renversée en arrière, les yeux fermés, une jambe sur l'épaule nue de Sean qui la dévore avec gloutonnerie.

Rien qu'à les voir, je frémis. Comme je l'avais deviné, Sean soigne ses sentiments avec Cecelia. Dans sa décision de se noyer en elle, il a aussi ouvert son lit et notre maison, ce qui change la donne. La fureur bouillant sous ma peau, je réfléchis à ce qui le motive. La Nova de Sean n'était pas dans l'allée à mon arrivée. Ni la voiture de Cecelia. Alors comment sont-ils venus jusqu'ici ?

Tyler les a probablement déposés et a senti qu'il valait mieux les laisser seuls. Sean aurait dû m'entendre arriver, mais à en croire l'avidité avec laquelle il la déguste, il était concentré sur autre chose. Ce sont les cris de Cecelia qui interrompent la valse de mes théories, quand elle s'accroche aux cheveux de Sean et remue contre sa bouche. Les yeux solidement fermés, Sean s'écarte et lève la tête vers son visage tout en plongeant ses doigts en elle, m'offrant un aperçu de sa nudité.

Ça m'excite de la voir en extase. Le sang bat dans mes oreilles, le reste affluant plus bas. Qu'importe que je le veuille, je ne peux pas détacher mon regard d'eux. Alors je ne le fais pas. Je sais que si elle ouvrait les yeux, elle me surprendrait, mais je reste là où je suis, à la regarder succomber aux cajoleries de Sean.

— Tu veux jouir, Pup ? demande Sean d'une voix imprégnée de désir.

— S'il te plaît, gémit-elle alors qu'il trempe ses doigts dans son suc avant de masser son sexe qui s'agite dans sa main.

Sean replonge en elle et Cecelia explose. Le visage en feu, elle halète son nom. Sa cuisse tremblante autour de sa tête, elle plante son talon nu dans son dos. La vue et le son de son orgasme libèrent un besoin gigantesque en moi. Les cheveux dressés sur la nuque, mon érection palpite dans mon jean, exigeant une attention que je lui refuse.

Me décollant de là, j'atteins la dernière marche quand la porte de Sean se referme. Cloué sur place, j'entends les gémissements étouffés de Cecelia reprendre à l'intérieur. Les sens affûtés, mon sexe menace de se révolter alors que j'entends vrombir le réfrigérateur ainsi que le tic-tac d'une minuscule horloge sur une étagère.

Décidé à ne pas céder aux détestables palpitations dans mon jean, je me dirige vers la baie vitrée et sors dans le jardin. Je lance des regards autour de moi à la recherche de quelque chose qui pourrait me soulager un peu.

Je m'allonge sur le banc de musculation, soulève la barre et enchaîne les *dead press.* En proie à un conflit intérieur, je m'acharne à lever du poids pour effacer les images de son visage imprégné de désir, de sa fine bande de pilosité et de son sexe trempé. Et les sons qu'elle faisait en jouissant.

Même s'il voulait que j'assiste à ça, histoire que j'affronte mon attirance pour elle, le *timing* n'aurait pas pu être plus précis.

Cela dit, nous sommes les maîtres de la supercherie.

Sean ne fait rien sans y avoir mûrement réfléchi.

Peut-être qu'il combat les effets qu'elle a sur lui tellement il veut croire à ses propres mensonges… sans succès. Peut-être que pour une fois, en ce qui la concerne, il n'a pas la réponse.

Aucun de nous ne l'a.

Mon instinct guide chacune de mes actions et décisions à ce stade de ma vie. Depuis toujours. Mais je ne l'ai pas accepté avant l'âge adulte. Bien que je le suive fidèlement, j'aurais aimé qu'il soit plus discret. Le fait est qu'il ne l'est pas. Il bourdonne en moi avec une force inexplicable, et me force à obéir. Refuse de me laisser en paix.

Comme maintenant, où je suis arraché à un profond sommeil pourtant nécessaire, je me sais observé, sans même avoir à ouvrir les yeux, et par qui.

Alerté, j'ouvre les paupières et la vois devant la salle de bains. Même à plusieurs mètres, son désir est visible. Constatant qu'elle est aussi excitée qu'il y a quelques heures, je reste immobile, étendu d'une manière tout aussi commode qu'involontaire pour le plaisir des yeux.

Elle s'imprègne tranquillement de chaque centimètre de mon corps, avant de fixer son attention sur mon sexe. Un sexe qui me trahit déjà, et se tend devant elle qui a l'air fraîchement baisée, les lèvres encore gonflées, et seulement vêtue d'un tee-shirt de Sean.

Alertée à son tour, elle sent que je la regarde juste avant que ses yeux bleus gorgés de désir rencontrent les miens et s'écarquillent.

L'électricité, désormais familière, crépite entre nous. Mon regard provocateur s'échappe vers mon sexe. Un sexe en pleine érection à présent. Je relève le menton d'une fraction alors qu'elle bafouille des excuses, avant de détaler comme… une souris.

La porte de Sean se refermant sans bruit, je ne peux m'empêcher d'avoir de la considération pour ce salopard et sa toute dernière manœuvre audacieuse. À dessein ou pas, il m'appâte avec elle depuis qu'elle est ici. Il est plus que temps de leur donner un coup de semonce, à tous les deux.

Tous les coups sont permis, mes chéris.

Chapitre 12

Cling-clang.

Le bruit métallique m'arrache à l'image de Cecelia effleurant mon sexe avec ses mains, pendant notre confrontation d'hier dans la cuisine. J'ai été absolument détestable et malgré cela, l'attraction crépitait, renforcée par notre dernière dispute que j'avais provoquée. Elle m'a rendu coup pour coup, mais le dernier test de Sean a fini par échouer. Il l'a délibérément laissée sur mon chemin, une fois de plus, et, une fois de plus, il n'a pas réussi à démontrer qu'il avait raison. Elle est loin d'être prête ou d'avoir la force d'endurer les épreuves inhérentes à notre monde. Plus il essaie, plus ses efforts font flop.

Les Dead Sergeants dans mes écouteurs, je consulte le nouveau solde de notre tirelire. Le cours du Nasdaq à l'ouverture de la bourse et les informations locales apparaissent simultanément sur mes deux écrans. La satisfaction me remplit lorsque je découvre que l'action de la société de Spencer s'effondre comme mon plan le prévoyait. Dès que nous aurons réuni suffisamment de preuves pour le faire tomber pour les armes que nous avons trouvées dans l'entrepôt, on pourra dire adieu à notre cher Spencer et passer à la cible suivante. Au même instant, je reçois un SMS de Tyler.

Tyler : RDV au garage.

Agacé par l'odeur du *carrot cake* que Cecelia m'a renversé sur la tête hier, je décide qu'une douche s'impose. Alors que je m'écarte du bureau, je m'interromps en apercevant le gros titre d'un nouveau flash info sur mon écran.

« UN FOYER POUR FEMMES REÇOIT
UN DON FARAMINEUX. »

Je coupe la musique et monte le volume juste au moment où le présentateur passe la parole au journaliste sur place.

« Je suis devant le foyer pour femmes Nouvelle Chance, avec sa directrice Loretta Dawson, où, il y a quelques jours à peine, un bienfaiteur anonyme a fait livrer un camion rempli à ras bord de matériel et de denrées non périssables. De quoi remplir le garde-manger jusqu'à l'année prochaine. Un don inattendu, qui était grandement nécessaire. Pouvez-vous nous en dire un peu plus, Loretta ? »

L'ancienne enseignante de catéchisme de Sean prend le micro, avec un mélange de nervosité et de joie : « Quand le camion s'est arrêté, nous étions sidérées. Nous avons reçu des dons très généreux par le passé, mais rien de comparable à celui-là. Nous craignions de devoir mettre la clé sous la porte, même après notre gala de charité annuel, le mois dernier. Nous sommes profondément reconnaissantes envers la personne qui a trouvé en elle la volonté de nous permettre de garder le foyer ouvert et de changer la vie de dizaines de femmes. »

Satisfait, je baisse le volume, fais craquer les os de mon cou et me repousse du bureau.

Les muscles endoloris par une autre nuit blanche, je redoute les longues heures qui m'attendent. Alors que je me dirige vers la salle de bains, mon téléphone personnel vibre. Déçu que ce ne soit pas mon frère, qui n'a pas donné suite à mes deux derniers messages le priant de me rappeler, la crainte m'enveloppe en lisant « Centre médical Blue Ridge » sur l'écran.

Dans la salle de bains, j'examine mes cernes dans le miroir.

— Allô ?

— Dominic King ?

— Lui-même.

— Je suis désolée de téléphoner si tôt. Il se trouve que votre… (je l'entends tourner une page) tante Delphine est en avance à sa séance de chimio, et n'est pas du tout en état de rentrer chez elle en voiture.

Serrant ma nuque dans ma main, je m'arme de patience en respirant profondément.

— À quel point est-elle en avance ?

Une fois informé, je me frotte la mâchoire.

— Pouvez-vous la garder ? Je peux être là dans une heure.

Au son de sa voix, elle panique à l'idée de ce qui sera l'heure la plus longue de sa vie. Je la remercie et raccroche avant de me déshabiller pour me doucher. Les yeux fermés, je me tiens au mur carrelé et je laisse l'eau ruisseler sur mon dos.

— Seigneur.

C'est la seule prière dont je suis capable.

Quelque peu revigoré par un instant sous le jet froid, j'enfile mon tee-shirt King puis mes bottes. Avec le peu d'énergie dont je dispose, je descends l'escalier. À mi-chemin, je vois Sean derrière l'îlot de la cuisine, face aux informations qui passent sur la télévision du salon.

— Tu l'as vu ?

Je hoche la tête. Il sort un mug du placard et m'observe en la remplissant avant de la pousser devant moi.

— Encore une nuit blanche ?

Je grogne, bois une longue gorgée avant que les critiques fusent.

— J'ai besoin que tu sois pleinement là. Tu ne peux pas continuer de brûler la chandelle par les deux bouts.

— Je ne vois personne d'autre qui soit capable d'assumer ma charge de travail, à ma façon. Il faut bien que quelqu'un organise le bordel qu'on m'a laissé.

— D'après tes critères idéalistes, raille-t-il. Avons-nous vraiment si mal tenu la boutique pendant que tu étais à Boston ?

— Tu es en manque d'affection ? rétorqué-je entre deux gorgées. Tu as besoin d'un compliment ?

— Si j'ai besoin de quoi que ce soit ou de qui que ce soit en ce moment, ce n'est pas de toi. Au fait, merci d'avoir aussi foutu ça en l'air pour moi. Elle a filé en douce la nuit dernière, sans un mot, et ce matin, elle ignore mes SMS.

Je lève ma tasse comme pour trinquer.

— Quand tu veux !

— Donc c'était intentionnel.

— Autant que toi qui l'as laissée ici hier sans jouer le chien de garde, dis-je en haussant les épaules. Tu n'as peut-être pas été assez clair, lorsque tu t'es réconciliée avec elle sur l'oreiller.

— Je pense que tu as entendu des preuves du contraire.

— Tu me confonds avec quelqu'un qui en a quelque chose à foutre. J'ai des problèmes plus importants à régler que ta vie sexuelle.

— Dis ce que tu veux, mais même avec Tyler qui est toujours sur notre dos, c'est toi qui sabotes la mission.

— Elle a besoin de savoir où est sa place.

— Je comprends pourquoi c'est dur pour toi, mais tu ne peux pas continuer à lui tenir rigueur de son ignorance alors qu'elle ne sait pas ce que tu fais. Si tu lui laissais une minuscule chance, elle te surprendrait, dit-il en posant les mains sur le plan de travail. Si tu étais honnête avec toi-même, tu admettrais qu'elle t'a déjà surpris.

— Ha ouais, tu comprends ?

Je contourne la cuisine jusqu'à la fenêtre, d'où je regarde la crête des montagnes recouverte de nuages au-delà du jardin.

— J'ai pas l'impression, non, ajouté-je.

— Alors il faut qu'on en parle.

— Il faut surtout qu'on aille au garage. Tyler nous attend.

Sean pose sa tasse dans l'évier à côté de moi. Je transvase mon café dans un gobelet de voyage, que je remplis à ras bord. Malgré sa rage, Sean est visiblement inquiet.

— Tu veux que je te conduise ?

— Ça ira.

Il mord son anneau à la lèvre.

— Tout est OK entre nous ? demande-t-il avec un regard soutenu.

Il essaie de me déchiffrer. Mais j'acquiesce en silence et attrape mes clés. Seul le sujet Cecelia l'intéresse.

— Que veux-tu entendre ?

— La putain de vérité. Je ne vais pas te mentir. Il y a du potentiel, pas juste pour moi, pour nous. Pour le groupe et à long terme.

Je tiens mon gobelet devant mes lèvres.

— Maintenant tu penses à long terme ?

— N'est-ce pas le but de nos actions ? Je le vois en elle, et je pense que ça t'insupporte de le voir aussi.

— Je vois une souris.

— Si tu le dis. Fais comme ça te chante. Si tu voulais que je la lâche, tu t'es bien fait comprendre. Mais pour info, tu pouvais nous éviter toutes ces scènes en me le disant franchement.

— Mon poing ne t'a pas mis la puce à l'oreille ?

Perplexe, il se passe la main dans ses cheveux en pétard.

— Je pensais que tout était réglé entre nous.

— C'était réglé. C'est pas mon problème si elle n'a pas réussi à le faire. Ta petite expérience a mal tourné et c'est ta faute.

— Fait chier.

Sean attrape ses clés et s'apprête à partir. Je reporte mon regard vers la fenêtre, vers le monde qui attend. Un monde auquel je ne veux pas appartenir si je ne peux pas jouer le rôle que je veux. C'est là que Sean intervient. Il a été ma liaison avec l'extérieur, bien avant mon perpétuel état d'agitation. Tandis que le reste de mes frères restent concentrés sur le programme, me soutenir a toujours été la priorité absolue de Sean. Même si sa motivation pour fréquenter Cecelia est égoïste, il ne me trahira pas quand ça importera réellement. De ça, j'en suis certain.

— Tout est OK entre nous.

Il me scrute pour s'assurer de ma sincérité.

— Sérieux ?

Je le pense sérieusement. Même s'il a décidé de faire de Cecelia son passe-temps, il ne s'engage pas à long terme. Quoi qu'il se passe entre eux, ça finira par s'éteindre. Donc, en quoi ça m'embêterait qu'il en tire un bénéfice personnel ? Ça fait partie de ce qu'il est, de ce dont il a besoin. Ce n'est pas mon style, mais je comprends qu'il soit comme ça. S'il doit se laisser distraire par une femme, qui de mieux que celle qui nous rapproche de l'anéantissement de Roman ?

— Sérieux, Roméo. Mais pour moi, elle n'est qu'une parmi tant d'autres.

— Pense ce que tu veux, mais mon point de vue est tout l'inverse. Et je suis pas sûr que tu puisses l'accepter. Même si elle me plaît, et elle me plaît vraiment, admet-il en se passant la main dans les cheveux. Ça peut s'arrêter maintenant. L'impasse dans laquelle elle s'est engagée peut devenir une porte de sortie. À toi de décider.

Il attend que j'assimile son opinion, ainsi que son avertissement, puis il ajoute :

— Mais si tu décides de la laisser entrer, je l'intègre complètement.

À cette déclaration, je cesse tout mouvement.

— Tu as pensé aux conséquences ?

— Je les assumerai, déclare-t-il avant de sortir.

Sidéré qu'il soit disposé à se porter garant pour elle, en particulier après sa crise d'hier, je le suis et ferme à clé. Pendant que nous faisons chauffer les moteurs, je le vois sourire par nos vitres baissées, du rock classique filtrant par les enceintes.

— Faut qu'on te réveille.

Je monte le volume de ma radio pour noyer le bruit, et, énervé, il secoue la tête. La seconde suivante, il démarre à toute blinde. Je passe une vitesse et le suis.

Au stop, je m'arrête à côté de lui, nos capots alignés. Après trois accélérations synchronisées en guise de compte à rebours, nous mettons le pied au plancher, régnant sur les deux voies de la route principale. Sean prend l'avantage quand une voiture arrive en sens inverse, ce qui m'oblige à me rabattre. Je peux presque l'entendre s'insurger quand j'écrase l'accélérateur et le double. Le long double coup de klaxon est sans doute un doigt d'honneur sonore. Nous dévalons la route. Sean commence à rattraper son retard, quand une autre voiture m'oblige à ralentir et à me déporter sur sa voie. Le conducteur écrase son klaxon en braillant « Bande d'imbéciles ! » quand nous le croisons à vive allure. Sean avance plein pot. À cheval sur les deux voies, j'anticipe chaque action, son capot dangereusement près de mon parechoc, alors que je bloque sa manœuvre pour rester en tête. Je jette un coup d'œil dans le rétro en riant.

— Je te vois peut-être double, frère, mais vous êtes tous les deux derrière moi.

À l'approche du dernier virage à droite, je le laisse me dépasser en trombe avant de couper par un champ aride. Un dérapage sur le bitume, je reprends la tête et donne tout ce que j'ai. Sean enchaîne les coups de klaxon et je ris encore, savourant déjà ma victoire.

Dans l'ultime tournant risqué, Sean reprend du terrain en faisant un doigt d'honneur par la fenêtre, tant et si bien que nous filons côte à côte sur la ligne droite. J'appuie à fond sur l'accélérateur, sachant que la puissance se joue sur les derniers mètres et c'est là que j'ai un léger avantage. Mon moteur l'emporte et je le devance de la longueur d'une voiture avant de déraper sur le parking de King, où je m'arrête net. Sean se glisse sur la place à côté de la mienne au moment où je descends. Devant sa portière, il me parle au-dessus du toit de sa Nova.

— T'es tellement ridicule, tu sais ça ? Les règles sont simples : pas de hors-piste, rappelle-t-il en dessinant des droites avec la tranche de sa main.

— Depuis quand es-tu à cheval sur les règles ? Ah oui… depuis que je t'ai mis la pâtée. Si tu passais un peu plus de temps sous ton capot que sous des jupes, tu aurais une chance de me battre un jour.

Sean referme sa portière et me rejoint devant la mienne.

— La journée n'est pas terminée, enfoiré.

Il me tape dans le dos pendant que nous marchons vers l'entrée pour faire un point avec Tyler. Depuis le braquage de l'entrepôt, il s'est donné pour mission d'obtenir le fin mot de l'histoire en utilisant ses contacts dans l'armée.

Notre principal revers est que si nous tentons de faire justice sur une affaire de ce calibre, cela risque d'attirer l'attention sur notre secret. Pendant que j'envisage divers ennemis hypothétiques, Tyler se pointe sur le parking. Nous nous dirigeons ensemble vers son pick-up pour qu'il nous briefe quand j'entends quelqu'un crier mon nom.

Chapitre 13

Sean et moi nous retournons vers Ginger, qui sort de sa berline Chevrolet. Nous n'avons pas remarqué qu'elle était là en arrivant. Alors que nous marchons vers elle, je m'efforce de ne pas montrer que sa visite surprise bousille ma matinée.

— Tu recommences à te taper Ginger ? murmure Sean.

Nos bottes crissent sur le gravier. Je contemple sa robe et, comme toujours, j'apprécie sa beauté.

— Je l'ai revue quand je suis rentré. Juste une fois. Une partie de jambes en l'air pour fêter mon retour.

— Genre « bon retour chez toi » en elle, plaisante-t-il en ajoutant une tape dans le dos.

Je lui lance un regard d'avertissement. Ginger approche, ses cheveux auburn soulevés par le vent, ses yeux marron allant de moi à Sean. Il prend la tête, son sourire hypocrite bien en place. Normalement, il ne retirerait pas autant de joie de mon embarras, mais aujourd'hui il a clairement envie de me faire payer pour Cecelia. Cette idée me ronge tandis qu'il s'adresse à Ginger.

— Salut, Ginger. Tu es en beauté ce matin.

Elle lui chuchote un « merci », avant de se concentrer sur moi. Son expression montre que je n'ai pas réussi à cacher mes sentiments. Je l'ai fait se sentir indésirable. Il faut que je dise quelque chose qui allège son inconfort, mais elle parle avant moi.

— Je peux te parler une seconde ?

Je lève le menton et Sean, comprenant le signal, repart à reculons en nous regardant tour à tour. Ignorant mon rictus, il s'adresse à Ginger.

— Nous avons une nouvelle maison. Je ne sais pas si Dom te l'a dit, mais tu es la bienvenue. Quand tu veux.

— Merci, Sean.

Sean rejoint Tyler, lequel me fait signe du menton pour signifier que les nouvelles qu'il apporte sont urgentes. Puis il adresse un bonjour amical à Ginger. Je hoche la tête pour montrer que j'arrive.

— Je ne te prendrai pas beaucoup de temps, dit Ginger en attirant mon attention.

— Ça va… Tu vas bien ?

Je suis nul à ça. Je n'ai jamais su faire la causette, même quand je le voudrais. Il y a quelques années de ça, en particulier avec Ginger, je voulais vraiment bavarder. Je n'essaie même plus. Là où j'échoue continuellement, Sean aurait déjà convaincu une ancienne conquête de le suivre dans un coin tranquille et plongé en elle, lui faisant oublier pourquoi elle était venue. Ce talent qu'il possède, je l'envie parfois, ne serait-ce que pour cette raison.

C'est aussi pour cela que je partageais avec Sean autrefois, quand une occasion se présentait. La mascarade l'amuse, pas moi. Quand les filles ont fait leur temps, c'est lui qui les plaque en douceur, avant que je bousille tout avec ma vérité trop crue ou mon inaptitude à utiliser la parole quand ça compte le plus.

Raison pour laquelle Tyler s'en est servi contre moi, dans le jardin, l'autre jour. C'est humiliant, ce dont je prends conscience pendant que Ginger attend patiemment. Elle est l'une des rares qui n'a jamais utilisé ma faiblesse, pas une fois, même lorsque nous étions gamins. Visiblement, une raison importante l'a poussée à venir.

— Je vais bien, Dom. Il ne s'agit pas de nous, m'assure-t-elle avant de mordre sa lèvre inférieure.

Je remarque alors qu'elle transpire, et il est un peu tôt pour ça. Pour la tranquilliser, je prends sa main tremblante et la vois respirer pleinement pour la première fois depuis qu'elle est face à moi.

— Qu'est-ce qui t'arrive ?

— Dom, je déteste demander de l'aide, mais j'ai besoin de toi.

Je resserre mes doigts autour de sa main, sachant que ce n'est pas moi qui l'effraie. La colère monte en moi, envers celui qui a instillé cette angoisse visible en elle.

— Demande quand même.

Refermant la portière de Ginger, j'ajoute une tâche supplémentaire à mon interminable *to-do list*. Elle me sourit à travers la vitre avant de démarrer. Alors qu'elle s'éloigne, mon téléphone sonne dans ma poche. Je râle, sachant sans même vérifier que c'est l'hôpital. J'ai encore trente minutes devant moi, mais Delphine a déjà terrorisé le personnel hospitalier au point qu'ils me rappellent. À travers la vitre de l'accueil, Tyler aperçoit mon signal, alors que je repars vers ma voiture. Il sort, se dirige vers son pick-up.

— On reporte, c'est important. Je te retrouve au plus vite. Ne t'éloigne pas.

— Tu vas où ?

— Une menace française soûle et turbulente s'est pointée à son rendez-vous de chimio avec plusieurs jours d'avance… Je te raconterai plus tard la chute de cette putain de blague.

— Merde. Tu as besoin d'aide ?

— Je gère.

— Fais signe si ça se complique.

Comme je ne réponds pas, il jure en rangeant son téléphone prépayé dans sa boîte à gants avant de reprendre le volant de son pick-up.

Il hésite à me suivre. Je parierais mon bolide là-dessus. Delphine est son autre talon d'Achille, et il le cache extrêmement mal, du moins à moi.

Tyler part en trombe au moment où Sean déboule de la réception.

— Hé, les abrutis, vous allez où ? Au cas où vous l'auriez oublié, je ne travaille plus ici.

— Aujourd'hui, tu gardes la boutique, dis-je avant de monter en voiture.

Russell prendra le relais dans moins d'une demi-heure. Je mets le contact en buvant mon café, dont j'ai grand besoin. J'écrase l'accélérateur, les épaules déjà crispées.

Encore une de ces journées où rien ne va.

Chapitre 14

De mon siège, je fixe l'accueil plongé dans la pénombre en passant mes phalanges sur le volant, mon téléphone prépayé serré dans mon autre main.

— Je te demande de faire une concession. Une petite concession. Je ne peux pas rester sans rien faire pendant…

— Tu peux et c'est ce que tu vas faire, me coupe Tobias. Un à la fois, Dom. Nous devons nous concentrer sur celui qui passe en premier.

— Tu ne sais pas ce que tu me demandes. Chaque jour où tu m'empêches d'agir est un jour perdu.

Une autre vie volée, une innocence perdue et la victoire d'un monstre. Mais je ne peux pas trop dévoiler que cela m'affecte. Il a remis le destin du club entre mes mains, et s'il apprenait que mon projet parallèle entrave notre mission, il me révoquerait. J'ai besoin d'un semblant de contrôle. Si Tobias me prive du suivi quotidien, mon sort sera pire que ce que je vis actuellement. Son silence, au bout du fil, indique qu'il réfléchit à sa décision.

— Arrête. N'y pense même pas, l'avertis-je.

— Puisque tu sais ce que je pense, pourquoi avons-nous cette conversation ?

Son accent est de plus en plus fort et, bizarrement, ça m'agace. Peut-être parce que je ne veux pas qu'il élise domicile de l'autre côté de l'océan. Même si jusqu'à présent, il a passé plus de temps en France qu'ici.

— Nous ne pouvons pas prendre ce risque, Dom.

— Ce qu'ils font… en toute impunité…

— Ça se reproduit depuis des décennies et ça n'est pas près de s'arrêter.

— Je comprends ta logique, admets-je de mauvais gré.

— Tu es sûr ? fait-il avec condescendance.

S'il parle aussi souvent à Tyler qu'à moi – Tyler lui donne certainement plus de raisons de s'inquiéter –, j'ai peut-être déjà perdu ma place.

— Ne le fais pas, dis-je. Je serai à tes ordres. Je ne suis pas passé à l'acte pour l'instant. C'est pour ça qu'on s'engueule.

— Prouve-moi que c'est la bonne décision. Ton moment viendra, frère.

— Combien de fois j'ai entendu ça ?

Je frotte mes phalanges sur le volant, si fort que ça brûle. Au tintement des glaçons dans son verre, je sais qu'il ne révèle pas vraiment ce qui l'énerve.

— Du nouveau dans tes démarches pour le retrouver ? demandé-je en espérant lui arracher quelque chose.

Nos conversations sont rares, et je sais que c'est pour lui permettre de rester concentré. Pour une raison que j'ignore, il a choisi le moment le plus critique du club pour chercher son père biologique et j'essaie de ne pas lui en vouloir pour ça.

— Non, répond-il. Une rumeur, puis le silence pendant des jours, parfois des semaines.

— Insaisissable, le bonhomme. C'est sans doute héréditaire.

— Je fais des efforts, Dom.

— Fais-en plus.

— Tu ne m'aides pas du tout ces derniers temps, se défend-il.

— J'ai pas le temps de m'ennuyer ici, soufflé-je entre mes dents.

— Raconte, me dit Tobias, pas en tant que chef, mais en tant que frère.

Ses revirements montrent qu'il est aussi à cran que moi.

— Mon emploi du temps est chargé à bloc, mais nos subsides sont spectaculaires.

— Ça fait plaisir. Et à la maison, comment ça se passe ?

Delphine.

— La définition même de la démence.

Je me frotte le visage en pensant à ma tante, qui dépérit dans cette maison. Je l'ai regardée se servir un verre depuis le porche, juste après l'avoir parquée dans son siège inclinable en début de journée. Avec le recul, ça me paraît clair qu'elle s'est elle-même enchaînée à cette baraque. Comme si elle purgeait une peine de prison qu'elle s'était imposée.

— Veille à ce qu'elle ne rate pas de séances de chimio, ordonne-t-il.

— J'y veille, réponds-je sur un ton sec.

Silence. Cliquètement des glaçons.

— Essaie de ne pas trop m'en vouloir, frère, reprend-il enfin d'une voix imprégnée de culpabilité.

Il en est à son troisième ou quatrième verre, et il devient fébrile du fait de tout ce temps passé à l'étranger, principalement loin de moi. L'inquiétude paternelle commence à ressortir. Ce dont il n'a pas conscience, c'est que sa situation m'inquiète tout autant. Sur ce point, j'arrête d'obéir aux ordres et à la place, je conçois un plan.

— À toi de me raconter comment ça se passe chez toi, dis-je.

— Je suis justement en train de parler à chez moi.

— Tu connais la définition de la démence, n'est-ce pas ?

Il fait tourner son verre, et je comprends qu'il l'a déjà vidé. Ça m'insupporte.

— Ça consiste à répéter les mêmes actions, encore et encore, en s'attendant à des résultats différents. C'est à ça que l'attente nous a conduits.

Il énonce mon nom comme si c'était un désagrément en même temps que je reçois un SMS sur mon portable personnel.

Ginger : Il est ici.

— Ne laisse pas mes problèmes t'empêcher de noyer ta culpabilité dans l'alcool, frère. Ça a si bien réussi au reste de la famille. J'ai des trucs à faire.

J'écrase mon téléphone sur le tableau de bord et balance les restes sur le sol côté passager. Je me réjouis du SMS de Ginger qui tombe à pic et laisse le reste de ma colère s'infiltrer dans ma vision. Rétrogradant, je fonce en direction de son appartement. Une fois garé, j'attrape ce dont j'ai besoin dans la boîte à gants. Ce faisant, les récents regards soucieux de chacun de mes frères tatoués traversent mon esprit… ainsi que l'avertissement de Tobias. J'envoie un SMS de dernière minute à Sean, claque ma portière et me dirige vers l'appartement de Ginger.

Elle ouvre avant que je frappe, et je repère la source de sa peur à côté d'une table basse recouverte de détritus.

Tout près, un petit garçon de moins d'un an sautille dans une chaise haute. Saisi de rage, je fixe l'enfoiré, qui a à peine le temps de lâcher sa pipe en verre avant que je l'empoigne. Une main agrippant sa nuque, je le traîne vers la porte restée ouverte.

— Qu'est-ce que tu fous ? braille-t-il en essayant de tourner la tête, mais je la maintiens baissée et continue de marcher.

— Dom ! hurle Marie, la sœur de Ginger, comme si elle avait la moindre aptitude à me raisonner.

— Remballe son bordel, aboyé-je à Marie.

Ginger tient la porte ouverte pour me permettre de foutre cette ordure dehors. Sur le seuil, Marie commence à incendier Ginger. La loque toute grasse que je cramponne se ressaisit, assez pour me poser des questions.

— Tu fais quoi, là ? T'es qui, putain ?

Je le saisis par ses cheveux huileux et relève juste assez sa tête pour qu'il puisse examiner le parking.

— Laquelle est la tienne ?

— La S10. Détends-toi, bon Dieu !

— Il ne répond pas aujourd'hui, ironisé-je en le coinçant contre sa voiture rongée par la rouille. J'ai déjà essayé de le joindre.

— Elle ne m'a pas dit qu'elle avait un mec. J'te jure.

À l'intérieur, j'entends le bébé brailler, en plus de Marie, et cela me hérisse.

La voiture de Sean surgit sur le parking. Quelques secondes après, il apparaît à mes côtés ; sa voix m'est à peine audible à cause du pouls qui bourdonne dans mes oreilles. Je dévisage le camé qui était sur le point de fumer une pipe à quelques mètres d'un bébé.

— Dom, vocifère Marie en déboulant sur le parking, suivie de près par sa sœur. Dom, ne lui fais pas de mal !

Je le plaque contre son pick-up en le regardant méchamment quand j'intègre enfin les mots de Sean.

— Tout doux. Ce n'est ni le moment ni l'endroit.

— Tu as abusé de leur accueil, l'informé-je. Tu n'es pas chez toi ici. Ginger ne veut plus de toi chez elle. Dégage.

Marie se tourne vers Ginger.

— Je t'ai dit qu'il s'en irait dans un jour ou deux !

Ginger campe sur ses positions.

— Tu m'as dit ça il y a deux mois ! J'ai trouvé une pipe dans le siège auto de Toby ce matin.

L'autre drogué, qui ne détache pas ses yeux de moi, se met à crachoter quand je l'écrase contre la carrosserie.

— Tu fumes ce poison en présence d'un bébé. Tu ne sais pas que cette saloperie imprègne ses vêtements, sa peau ?

— S'il te plaît, Dom, ne lui fais pas de mal ! crie Marie.

Le fumeur de crack, dans un accès de bravoure alimenté par la drogue, décide de prendre sa défense en interrogeant Marie.

— C'est qui, ce type ?

Sean répond pour elle :

— Tu ne veux pas le savoir. C'est mieux que tu t'en ailles, mon gars. Fais ce qu'il te dit. Il n'aime pas devoir se répéter.

Tenant le sac à merde plaqué à la voiture, je cherche ses clés sur lui, les trouve dans son jean et les appuie sur son torse.

Marie, avec une bravoure similaire, profère sa première menace :

— Lâche-le ou j'appelle…

Mon regard s'échappe vers elle.

— Tu es sûre de vouloir finir cette phrase, Marie ?

Elle se dégonfle quand Sean se tourne vers elle, avec une expression tout aussi impitoyable.

— Tu sais que je ne le ferais pas. Mais, s'il te plaît, laisse-le partir.

De nouveau focalisé sur le junkie moite de sueur, je le vois exactement pour ce qu'il est : un rebut de l'humanité.

— Il semblerait que tes prouesses sexuelles faussent le jugement des filles.

Je le cogne contre la voiture et il s'avachit entre mes mains. Ma voix de la raison s'exprime à côté de moi.

— Tout doux, Dom. Comment tu t'appelles, mon gars ?

— Jeffrey.

— Jeffrey s'apprêtait à partir. N'est-ce pas, Jeffrey ?

Sean lui offre une porte de sortie aisée, un scénario à répéter, mais il ne le suit pas.

— Il a du mal à saisir le concept. On reprend. (Je me tourne vers Marie.) Je ne me répéterai pas une fois de plus. Remballe son merdier. Il l'emmène avec lui. Nous t'attendons ici, pas vrai, Jeffrey ?

Plein de mauvaises décisions, Jeffrey a le cran d'avoir l'air de s'ennuyer.

— Ouais, ouais.

Je me tourne vers Ginger.

— Deux mois, tu as dit ?

— À peu près, répond-elle d'une voix tremblante, en lançant des regards nerveux.

— Il a participé aux frais ? Au loyer ? Aux factures ?

— Je m'en fiche de ça, rejette-t-elle avec un geste de la main.

— Puisque tu es aussi charitable, peut-être que tu mérites un invité indésirable.

Elle se défend du tac au tac :

— Je ne veux plus qu'il s'approche de mon neveu, c'est tout.

— Je ne lui ai pas fait de mal, proteste misérablement Jeffrey.

Sean secoue la tête.

— Jeffrey, évite de parler.

— Nan, bavardons un peu. Combien as-tu d'argent sur toi, Jeffrey ?

Il lance un regard apeuré à Sean, en espérant de l'aide qu'il ne trouve pas.

— J'sais pas.

— Hm. Sean, combien as-tu sur toi ?

— Trois cents et quelques.

Je me tourne vers Ginger.

— Ginger, et toi ? Combien tu as dans ton portefeuille ?

— Je viens de faire le plein. Il me reste dans les quarante dollars. Pourquoi ?

— Parce que seul un raté, qui se fout de tout, ne sait pas combien il a dans sa poche. Et c'est parce qu'il préfère laisser les autres faire le boulot.

J'extirpe de sa poche arrière un pathétique portefeuille à velcro et jette un œil à Marie.

— Tes goûts ont radicalement changé depuis le lycée. C'est la grande classe qui t'attire avec l'âge ?

Ginger a un rire nasal pendant que Marie me foudroie du regard.

— Je t'ai dit d'aller chercher ses affaires.

— Dom…

— Magne-toi d'aller calmer ton bébé qui pleure et d'emballer son foutoir ! ordonne Sean.

Vu sa façon d'écarquiller les yeux, elle sait qu'il est vain de discuter. Elle repart vers l'appartement, et je fixe mon regard sur le sac à merde qu'elle a choisi pour jouer le rôle du père. Je le lâche assez pour le bloquer avec mon coude, pendant que je fouille son portefeuille. J'en sors son permis de conduire, que je passe à Sean pour qu'il l'inspecte. Je trouve un sachet de poudre dans un billet plié. Je le jette devant son pied avant d'ouvrir le portefeuille devant ses yeux.

— Je pense que ça correspond à la totalité de ta fortune personnelle. C'est tout ce que tu as ?

— Ouais.

— Va retirer de l'argent et donne-le à Ginger.

— C'est tout ce que j'ai.

— Techniquement, non. Combien se vend la poudre dans la rue ?

— Quatre-vingts dollars, répond-il, son regard sollicitant une aide qu'il n'obtiendra pas des autres.

— Regarde-moi. (Ses yeux marron rencontrent les miens.) Donne l'argent à Ginger.

Il se dépêche d'extraire l'argent de son portefeuille et le lance vers elle. J'entends pratiquement craquer son dos quand je le réprimande pour ses mauvaises manières et que les billets retombent en voletant avant que Ginger ait pu les attraper. J'appuie mon avant-bras dans son cou et il geint.

— Maintenant, Jeffrey, un calcul simple te démontrera que tu pars avec deux fois plus que ce que tu viens de lui laisser. Mais j'imagine que tu vas fumer toute ta fortune avant d'atteindre l'autoroute.

Marie ressort avec un sac-poubelle, son fils sur la hanche. Il hoquette à cause de la violence de ses pleurs. Je ne suis que plus résolu à le débarrasser du monstre qui dort trop près de son lit.

— Il y a tout là-dedans, Marie ? Nous ne voulons pas lui donner une excuse pour revenir taper l'incruste.

Sean saisit le sac.

— Il y a tout, confirme Marie.

Je ne lâche pas des yeux le fumeur de crack, alors que Sean jette ses affaires à l'arrière de son pick-up.

— Tes bagages sont prêts, et s'il manque quoi que ce soit, tu t'en passeras.

Jeffrey hoche la tête.

— J'ai besoin de t'entendre le dire, exige Sean.

J'appuie un peu plus sur mon bras et il grimace, la douleur creusant ses traits.

— OK. OK. S'il manque quoi que ce soit, je m'en passerai.

Je le libère, recule, et Jeffrey se dépêche de ramasser son unique priorité : le sachet de crack. Puis il saisit la portière de son pick-up en me surveillant, craignant mon prochain geste. Mais je m'écarte et lui laisse la place de monter. C'est quand il est au volant, en sécurité et prêt à démarrer, que je tape à la vitre avec mon Glock. Les yeux de Jeffrey sortent de leurs orbites en le voyant, avant qu'il entrouvre sa vitre d'un geste fébrile.

— Ne téléphone pas. N'écris pas. Tu ne manqueras à personne.

Jeffrey hoche la tête et je m'écarte avant qu'il accélère comme s'il avait le feu aux fesses, tapant le trottoir au passage.

Marie décoche un regard noir à Ginger en ajustant Toby sur sa hanche.

— Je te déteste.

— Tu es la prochaine, dis-je à Marie. Et si tu oses encore manquer de respect à la personne qui vous héberge, toi et ton fils, ce sera maintenant, et pas plus tard.

Elle ouvre la bouche, mais, se ravisant, repart d'un pas lourd et claque la porte de l'appartement.

— Merci, dit Ginger avec un soulagement évident.

— Il reviendra, l'avertis-je, et elle le laissera entrer quand tu seras au boulot. Ce jour-là, envoie-moi un SMS.

Elle hoche frénétiquement la tête, son expression pleine de gratitude.

— D'accord. Je n'y manquerai pas. Vraiment, je suis désolée…

— Tu sais que ce n'est pas lui, le problème ?

— Je sais, mais elle est ma seule famille, même si c'est un cauchemar.

— Je te comprends.

Sean a un petit rire. Il est l'un des rares qui comprennent la blague. Ginger me lance ce regard aguicheur auquel je savais bien répondre quand j'avais besoin de me distraire. Je lis son invitation avant qu'elle se transforme en mots.

— Tu veux entrer ? Vous voulez entrer ? se corrige-t-elle avec un regard à Sean. J'ai de la bière.

— J'ai des choses à faire, lui dis-je.

Pas du tout surprise, elle hoche la tête.

— Bon, je suis là si tu changes d'avis.

— Surtout appelle-moi s'il revient.

Je repars vers ma voiture.

— Bonne nuit, Sean. Et merci.

— Pas de quoi, Ginger. À plus, dit Sean avant de me rattraper. Elle est devenue canon, non ? Ton premier *crush* au collège.

Je ne tombe pas dans le panneau. Il continue, en me suivant vers la Camaro.

— Quelque chose me dit que ce service était d'ordre sentimental, mais tu as toujours eu un faible pour les rousses.

— Ça fait longtemps que je me suis détaché d'elle, dis-je en toute honnêteté.

Ce que je ne dis pas, c'est qu'après ma première année d'études à Boston, je me suis aussi détaché de cette petite ville. Revenir ne m'a pas du tout donné l'impression de rentrer à la maison. Les années loin de Triple Falls ont eu sur moi l'effet que mon frère avait prédit. Cela a développé mes ambitions à un autre niveau, orientant mes aspirations à une plus grande échelle, accroissant mon hyperactivité. Si Tyler ressent la même chose après des années à l'étranger, il n'en parle pas. Quant à Sean, mis à part les quelques voyages qu'il a faits pendant que je faisais mes études, il n'a rien connu d'autre que Triple Falls. Même s'il avait le choix, je ne pense pas qu'il s'aventurerait trop loin des frontières du comté. Il a cette ville dans le sang. Je ne lui en fais pas le reproche, mais ça crée une différence dans notre mentalité et creuse davantage le fossé entre nous.

— Je n'avais pas besoin que tu joues le gentil. J'avais la situation en main.

— Alors pourquoi tu m'as fait venir ?

Il répond de lui-même à sa question :

— Nous savons tous les deux que s'il avait pesé vingt kilos de plus, ce serait parti en vrille. Tu dois identifier ce qui suscite autant de ressentiment en toi. Et si c'est Cecelia…

— Ce n'est pas ça. J'ai pris ma décision. Nous allons de l'avant.

— Tu es sûr de ton coup ?

La main sur la poignée de ma portière, je lui lance un regard.

— Quoi qu'il en coûte.

Chapitre 15

— Vire ce relou de ma piscine, ordonne Cecelia à Sean.

Ils se chamaillent depuis que nous sommes là.

Je presse mes lèvres.

Désolé, souris, mais l'eau est trop bonne.

Inondé de soleil et me sentant insouciant pour la première fois depuis je ne sais plus quand, je décapsule ma cannette de bière en observant le terrain. Tyler déballe la glacière, pendant que Cecelia incendie Sean parce qu'il ne l'a pas soutenu pendant notre petite confrontation.

— Dis-moi que je ne t'ai pas manqué, la provoque-t-il en se pressant sur elle, couchée sur le transat.

— Rien à voir. Si je ne peux pas te faire confiance pour me défendre quand j'ai besoin de toi, quel intérêt ?

Je m'efforce d'ignorer leur scène de ménage, mais la dernière confidence de Sean me pousse à tendre l'oreille.

— Je pensais bien faire, mais avec toi, je ne sais plus en quoi ça consiste.

— Comment ça ?

— Pour notre bien à tous les deux, je devrais sans doute te laisser tranquille. Or, je n'en ai pas l'intention.

La voilà, la vérité qu'il nous cache, tandis qu'il l'embrasse pour illustrer son propos. Ainsi que je le soupçonnais, il s'est battu contre lui-même, la concernant, alors que je prenais la ferme décision que ce dilemme resterait son problème à lui seul. Inclinant ma bière, je promène mon regard sur la piscine étincelante et le jardin qui l'entoure, toujours à l'écoute de leur échange.

— Mon père a installé des caméras de surveillance et il m'a interdit d'inviter du monde. Ça n'augure rien de bon.

C'est précisément la raison de notre embuscade d'aujourd'hui.

Curieusement, Sean lui a suggéré la solution pour échapper aux caméras de surveillance – c'est-à-dire moi –, sans préciser quand.

Sean a vraiment confiance en elle. Et comme j'ai décidé de l'accepter, ne serait-ce que pour régler plus vite son sort à Roman, cela implique de la mettre dans le secret sur de nombreux sujets, ces jours et semaines à venir. Mais quoi que Sean en pense, ce serait fantasque d'envisager Cecelia à long terme. Sur cette question, je décide de laisser mon frère le lui annoncer le moment venu.

En ce moment, Roman embarque à bord d'un avion pour visiter l'une de ses usines de Détroit. Il fait l'aller-retour dans la journée, ce qui nous laisse assez de temps pour entrer et sortir. Quand le sujet est redirigé vers moi, Sean plaide ma cause.

— Écoute, il n'est pas toujours facile. Mais il avait envie de venir.

En partie vrai, en partie faux.

— Et c'est censé me rassurer ? Ce type est un salopard.

Je penche de nouveau ma bière pour masquer mon sourire.

— Cool, intervient Tyler, maman et papa se sont réconciliés. Faut fêter ça.

Il les asperge de bière. Le rire de Cecelia éclate. Me préparant à jouer mon rôle, je croise le regard de Sean.

C'est à mon tour d'être gentil.

Il soulève Cecelia dans ses bras, façon lune de miel, et me l'offre sur un plateau en sautant avec elle dans la piscine. Sautant hors de l'eau, elle le houspille en crachotant avant qu'ils recommencent à batifoler jusqu'à ce que le téléphone de Sean sonne. Il sort immédiatement du bassin, lançant un regard vers moi avant de répondre.

— Salut, papa.

En ce moment, « papa » est incarné par Jeremy. Il nous donne le feu vert, ce qui signifie que l'avion de Roman grimpe à une altitude où il est injoignable, donc que nous ne pouvons pas tracer.

Son regard familier sur moi, Cecelia se rapproche du petit bassin, où je suis adossé au muret. Ses yeux me parcourent d'une manière indiscutable.

— Je suppose que tu attends des excuses, dis-je, assez près pour me repaître de chaque détail.

Elle est la tentation personnifiée, avec ses longs cheveux trempés, légèrement éclaircis par le soleil, ses traits parfaits, ses lèvres charnues, ses seins de la taille de mes paumes, ses épaules fermes, ses jolies courbes. Un rêve érotique en chair et en os. Le triangle de tissu entre ses cuisses effleure à peine la surface de l'eau quand elle avance vers moi.

Malgré ma rancœur envers son géniteur, elle est indubitablement la femme la plus belle que j'ai vue de ma vie. En plus d'être un mélange de qualités qui séduiraient n'importe quel homme, notamment innocentes et interdites.

Une combinaison alléchante de feu et d'eau.

Mais malgré les réactions constantes de mon corps à sa présence, elle n'est pas pour moi.

— Je n'y compte pas trop, raille-t-elle.

Je vide ma bière et lève un doigt.

— OK, je pense que je suis prêt… dis-je avant de prendre une inspiration exagérée. Je suis désolé d'avoir dit à Sean que je t'avais surprise en train de mater ma queue.

Elle me surprend en éclatant de rire. Et je ne peux m'empêcher de sourire. Ses yeux s'écarquillent en découvrant mon sourire.

— J'ai rarement croisé un connard pareil.

— Je préfère qu'on me traite de salopard.

Ses yeux s'arrondissent. *Eh oui, je t'ai entendue, souris.*

— Au moins, on est tous d'accord là-dessus, n'est-ce pas, Tyler ?

Nos regards se tournent vers Tyler, qui m'envoie un doigt d'honneur, assorti d'un « Je t'emmerde ! ».

J'échange un grand sourire avec Cecelia. Ses yeux bleu marine survolent mon profil, et plongent plus bas à chaque mot qu'elle prononce.

— Tu avais laissé ta porte ouverte. J'ai eu un choc. C'est le moins qu'on puisse dire.

— Et les cinq minutes suivantes ?

— Il y a vraiment des femmes qui couchent avec toi ?

— Non, jamais. Elles sont trop occupées à hurler mon nom. Sauf la dernière. C'était un cadavre.

Ne le prends pas mal, Ginger.

— T'es pas possible. Un rêve de psychiatres.

Son regard se voile dans le petit silence qui se prolonge, et elle me parcourt de plus en plus.

— À quoi tu penses ?

Son regard coupable chute.

— À rien.

Cette fille n'a aucune chance d'intégrer notre monde si elle n'est pas capable de cacher quelque chose d'aussi basique que l'attirance sexuelle. Même si j'en suis capable, je me retrouve dans une situation nouvelle, mais prévisible, où je dois combattre mon érection pour elle. Heureusement que Tyler se lève du transat et que Sean revient en hochant la tête. Je me retourne et me hisse hors de l'eau. Comme je n'ai pas le temps de faire mumuse, je saute directement à la partie du plan où j'entre dans la maison. Avant que j'aie atteint la porte de derrière, Cecelia m'arrête.

— Tu fais quoi ?

— Je vais aux chiottes.

— Tu pourrais demander.

Le claquement du portail qui se referme sur le côté de la maison m'offre l'information nécessaire. Je me retourne et abaisse mon short.

— Oh, mon Dieu, râle Cecelia derrière moi. Quand tu entres, après le bureau, dans le couloir sur la gauche. Espèce de sauvage.

Du tout cuit.

— Oh, je crois que je préfère encore ça à « salopard ».

Sean la rejoint dans la piscine, accaparant aussitôt son attention.

Je referme la porte de derrière, et regarde autour de moi avant de traverser la maison jusqu'à l'entrée. J'ouvre la porte à Tyler qui attend avec notre sac de sport.

En quelques secondes, nous sommes dans le misérable placard qui sert de salle de surveillance à Roman. Six écrans sont empilés sur de petites étagères.

— Tu avais raison. Il les a orientées de façon à repérer tout ce qui approche.

— C'est pour ça qu'il l'a construite ainsi. Aucune embuscade possible sans se faire repérer. Ce qui signifie que cette maison abrite quelque chose digne d'intérêt.

— Dans ce cas, pourquoi il ne modernise pas son système de surveillance ?

— Parce qu'il n'a jamais eu l'intention de vivre ici.

— Alors, pourquoi y faire venir sa fille ?

Nous ignorons toujours pourquoi un mois après son arrivée.

— Très juste, dis-je en ouvrant le sac de sport.

Tyler examine les écrans, s'arrête sur Sean qui retient Cecelia dans la piscine et commence à la baiser.

— Quelle chance il a, ce con, grogne-t-il, alors que mes yeux s'attardent encore un peu sur son visage transformé par le plaisir, avant qu'il coupe la transmission.

— Espérons qu'il ait de l'endurance parce que, comme tu le sais, ça fait une bonne semaine.

Il lève les yeux au ciel, en référence à toutes les disputes que nous avons eues avec Sean pour le tenir à distance, le temps de trouver comment utiliser leur petite querelle d'amoureux à notre avantage. Même s'il m'a laissé le champ libre, il s'est souvent plaint que ça traînait trop.

Je prends le nécessaire dans le sac à dos de Tyler, retire mon short mouillé et m'essuie.

— Bordel ! T'aurais pu me prévenir.

Je remonte mon pantalon de survêt.

— J'essaie juste de ne pas foutre de l'eau partout. Ça m'ennuierait que tu sois obligé de passer la serpillère.

— Je te parle de ta trique, râle-t-il, les yeux étroitement fermés.

Je jette un œil vers l'inconvénient qui survient à chaque interaction avec Cecelia

Je tapote sa joue pour le taquiner et il rouvre les yeux.

— Mon pauvre petit. Personne ne t'en a parlé, à ce que je vois. En deux mots, un jour, quand tu seras grand,

« petit Tyler » triplera de volume et aura envie de faire des tractions quand il verra une jolie fille.

— Fais l'andouille tant que tu veux, mais j'ai senti l'alchimie entre vous dans la piscine.

Haussant les épaules, je fouille dans le sac et trouve des micros et une clé USB.

— Tu n'essaies pas de nier ? demande Tyler.

— Je ne me mens pas à moi-même, mais c'est le mot juste. De l'alchimie. Parce que je ne peux pas m'en empêcher. Mais je la censure parce que je n'en veux pas. Il n'y a rien de plus… Un cas classique de désir de coucher avec l'interdite parce que ça nuirait aux affaires et détruirait des amitiés… mais ce sujet t'est complètement étranger, hein ?

Il soutient mon regard interrogateur une microseconde avant de se ressaisir.

— Le temps presse. Je couvre le rez-de-chaussée.

Je grimpe à l'étage. Dans la chambre de Cecelia, je prends directement son ordinateur portable sur son lit, branche la clé USB équipée d'un logiciel espion et lance le téléchargement.

Autour de moi, je remarque un sac de livres d'une grande librairie. Incapable de m'empêcher de sourire, je le vide sur le lit. Elle n'est pas retournée à la bibliothèque depuis que je l'ai prévenue que c'était une zone interdite. Elle m'évite dès qu'elle le peut, comme moi avec elle. Un ticket de caisse en tombe et atterrit sur la pile. Au dos, elle a noté une liste de livres qu'elle veut lire.

Que de la romance.

Par chance pour elle, Sean est exactement son genre.

Je suis alors frappé, comme ça m'est souvent arrivé au fil des années, par l'idée que la population a grand besoin de ce genre de connexion. À l'âge que j'ai, j'aurais dû sentir un besoin enraciné en moi de nouer un lien spirituel en complément du lien sexuel. Peut-être qu'en restant à la traîne, je me suis débarrassé de ce besoin par inadvertance.

La voix de Tyler m'arrache à mes pensées.

— Tout est nickel ici ?

Je remets les livres dans le sac, le repose comme je l'ai trouvé et range le reçu dans ma poche avant de retirer la clé USB.

— Maintenant, ça l'est. J'ai planqué trois micros.

— En bas, tout est en place. Je me suis occupé du reste de cet étage pendant que tu reniflais ses tiroirs de lingerie.

— Fous-moi la paix, grondé-je alors qu'il me fait une pichenette dans l'oreille.

Je le pousse en passant, prêt à redescendre.

— Dis ça à ton zob, marmonne-t-il.

— C'est un très, très grand garçon et malgré son ego, il prend de bonnes décisions.

— Le temps nous le dira, raille-t-il.

Il me suit dans l'escalier, que je descends deux par deux. Je stoppe net après quelques marches, les cheveux dressés dans ma nuque. Une sensation de malaise se diffuse en moi.

— Quoi ? demande Tyler, toute trace de plaisanterie disparue dans sa voix.

Je me retourne vers lui, en haut de l'escalier.

— Tu es sûr que Roman est dans l'avion ? demandé-je, le malaise se répandant de ma tête mouillée à mes pieds nus.

— Aucun doute là-dessus, répond-il, confus. Qu'est-ce qui t'arrive ?

— Je ne sais pas, dis-je en scrutant le vestibule.

Le malaise se dissipe à mesure que je descends les marches.

— Oublie.

— Tu es sûr ? insiste Tyler.

Non.

— Ouais. Allons-y.

« Toutes les grandes personnes ont d'abord été des enfants, mais peu d'entre elles s'en souviennent. »

Le Petit Prince, Antoine de Saint-Exupéry

Chapitre 16

Je sursaute quand quelqu'un tape à ma porte. D'un coup d'œil à l'écran, je sais qui est la seule personne capable de me déranger à cette heure-ci. Le seul corbeau dont les nuits sont aussi agitées que les miennes. Tyler entre avec une boîte noire.

— Livraison, annonce-t-il, l'œil amusé.

— Expéditeur ?

— France, répond-il en posant le colis devant moi. Ça t'embête si je reste ?

— Oui, mais reste quand même, plaisanté-je.

Je cherche mon coupe-papier, mais Tyler sort son couteau de poche. Unique, mais gravement démodé.

— Quel âge a ce truc ?

— Il n'est pas d'hier, mais il coupe encore.

Il s'intéresse plus au contenu du carton qu'à l'histoire de son canif. Son exaltation pique ma curiosité. Avec prudence, je découpe le fond sécurisé par de l'adhésif et relève l'épais carton de protection. En écartant le papier bulle, je découvre une grande enveloppe noire, posée sur le dessus. L'écriture, sur le petit mot scotché dessus, est celle de mon frère.

Pour ta liste.
Toujours frères.

Lisant cela, j'ai une boule dans la gorge.

— Maman ! hurlé-je en me ruant dans la cuisine alors que les éclairs clignotent et que les pas du géant secouent les fenêtres.

— Dominic ? murmure-t-elle en s'essuyant le visage.

Ses yeux sont rouges et gonflés.

— Maman, le géant va me manger !

Derrière mon épaule, je vois Tobias me pourchasser.

— Ouille, fait maman quand je me cogne contre elle, avant de faire tomber une photo sur la table. Doucement, Petit Prince, dit-elle en me prenant sur ses genoux. Quel géant ? demande-t-elle à Tobias.

— J'essayais juste de l'arrêter, se justifie Tobias.

— Menteur, dis-je en secouant la tête, tandis que d'autres photographies de maman tombent par terre. Il a dit qu'il fallait avoir très peur que le géant vienne me manger !

— J'ai dit que le géant te mangerait si tu te levais de ton lit.

Il sourit au son des pas du géant qui se rapprochent.

— Tu vois, dit-il en faisant de grands yeux. Il arrive.

— Tobias ! gronde maman. Ce n'est que l'orage, Dominic, murmure-t-elle. Il n'y a pas de raison d'avoir peur. (Puis, à Tobias.) Pourquoi t'amuses-tu à effrayer ton frère ?

— C'était pour qu'il reste dans son lit, explique Tobias. Parce qu'il n'écoute rien. Jamais.

— Et maintenant, il ne dormira pas de la nuit, soupire maman.

Je montre une photo.

— C'est tatie !

— Oui, chuchote-t-elle en me serrant contre elle.

Je pointe une autre photo.

— Et là, c'est papa !

— Hm, fait maman.

— Il est tout bizarre, ris-je.

— Il ne coupait jamais ses cheveux roux, précise-t-elle en me chatouillant.

Je montre une autre photo.

— C'est qui ?

— C'est toi, dit-elle en montrant le bébé. Et là, c'est ton frère qui te tient dans ses bras, ajoute-t-elle en donnant la photo à Tobias.

Tobias secoue la tête.

— Prends-la, encourage-t-elle.

Il la lui arrache des mains, mais ne la regarde pas.

— Là aussi, tu étais en colère contre lui, dit-elle, amusée.

— Pourquoi ? demande Tobias, en s'asseyant à côté de nous pour regarder la photo.

— Parce qu'il est né, dit maman.

— C'est idiot, grogne Tobias. On ne peut pas être en colère contre quelqu'un parce qu'il est né.

Elle rit.

— Pourtant tu l'étais. Juste avant cette photo, tu l'as mis dans la poubelle.

— Tu m'as mis à la poubelle ?

Tobias ne répond pas.

— Il était aussi grand que toi aujourd'hui, précise maman. Il était en colère parce qu'il ne voulait pas partager mes câlins.

— Je vais te mis à la poubelle, dis-je à Tobias.

— On dit « mettre », idiot, rectifie Tobias, moqueur.

— Du calme, tous les deux.

Maman soupire, regardant Tobias comme quand elle a envie de nous fesser avec la grande cuillère.

— C'est important, la famille, dit-elle en rangeant les photos dans la boîte. Qu'importe que vous soyez fâchés, vous serez toujours frères.

Je rassemble les photos pour l'aider à les ranger.

— Fais doucement, Dom… Merci.

Elle m'embrasse sur la tête.

— T'as qu'à le garder. Je m'en vais, peste Tobias en se levant.

— Tu peux pas partir.

Je me tortille pour descendre des genoux de maman, qui essaie de me retenir.

— Tu peux pas partir, Tobias… on n'a pas d'argent ! dis-je en le tirant par le bras. Papa a dit qu'on n'avait pas d'argent pour garder le toit et l'eau ! Comment tu vas te brosser les dents ? Et faire caca ?

Tobias et maman rient.

— C'est pas drôle ! m'écrié-je. Maman, il peut pas sortir quand il y a l'orage. Le géant va le manger !

Maman m'attire contre elle, et je me trémousse pour lui échapper quand la maison se met à trembler.

— N'aie pas peur, Dom, ce n'est que le tonnerre, pas les pas d'un géant.

— Tu peux pas partir maintenant, dis-je à Tobias. Pas avec le toberre.

— Tonnerre, rectifie-t-il en articulant comme quand nous lisons.

— Tonnerre, répété-je, et il sourit avec fierté, avant de lever les yeux au ciel.

— Si tu pars, on sera toujours frères partout où tu iras. Hein, maman ?

— Dom ? dit Tyler alors que je fixe la signature de mon frère sans la voir.

— *C'est ça, Petit Prince.*
Toujours frères.

Pour les autres, cela ressemble à des sentiments normaux entre frères. Au-delà des apparences, c'est la façon qu'a Tobias de me dire que je passe avant tout le reste depuis qu'il est parti étudier quand il avait 16 ans. Toutes ces années à endurer son absence… Je me suis parfois battu pour continuer d'y croire. Notre dernier échange téléphonique était l'un de ces moments.

— Tu te bouges ? Le suspense me tue, s'énerve Tyler à côté de moi.

Je sors la lourde machine de la boîte et l'examine. Aussi racée qu'un bombardier furtif. Le matériau lui donne l'air indestructible.

Je ne trouve pas le bouton pour l'allumer, mais je comprends très vite pourquoi. Ouvrant le portable, je pose les mains à l'emplacement du clavier et il s'allume instantanément. Je devine le mot de passe choisi par Tobias et il démarre à la vitesse de la lumière. Le clavier s'éclaire en rouge sous mes doigts, les commandes sont parfaitement positionnées. L'écran est digne d'un film de science-fiction. Il donne l'impression de pouvoir plonger à l'intérieur et toucher physiquement l'affichage ainsi que les éléments mécaniques qui le font fonctionner.

— Putain de bordel de merde, s'extasie Tyler.

Enthousiaste comme il l'est rarement, il prend la fine enveloppe noire et la décachète.

— Le manuel d'instructions ?

Je ne peux m'empêcher de rire.

— Pas pour ça.

En deux commandes, un menu de logiciels s'affiche et je choisis chacun d'eux. Ce que j'imagine être l'équivalent d'un shoot de drogué infuse mes veines en les voyant s'installer en quelques secondes. Des logiciels qui prendraient normalement des heures.

Tyler sort un épais certificat de l'enveloppe. Je n'ai pas besoin de le voir pour savoir de quoi il s'agit.

— Tu ne l'as pas récupéré avant de partir de Boston ?

Il me montre mon diplôme du MIT.

— Je n'allais pas faire le trajet exprès.

— Pourquoi pas ?

— C'était pas important.

— Pour toi.

— Il n'était pas là.

— Soit. (Il secoue le diplôme.) Donc tu n'as pas laissé d'adresse de contact.

— Aucun intérêt.

— Il a payé pour ça, il voulait le voir. Je suis prêt à parier que ça a été l'un de ses plus grands moments de fierté.

L'émotion me frappe si fort que ma gorge se noue. Que le cadeau soit de la manipulation destinée à m'apaiser ou pas, je sais que Tyler dit vrai. Mon frère n'a jamais caché qu'il était fier de moi, devant qui que ce soit. Jamais. Il savait que ce serait Tyler qui me remettrait mon diplôme, et c'était sa façon d'exprimer sa fierté, à la fois de frère… et de père.

— Il l'a commandé il y a plus d'un an, révèle Tyler. (Cela me touche beaucoup.) Malgré tous mes contacts, il m'a fallu des mois pour trouver un expert capable de le concevoir, et il ne sera pas produit en série. C'est un modèle unique. Nous y avons veillé.

L'émotion menace de me submerger.

— Dom, tu penses peut-être que le club est son plus grand accomplissement…

— Tu peux me laisser maintenant, dis-je en vidant le reste de mon café froid, mon cœur battant plus fort sous l'effet de ses affirmations.

Il m'ignore, comme d'habitude, jouant en toutes circonstances le grand frère, même s'il n'a que quelques mois de plus.

— Même si ça ne se sent pas toujours, tu es le seul qui l'aide à trouver du sens à sa vie quand il se sent perdu. Il a traversé ce que tu traverses. Il a connu ta frustration, ta volonté d'infliger un châtiment, tout en étant contraint de patienter… et tu sais pourquoi ?

Pour nous.

Pour que nous grandissions, devenions des hommes courageux, comprenions l'importance de nos actes. Pour que nous soyons tous alignés le moment venu. Pour le moment présent.

— J'ai compris, réussis-je à dire sans trahir mes émotions.

— Super.

Tyler contourne ma chaise pour me regarder en face, les yeux débordant de satisfaction.

— Juste… le voir enfin, c'est surréaliste.

— Un ordi portable à un million, dis-je en me tournant vers l'écran, aussi impressionné que lui.

— L'acompte, souffle Tyler.

— T'es sérieux ?

Il me prend par les épaules.

— Je me suis demandé s'il était judicieux de te donner ton nouveau jouet aussi tard, mais les ordres sont les ordres et il voulait que tu l'aies dès qu'il serait livré.

Avec un grand sourire, il examine mon visage, secoue la tête.

— Tu as besoin de dormir. Mais je vois au sourire que tu te donnes tellement de mal à cacher que ce n'est pas pour aujourd'hui. Je te remplacerai au garage demain.

— À charge de revanche.

J'effleure l'équipement le plus sophistiqué de la planète, aux possibilités infinies. Tobias n'approuve peut-être pas mes plans, mais il vient de m'offrir l'outil idéal pour les mener à exécution au bon moment.

C'est une promesse.

La promesse d'une future autorisation, et ça me suffit pour l'instant.

— Tu es son plus grand investissement, glisse Tyler, alors que mes yeux me piquent.

C'est plus fort que moi. Et tant pis s'il entend l'émotion dans ma voix.

— Il est carrément parfait. Merci, mec, vraiment.

Il lance un nouveau téléphone prépayé sur mon bureau avant de s'apprêter à sortir.

— Ce n'est pas moi qu'il faut remercier.

Chapitre 17

Je traverse le couloir d'un pas raide en direction de la chambre de Sean quand son rire m'arrête. Je réalise qu'il n'est pas seul quand une voix douce murmure en réponse.

Cecelia.

Pas étonnant. Ils sont inséparables depuis qu'ils se sont rabibochés au bord de la piscine, il y a une semaine.

— Pourquoi tu dis ça ?

— Tu gémissais. Que faisait ma chérie ?

Un silence.

— Je ne me souviens pas.

— Mouais, fait-il sans y croire. Dommage. J'aurais aimé entendre les détails.

— Certains rêves ne sont pas assez intéressants pour s'en souvenir, dit-elle.

Même moi, je sais qu'elle ment. Une seconde plus tard, elle me surprend en train de les observer, lovés l'un contre l'autre. Quand ses yeux s'écarquillent puis se plissent, mes soupçons sont confirmés.

— Depuis quand t'es là ?

— Tu habites ici, maintenant ? pesté-je. Dans ce cas, nous n'avons plus de lait… Sean, faut que je te parle.

Les yeux brillants de Sean s'assombrissent. Il grogne.

— Ça ne peut pas attendre ?

— Si ça pouvait attendre, je me serais épargné vos confidences sur l'oreiller.

— T'inquiète, coupe Cecelia. Il faut que je file de toute façon.

Elle relève le drap sur sa poitrine.

— Je peux ? dit-elle, renfrognée.

Je ne bouge pas.

— Prends ton temps.

Sean rit.

— Sois pas relou. C'est un peu tôt pour ça.

Sortant un bras de sous le drap, elle s'empare de son short par terre et l'enfile sous les couvertures. Ses yeux me lancent des éclairs.

— Tu es un vrai emmerdeur. Tu le sais ?

Après avoir réussi à se rhabiller de la même façon, elle se lève et enfile ses tongs.

— Puisque tu sors, prends aussi du café. Et pas du premier prix.

Levant les yeux au ciel, elle se retourne vers Sean et pose un genou sur le lit, près de lui.

— On se voit au travail ?

— OK, chuchote-t-il. Et après. Ne prévois rien.

— D'accord.

Quand elle l'embrasse, il prend l'arrière de sa tête dans sa paume pour faire durer, sans se soucier d'avoir du public. Le regard de Cecelia s'échappe vers moi avant qu'elle s'écarte. Elle attrape son sac sur la commode, et quand elle sort, je lui laisse à peine la place de passer. Elle s'efforce d'éviter tout contact, en vain.

— Doux rêves, murmuré-je, juste assez fort pour qu'elle l'entende en me frôlant.

Ses yeux rencontrent brièvement les miens avant qu'elle disparaisse dans l'escalier. Je reste silencieux devant Sean jusqu'à ce que la porte d'entrée se ferme et que sa voiture démarre.

Il s'assied en soupirant au bord du lit et ramasse son jean sur le sol.

— Tu ne peux pas t'en empêcher, hein ?

— Une question que tu devrais adresser à ton miroir.

Il boutonne son jean avant de se diriger vers sa commode pour mettre du déodorant et un tee-shirt propre.

— Alors, qu'est-ce qui ne pouvait pas attendre ?

— Tu as vraiment des sentiments pour elle.

Après une pause, il glisse son portefeuille dans la poche arrière de son jean, prend ses clés. La réponse claire dans ses yeux. Tyler nous rejoint.

— Super, vous êtes levés.

Sean se passe la main dans les cheveux.

— Qu'est-ce qui vous prend, à tous les deux, de taper l'incruste dans ma chambre aussi tôt ?

L'air inquiet, il examine Tyler.

— Tu viens d'arriver ?

— Oui. J'ai planché sur notre problème de caisses.

— Et ? demande Sean.

— Je reformule. Nous avons plusieurs problèmes, reprend Tyler avec un épuisement apparent.

Sean enfonce un paquet de cigarettes neuf dans sa poche.

— La routine, en gros. Une putain de belle journée en perspective.

Tyler opine.

— Et elle ne fait que commencer.

— Ça t'ennuie si je prends d'abord un café et une clope ? dit Sean.

— Pas le temps pour ça. Je vous retrouve dehors.

Tyler redescend. Sean reprend notre conversation :

— Oui, j'ai des sentiments pour elle et je ne m'en suis pas caché. Au moins, l'un de nous deux est honnête.

— Tu délires ?

Il secoue la tête.

— Je ne suis pas aveugle, frère. À ce que je vois, vous luttez tous les deux contre l'inévitable. Tu veux qu'on en parle, vraiment ?

— Bien sûr. Disons, jamais.

La semaine dernière, l'amourette de Sean a été source de nouvelles prises de bec avec Cecelia. Il y a quelques jours, elle m'a surpris au milieu d'une séance de cogitation, alors que je faisais les cent pas. Sans se laisser décourager par mon accueil hostile, elle m'a proposé un bol de crème glacée.

Un long regard à son profil, quand elle est entrée pour le poser sur le bureau, a fait taire le rugissement dans ma tête et mon torse, au point que je me suis déconcentré. Je l'ai remerciée en lui claquant la porte au nez. Sean interprète mon silence persistant comme un aveu, ce qui l'oriente dans la mauvaise direction. Il s'emporte.

— Tu as besoin d'une nouvelle séance sur le terrain pour évacuer ton agressivité, Capitaine Dysfonctionnel ?

— T'es mignon. Tu comptes utiliser tous les traits d'esprit de ta copine contre moi, maintenant que tu es accro ?

— C'est ce que je me disais : un cas typique de mec frustré, me provoque-t-il.

— Ce ne serait pas plutôt toi, le frustré ? raillé-je en lui tapotant le visage d'un air taquin. Parce que je pense que nous savons tous les deux de qui elle rêvait.

Il bondit sur moi et réussit à esquiver mon coup tout en m'en assenant un que je ne vois pas venir. Puis il s'élance dans le couloir. Je me jette sur lui tandis qu'il me balance son poing, sans parvenir à me toucher, avant de dévaler l'escalier. Il est à mi-chemin quand je le tacle sur le palier, et nous nous cognons contre la cloison qui craque.

— N'approche pas ta queue de tapette de moi, râle Sean.

Il se relève, et frappe à l'aveugle derrière lui, me touchant à la gorge. Je suis sonné.

— T'as intérêt à courir, menacé-je d'une voix rauque, alors qu'il se repousse de la cloison pour détaler.

Sean sort à toute allure de la maison, talonné par moi. Il s'arrête soudain quelques mètres plus loin en jurant. Il me jette des regards par-dessus son épaule quand je vois l'expression de Tyler. Et avec qui il attend.

« On est seul aussi chez les hommes. »

Le Petit Prince, Antoine de Saint-Exupéry

Chapitre 18

Ginger est assise sur le siège passager du pick-up de Tyler, la lèvre inférieure recouverte de sang séché. Tyler lui tient une poche de glace contre sa joue.

La fureur embrumant ma vision, je me dirige vers elle et, prenant son menton entre mes doigts, je tourne lentement son visage pour étudier ses blessures.

— Je suis désolée, Dom, je ne savais pas où aller. Il a tout saccagé, et Toby…

Elle éclate en sanglots.

— Dom, écoute-moi, intervient Sean, derrière moi. Tu ne peux pas partir maintenant. Le moment est mal choisi.

S'avançant à côté de moi, il donne des instructions à Ginger.

— Je déteste dire ça, mais tu vas devoir choisir la voie légale.

— Le cousin de Jeffrey est flic à Triple Falls, révèle-t-elle. J'ai déjà essayé.

— Eh merde, souffle Sean en refermant son Zippo d'un coup sec.

Tyler la fait se rasseoir sur le siège avec douceur.

— Laisse-nous quelques minutes, d'accord ?

La portière refermée, les yeux de Ginger restent rivés aux miens.

Tyler m'emmène à l'écart, dans le jardin. Mon pouls tambourine dans mes oreilles. Sean exhale un nuage de fumée.

— On ne peut pas juste se lever et manger nos céréales comme des gens normaux ?

— C'est pas pour ça qu'on a signé, lui rappelle Tyler, qui me fixe dans l'attente d'une décision.

Sean balaie sa remarque d'un geste.

— Ouais, bon. C'est quoi le plan ?

Tyler reprend la conversation là où elle s'est arrêtée.

— Dom, elle doit passer par la voie officielle pour se débarrasser de lui. Il n'y a pas d'autre solution.

— Il y en a une, dis-je.

Je lutte contre la rage qui menace de me submerger tout en étudiant les options.

La crainte s'imprime sur leurs visages.

— Qu'as-tu en tête ?

— Conduis-la à Layla. Et ne la laisse pas retourner chez elle.

Tyler hoche la tête sans un autre mot, remonte dans son pick-up et recule.

Les yeux de Ginger restent collés aux miens, tandis que Sean me prévient :

— Je vois mille scénarios s'entrecroiser dans ta putain de caboche.

Il souffle de la fumée, alors que je retourne vers ma Camaro. Sean ouvre ma portière côté passager, choisissant de rester avec moi jusqu'à ce qu'il soit certain de pouvoir me laisser seul, sans danger.

— Je me demande avec lequel je risquerais le moins ma peau, dit-il avec anxiété.

Mes gars déferlent derrière moi, après que j'ai explosé la porte d'entrée au lieu de toquer poliment. En examinant l'espace, je suis accueilli par les potes de Jeffrey éparpillés dans le salon et la cuisine de Ginger, tous dans divers états de défonce. L'un d'eux tète le biberon du bébé, qu'il tient en l'air.

Vêtus de noir des pieds à la tête, mes frères tatoués jettent dehors la tribu de Jeffrey, un par un. Russell en traîne un qui se débat en hurlant jusqu'à la porte d'entrée. Croisant mon regard, il écarquille les yeux. Soudain, je le saisis par la nuque et le pantalon, et le soulève à hauteur de mon torse, avant de le lâcher sur la table basse encombrée de détritus, laquelle vole en éclats sous le choc. En un rien de temps, l'appartement est vide, et les seuls hurlements qui persistent sont ceux du bébé au bout du couloir, qui font écho à ceux de sa mère. Je soulève Jeffrey par le col, et constate qu'il est conscient, et n'a que quelques entailles. Ce qui ne me satisfait pas.

Ses yeux s'ouvrent en grand quand il réalise qui est sous la cagoule. Son braillement s'éteint sous mon coup de poing. Sachant que le temps presse, je lui assène autant de coups que possible, et sens sa chair éclater sous mes phalanges, jusqu'à ce que Tyler l'arrache hors de ma portée.

— Ça suffit, frère, déclare-t-il avant de tirer le corps inconscient de Jeffrey à l'extérieur.

Marie le suit en implorant Tyler de le lâcher. Une cause perdue. Je sors mes gants de ma poche, les enfile et compose le numéro sur mon prépayé, tout en me dirigeant vers la chambre du bébé.

À l'intérieur, Toby hurle. Debout dans son lit, avec la couche alourdie qui pendouille. Sur ses joues crasseuses, des larmes récentes se mêlent aux anciennes.

Ravalant la rage qui monte en moi, je remonte ma cagoule en approchant avant de le soulever. Il me fixe, tétanisé, pendant que je lui caresse le dos d'un geste apaisant.

— Doucement, petit bonhomme, ça va aller. Tout va bien.

— S'il te plaît, Dom, ne le prends pas.

Dans l'entrée de la chambre, Marie m'implore dans l'appartement silencieux. Le temps presse, l'opératrice dans l'oreillette parle alors que je lui rends Toby.

— C'était ta dernière chance.

Je mets le téléphone sur haut-parleur, le lance dans le lit à barreaux. La voix de l'opératrice remplit l'air.

— Monsieur, vous êtes là ? Monsieur… une équipe est en chemin. Arrivée prévue dans quatre minutes. Je dois confirmer que vous avez demandé les services de protection de l'enfance. Pouvez-vous m'indiquer l'âge de l'enfant ? Pouvez-vous le mettre en sécurité ? Monsieur ?… Monsieur ?

Marie pousse un cri muet, le visage tordu par la panique. Je baisse mon masque, passe devant elle en repartant dans l'entrée. Je saute dans un fourgon rempli de camés et referme la double porte.

Les membres lourds, je tire sur le joint tout en tentant d'évacuer un peu de l'agitation, à la fois mentale et physique, qui m'habite. La tension reflue à chaque taffe. Je m'enfonce sur mon siège et allume la radio.

« Il est 1 heure du matin dans l'ouest de la Caroline du Nord. Place à la météo et aux informations locales.

Vous profiterez d'un ciel dégagé une majeure partie de la journée, avec des maximales atteignant trente degrés, et de possibles averses en fin de journée. À présent, les infos… Écoutez ça : huit hommes viennent d'être arrêtés pour ivresse sur la voie publique et outrage à la pudeur. Les contrevenants ont été retrouvés nus et désorientés, marchant sur un terre-plein central de la N11. Chacun avait une histoire contradictoire sur ce qu'ils faisaient avant leur arrestation. L'un d'eux aurait expliqué qu'ils avaient été capturés par des corbeaux puis dépouillés de leurs vêtements avant d'être abandonnés sur l'axe routier. N'oubliez pas : l'abus d'alcool est dangereux pour la santé et doit être consommé avec modération. Et tout de suite, notre demi-heure de musique ininterrompue avec le grand Marvin Gaye qui nous chante "What's going on" Eh oui, que se passe-t-il… ? »

Souriant au feu rouge, je m'apprête à téléphoner à Sean pour le mettre dans la confidence de notre intervention pendant qu'il travaillait à Tech, mais, à la place, je localise sa Nova.

Le verger du grand-père.

Lançant mon téléphone, je décide qu'il s'agit d'un autre secret dont il n'aura pas connaissance. En partant de l'usine, n'ayant pas de nouvelles de nous, il en déduira que nous n'avons pas mené d'action aujourd'hui. Il est tellement préoccupé que je doute qu'il s'embêtera à demander.

Rétrogradant, je comprends que plus j'attends que tout le monde soit au diapason, moins nous en faisons. Nous souffrons d'un lourd dysfonctionnement dans le système, qui doit être réparé avant d'aller plus loin.

Les mots de Sean sur la loyauté sonnent plus vrais que jamais. Au fil des années, il a été impliqué dans tout, et son absence continue et volontaire dans le quotidien du club m'incite à me demander si son tatouage compte toujours autant qu'autrefois. Avec un pincement au cœur, je mets le pied au plancher et laisse la route me guider jusqu'à ce que je voie flou. Malgré la vitesse, la vérité s'enracine dans mes tripes. La vérité étant que la vie a continué quand Tyler et moi étions ailleurs, et que personne ne nous a attendus.

De même que personne ne nous attend maintenant.

Chapitre 19

Depuis l'embrasure de la porte, Tyler balance de la paperasse sur mon bureau. Arrachant mes écouteurs, j'examine le rapport pendant qu'il résume les points clés.

— Marie ne nous a pas mentionnés, même si la garde de Toby a provisoirement été confiée à Ginger. Marie a assumé la responsabilité de tout et doit faire des efforts validés par les autorités pour le récupérer.

— Je n'ai pas le moindre regret.

Je lance les papiers sur mon bureau.

— C'était risqué, ajoute Tyler.

— Oui bah, c'est notre pain quotidien.

— Il faut qu'on y aille.

Je hoche la tête, me déconnecte de plusieurs fenêtres. Nous avons rendez-vous à l'entrepôt pour décider quels stocks nous voulons échanger avant de négocier avec d'autres branches lors du rassemblement.

— Des nouvelles de Miami ? demandé-je, en fermant une douzaine de fenêtres ouvertes sur plusieurs écrans.

— Ils n'ont toujours pas fait leurs preuves depuis que nous avons refusé de les inclure dans notre grand secret.

Le grand secret étant notre nouvelle connexion avec des gars qui infiltrent les organismes gouvernementaux pour les aider à couvrir leurs arrières. Nous avons décidé de ne pas prendre ce risque, vu qu'ils ont toujours esquivé les limites de la moralité et n'ont pas l'intention d'arrêter.

— On se passera d'eux.

— C'est ce que je pense aussi, mais il n'empêche que quelque chose se prépare.

— Ils viennent ? demandé-je en distribuant quelques clics.

— Ils ont été invités, mais ils ont zappé les deux derniers.

— Il est peut-être temps d'envoyer des corbeaux dans le Sud.

Il hoche la tête et je me cale dans mon fauteuil, en jetant un œil à mon bureau.

— Sur quoi tu travaillais ?

Lisant mon hésitation, il sourit.

— Là, il faut que je sache.

Je me lève, déplace la souris pour survoler ma dernière fenêtre ouverte avant de la fermer, et de monter le volume. La seconde d'après, la voix de Cecelia remplit la pièce.

« Si je suis contrainte de payer pour vos omissions, j'ai mon mot à dire. Cette ouvrière m'a répété je ne sais combien de fois que j'étais votre fille, et je ne savais pas comment lui faire comprendre que cela ne signifiait rien ! »

Les yeux écarquillés, Tyler entre dans la pièce et ferme la porte.

— C'était quand, ça ?

— Il y a une heure environ.

— Sean l'a entendu ?

— Non, mais je suis sûr qu'il est au courant. Le sujet a été abordé hier soir à cause d'une altercation à l'usine. Cecelia est malmenée.

Tyler hoche la tête.

— Oui, Sean l'a mentionné.

— Tu ne m'as rien dit.

— Je ne pensais pas que ça t'intéresserait. Tu as des images de l'échange ?

— Non, c'est le micro de la salle à manger.

— Punaise.

Bras croisés, Tyler écoute intensément Cecelia se défouler sur Roman.

« … n'ai jamais rien demandé, si ce n'est prolonger la pension pour ma mère, qui a trimé à s'en rendre malade pour que je ne manque de rien. Je vous demande d'arranger les choses. Pas pour moi, pour eux. Si vous voulez continuer à agiter votre fortune au-dessus de ma tête, faites-le. Ou, encore mieux, reprenez-la et distribuez-la-leur. Parce que si c'est de leur argent que j'hérite, je n'en veux pas. »

Le sourire de Tyler s'élargit à chaque mot.

— Elle le recadre sérieusement. J'aurais adoré voir sa tête.

Je me lève, attrape mes bottes, les enfile au pied du lit.

— Tu n'es toujours pas convaincu pour Cecelia.

C'est une affirmation, donc je ne m'embête pas à répondre. Tyler me laisse tranquille là où Sean insisterait.

— Je comprends, Dom. Je ne pense pas que je saurais compartimenter non plus, mais c'est quelqu'un de bien. Et super intelligent.

Je ne lui rappelle pas que récemment, j'ai été capable de faire la distinction entre Cecelia et son père. Pas juste à cause de mon indéniable attirance pour elle. Pour ça, j'accuse le don de la vision combiné à mon sexe sous-exploité.

Ce que j'ai omis de préciser à Tyler, c'est que même si cette dispute s'est déroulée il y a une heure, entre-temps, je l'ai écoutée en boucle tacler Roman. Au fur et à mesure, l'absence de Sean est devenue moins problématique. Il n'a pas fait que coucher avec elle, il a utilisé judicieusement leur temps ensemble. Et il lui a appris ce que nous défendons collectivement, comme à n'importe quelle recrue. Des enseignements qu'elle a manifestement pris à cœur, et qui ressortent clairement dans sa façon de tenir tête à Roman.

— Je n'ai pas besoin d'avoir raison à propos d'elle, dis-je avec franchise alors qu'elle continue de le critiquer pour autre chose que la gestion déplorable de ses entreprises. Ce serait mieux que j'ai tort.

Je prends mes clés au moment où son bagage émotionnel commence à altérer son coup de gueule.

« C'est sûrement une énorme responsabilité, mais ce problème est proche de vous. Juste sous votre nez. »

Baissant le volume, je me retourne vers lui avant de sortir.

— Mais j'avoue que je ne suis toujours pas convaincu, et à plus d'un titre. Elle est beaucoup trop jeune.

— Mais tu y réfléchis.

Encore une affirmation, mais celle-ci, je la nuance.

— Je n'irais pas aussi loin.

Comme il s'attarde devant l'écran, je le bouscule pour passer. Sa voix résonne dans le couloir alors que je descends les marches deux à deux. Quand je pousse la porte d'entrée, les constantes demandes de Sean de l'écouter s'exprimer tournent dans mon esprit. Et là-dessus, je démarre ma Camaro et allume la radio pour noyer le nouveau bruit.

Cecelia pousse des hurlements à côté de moi quand je me déporte dans la bande d'arrêt d'urgence et accélère vers la station-service. Elle était aussi confuse que moi quand je suis passé la prendre. Je ne sais toujours pas vraiment pourquoi j'ai ressenti le besoin de quitter le camp pour aller directement la chercher chez elle. Le pire étant de téléphoner à Sean une fois que j'étais déjà devant la villa de Roman. Son « je te l'avais dit » arrogant avant que je lui raccroche au nez.

Je pile devant les pompes à essence.

— Besoin de quelque chose ?

Elle explose.

— Va te faire foutre.

— Suis pas d'humeur pour des préliminaires. Un soda, ça te branche ?

Elle soutient mon regard, tendue et prête à mordre, sans doute à cause de ma leçon de conduite improvisée.

— Je prends cela pour un non.

Ravalant mon rire, je descends de la Camaro et entre dans la boutique. Derrière le comptoir, j'avise Zach dans sa cage invisible. Assis sur le sol sale, des livres étalés autour de lui, il fait ses devoirs. L'euphorie de mon échappée avec la nouvelle copine de Sean s'évapore quand je découvre sa tenue.

Je me dirige vers la vitrine réfrigérée et l'ouvre quand j'entends Cecelia demander la clé des toilettes, dans le fond de la boutique. Content que sa pause pipi me fasse gagner du temps, je m'approche du comptoir pour fixer l'employé dans les yeux. Nerveux, il rencontre mon regard avant de jeter un œil à son fils, derrière lui.

La posture de Zach se raidit, mais il continue d'étudier, par terre. Je sens l'haleine alcoolisée de Tim quand je pose mon soda.

— Il me faut des feuilles à rouler. T'as des Blunt ?

Il me montre le présentoir.

— Quel parfum ?

— Cerise ou ananas.

Surpris que je déroge à mes habitudes, il fronce les sourcils.

— Je n'en ai pas.

— Et si tu vérifiais dans ta petite réserve ?

C'est plus un ordre qu'une suggestion. Il contourne le comptoir, lance un coup d'œil à son fils, qui ne lui rend pas son regard. Dès que Tim est hors de portée de voix, Zach se lève. Je suis scandalisé par l'usure de ses chaussures.

— Salut, Dom, dit-il, la tête baissée.

Honte et embarras. Deux sentiments avec lesquels j'ai vécu tant d'années que je les identifie en n'importe qui. Poursuivant mon inspection, je vois son ancien sac à dos en lambeaux à côté de ses manuels.

— Où sont passés tes chaussures et ton sac à dos ?

Zach garde le menton contre sa gorge.

— Euh, les chaussures n'étaient pas de la bonne pointure.

— Ça n'explique pas pourquoi tu ne portes pas celles qui le sont. Et le sac à dos ?

— Dom…

— Regarde-moi. (Il lève les yeux, mais pas la tête.) Redresse le menton, Zach.

Quand il relève la tête, je vois distinctement les hématomes en forme de doigts autour de son cou. Ils sont estompés, mais accablants. Je remonte l'allée, et à l'instant où Tim sort de la réserve, je le coince contre une tête de gondole.

— Sors d'ici, siffle-t-il.

— Alors comme ça, papa a enfin trouvé l'argent que je glisse dans le sac à dos de son fils depuis des années.

— Mon fils ne te concer…

Je serre plus fort, interrompant ses jérémiades jusqu'à ce qu'il griffe ma main pour respirer. Le seul son dans la boutique vient des machines à loto. Aucun des joueurs ne s'embête à se retourner. Judicieux de leur part.

Le temps passe et je sais que je dois le lâcher, mais un regard vers Zach, apeuré, me pousse à finir ce que j'ai commencé.

— Tu as volé ton fils, Tim. Et pour quoi ?

— C'est pas tes…

Je le coupe en serrant sa gorge.

— Nous n'en sommes plus là. Oublie les formules de politesse et les civilités. Je sais que tu courais avec mon frère, tu avais du potentiel, mais nous savons comment tu l'as gâché, et tu ne peux en vouloir qu'à toi-même.

— Dom, tu sais que je galère depuis que sa mère est partie…

— Qui le lui reprocherait ? Tu t'es regardé dans le miroir récemment ?

Je resserre les doigts autour de sa gorge pour m'épargner sa réponse. Quand je le lâche, il reste à la même place, le cou cramoisi, ce qui me procure un peu de satisfaction.

— Je vais te faciliter les choses, vu que tu as l'air d'un mec simple. L'argent que je vais donner à Zach pour remplacer les chaussures et le sac à dos que tu lui as volés, et tout ce qui restera, lui appartient. Il est destiné à subvenir à ses besoins parce que tu n'en es pas capable, putain d'ivrogne égoïste. Il y a intérêt à ce que tout ce que je déciderai de lui offrir reste en sa possession.

Je tape sa mâchoire sans vraie malice, retourne vers Zach. Il est blanc comme un linge. Je lui donne l'un de mes téléphones prépayés après avoir enregistré mon numéro de portable. Un Tim tremblant s'occupe de reconstituer la tête de gondole que j'ai démolie.

— Mémorise ce numéro et téléphone-moi. Tous les jours, sans faute. S'il te touche quand je serai parti, appelle-moi. Au besoin, viens au garage. Tu sais où c'est ?

Il hoche la tête, les yeux imprégnés de crainte. Je dépose une liasse de billets dans sa main tremblante. La peur qu'il a instillée en son fils me met hors de moi.

— Ce n'est pas normal, ce que tu subis, ça ne devrait pas se passer ainsi, dis-je.

Deux larmes qu'il retenait s'échappent enfin sur ses joues. En les voyant, je dois prendre sur moi pour parler et pas agir.

— Zach, regarde-moi.

Ce qu'il fait, et je m'efforce de contenir ce qui menace.

— Ce n'est pas ta faute. Lui seul manque à ses devoirs. (Zach déglutit.) Tu m'entends ?

Je plonge les yeux dans ceux d'un garçon terrifié, qui vit dans la misère et semble puni pour le simple fait d'exister dans un monde d'alcoolique égoïste. Sans doute qu'il se sent comme un fardeau indésirable, une obligation. Un garçon que j'ai vu grandir au fil des années, et que j'ai été obligé d'abandonner pour poursuivre mes études à Boston. Un garçon maltraité par l'adulte qu'il est forcé d'appeler « papa ».

— C'est lui qui a décidé de devenir ce qu'il est, de la même façon que ce sera ton choix de ne pas devenir comme lui. Cette décision, tu la prendras tous les jours. Tu comprends ?

Zach hoche la tête, le visage inondé de larmes. Des larmes qui montrent qu'il souffre horriblement. C'est le truc de trop. J'attrape ma boisson sur le comptoir et je sais que je dois laisser tomber quand il sanglote.

— Donne-moi un paquet de Blunt, d'accord ?

Je claque un billet de vingt sur le comptoir. C'est quand je vois les traces de doigts bleuies dans la nuque de Zach que je me retourne vers Tim, qui esquive mon regard. Je m'impose devant lui, ses yeux craintifs remontent vers moi.

— Si tu le maltraites encore, d'une quelconque manière, je te bute.

Tim est bouche bée. Zach jauge l'expression de son père quand je me redresse pour prendre mes feuilles.

— Merci, dis-je, et ce faisant, je remarque que ma main tremble. Sois sage.

— Je le serai, acquiesce Zach.

Je vois qu'il aimerait en dire plus, mais il s'abstient. Sachant que la peur le tiendra par la gorge jusqu'à ce qu'il commence à croire à ce que je lui ai dit.

Il a 11 ans, bientôt la rancœur naîtra et la colère suivra. Ce qui m'effraie, c'est la personne qu'il deviendra quand il se révoltera contre la main malfaisante qui l'a frappé dans un monde hostile. En haillons, il est entouré de gens sectaires qui l'humilient continuellement juste parce qu'il respire et essaie de survivre un jour de plus sans que son ventre gargouille.

Se vengera-t-il ? Y aura-t-il une âme pour le retenir ? Une personne consciente de la guerre qui opposera son cœur et son esprit, et qui l'aidera à comprendre, comme mon frère m'a aidé ? Mon frère qui continue d'essayer de modérer ma rancœur contre Delphine ?

Alors que je sors de la boutique en me tracassant pour l'avenir de ce mini-moi, je m'arrête soudain en voyant Cecelia piégée contre mon capot par l'un des habitués des machines qui la harcèle.

— Non, cette voiture ne m'appartient pas, répond-elle poliment. Pardon.

Comme il lui bloque le passage, je sens la colère que je viens de calmer rejaillir quand, avec la posture d'un prédateur, il essaie de la retenir en papotant.

— Je participais à des courses autrefois. Je voulais juste…

Mes doigts enroulés autour de son cou, je fais levier pour l'écarter du passage. Les yeux de Cecelia s'élargissent alors qu'il se cogne contre le côté du bâtiment avant de retomber sur les fesses. Elle a l'air choquée quand je lui arrache des mains la clé des toilettes. Ma patience a atteint sa limite.

— Monte dans la voiture.

Repartant vers la boutique, je croise le regard de Tim à travers la vitrine avant d'entrer. Tim s'affaire alors que je rends la clé à Zach.

— À bientôt, tous les deux, dis-je en haussant le ton.

Chapitre 20

Le pilulier et la poubelle de Delphine à la main, je m'arrête devant l'ancienne chambre de Tobias et ferme le verrou de l'intérieur, au cas où Cecelia aille aux toilettes et cède à sa curiosité. C'est probable, vu comme elle s'est imposée chez nous alors que je lui avais interdit l'accès à la maison. La poignée bloquée, je retourne au salon, auprès de Delphine installée dans son fauteuil relax. Mal à l'aise, Cecelia fait du surplace à proximité. Je pose le pilulier sur sa table et la poubelle à portée de main.

— Prêt pour la semaine. Prends-les, tatie, sans quoi tu te sentiras encore plus mal, ordonné-je, en repérant la traduction française de la Bible qui repose constamment sur ses cuisses. C'est trop tard pour toi, sorcière.

Nous partageons un rire.

— S'il existe une porte de service pour entrer au paradis, je la trouverai peut-être pour toi aussi.

— Peut-être que je désapprouve Sa politique, ajouté-je même si je n'ai pas envie d'amorcer un autre débat spirituel.

— Peut-être qu'Il désapprouve la tienne. Ce qui ne L'empêche pas d'être un allié. N'oublie pas que je te connais. Et cesse de préparer mes médicaments. Je ne suis pas infirme.

Elle est si chétive que je ne peux me taire.

— Tu fais tout pour le devenir. Ne bois pas ce soir. Je ne fouille pas la maison, mais si je le fais, tu sais ce qui arrivera.

— Ouais, ouais. Fous le camp.

Je m'empare de la télécommande et commence à zapper. L'ambiance s'alourdit derrière moi avant que Cecelia s'adresse à Delphine :

— Vous avez envie qu'on reste ?

— Ce n'est pas ma première fois. Allez-vous-en. La nuit est jeune, et vous aussi. Ne la gâchez pas.

Une réponse typique de Delphine, même si la faiblesse de sa voix contredit la force de sa déclaration. Je réprime l'envie de la réfuter.

— Tu l'es aussi, murmuré-je à la place.

Dire que mes sentiments pour ma tante sont complexes serait un gigantesque euphémisme. Cela fait quelques années que nous sommes parvenus à une sorte d'entente. Je ne la vois en aucun cas comme un parent, mais dernièrement, elle essaie de se comporter comme tel. Plus récemment, ces derniers mois, elle s'est convaincue que sa mort était imminente. Aggravant sa maladie en rudoyant son corps, elle s'applique à transmettre ses trésors de sagesse qui lui semblent me convenir. Je dois lui accorder que j'écoute.

La plupart du temps, nos efforts sont payants. Nous préservons du mieux que nous pouvons notre relation, sauf durant nos conversations qui me rappellent sa cruauté d'antan. J'avoue que la voir si affaiblie et si effrayée a chassé une grande part de mon ressentiment. L'alcoolique enragée était jadis une force redoutable. Une force que, à un moment donné, Tobias et moi trouvions ingérable. Mais à mesure que le temps passait, alors que Tobias, Sean, Tyler et moi élaborions des stratégies, nous trouvions dans ses délires d'alcoolique une logique brillante. Nous l'avons mise à profit, en particulier son idée de combattre la machine que nous abhorrons tous. Sur ce point, elle a incidemment élevé les soldats que nous sommes devenus, même si elle a perdu la guerre pour jouer son propre rôle dans notre mouvement.

Si et quand Delphine perdra cet ultime combat, je ne sais pas ce que je ressentirai, et cette perspective me pousse à changer de chaîne sans réfléchir, alors que Cecelia murmure d'une voix douce :

— Épître aux Romains 8, 38-39.

Des pages sont tournées entre mes changements de chaîne. Puis Delphine lit le passage cité.

— « Car j'ai l'assurance que ni la mort ni la vie, ni les anges ni les dominations, ni les choses présentes ni les choses à venir, ni les puissances, ni la hauteur ni la profondeur, ni aucune créature ne pourra nous séparer de l'amour de Dieu manifesté en Jésus-Christ notre Seigneur. »

Après un bref silence, tatie parle d'une voix tremblante.

— Crois-tu que ce soit vrai ? demande-t-elle à Cecelia.

Me retournant, je suis percuté par la vue de Cecelia agenouillée aux pieds de Delphine, lui offrant d'autres paroles de réconfort.

— Ce sont les seuls versets que j'ai mémorisés. Alors je suppose que, dans le fond, j'ai envie d'y croire.

Les yeux de Delphine se lèvent lentement vers moi, suivis par les yeux bleu intense de Cecelia. À la seconde où nous nous connectons, un raz-de-marée de conscience me submerge. C'est alors que je le vois, que je le sens, et je ne suis pas le seul. Un battement de cœur plus tard, Delphine le confirme à travers un avertissement murmuré en français :

— Elle est trop belle. Trop intelligente. Mais trop jeune. Cette fille sera ta perte*[1]...

Boum. Boum.

— Qu'est-il arrivé à tes parents ?

La question de Cecelia, tandis que nous retournons au garage, se réverbère dans ma Camaro quand je descends, la laissant sur le siège passager. Sentant son regard lourd me suivre quand je m'éloigne, je ne salue même pas Sean qui attend enveloppé dans l'obscurité. Son regard calculateur ajoute du poids à celui de Cecelia alors que je marche vers ma boîte à outils, le cœur tambourinant dans mes oreilles.

Boum. Boum.

Attrapant ma boîte à outils, je me faufile par la porte du fond en direction du cimetière à voitures où se trouve la Buick.

Boum. Boum.

Le regard de Cecelia a quelque chose qui agrippe comme un courant sous-marin. Un mouvement qui s'accroche et qui traîne, mais que j'ai toujours réussi à éviter, jusqu'à ce soir où je l'ai vue agenouillée devant un autre ennemi inconnu, ses yeux levés vers moi, son empathie et son humanité clairement affichées.

Boum. Boum.

Cet échange a été une sorte de baffe qui m'a forcé à enfin reconnaître tout ce que j'avais délibérément occulté au sujet de Cecelia.

1. Les mots suivis d'un astérisque sont en français dans le texte original.

Relevant le capot de la Buick, je branche la rallonge attachée à la lampe de l'atelier, avant de fouiller dans mes outils. Résolu à me noyer dans un travail monotone, je les remue. Ces secondes menacent de se graver dans ma mémoire pendant que le foutu murmure que j'ai entendu de multiples fois s'insinue en moi.

Elle sait.

Évidemment qu'elle sait, mais notre échange, tout à l'heure, indiquait le contraire, quand elle rebondissait sur chacun des mots que nous ne prononcions pas.

À en juger par ses conclusions hâtives pendant notre course, elle a clairement senti mon agacement. Moins d'une minute plus tard, alors que je rengainais mon arme, la tentation m'a nargué quand mes doigts ont effleuré sa peau, recueillant l'électricité qui pulsait entre nous et s'accumulait rapidement. Nos lèvres étaient si proches qu'il aurait fallu très peu, voire pas d'efforts du tout, pour effacer la distance et enfin goûter.

Peu après, au point de collecte de la pharmacie, la jalousie de Cecelia émanait de la banquette arrière, une jalousie qu'elle n'a pas cherché à camoufler quand la pharmacienne m'a bouffé des yeux. Elle a même pris du plaisir à entendre Delphine l'insulter ; et moi aussi, quand je l'ai surprise en train de me mater dans le reflet du rétroviseur. Cette pulsation retentissait et s'attardait dans la Camaro, bien que Delphine soit sur le siège passager.

Esquiver mes désirs était devenu une première nature chez moi, jusqu'à ces quelques secondes où nos regards se sont croisés dans le salon de Delphine. Ça a été la goutte de trop quand Cecelia m'a provoqué avec la question à un million de dollars sur le chemin du retour. Une réponse qui résoudrait une grande part du mystère de Cecelia à mon égard.

« Qu'est-il arrivé à tes parents ? »

J'ai été tenté de répondre un truc du genre : « Ton père a découvert que mes parents projetaient de révéler ses agissements, alors il a organisé une explosion à l'usine pour les réduire au silence, tout en terrorisant tous ceux qui auraient des plans du même acabit. »

Sitôt construite, cette réponse a été censurée à cause de la sollicitude dans sa voix – pour moi.

Je pourrais mettre un terme à ce manège dès à présent si je le voulais. Mais quelque chose dans sa façon de s'adresser à Roman, dans la journée, m'a amené à réfléchir aux demandes de Sean d'essayer de dépasser sa culpabilité indirecte.

Je ne m'attendais pas à ce que ça se produise. Mais au cours de ces secondes-là, ce que j'ai vu, et ressenti, a forcé la dissociation.

Pour la première fois, je n'ai rien vu d'autre qu'elle.

Quand nous avons rejoint RB, comme je l'avais supposé, elle a porté un jugement sur nous deux en quelques minutes. Je l'ai pointée du doigt pour ça.

En vérité, je l'ai piégée, puis blâmée pour son ignorance, alors qu'elle n'était qu'une énième victime d'un système conçu pour que nous gardions une attitude discriminatoire et indifférente à la situation de chacun.

La seule différence est que je connais la situation de Cecelia… et maintenant elle connaît la mienne, en particulier après avoir forcé la porte de la maison de mon enfance et vu les conditions dans lesquelles j'ai été élevé. À la seconde où elle est entrée, j'ai senti la compréhension l'inonder. Juste après, sa détermination mal placée s'est manifestée face à une autre adversaire imprévue.

Delphine.

Delphine, qui n'a jamais surmonté le meurtre de nos parents, sûrement parce qu'elle n'a jamais réussi à délaisser la vodka assez longtemps pour y remédier.

Elle a été presque trop lente à comprendre quand je lui ai présenté Cecelia, je voulais tant voir sa réaction. Quand ma tante a enfin compris qui était Cecelia, le changement dans sa personnalité et sa façon de la traiter a été quasi imperceptible… pour ceux qui manquent de jugeote. Je l'ai perçue, moi, et cette différence m'a fait un sacré choc.

Il était impossible de mal interpréter l'expression de Delphine après des décennies de tirades alimentées par l'alcool : la culpabilité. Elle en était remplie, après leur petite étude de la Bible improvisée. Mais pourquoi ?

Pourquoi diable une femme qui hait autant Roman, sinon plus que mon frère et moi, se sent coupable envers qui que ce soit du même sang que lui ?

C'est quand Cecelia a généreusement tenté d'apaiser les angoisses de ma tante que mon monde a basculé, et j'ai compris que je suis tout aussi coupable d'avoir des idées préconçues.

De croire qu'en ce qui concerne Cecelia, le mal est hérité et non inculqué. Même si le premier est possible, elle est restée intacte, par choix. Elle a réprimandé son père de toutes les manières qui soient.

J'ai alors entrevu la toile blanche que Sean m'implorait de voir. Contrairement à tant d'autres, Cecelia est avide de comprendre le monde autour d'elle et les gens qu'il abrite. Le pourquoi de tout cela.

Elle s'est peut-être même donné pour mission de jouer avec le feu et d'en faire voir de toutes les couleurs à son père, mais c'est sa rébellion contre les cartes qui lui sont distribuées qui la stimule. En cela, nous sommes semblables.

En cela, elle est comme nous.

Piégé par elle dans ce bref laps de temps, j'ai eu une prise de conscience : Cecelia Horner déborde d'un potentiel inexploité.

Une forme de puissance mijote en elle, sans qu'elle en ait connaissance.

C'est ce que j'ai vu, senti, et ce qui a résonné en moi avec une absolue certitude.

Pas son âge ni sa beauté, ni notre indéniable alchimie, ni même le danger qu'elle représente. La prise de conscience était si viscérale que les cheveux dans ma nuque se sont dressés. Maintenant que je l'ai vue, elle est indéniable.

Je jette ma clé dans ma caisse à outils et lève les yeux vers la nuit noire, la prédiction de Delphine me revenant dans toute sa clarté. « Elle est trop belle. Trop intelligente. Mais trop jeune. Cette fille causera ta perte. »

Un avertissement qui m'a poussé à reconduire Cecelia au plus vite, en sécurité, dans les bras de Sean.

Boum. Boum.

Le vent souffle à travers la casse. Le tonnerre qui gronde au loin me rappelle qu'un jour, dans le futur, un géant viendra distribuer des punitions à ceux qui ignorent son existence.

Un géant qui existe parce que j'ai participé à sa création, et qui se rapproche un peu plus chaque jour. L'effroi m'entoure parce que je sais que, le moment venu, il sera aussi aveugle et impitoyable que je l'ai été, et aucun de nous ne pourra l'arrêter.

Chapitre 21

Après quelques heures de sommeil agité, j'arrive au garage et rejoins Jeremy, Peter et Tyler autour de la table haute, dans un coin de l'espace commercial. Russell approche en s'essuyant les mains avec un chiffon et jette un œil vers l'accueil débordant d'activité. À l'intérieur, pas loin de l'entrée, un bambin écrase son visage sur la porte vitrée.

— J'ai cinq minutes grand max avant que Mme George commence à demander quand j'aurai fini, dit Russell.

— Tous les téléphones sont dans le coffre-fort ? commence Tyler.

Au lieu de ses singeries habituelles, Jeremy se contente de hocher la tête.

— Ça y est, on parle enfin des armes…

— Juste de stratégies pour notre prochain match, dis-je en indiquant un client descendant d'une voiture. Maintenant que nous connaissons les joueurs.

Jeremy jette un coup d'œil derrière lui et grimace. Tyler se penche et parle à voix basse :

— Voilà ce que nous savons. La société de Spencer, comme la plupart des grosses compagnies maritimes, est société de transit. C'est-à-dire que lorsqu'une demande arrive d'un pays étranger, un technicien de l'armée américaine attribue la commande à une de ces sociétés de transit. À partir de là, il traite les commandes afin d'obtenir les autorisations des pays commanditaires et il les suit jusqu'à ce que tous les… « ballons » soient reçus et comptabilisés.

Nous savons tous qu'il ne s'agit pas de vulgaires balles de sport, mais il vaut mieux rester discrets. Russell se penche pour chuchoter.

— Ça va si loin que ça ? Des militaires véreux et des responsables des gouvernements étrangers corrompus ?

— Je te le garantis, confirme Tyler en scrutant le parking. Et considérant la rareté de ces ballons, j'ai tout de suite su où chercher.

— Punaise, fait Peter, éberlué. Qui aurait cru Spencer capable d'un truc pareil.

L'expression de Tyler se durcit.

— Vu qu'ils surveillent à peine les ballons dans ce minable entrepôt, il est clair que c'est une affaire qui tourne depuis un moment. La partie de Spencer est facile, ce qui résout vite la question de son implication. Les preuves contre lui sont accablantes. Les techniciens qui gèrent les commandes sont aussi compromis que l'acheteur, parce qu'il y a un protocole strict à suivre dans le commerce de ballons.

Russell semble reconstituer l'énigme.

— J'ai lu récemment que des ballons censés être sur une base militaire avaient servi dans un braquage… Merde… Ça veut donc dire que Spencer et le technicien collaborent avec les autorités. Sous couvert de commander des ballons pour leurs propres camps militaires, ils les reçoivent puis falsifient l'emplacement des ballons, en prétendant qu'ils sont sur une base étrangère dans leur pays avant de les renvoyer sur le territoire américain pour les vendre à Dieu sait qui ?

Tyler hoche la tête.

— En gros. On comprend un peu mieux comment certains qui ne devraient jamais mettre la main sur ce type d'armes réussissent à les acheter. Même si c'est rare, c'est l'une des possibilités, et ce que font ces pourris cupides qui bradent leur bannière étoilée déshonore tous les militaires. Alors quand des sacs à merde comme lui sont démasqués par ceux qui servent dans l'armée avec de bonnes intentions, c'est important.

Russell jette un œil à Tyler.

— Du coup, pour toi, ça devient une affaire personnelle.

— Pas qu'un peu, convient Tyler. C'est pour ça que j'ai pu remonter à celui qui a commandé les ballons et au technicien avec qui il collabore ici. Tous ceux qui sont impliqués auront leur part sur les ventes vu que chacun des gros ballons dans notre stock vaut vingt ou trente mille dollars.

Les yeux avides de Peter ressortent de leurs orbites.

— Putain, c'est…

— Plus que ce que tu as dans ta tirelire, et ce solde n'est pas près de changer, déclaré-je pour couper court aux illusions qu'il se fait s'il s'imagine en tirer quelques bénéfices.

Mme George choisit ce moment-là pour intervenir.

— Russell, j'ai rendez-vous chez le coiffeur à 9 heures précises !

Russell grogne et marmonne :

— Je vous l'avais dit. Vous serez partie d'ici dans quinze minutes, madame George, ajoute-t-il.

Mme George nous décoche un regard méprisant avant de retourner à l'accueil. Je reprends :

— D'autres caisses ont été livrées à l'entrepôt la nuit dernière, et nous ne savons toujours pas qui vient les récupérer ni quand. Donc le temps presse.

— Le *timing* est crucial sur ce coup-là, commente Tyler.

— Toujours, souligné-je. Mais avant de passer à l'action, nous devons récupérer le plus gros des ballons. On ne voudrait pas que des gamins les achètent et jouent avec dans la rue.

— Dans l'immédiat, ajoute Tyler, ils pensent que rien n'a été touché. Cela nous laisse une ouverture pour prendre ce dont on a besoin. Tout le monde devra être au taquet parce qu'une fois là-bas… dit-il en nous regardant chacun avec insistance, il n'y aura plus de retour en arrière possible.

Russell blêmit en prenant conscience de l'énormité de la situation.

— Mais si nous attirons l'attention de ceux qu'il ne faut pas et que notre plan se retourne contre nous…

— …nous déclencherons l'attaque parfaite, termine Tyler. On parle ici d'acteurs majeurs, dont le FBI, l'ATF[1] et l'armée qui viennent fureter dans notre cour.

— Heureusement que nous avons des amis corbeaux haut placés, ajouté-je.

Dans un silence tendu, tous prennent la mesure des enjeux. Aucun de nous ne s'attendait à entreprendre une mission à haut risque aussi rapidement.

— Donc, quel est le plan ? demande Peter.

Après un coup d'œil alentour, je prends une décision rapide. Sur l'étagère à outils, j'attrape trois gobelets de la

1. Bureau de l'alcool, du tabac, des armes à feu et explosifs.

pile, ainsi qu'une poignée de rondelles dans un pot. J'aligne les gobelets à l'endroit sur la table et lève une rondelle. Dans un tour de passe-passe, je la place sous un gobelet avant de les mélanger. La rondelle frotte bruyamment sur la table. Tous les yeux suivent les gobelets jusqu'à ce que j'arrête et attende que Jeremy devine.

Avec un soupir, il désigne le gobelet dont il est sûr qu'il abrite la rondelle. Je le soulève. Vide. Surpris, il écarquille les yeux et je recommence à les mélanger.

Russell râle.

— Hé, Dom ! Tu sais qu'il y a du monde à l'accueil, non ? Pas besoin de nous faire ta démonstration pour qu'on comprenne. Contrairement à ce que tu penses, Jeremy est le seul imbécile ici.

— Ça fait mal, ça, s'offusque Jeremy.

— Dom, on a pigé, dit Peter. Nous allons recourir à l'illusion pour accomplir le boulot. Un jeu d'enfant. Tu vas aussi nous chanter « Alouette, gentille alouette » ?

Je cesse un instant de bouger les gobelets.

— Tu as déjà réfléchi aux paroles ? Je te plumerai la tête, et tout le reste, dis-je en reprenant mon mélange.

— C'est vrai que c'est tordu, concède Peter.

— Tu vois comment ça marche ? continué-je. Tout le monde à cette table connaît les paroles. (Ils confirment d'un hochement de tête.) Un bel exemple de notre manque de pensée critique. Cette comptine perverse et quantité d'autres se transmettent depuis des générations, parce que nous ne sommes pas attentifs à ce que nous apprenons. (Je me tourne vers Peter.) Après ça, tu y réfléchiras à deux fois avant de chanter cette berceuse à ta petite sœur.

J'arrête de déplacer les gobelets.

— Et quand tu auras une minute, cherche l'origine d'autres chansons pour enfants, comme « Dansons la capucine » et tu verras si on apprend aux enfants à partager.

— Si je te suis, intervient Russell, on fera en sorte qu'ils se précipitent pour trouver les ballons ?

— Non, frère, nie Tyler, un sourire perfide éclairant son visage.

Je ramasse les gobelets sur la table. Tyler tend la main au-dessus et déplie lentement ses doigts, révélant sa paume pleine de rondelles.

— Nous allons supprimer le jeu.

Quand Mme George reparaît, je retourne à ma Camaro, laissant Tyler exposer notre stratégie destinée à piéger Spencer et ses complices sans attirer l'attention sur le club. Sortant mon téléphone de la boîte à gants, je l'allume et trouve un SMS de Sean.

Sean : RDV au lac. Apporte comme d'hab.

Dom : J'ai des trucs à faire.

Les pointillés sautillent immédiatement.

Sean : Je sais, mais tu prends ta journée.

Chapitre 22

— Encore, maman !*

Elle lance mon pyjama sur le lit à côté de moi.

— Patience. Lève les bras.

— Encore, maman ! hurlé-je plus fort, les bras en l'air.

— Tu es très exigeant, petite alouette, dit-elle en tirant sur mon tee-shirt avant de me pincer le nez. Compte avec moi.

— Un, deux, trois, récitons-nous ensemble avant qu'elle chante :

— Alouette, gentille alouette. Alouette, je te plumerai. Chante aussi, petite alouette.

— Je te plumerai la tête, continué-je alors qu'elle commence à me chatouiller.

— Je te plumerai la tête, chante-t-elle à son tour. Et la tête, chante-t-elle d'une voix aiguë.

— Et la tête, répété-je d'une voix grave.

Elle appuie son nez au bout du mien. Nos yeux s'agrandissent et nous chantons en chœur :

— A-a-a-ah !

Elle me pousse sur le lit et m'embrasse, ses cheveux me chatouillant le ventre. Je me tortille pour m'échapper.

— Encore, maman, crié-je.

Elle essaie d'attraper mon pied avec mon pantalon de pyjama.

— Et le bec !

Elle pince mes lèvres.

— Et la tête.

Elle tire sur mes cheveux.

— Alouette !

Elle arrête de chanter et bâille.

— Maman, braillé-je. Tu n'as pas chanté jusqu'au bout !

— Nous la chanterons demain.

Sauf que nous ne l'avons pas chantée le lendemain.

Nous n'avons plus jamais chanté ensemble.

— Maman, chuchoté-je.

Je m'éloigne à vive allure du lac, le torse en feu. Les arbres sont flous dans ma vision périphérique. Je suis frappé par l'ironie de la situation quand je songe qu'il y a quelques heures, j'ai sermonné mon frère tatoué sur son appréciation d'une comptine, alors que je me rejoue celle que je connais le mieux. Une punition du subconscient.

Le rachat exigé par mon psychisme consiste à revivre les quelques souvenirs précis que j'ai gardés de ma mère.

L'un des derniers, quand elle a déclaré que j'étais son gentil petit oiseau.

Que penserait-elle de moi à présent ? Que penserait-elle du fait que je sois devenu un oiseau d'une autre espèce ?

Un oiseau de proie.

Un oiseau motivé par le châtiment.

Un oiseau astucieux capable d'actes si abominables que le garçon en moi n'est quasiment plus reconnaissable désormais. Un menteur, un voleur, un maître de la supercherie.

Un oiseau capable de participer à la destruction d'une fille innocente au nom de la vengeance.

Mais ce qui s'est produit au lac ne donnait pas cette impression. Loin de là.

Ça semblait même être tout l'opposé.

« Dominic. »

Les gémissements de Cecelia glissent le long de mon échine, son parfum de noix de coco s'infiltre dans ma peau. Au souvenir d'elle sur moi, et sous moi, mon sexe remue.

Le raz-de-marée de désir qui m'a englouti à travers des yeux bleu marine.

Ses lèvres entrouvertes, les sons qui en sortent.

La lente succion de son sein pommelé dans ma bouche.

La sensation de sa peau impeccable entre mes doigts brutaux.

Sa langue veloutée déchaînée contre la mienne.

Ses jambes si longues qui m'enveloppent, elle qui s'abaisse sur moi avant que nous nous emboîtions, ajustés d'une manière irréelle.

Les prévisions du jour n'annonçaient pas que j'allais baiser Cecelia Horner.

Mais ce n'était pas juste du sexe. Ça ressemblait plutôt à une expérience mystique. La connexion s'est faite si vite que l'électricité statique qu'il y a toujours eu entre nous s'est embrasée, et le crépitement a cessé. J'ai succombé si rapidement que ma volonté était risible, mais j'ai été récompensé d'une manière que j'ai vécue à chaque instant. D'un baiser, cet oiseau a complètement été envoûté par une chose brillante qui tournoie.

Je lui ai offert ma mèche et elle m'a enflammé.

Feu et eau, elle est à la fois brûlure et apaisement.

La brume dans laquelle j'ai été immergé s'est dissipée d'un seul coup. Comme si je m'étais réveillé d'un profond sommeil, puis que j'avais vu le monde à travers une loupe.

Tous mes sens se sont exacerbés à mesure que les sensations et les sons me submergeaient. Les vagues du lac se brisant autour du pneumatique, les respirations entrecoupées, la sensation de mon rythme cardiaque, l'afflux d'électricité au bout de mes doigts, l'avertissement du tonnerre qui grondait dans le ciel. J'ai eu beau repousser tout pressentiment provoqué par le conte de fées idiot que je me suis imaginé, elle m'emportait dans un putain de fantasme. Je la voulais tellement que j'aurais défié tout ce qui aurait essayé de nous séparer.

« Dominic. »

Cela fait des semaines que j'existe dans un cauchemar, mais ce jour-là, pour la fois depuis que ça a commencé, j'ai senti que je refaisais surface et respirais enfin. Et en respirant, j'ai réalisé que j'étais un homme vivant. Un homme affamé, à cause de l'abstinence que je m'étais imposée, en grand manque d'une femme s'offrant à moi.

J'avais pris la respiration par laquelle tout ce que je ressentais sonnait juste, dans la manière de la toucher, de prononcer les quelques mots qui me venaient, sans me censurer.

Je n'étais plus spectateur de ma propre vie, j'y participais. Je suis devenu capable de goûter et de savourer la sienne. La toucher a engendré de l'adoration. À chaque poussée au fond d'elle, les fardeaux qui m'écrasaient ont été oubliés.

Ce qui était naturel et simple pour la plupart était si compliqué pour moi.

Si ça s'était limité au sexe, je serais rentré chez moi depuis longtemps, et j'aurais trouvé une autre manière d'occuper mon temps. Mais c'était plus que ça. Je me suis complètement perdu en elle, et chaque seconde a intensifié la précédente.

Je bande tellement en repensant à ce moment que je me presse dans la direction opposée au soleil, tentant d'échapper au fait que de toute ma vie, je ne me suis jamais senti aussi bien que quand je bougeais en Cecelia Horner.

Je dépasse à toute vitesse chaque croisement qui me ramènerait à la maison, ne pouvant en aucun cas être là où elle est. Et je concentre tous mes efforts à mettre ces précieuses minutes, ce temps volé ensemble, dans une boîte qui lui est dédiée.

Cecelia et moi sommes quasiment des étrangers. Pourtant, cet interlude indique le contraire, tout comme ce murmure qui a jailli à la seconde où j'ai posé mes yeux sur elle, et chaque fois après ça. La dernière partie du murmure, je l'ai refusée et niée, même après l'avoir vue pour la première fois sans la rancœur qui m'aveuglait.

Elle sait.

Elle te connaît.

Cramponné au volant, je maudis le destin qui l'a mise sur mon chemin, parce qu'en permettant enfin que cela se concrétise, en voulant que cela se concrétise, et en participant au moment, j'ai perdu la bataille la plus importante que j'aie menée.

Maudit Sean.

Qu'ils soient maudits tous les deux.

— Sois maudit toi-même, grommelé-je.

La clarté menace de se disperser alors que le secret auquel je viens de participer commence à peser lourd.

Le cœur martelant, je lèche les restes de notre dernier baiser, qui renferme une promesse que je ne pourrai jamais tenir.

Un autre souvenir rejaillit, et un nouvel accès de culpabilité m'assaille. Mes yeux rivés sur la machine à tatouer qui bourdonne avant de les lever vers les siens. Il attend à quelques mètres, son expression est emplie de fierté et d'une affection évidente. Une fierté et une affection que je ne reverrai peut-être jamais parce qu'en trouvant cette félicité – et une paix momentanée avec Cecelia – j'ai peut-être perdu celui qui est mon roc depuis toujours.

Mon frère.

Je bifurque dans l'allée escamotée, longe les hectares de terrain et me gare devant son porche. Après avoir grimpé les larges marches de la vieille ferme, je m'apprête à frapper quand la porte s'ouvre. Le regard de Denny me survole un bref instant avec un mélange de curiosité et d'inquiétude puis, sur un bref hochement de tête, il m'ouvre la porte en grand. En entrant, je pose mon téléphone portable contre son torse. Il le prend. La raison de ma venue étant claire, je traverse la maison jusqu'à sa chambre d'amis. En un court instant, je me suis entièrement dévêtu, chaque muscle de mon corps pétri de fatigue, la voix de ma mère résonnant alors que je perds connaissance sur le lit.

« Il est temps de dormir, Petit Prince*. »

Chapitre 23

Ma récompense pour avoir couché avec la fille de mon ennemi juré ?

Comater dix-huit heures d'affilée.

Mon corps m'a enfin autorisé à dormir, après que j'ai temporairement oublié mon tatouage et bousillé pour du sexe la confiance de mon frère. Le brouillard provoqué par Cecelia s'est dissipé à l'instant où mes yeux se sont rouverts à la tombée de la nuit, le lendemain. Entre hier soir et ce matin, après avoir exploré les innombrables hectares de terre cultivée de Denny, ma détermination est revenue rectifier la situation.

Ayant trouvé en moi les ressources nécessaires pour faire face à la situation scabreuse, je rentre et rejoins Denny dans la cuisine. Sans un mot, il me verse une tasse de café brûlant qu'il me tend.

Je la bois puis le remercie, ce à quoi il répond par un grognement avant d'asperger son plan de travail d'un produit sans étiquette et de l'essuyer. Sans doute une concoction qu'il a confectionnée lui-même.

Ce que la plupart ignorent sur Denny, qui ne fait toujours que passer dans le cercle tenu par le secret, c'est qu'il est notre plus grande ressource. Il s'est fixé pour mission d'exploiter les terres agricoles qu'il a achetées pour donner une leçon d'humilité aux prophètes du malheur. Que ce soit chimiste ou charpentier, il porte toutes les casquettes pour vivre en autonomie, sans aide extérieure. Pour ça, il a toute mon admiration. Nous sommes semblables dans le sens où nous aspirons à l'isolement, tout en travaillant doublement pour canaliser une énergie débordante. Ses terres florissantes, que je vois par ses hautes fenêtres, attestent de sa vitalité inépuisable.

De tous les corbeaux, Denny fait partie de ceux en qui j'ai le plus confiance, avec sa fiancée. Layla a été incorporée aux débuts par un autre membre du club, Craig – qui est vite devenu un boulet après avoir été tatoué. En plus, il traitait très mal Layla. Son temps est venu une petite semaine après l'intégration de Denny dans le groupe qui, au premier regard, a décidé que Layla serait son premier hold-up. Depuis, leur relation est pour le moins intense. L'obsession quasi indécente de Denny pour Layla a viré à la possession déclarée quand il l'a marquée puis, peu après, lui a passé la bague au doigt, veillant à ce que tout le monde reçoive le mémo. On soupçonne Denny d'avoir annoncé en personne la nouvelle à Craig.

Si Denny est responsable de la mort de Craig, personne ne sait rien, et nous avons décidé que ce secret lui appartenait puisqu'il nous en a débarrassé par la même occasion. Et comme Layla, Denny est une tombe pour ce qui est de garder les secrets, avec une facilité pour ne pas poser de questions avant d'exécuter des ordres à la lettre. Si je pouvais, je le clonerais.

— Et où s'est envolée ta demoiselle ?

Denny hausse les épaules.

— Me suis dit que tu n'aimerais pas qu'elle pose des questions, alors je lui ai confié une tâche, pour que tu fasses une vraie coupure.

— Décidément, tu parles le même langage amoureux que moi, frère.

Je lève ma tasse vers lui en signe de reconnaissance. Souriant, il sort mon téléphone d'un tiroir.

— Il s'est passé quelque chose pendant que je dormais ? demandé-je en le reprenant.

— Ouais, nous avons eu ce dont nous avions besoin.

Je hoche la tête, satisfait qu'ils aient utilisé mon bref congé sabbatique pour prendre les empreintes digitales des complices de Spencer. Cela nous rapproche d'un pas de la guillotine vers laquelle nous conduisons Spencer.

— Je vais te laisser.

J'apporte ma tasse dans l'évier, la rince, en appréciant la vue sur la mare et le paysage autour.

— Ce que tu as fait de cette propriété est exceptionnel. Le rêve de tout ermite.

— Ça l'est, merci, dit-il avec un sourire rempli de fierté.

— Je t'apprécie, tu sais. Merci pour l'hospitalité.

— Reviens quand tu veux, offre-t-il en me raccompagnant.

— Tu détestes avoir de la visite, fais-je en riant.

— Les tranquilles, ça va.

Il esquisse un sourire, et je descends les marches de son porche en sortant les clés de la poche de mon jean.

— Tu vas bien, Dom ? m'arrête-t-il devant ma portière.

— J'ai presque fait un vrai break, dis-je sur le ton de la plaisanterie.

— Je demande juste parce que tu avais une sale tête en arrivant.

— Ce n'est rien d'ingérable. À ce soir.

— À plus, dit-il avant de refermer sa porte, sans doute soulagé que je n'aie pas envie de parler sentiments.

Quelques heures plus tard, je me gare devant la maison, à côté de la Nova de Sean, et rassemble les sacs sur mon siège passager. Quand j'arrive en haut de l'escalier, la porte de Sean s'ouvre. Allumant ma lampe, je pose mon téléphone sur la bande magnétique qui bloque les signaux numériques avant de renverser le contenu des sacs sur mon lit.

Une seconde après, Sean remplit l'encadrement de ma porte et m'évalue pendant que je remplis mon étagère vide.

— Quoi de neuf, frère ?

— Pas grand-chose depuis que ma copine et mon meilleur ami ont disparu dans la nature.

— Tu me connais. Les problèmes personnels, faut les garder pour soi.

Avec un petit rire, il entre dans la pièce.

— T'es un vrai connard.

— Et pourtant, comme tant d'autres, tu en redemandes, lancé-je sur un ton pince-sans-rire.

Je continue à remplir mes étagères. Sean se racle la gorge et lit un passage du roman qu'il tient à la main.

— « Il abaisse son short juste assez pour libérer son érection. Il bandait ferme, du liquide trempait son gland. Il le prit dans sa main et pompa plusieurs fois. » Je vois que tu élargis ton répertoire littéraire cet été, me charrie-t-il en penchant le livre vers moi.

— La romance génère à elle seule plus d'un milliard par an. Soit plus que notre fortune collective.

Rassemblant d'autres livres, je me tourne pour les ranger quand j'aperçois le broché, sur l'étagère au-dessus.

— Clairement, ils capitalisent sur toi, ironise Sean.

J'effleure du doigt le dos craquelé de l'exemplaire de ma mère du *Petit Prince*. Une vision d'elle, blottie dans son vieux fauteuil préféré, le livre ouvert sur l'accoudoir, enveloppée par le soleil qui abonde par la fenêtre derrière elle. Je suis heureux que le souvenir ne s'accompagne pas de l'habituelle culpabilité.

— À moins que ce soit toi qui aies l'intention de capitaliser, hasarde-t-il en triant la bibliothèque.

Me retournant, je vois son front plissé par la confusion.

— Dis-moi, Dom. Tu fais quoi, là ?

— Tout ce qu'il faut, réitéré-je.

Son humeur s'altère instantanément.

— Tu disparais deux jours et tu reviens avec un plan… destiné à quoi ? Lui nuire ?

— Le tatouage passera toujours en priorité, rétorqué-je.

— Je t'ai dit qu'on était à fond, Dom, elle et moi. C'était pas une blague.

— Tu as l'air d'oublier que tu ne prends pas les décisions.

— C'est toi qui as pris cette décision. Et si je réussis à la faire sortir de sa cachette, je l'invite au rassemblement ce soir.

Je hoche la tête.

— Je la conduirai au rassemblement.

— Pour la protéger.

À la fois une affirmation et une question.

— Évidemment.

— Putain, souffle-t-il en se passant la main dans les cheveux. Si tu as l'intention de lui faire du mal…

— Peut-être que tu l'as oublié par commodité, mais c'était ton plan de l'utiliser pour atteindre Roman.

— Je te laisserai pas la prendre pour une conne, menace-t-il.

— Comme tu m'as pris pour un con ?

Il déglutit, le regard tombant. Je me retourne vers mes étagères.

— Nous allons faire tomber son père, Sean. Il n'y a pas d'avenir entre toi et Cecelia. Accepte-le.

— Je le comprends, mais…

— Il vaudrait mieux parce que France finira par trouver ce qu'il cherche. Après ça, ce ne sera plus qu'une question de temps. Et tu ne pourras plus la protéger.

— Et tu ne la protégeras pas ?

Agacé, je le pousse pour aller me doucher. Au passage, il attrape mon bras. Le regard noir, je le repousse d'un geste.

— Dans quelques heures, de ton fait, elle saura presque tout. Elle s'enfuira très probablement de toute façon. Donc cette conversation est sans intérêt. Es-tu prêt pour ça ? Parce que c'est le risque que tu prends, en la baptisant par le feu.

Il enfonce les pouces dans les poches de son jean.

— C'est comme ça qu'on a toujours procédé quand une nouvelle recrue est prête. Elle a gagné ma confiance et le droit de savoir qui nous sommes.

— Mais elle ne le saura jamais complètement, n'est-ce pas ? Même quand tu auras piétiné ses idéaux.

J'entre dans ma salle de bains en retirant mon tee-shirt.

— Pour moi, le débat est clos. J'en ai ma claque des disputes à cause d'elle. C'était une erreur de la rapprocher de nous.

— C'est ta peur qui parle, me condamne Sean.

— Plutôt la tienne. Il faut qu'on se concentre.

Sean mord son piercing avant de se retourner pour quitter la pièce.

— Tu l'avais bien jugée, dis-je en retirant mes bottes. Je te l'accorde, je vois son potentiel, mais pas pour notre club.

Il reste dans l'entrée et se passe la main dans les cheveux.

— Conforme-toi à toutes les stratégies que tu veux la concernant, mais j'étais là, j'ai senti ce truc entre vous.

Il secoue la tête, en contradiction avec son attitude.

— Tu ne lui nuiras pas. Pas intentionnellement.

— Tu n'imagines pas de quoi je suis capable, grondé-je, les dents serrées, pendant qu'il me regarde durement.

— Toi non plus, apparemment, rétorque-t-il dans le couloir en s'éloignant. Sauf que, par chance pour toi, je le sais.

Chapitre 24

Un quart d'heure après avoir envoyé par Internet un autre rapport de suivi frauduleux sur la fille de Roman, j'arrive au garage King en redoutant les prochaines heures. Le karma rit à mes dépens quand Cecelia apparaît dans le faisceau de mes phares juste quand je me gare. Fixant du regard la femme qui a occupé chaque minute de mes pensées ces derniers jours, je fais gronder mon moteur pour donner le signal. Les corbeaux autour d'elle s'éparpillent en direction de leurs voitures. À la voir tout près de mon capot, habillée pour anéantir ma détermination renforcée, mon sang échauffé afflue vers mon sexe. Mes yeux assoiffés la boivent à travers le parebrise. Immobile, elle semble aussi absorbée que moi, alors qu'une partie de ma résignation se laisse emporter par le vent comme des cendres.

Putain.

Si la passion fait cet effet-là, c'est fait pour les cinglés.

Je sens déjà se desserrer les vis des gonds de la porte que je me suis juré de garder fermée.

Je hais ma part de responsabilité dans cette rapide trahison – tout autant que le bon sens de Sean qui l'a poussé à se rapprocher d'elle –, mais ma résolution se trouve un peu plus compromise quand ses yeux s'éclairent après que Sean lui a demandé de monter dans la voiture avec moi.

Après un bref échange, Sean attrape mon regard un court instant, avant de monter dans sa Nova, sa confiance en moi est inaltérable.

Je décide de le détester aussi longtemps que je peux, pour cette foi inébranlable qu'il a en moi, mais aussi pour cette obsession que l'on partage. Malgré tout, je m'accroche à la croyance que les étiquettes sont pour les hommes faibles qui manquent de confiance en eux. L'affection et la loyauté d'une femme devraient être données librement, et en aucun cas exigées. J'ai beau être allergique au cirque des sentiments, même moi je sais que les femmes recherchent les marques de possessivité, encore que j'admette qu'elles devraient avoir le choix.

Les basses calées sur mon rythme cardiaque, Cecelia approche. Je me penche pour lui ouvrir la portière. L'air nocturne répand son parfum dans la voiture pendant qu'elle attache sa ceinture.

Les narines dilatées, je resserre les doigts autour du volant, furieux d'être incapable d'ignorer l'attirance. J'empêche toute sorte de bonjour en sortant en trombe du parking. Son rire musical résonnant dans la voiture, je fonce vers le rassemblement. Alors que je me sens à chaque seconde shooté par la chimie de l'attraction, l'avertissement que j'ai rappelé à Sean tout à l'heure se réverbère, me frappant différemment. Dans l'heure qui vient, elle ne me percevra plus de la même façon. Au même instant, elle baisse la radio pour enquêter sur la vérité.

— Tu crois qu'un jour nous aurons une vraie conversation ?

Pas possible.

— Nous avons eu une bonne discussion il n'y a pas si longtemps, lui rappelé-je.

— Ne réponds pas à côté.

— Tu veux parler politique ou religion ?

Que pourrais-je lui dire qui ait l'air sincère ? Optant pour une vérité foireuse, je lui relate l'existence d'un mécanicien de 25 ans. L'homme que j'aurais pu être si je ne m'étais pas préparé à combattre des monstres, l'un d'eux étant son père. Brièvement, j'imagine un jour de ma vie sans le club, une journée faite de plaisirs simples.

— Les œufs, baveux. Le café, noir. La bière, fraîche. La musique, forte. Les voitures…

J'écrase l'accélérateur et elle termine en riant :

— Rapides.

— La femme.

Mon regard longeant sa silhouette, je la sens s'attendrir sous l'émotion. Quand elle essaie de prendre ma main sur le levier de vitesse, je l'écarte.

— Je garde ça pour le moment où je pourrai en faire quelque chose.

— Et ça, pour toi, c'est de l'affection ?

— Ce n'en est pas ?

Dans un silence lourd de sens, elle comprend que l'intimité n'est pas dans mes cordes.

— Qu'est-ce qui te rend heureux ?

— Tout ce que j'ai mentionné dans ma liste.

— Les œufs baveux et le café te rendent heureux ? me provoque-t-elle pour déjouer mon esquive.

Si seulement ma vie était aussi simple.

— Imagine qu'au réveil demain matin, il n'y ait pas de café ?

Elle fronce les sourcils.

— Ce serait… catastrophique.

— La prochaine fois que tu en bois, dis-toi que c'est ta dernière tasse.

— Super, ça en fait deux comme toi. Est-ce ta philosophie, Platon ?

Je souris.

— On peut en savoir plus sur quelqu'un en une heure de jeu qu'en une année de conversation.

Sentant le poids familier de son regard sur mon profil, je lance moi-même un regard vers elle.

— Quand j'étais plus jeune, on m'a appris à apprécier les petits bonheurs.

La compréhension dans son expression exacerbe mon besoin de me rapprocher.

Parce que j'ai vraiment envie d'elle, mais le monde dans lequel j'existe rend cela impossible. Alors même que le courant continue de passer entre nous, je sais qu'à la fin de ce trajet, le bonheur et la paix temporaires que j'ai trouvés avec elle – en elle – me seront très probablement arrachés. Sur un coup de tête, je m'engouffre dans une impasse qui débouche sur une petite clairière. J'éteins le moteur et je suis frappé à en devenir idiot par le regard mélancolique qu'elle pose sur la lune gibbeuse, à travers le parebrise. À cause de son profil éclairé, mes doigts picotent de l'envie de parcourir sa flamme. Je me penche, lui chuchote « Viens là », saisis ses hanches et l'attire à califourchon sur moi. Sur mon siège, elle m'enveloppe pendant que je m'immerge dans l'euphorie temporaire, les doigts dans ses cheveux soyeux. Ses lèvres rehaussées de rouge, ses yeux ombrés de noir, elle me fixe en retour. La tentation personnifiée.

Quand elle plonge, je fais un effort monstre pour refuser son baiser. Mais je le fais, sachant que je n'ai pas le luxe du temps pour m'abandonner. Elle s'écarte, son beau visage perplexe. Je suis aussi confus qu'elle quant à ce qui fait que j'ai passé deux jours à me convaincre que je ne céderai plus à l'attrait comme je l'ai fait au lac, que c'était une extase exceptionnelle.

— Il aime le rouge, dis-je, ma piètre excuse nous servant de rappel à tous les deux.

La culpabilité assombrissant son visage, je sais qu'elle mène aussi son combat, une bataille infusée de sens moral. Ce que sa question suivante me prouve.

— Vous vous connaissez depuis combien de temps ?

L'embarras qui irradie d'elle me pousse à frotter son dos. Mon sexe, ce traître, durcit, car il se contrefout de mon parti pris.

— Depuis toujours, pour ainsi dire.

— Vous êtes proches à ce point ?

Elle se balance sur la bosse naissante sous elle, jaugeant l'avertissement enflammé dans mes yeux.

— Nous sommes tous proches.

— Il semblerait, oui.

Le vrombissement des moteurs à l'approche qui transperce les bruits de la nuit me rappelle que je suis en sursis. Cecelia jette un œil au-dessus de mon épaule quand ils passent comme des flèches.

— Ils sont en train de nous semer.

— C'est nous qui les avons semés, rectifié-je, mes paumes s'égarant sur le vêtement qui recouvre son dos.

— Et nous les avons semés parce que… ?

— Parce que…

Je me soulève pour l'embrasser. Parce que j'en ai envie. Mais je m'immobilise juste avant l'impact. Elle attend, les yeux fermés. Sa respiration accélérée par l'anticipation frôle mes lèvres, alors que toutes les réponses s'éteignent sur ma langue.

Parce que dans quelques minutes, tu auras pleinement conscience du niveau de machination dont nous sommes capables, et ton dilemme moral sur le fait d'être partagée ne sera plus un problème.

Parce qu'une fois que tu sauras, tu prendras tes distances, si loin de nous que tu seras hors d'atteinte.

Reculant sur le siège, elle rouvre les yeux et découvre mon sourire satisfait. Elle me désire autant que je la désire.

— Enflure.

Et tu es le châtiment le plus beau dont j'aie écopé.

— Ce n'est pas une nouveauté. Autre chose que tu as besoin de savoir ?

— Je ne sais rien du tout.

— Bien sûr que si.

Je soulève mon bassin pour qu'elle sente à quel point je me contrôle.

Sachant que je dois me blinder en prévision de la suite, je choisis de continuer de jouer avec l'électricité au bout de mes doigts, parce que je suis un sale égoïste, et un salopard.

Dérobant le reste de son souffle, je me frotte contre la chaleur qui émane de son centre. En réponse, ses halètements s'accélèrent, et elle retourne à notre conversation.

— Tu as décrit la plupart des mecs virils. Bière fraîche, ah… gémit-elle alors que je continue à soulever le bassin, et qu'elle commence à me rendre la pareille en roulant des hanches.

— Bolides ?

Coup de hanche.

— Café noir ?

Coup de hanche.

— Œufs brouillés et…

— Et ?

Je la soulève, suspendue au-dessus de mon érection indignée.

— Moi, murmure-t-elle d'une voix cassée, avant de me faire un sourire qui sert de coup au but.

— Alors tu en sais bien assez.

Pour m'accorder une minute de plus, je soulève son tee-shirt et grogne intérieurement face à ses seins parfaits aux bouts tendus. Chaque miette de sang-froid qu'il me reste menace de m'abandonner quand j'aspire sa chair durcie dans ma bouche. Pendant que je me nourris avec avidité, elle explose, en remuant et en se frottant sur moi alors que je me perds momentanément. Je m'imprègne autant que je peux de son parfum, de la sensation d'elle, sachant que ce sera peut-être la dernière fois que je la goûte.

C'est quand elle gémit mon nom que je commence mentalement à me forcer à me détacher, mordant sa chair exposée avant d'apaiser toute douleur avec le bout de ma langue.

— C'était cruel, gronde-t-elle.

Mon sexe est d'accord, mais au moins ma conscience ne me rongera pas comme elle a essayé de le faire après le lac. Si un jour je touche encore Cecelia Horner, au moins elle saura un peu mieux avec qui elle couche, même si les éléments clés de la vérité restent volontairement dissimulés. Après ce soir, elle aura conscience de la vraie nature des démons avec qui elle danse. Et après ça, ce sera sa décision de rester sur la piste.

— Nous reprendrons cela… plus tard, dis-je, sachant que ce sera peut-être le dernier mensonge que je lui dirai, et qu'une fois que Sean aura levé le rideau, elle s'enfuira très certainement.

Alors que je redémarre, quelque chose en moi s'émeut à la possibilité qu'elle ne détale pas.

La vision embrouillée par une colère noire, je me retourne brusquement quand quelqu'un saisit ma main. Le poing prêt à frapper, je rencontre le regard mortifié de Cecelia. Rejetant son inquiétude, mon poignet m'élance alors que je l'accable d'un mensonge de plus.

— T'inquiète, ça va.

Je ne vais certainement pas bien.

La fureur et l'adrénaline continuent de lutter pour me contrôler. Cecelia s'éloigne de moi d'un pas prudent, son expression révélatrice quand Sean enroule un bras autour d'elle pour la protéger, de moi.

— Laisse-le se calmer, ma puce.

C'est pas pour tout de suite.

Comme prévu, la dernière heure a été catastrophique. Sentant le regard terrifié de Cecelia me suivre, je me mets à l'abri sous les arbres, combattant l'envie d'aller chercher mon Glock pour abattre Andre et Matteo. Peu importe qui il reste comme public. J'assouplis mon poignet et le doigt de la gâchette quand Tyler apparaît et examine ma blessure.

— Cassé ?

Je hausse le menton.

— Andre a fait faux bond.

— Je sais, souffle-t-il en jetant un regard vers le feu de camp rugissant. Je les ai tracés toute la soirée.

Andre, chef du groupe de Miami, a raté le créneau de notre entretien privé. Ce qui, dans notre club, est un signe flagrant de manque de respect. Les rassemblements sont un prétexte pour les négociations qui se déroulent entre les arbres. Un temps destiné à fixer le moment et l'endroit où échanger des marchandises volées dans les prises les plus récentes de chaque branche, mais aussi à présenter les nouvelles recrues. C'est l'un des quelques secrets que nous partageons.

— Ils ne s'en cachent même plus. Quelque chose se prépare.

— Je suis sûr que tu leur as bien fait comprendre que tu les avais à l'œil, dit-il en indiquant ma main.

Malgré mes phalanges en sang, je ne regrette pas d'avoir défiguré l'abruti chargé de transmettre les enchères pour Andre et Matteo.

Nous avons toujours su que ces deux-là étaient des tueurs à gages, des psychopathes qui s'éclatent dans leur sale boulot ; et nous l'avons utilisé à notre avantage, jusqu'à récemment.

— Je vais changer de voiture et les suivre jusqu'à la frontière de la Floride, propose Tyler. Et je ferai patrouiller des gars pour être sûr qu'ils ne mettent plus les pieds dans notre secteur.

— Super, mais tu ne m'écoutes pas. Ils ont accepté un contrat clandestin hier. Ils ne connaissent pas la discrimination. Ils sont passés à l'assassinat d'innocents pour un plus gros payeur. Ils ont enfreint toutes les règles de notre club et nous narguent avec leur présence ce soir, avec en prime un plan pour nous affaiblir.

— Comment ça ?

— Je pense qu'ils ont essayé d'éliminer Sean pendant la course.

Il écarquille les yeux.

— Quoi ? Avant d'agir, Dom, il faut que tu sois sûr.

Faisant le tri, je rejoue la scène objectivement. La voiture de Sean qui prend le virage dans la voie extérieure ; d'un côté le flanc de la montagne rocheuse et de l'autre un dénivelé de plusieurs centaines de mètres. Les phares de Floride qui disparaissent de mon rétroviseur, et me longent avant de filer vers Sean. Quand j'ai compris son intention, j'ai poussé ma Camaro de façon à lui bloquer la route, le forçant à se rapprocher de Tallahassee, qui s'est écrasé dans la falaise, juste à la sortie du tournant.

— C'est certain. Il connaissait la route, il l'avait sûrement cartographiée avant le rassemblement. Il n'y a pas d'autre interprétation possible à la course. Si Miami avait ne serait-ce que tapé contre l'un ou l'autre des parechocs de Sean, notre frère ne serait plus en vie. Il faut s'occuper d'eux, et vite.

Renfrogné, Sean vérifie que personne n'écoute.

— Appelle France et envoie-moi son verdict par SMS.

Je secoue la tête.

— Tu ne peux pas y aller seul. Nous ignorons la nature de leurs manigances.

— Ne me sous-estime pas, rétorque Tyler, son avertissement fatal.

— Jamais je ne t'ai sous-estimé, frère. Je t'enverrai sa décision, mais donne des nouvelles.

Le regard assassin, Tyler disparaît, en mode exécuteur, et je sais que s'il reçoit la permission, il exécutera sa mission jusqu'au bout, et la rendra douloureuse.

Sortant des bois, je me dirige vers ma Camaro. Devant mon coffre, une petite brune m'arrête, ses ongles frottant mon torse. Irrité, il me faut quelques secondes pour la reconnaître.

— Salut, Dom, ronronne Stephanie, qui empeste le whisky et la cigarette. Ça fait un bail et j'ai un secret... j'ai beaucoup pensé à toi, dit-elle d'une voix traînante.

— C'est marrant, moi, j'ai pensé à plein de trucs, mais pas à toi.

— Sois pas méchant, dit-elle en faisant la moue, avant de tomber à genoux et de saisir ma ceinture. Cette fois, je te laisserai jouir dans ma bouche.

— Putain, Stephanie, râlé-je en repoussant ses mains, avant de la relever par les aisselles. Tu choisis mal ton moment.

— Ça ne t'a pas dérangé la dernière fois, bafouille-t-elle.

— C'était quand ? Il y a deux, trois ans ?

— Je voulais juste qu'on s'amuse un peu, en souvenir du bon vieux temps.

Elle trébuche devant moi. Je la rattrape par le coude et la scrute.

— Il est temps qu'on oublie ça tous les deux et qu'on passe à autre chose. Va trouver un autre baby-sitter à sucer. Je n'ai pas de temps pour ces conneries.

La tenant par le coude, je la guide en douceur à l'écart de mon chemin. Elle libère son bras, ce qui la fait chanceler.

— Va te faire foutre, Dom.

— Même pas si j'avais une bite de rechange, Stephanie. Ce serait le moment idéal pour te rappeler à qui tu as affaire et faire preuve d'un peu plus de prudence. Si j'étais toi, j'irais retrouver le gars avec qui tu es venue. Ça la fout mal pour lui.

À peine l'ai-je avertie que quelqu'un crie son nom à quelques mètres de nous. Alors qu'elle tourne la tête dans cette direction, je monte dans ma voiture, sors mon téléphone de la boîte à gants pour envoyer un SMS.

Rogue Birds : Urgence absolue.

Mon téléphone sonne une seconde plus tard, tandis que Stephanie est emmenée sans trop de délicatesse par son corbeau. Je vois Sean s'arrêter avec Cecelia dans son sillage.

— Dis-moi, répond Tobias.

— Miami a retourné sa veste. Ils acceptent des contrats clandestins visant des innocents, Andre m'a posé un lapin, et ils viennent d'essayer d'évincer Sean.

— C'est quoi ce bordel ?

Le changement de ton instantané indique que je bénéficie de toute son attention.

— Comment ?

— Pendant une course. Ils l'auraient maquillé en accident. Je ne pense même pas que Sean sache qu'il a frôlé la mort ce soir. Je les ai arrêtés juste à temps. Il s'en est fallu de peu, frère, dis-je, la gorge nouée par l'émotion.

— C'est un truc de mafieux.

— C'est ce que je pense aussi.

La tentative de meurtre cadre avec la mentalité mafieuse d'éliminer le lieutenant parce que s'attaquer à moi en premier serait trop évident.

— Dis-moi tout, ordonne-t-il, le bruit de fond cessant quand il ferme une porte.

J'expose les faits en détail, termine en proposant une solution :

— Tyler veut la permission de leur régler leur compte.

— Refusée.

— Ils ont voulu supprimer Sean ! rugis-je, à bout de patience. On ne peut pas laisser passer ça.

Quelques secondes de tension s'écoulent avant qu'il parle.

— Tu sais que Miami a des liens avérés avec la mafia ?

— Je sais qui ils sont. Mais ils ont besoin qu'on leur rappelle qui nous sommes.

— Où es-tu en ce moment ?

— Encore au rassemblement. Tyler va les suivre jusqu'à la frontière de l'État. Nous mettons en place des patrouilles pour nous assurer qu'ils n'abusent pas de notre hospitalité, mais il faut penser aux représailles. On ne peut pas tolérer ça.

— Je les place sous surveillance permanente pour l'instant, le temps d'avoir un tête-à-tête avec Andre.

— L'heure n'est plus aux négociations de paix.

— Ce n'est pas à toi d'en décider. Si nous mordons à l'hameçon, nous sommes ferrés. Je m'en occupe.

— Comment comptes-tu t'y prendre, depuis un autre continent, le Français ?

Silence. Je l'exaspère. Tant mieux.

— Je n'en reviens pas que tu laisses passer.

— Je ne laisse pas passer. Mais on ne va pas tirer d'abord et poser des questions après. Ils connaissent les rouages du club, Dom, ce qui complique la situation. Avant d'agir, il faut au moins essayer de parvenir à une sorte d'accord.

— Si tu le dis.

Je mets le contact. Tobias m'entend démarrer la voiture.

— Où vas-tu ?

Des gyrophares bleus passent à vive allure alors que j'avance. J'éteins aussitôt mes phares avant de me glisser entre les arbres.

— Dom ?

— Les flics. Quelqu'un d'extérieur au club a dû signaler la course. Attends une seconde.

Prêt à rédiger un SMS, je découvre de nouveaux messages.

Russell : Les flics sur Kanuga Road.

Peter : Déjà repérés. Sean les balade.

Peter : Il les sème.

Mes épaules s'avachissent de soulagement.

— Ils poursuivent Sean et…

Je m'arrête juste à temps pour ne pas prononcer son nom.

— Et…

— Il les sème.

Je soupire.

— Super. Rentre à la maison.

— Pas tout de suite. Je vais patrouiller aussi pour m'assurer que le reste de la Floride reparte dans le Sud. Tobias, on ne peut pas fermer les yeux là-dessus. Je peux rattraper Tyler, et nous pouvons tout stopper ce soir. Miami…

— On a besoin de toi à la maison.

— De toi aussi, rétorqué-je. Mais tu n'es jamais là.

Il exhale, irrité, et fait tourner les glaçons dans son verre. Trois fois, comme il en a la manie.

— Comment ça va, à la maison ?

Delphine.

— Tu sais quoi ? Appelle-la.

Sur ce, je raccroche.

« Il ne répondait jamais aux questions, mais, quand on rougit, ça signifie "oui", n'est-ce pas ? »

Le Petit Prince, Antoine de Saint-Exupéry

Chapitre 25

« Tous mes jours de pluie sont à toi, Dominic. Si tu les veux. »

Elle ne s'est pas enfuie.

Même après m'avoir vu dans un état d'extrême hostilité, et avoir été informée de l'ampleur de nos manœuvres, elle est restée. Ce n'est pas tout, elle m'a aussi retrouvé à l'étage, quand je suis rentré de la patrouille à la suite du rassemblement, m'a bandé le poignet, et m'a aidé à faire ma toilette avant de me mettre au lit. La seule conclusion possible est que Sean l'avait préparée, et même bien. Suffisamment pour que, après son départ ce matin, elle ait choisi de rester à la maison pour moi, et pour être avec moi. Un jour que j'ai revécu avec ma main droite sous un peu trop de douches froides.

« Il pleut souvent ici. »

Entre-temps, la météo m'a fait mentir. Pour preuve, les rayons de soleil qui éclairent en ce moment même la chambre dans le reflet du miroir de ma salle de bains. Le rasoir suspendu à deux centimètres de mon visage, je jette un œil à Brandy, le spitz de Sean qui geint sur le seuil.

— Qu'est-ce que tu veux, encore ?

En réponse, elle émet un aboiement autoritaire. Soupirant, je pose le rasoir sur le lavabo, emmène la boule de poils blanche au rez-de-chaussée et entrouvre la baie vitrée pour la faire sortir. Le vent chaud qui s'invite à l'intérieur me rappelle que l'été a débuté. Brandy court vers Cecelia, qui porte le bikini que je lui ai retiré la première fois que j'ai couché avec elle. De dos, elle se penche, ses fesses fermes en l'air comme une offrande. Je grogne intérieurement, alors que Sean braille de l'intérieur des instructions pour orienter l'arroseur automatique.

— Un peu plus près de la clôture, crie Sean.

— Là ? demande-t-elle.

— Impec, Pup.

— Le robinet est ouvert ? dit-elle en examinant l'arche métallique percée de trous. Ça ne marche pas.

Comme elle se baisse encore pour inspecter l'arroseur, son bikini se décale, révélant un joli bout de fesses.

Putain, cette fille.

La tentation me fait un pied de nez, elle est renforcée par le constat qu'il n'y a pas une goutte de pluie à l'horizon. Chaque fois que je vérifie mon appli météo, je me déteste un peu plus à cause de ça. Le soleil estival a décidé de priver de soulagement petit Dom, qui est en train de tripler de volume dans mon boxer à la vue de cette fille sublime. Une fille que je connais désormais beaucoup plus intimement après une journée entière au lit ensemble, mais que je crève d'envie de prendre comme si c'était la première fois.

— Et maintenant ? vérifie Sean.

— Toujours pas, répond Cecelia.

Pendant ce temps, j'imagine une demi-douzaine de scénarios pour l'approcher en fonction de sa position. Elle n'a peut-être pas fui, mais elle a posé des principes de base. Des principes qui commencent à m'agacer tellement ça palpite dans mon boxer.

— Hm, dit Sean sur un ton que je connais. Tourne la molette pour voir si ça marche.

— Ce bidule a l'air vieux, crie-t-elle. Il est sûrement cassé. C'est bon, essaie…

Sa réponse se transforme en cri suraigu quand elle se retrouve trempée. Amusé par sa ruse, Sean rit à gorge déployée pendant qu'elle le réprimande :

— Quelle andouille !

Brandy se met à aboyer contre l'arroseur agressif. C'est le chien le plus idiot que la terre ait porté, raison pour laquelle j'ignore son existence en général.

— Je vais tailler devant. Donne-moi une demi-heure.

— OK, répond-elle, penchée pour caresser Brandy en surveillant les jets en éventail qui arrosent le jardin.

Son expression s'éclairant, elle se redresse, court vers le grillage, se retourne et s'élance pour sauter par-dessus le jet qui l'arrose et lui fait pousser un cri.

Des images de Sean, Tyler et moi nous amusant à sauter entre les jets quand nous étions des mouflets me reviennent. Alors qu'elle s'élance de nouveau dans ma direction, la voir aussi pleine d'une joie insouciante me serre la poitrine. Malgré son physique alléchant, elle est l'image même de la pureté. Même si elle a traversé assez de difficultés avec ses parents au début de sa vie pour être aussi blasée que moi, elle ne l'est pas. C'est par choix qu'elle embrasse la légèreté de la vie, quand moi, j'apprécie son côté sombre, m'immerge dans les ombres et les manipule à ma convenance.

Comme moi, Brandy l'observe, tout aussi captivée par ce qui la fait vibrer, essayant de la comprendre.

Cecelia continue de courir d'un bout à l'autre du jardin, entre les vagues d'eau, incitant Brandy à se joindre au jeu.

— Viens, poupette, l'encourage-t-elle en sautillant en guise de démonstration.

Quand Brandy saute par-dessus l'arroseur en même temps qu'elle, le rire mélodieux de Cecelia percute mon torse, creusant encore la fêlure qu'elle a réussi à créer.

Ulcéré de ressembler à un pervers qui l'épie, la moitié de mon visage recouvert de crème à raser mentholée me picote. Arrachant mon regard d'elle, je retourne dans la salle de bains. Alors que je tapote mon visage avec une serviette humide, je vois la cause de mon insatisfaction me fixer dans le miroir.

— Salut, murmure-t-elle en contemplant mon corps.

Salut ?

Salut ?

Les yeux plissés, je lui retourne son regard.

Si c'est ça, le manque, je ne suis pas le seul à l'éprouver.

Pivotant, je saisis son poignet et la tire dans la salle de bains. La main appuyée au mur à côté de sa tête, je l'entoure, suivant des yeux les gouttelettes d'eau qui sillonnent sa peau lumineuse. Ses yeux cherchent dans les miens la raison de mon ardeur, mais mon sexe dressé la renseigne, tendu vers elle comme s'il la montrait du doigt. Quand elle ouvre la bouche pour parler, j'appuie mon doigt sur ses lèvres. Dehors, Sean allume la tondeuse. Mon regard tombant sur ses orteils vernis en rose, alors que je décide de mon plan d'action, sa poitrine se soulève.

Les mains sur ses épaules, je la positionne devant les toilettes, ferme l'abattant et m'assieds. Je déplie la serviette humide sur mes cuisses et rassemble le matériel sur le pourtour du lavabo. Après avoir rempli la vasque d'eau froide, je soulève son pied et le pose sur mon genou. Sans un mot, Cecelia tremble d'anticipation devant moi, alors que je verse de la mousse à raser dans ma main.

La paume pleine, j'étale lentement la mousse sur chaque centimètre de sa jambe.

— Il faut en moyenne vingt minutes pour préparer une femme à l'orgasme.

Je passe la lame de sa cheville vers son genou, et jusqu'à sa cuisse. Elle exhale une brusque expiration, et je découvre ses paupières alourdies.

Après quelques passages, je trempe le rasoir et le tapote pour retirer tout résidu.

Fshh. Tap. Tap.

— Hélas, pour les femmes, vingt minutes d'endurance est la moyenne pour un homme, ce qui incite à penser que notre créateur est cruel…

Je remonte le rasoir sur sa jambe.

— … s'il ne nous avait pas donné des moyens d'y remédier. Tu vois…

Je suis le côté de sa jambe avec le rasoir.

— … ce que la plupart des hommes ignorent, ou ne s'embêtent pas à savoir, est que ledit créateur nous a donné plusieurs moyens efficaces pour donner satisfaction à une femme. En fait, il existe trente manières… ou plus, selon la femme.

Fshh. Tap. Tap.

Maintenant que j'ai toute son attention, je ne peux m'empêcher de savourer les mouvements rapides de sa respiration.

— Tu veux en essayer quelques-unes ?

Elle hoche la tête une demi-douzaine de fois.

— C'est triste que la plupart des hommes pensent qu'une fille serrée est un cadeau. Pour certains, c'est intrinsèquement lié à la taille de leur engin, tous ne sont pas aussi bien membrés.

Mon sexe acquiesce en tressaillant quand j'entreprends de souffler sur sa peau fraîchement rasée, qui se recouvre de chair de poule.

— Mais considérant ce dont l'anatomie féminine est capable, une femme serrée est souvent le signe qu'elle n'a pas été convenablement préparée.

Fshh. Tap. Tap.

— Il ne faut pas oublier l'intérieur de la cuisse.

Je remonte le rasoir sur le dessus de sa cuisse, alors qu'elle se tient à mes épaules pour se stabiliser.

— Et ce pli en haut.

Mon pouce parcourt la peau sensible à la lisière de son bikini, de sa fesse à sa hanche, sa respiration haletante commençant à remplir la salle de bains.

— Les aisselles.

Fshh. Tap. Tap.

— Il y a aussi les oreilles, le ventre et les mains.

Le rasoir immobile, je lève un de ses bras et pince son point de pression, tout en appuyant mes lèvres sur sa paume, puis la pulpe de chacun de ses doigts. Elle dit mon nom dans un souffle quand je prends la serviette sur mes cuisses pour essuyer l'excès de crème. J'effleure la pointe de chaque doigt, et la sèche. Elle ferme les yeux quand un premier gémissement lui échappe.

— Quelle belle journée ensoleillée, dis-je en rappel de ses règles.

Ces règles qui font obstacle à tous les scénarios dans lesquels mon érection palpitante accède au paradis tout près de mon visage. Des règles que je respecte et continuerai de respecter, mais que là, je déteste. Elle passe la main dans mes cheveux, et je retourne sa paume, léchant son poignet, son pouls s'accélérant sous ma langue.

— Et il y a la pliure du bras.

J'enfonce mes dents dans la peau à l'intérieur du coude, ce qui me vaut un gémissement plus long.

Noté.

Je pose son autre pied sur ma cuisse. Du désir plein les yeux, ses lèvres charnues s'entrouvrent alors que je tasse l'exigence qui fait rage sous mon boxer.

— La plante du pied.

Mon pouce suit l'arche sans douceur.

— Le tendon d'Achille.

Je presse l'arrière de son talon avant de remonter, le tendon pincé entre mes doigts tandis que les siens s'enfoncent dans mes épaules.

— Entre les orteils, chuchoté-je fiévreusement, glissant un doigt entre la pulpe de ses orteils recouverts d'herbe.

— L'intérieur du mollet.

Penché, je passe ma langue le long de son os externe vers l'intérieur, avant de suçoter. À cela, elle susurre mon nom avec plus d'urgence.

Noté.

Je verse de la crème dans ma main et l'étale sur sa jambe ferme, sans oublier un millimètre de peau. Ses doigts pressent mon crâne comme une demande muette.

— Le crâne aussi, dis-je en arrêtant sa main exploratrice pour la replacer sur mon épaule avant de faire glisser le rasoir en plusieurs longs mouvements.

Fshh. Tap. Tap.

— Dom, s'il te plaît, chuchote-t-elle.

— Hélas, la météo n'est pas en notre faveur.

Avec une indifférence feinte, je passe la lame le long de sa cuisse intérieure frémissante. La paume de ma main libre sur son ventre, j'écarte les doigts et la caresse en remontant entre ses seins parfaits. L'un après l'autre, j'écarte les triangles qui cachent le bout de ses seins durs, les exposant à l'air soufflé par la clim.

— De toute évidence, la poitrine, qui nécessite un processus détaillé…

— Dom, je…

— Mais nous y viendrons, l'interromps-je.

Fshh. Tap. Tap.

Rasant le reste de la bande de peau, je masse lentement les résidus de mousse. Dès que j'approche la serviette, elle avance. La main sur son ventre, je la fais doucement reculer.

— Ce n'est pas fini.

Envoûtée, elle me regarde remplir ma main d'une petite dose de crème à raser puis pincer le bord de sa culotte. La remontant, j'expose ses marques de bronzage, tout en coinçant le tissu entre ses grandes lèvres.

Voir cela fait se dresser mon sexe, en même temps qu'elle inspire brusquement. Tout en retenant le tissu avec mon index, je baisse le pouce sur le sommet de son sexe.

— Le mont de Vénus.

Avec deux doigts, j'applique doucement la mousse sur les côtés de son bikini avant de reprendre le rasoir. Quand je l'appuie sur sa peau, sa respiration cesse complètement.

— J'ai besoin…

— Si seulement il pleuvait, la taquiné-je au premier geste de rasage.

Fshh. Tap. Tap.

— Nous pouvons…

— Chut, murmuré-je, en passant la lame avec grand soin sur les contours du maillot. Ensuite, nous avons les lèvres… Il y en a plusieurs. Trois paires, pour être précis.

Celles que tu maquilles avec du gloss, et les autres, dis-je avec un sourire en coin. Que je maquille avec mon gloss.

Ses yeux s'embrasent, le torrent de feu menaçant de m'emporter. Son souffle est entrecoupé quand j'essuie toute trace de mousse sur son sexe épilé. Je la sens craquer avant même qu'elle parle.

— On s'en fout de la météo, déclare-t-elle en me chevauchant sur l'abattant des toilettes.

Sa langue avide vient à la rencontre de ma bouche, mais je la refuse, avant de lécher ses lèvres boudeuses. Tirant profit du fait qu'elle est enroulée autour de moi, je la porte vers mon lit. La déposant avec douceur, je prends quelques minutes pour retourner sur les parties qu'elle a le plus appréciées, avant d'explorer celles que je n'ai pas encore testées.

Le coupe-bordure qui résonne dehors me fixe un délai, alors que je m'appuie sur un flanc à côté d'elle, allongée. Les yeux dilatés, son corps fredonne chaque fois que je le touche.

— Où en étions-nous ? demandé-je, mon doigt longeant son cou avant que j'aspire sa peau derrière le lobe de son oreille.

— Les lèvres, répond-elle d'une voix éraillée, et je réprime un sourire.

Après avoir redessiné sa bouche, j'introduis deux doigts entre ses lèvres entrouvertes. Et j'ordonne :

— Montre-moi si tu mouilles.

Elle les aspire profondément, les suce fiévreusement. Mon sexe menace de s'autodétruire.

Les doigts trempés, mais sachant que je n'avais pas besoin de cette aide, je fais glisser ma paume de sa clavicule, à son ventre, et jusqu'à la culotte de son maillot de bain pour le confirmer. Elle dégouline. Rassemblant son miel, j'écarte mes doigts en V et les remonte lentement du bas de ses grandes lèvres jusqu'au sommet.

Quand elle saisit ma tête pour m'embrasser, je la refuse. Le dos arqué, elle déverse des supplications. Comme je veille à ne pas toucher son clitoris, elle se cabre pour provoquer une friction. C'est quand je vois la patine de sueur qui la recouvre que je sais que je l'ai mise dans un état d'hypersensibilité, donc qu'elle est prête.

Contournant ses mamelons, je suce la chair de ses seins, la peau y est moins sensible, mais très érogène.

— Dom, s'il te plaît, s'il te plaît.

— Fais-moi confiance, murmuré-je en regardant mes doigts, son sexe qui pleure pour moi.

Dès que je commence à tracer des cercles autour de ses aréoles, évitant ses mamelons dressés, sa poitrine hoquette.

Elle crie quand j'explore plus profondément. Je trace ses petites lèvres, satisfait qu'elle inonde mes doigts.

— Tu aimes notre petite expérience coquine ? la taquiné-je alors qu'elle se tortille sous moi.

— Oh mon Dieu, bredouille-t-elle. Dom, s'il… s'il te plaît !

— Ton clitoris pulse, murmuré-je d'une voix rauque, sans m'embêter à cacher la bête dans ma voix, mon sexe pressé contre sa jambe. Et c'est parce que tu te concentres sur l'endroit où tu penses avoir besoin que je te touche. Mais tu te trompes. Regarde ma langue, Cecelia.

Son corps entier frémit quand ma langue va et vient avec vigueur sur son mamelon. Ses gémissements deviennent plus désespérés, ses jambes tremblent contre l'avant-bras que je bouge entre ses cuisses. Immobilisant mes doigts, j'enfonce un peu mon index à l'entrée de son sexe, avant de sucer le bout de son sein crispé. Dans un cri de surprise, elle craque une seconde après.

— Laisse-toi aller, lui ordonné-je autour du téton serré entre mes dents, avant de tirer et de sucer fort.

— Oh putain, hurle-t-elle, ses cris coupés par sa respiration rapide alors que les spasmes la traversent.

La voir ainsi m'excite tant que mon sexe pleure. Alors qu'elle redescend, elle lève vers moi ses yeux qui sont un kaléidoscope de bleus intenses. Tenant sa joue en coupe, je caresse la naissance de ses cheveux avec mon pouce.

— C'était…

Ses yeux écarquillés débordent d'émerveillement.

— … un truc de fou, murmure-t-elle avant qu'un sourire lascif naisse graduellement. J'en reviens pas d'avoir joui comme ça.

— C'est parce que la zone érogène la plus importante est ici, dis-je en tapotant sa tempe avec la pulpe de mon pouce, avant de le faire glisser sur sa joue délicate. Tu n'y étais qu'à moitié à cause de l'attirance qu'on a l'un pour l'autre et du plaisir fantastique qu'on prend quand on couche ensemble.

Les pupilles dilatées, ses yeux s'adoucissent et elle se détend sur mon lit. J'absorbe chaque bribe de l'après-coup dans son expression.

— C'est ce que tu penses ? Fantastique ?

— Oui, carrément, admets-je.

C'est pour ça que mon sexe me déteste à cet instant-là. Les mots me viennent plus facilement, et pire encore, ils affluent hors de moi sans que je les contrôle. Le son du coupe-bordure qui s'arrête signale que le temps est écoulé, et je replace le haut de son maillot de bain.

— Dom, c'était… Sérieusement, j'ai jamais rien vécu d'aussi excitant. Ne le prends pas mal, mais… j'ai encore très envie de toi.

— Ça n'est pas près de disparaître. Ni pour toi ni pour moi.

Le sourire qu'elle m'offre en réponse agit comme un coup de bélier dans mon torse. L'aidant à se relever, je la tourne vers ma porte, et lui frappe la fesse assez fort pour que ça claque.

— Aïe, crie-t-elle en jetant un regard derrière elle, massant sa fesse rougie avec sa paume pour l'apaiser. Ça fait mal.

— Tant mieux. Et pour info, la prochaine fois que tu viens dans ma chambre un jour qui ne m'appartient pas, tu seras baisée sans pitié. Au fait… salut !

Chapitre 26

J'attrape l'alternateur et, avec ma serviette, j'essuie les débris de la partie reconstruite avant de la mettre en place. Tyler bricole en silence à côté de moi. Dernièrement, il est plus une apparition qu'un colocataire. Il ne hante la maison que pour récupérer le strict minimum. Après avoir repéré son véhicule passer dans notre ancien quartier quand j'ai déposé Delphine après sa dernière séance de chimio, je me suis fait une bonne idée sur l'un de ses derniers lieux de prédilection. Mon poignet me fait mal, et alors que je commence à le contracter, un grondement se fait entendre au loin.

L'oreille tendue, mon pouls s'emballe quand le vent s'engouffre par ma porte ouverte et rafraîchit ma peau moite de sueur.

Il n'y a pas eu d'échange de numéros ni de promesses de se téléphoner que je ne tiendrai pas. L'autre jour, Cecelia a quitté ma chambre avec rien de plus que mon avertissement et une invitation explicite, si la météo le permet, comme cela semble être le cas à en juger par le coup de tonnerre assourdissant.

Un sentiment troublant s'instille en moi et je me demande dans quel univers ça pourrait marcher. En particulier à cause de mon manque de compassion et de mon refus de traiter cette situation autrement. Les portes du garage renvoient l'écho du bruit de ferraille quand la clé m'échappe des mains et cogne contre le moteur. Pestant, je réussis à la rattraper avant qu'elle tombe sur le sol.

« As-tu déjà eu une copine ? »

J'ai menti. La réponse honnête est non, et j'ai l'intention de prolonger cet état de grâce. Pourtant, depuis la dernière fois, je n'ai pas réussi à passer plusieurs heures d'affilée sans penser à elle. Et cela a eu pour seul effet de m'agacer. Je mets ça sur le compte de la frustration sexuelle. Entre ça, le club à l'arrêt, les points de friction qui s'enveniment entre mon frère et Sean, sans oublier les détraqués que je surveille… il va sans dire que je suis près d'atteindre ma limite.

Exaspéré, j'essaie de me reconcentrer quand la clé me glisse de la main et fait un vacarme en tombant. Je la ramasse, déterminé à rejeter l'idée que cet état est perpétuel, quand je m'aperçois que Tyler m'observe comme un animal de foire depuis l'atelier où il bricole. Un autre coup de tonnerre s'étire dans le garage, un souffle d'air glacé apportant l'immanquable crépitement de la pluie.

Hérissé par l'attention fixe de Tyler, je lui assène un regard noir.

— Quoi ?

— Dis-moi ce que tu fais, Dom, m'encourage-t-il. Donne-moi au moins ça.

— Tu sais ce que je fais, rétorqué-je en resserrant le premier boulon. Je suis emprisonné jusqu'à ce que celui qui a la clé ouvre ma cage.

Je serre un autre boulon malgré les douleurs dans mon poignet.

— Il y a du neuf, du côté de Miami ?

— France le fait surveiller par nos gars.

Il commence à pleuvoir à verse. Une flaque s'élargit devant le trottoir de l'atelier.

— Pour ce que ça changera.

— Il y aura un moment où…

— À ce qu'il paraît, le coupé-je. J'ai dépassé ça, Tyler. Je me comporte en bon petit corbeau pondéré.

— Le moment viendra, Dom.

— Désolé si je ne te crois plus, ni toi ni personne portant le même tatouage.

— Je comprends que tu te sentes sur la touche.

— C'est ta façon détournée de dire que je *suis* sur la touche, dis-je avant de le fixer. Tu penses que je ne vois pas comment vous me regardez, tous ? Comme si j'étais une pile électrique que vous craignez d'approcher ?

Je secoue la tête avec dégoût.

— Et si je le suis, c'est parce que le besoin d'agir et de révéler la vérité déborde en moi. Cette chose que nous avions en commun autrefois, et que nous avions du mal à faire croire aux autres sans preuve. Le plus dingue pour moi c'est que, dernièrement, on m'a mis en position de me défendre seul. (Je secoue la tête.) On pourrait croire qu'au moins un de vous comprendrait ce que j'affronte. Mais on dirait que tout le monde est tellement enfermé dans sa petite vie, ses petits problèmes, et a tellement peur que je perturbe l'équilibre alors que perturber l'équilibre est la putain de raison pour laquelle nous nous sommes mobilisés, à l'origine.

— Nous progressons, me rappelle-t-il.

— À vitesse d'escargot ! À croire que chacun a oublié qu'il était aussi en colère autrefois. Tellement en colère que tous ont modifié leur chemin de vie pour agir. Et que faisons-nous ?

Je lance ma clé dans ma caisse à outils, écœuré, alors que les hurlements de la fillette dans la dernière vidéo s'amplifient, le bruit revenant me percuter à une vitesse à couper le souffle.

Je ne dépasserai jamais l'image d'elle entourée de monstres. Sans défense, seule, implorant une aide qui n'est pas venue. Me retournant vers lui, je sens la rage frémir juste sous ma peau.

— Ce n'est pas censé tourner autour de nous. Si on commence à se soucier de ce qu'on y gagne, on ne vaut pas mieux que ceux que nous visons.

— Je comprends. Vraiment, m'assure-t-il.

— Ah ouais ? fais-je en relevant la tête. Alors, dis-moi, frère, où vas-tu la nuit ? Parce que tu ne fais pas que t'occuper du club.

Il déglutit.

— Pas toujours, non.

— C'est ce que je pensais.

— Je suis encore en colère, Dom. J'ai aussi été le témoin d'abominations qu'aucun humain ne devrait voir. La différence entre nous est que je sais mieux me contrôler. Mais tu as l'air d'oublier que j'ai beaucoup sacrifié pour me lancer dans ce combat avec vous. Ne me condamne pas aussi facilement, c'est insultant.

Soupirant, je soutiens son regard et le vois réellement pour la première fois depuis des semaines. Sa posture exténuée. Ses cernes qui noircissent de jour en jour, comme les miens.

— Je suis reconnaissant que tu sois là, mais nous flottons dans l'eau stagnante et c'est…

Je grogne. Frustré, je me passe les mains dans mes cheveux moites de sueur.

— Il faut avoir confiance en France, il sait ce qu'il fait.

— Et s'il était aussi perdu que nous ? demandé-je, terrifié par cette idée. Tu ne trouves pas cela déconcertant qu'il choisisse de chercher son père biologique maintenant ? Ça ressemble à une crise existentielle et elle tombe au pire moment.

— Il se demande pourquoi il a autant de mal à te joindre ces derniers jours.

— Ouais, bah, il fait bien de se demander. Il m'ignore, il n'y a que ses histoires personnelles qui comptent depuis qu'il est parti.

— Donc ça n'a rien à voir avec Cecelia ?

Je fais non de la tête.

— Ça, c'est temporaire. Tout le monde le sait, y compris Sean. Donc moins on en sait, mieux on se porte, hein ? Peut-être que je vais suivre cette ligne de conduite un petit moment.

Les épaules avachies, je secoue la tête.

— Peu importe… les choses changent. Nous aussi, apparemment. Et rien dans tout ça ne me plaît.

— Je te crois, Dom. Tu n'as pas à me persuader de quoi que ce soit. Et peu importe ce qui change ou à quel point nous changeons, je resterai là. Pigé ?

À cinquante centimètres de moi, il tourne le dos à la porte ouverte, l'averse s'intensifiant derrière lui. Je réponds d'un hochement de tête, la tension s'allégeant un peu dans mes épaules.

— Et tu as raison, soupire-t-il. Il se comporte égoïstement avec sa quête et le moment n'est pas idéal. Mais il s'investit depuis si longtemps qu'il le mérite. En fait, avec tout ce qu'on a entrepris sans aucune finalité en perspective, nous méritons tous nos moments d'évasion, si on en trouve.

Ma réponse meurt sur ma langue quand j'aperçois Cecelia derrière son épaule. Devant la porte, en robe d'été blanche, ses yeux bleus voilés de désir glissent sur mon profil. Le courant embrase instantanément mes veines, ainsi qu'une vague de soulagement alors que j'expire de l'air que je retenais sans le savoir.

— Ouais, murmuré-je d'une voix rauque, incapable de détacher mon regard d'elle. Peut-être qu'on devrait.

Le roulement de tonnerre suivant n'a rien à envier au rugissement dans mon torse, alors qu'une robe en coton fin souligne mon mirage de milieu de journée qui se trempe rapidement, au fil des secondes intenses que nous partageons. Un nuage de buée due à la température s'échappe de sa poitrine qui se soulève, sa robe accentuant ses mamelons dressés et ses courbes. Je n'ai plus besoin de m'interroger sur le comment, parce qu'il est clair qu'elle est venue pour recevoir.

Elle est venue. *Pour moi.*

Chapitre 27

— Je vais faire un tour, dit Tyler en disparaissant quand Cecelia se décide à avancer, le croisant sans même lui accorder un coup d'œil.

Le claquement de la porte de l'atelier derrière lui nous enveloppe dans la pénombre, et nous nous percutons. L'impact est comme un shoot bien mérité, qui s'infiltre rapidement dans mon flux sanguin. Quel doux soulagement.

Son gémissement vibre sur ma langue, alors qu'elle m'entoure entièrement, avec son parfum, sa peau, ses bruits. Mon corps entier est embrasé par le besoin. Déjà en érection, mon sexe appuie sur mon pantalon pour s'en échapper. L'embrassant avec autant de fougue, je la soulève et elle se fond autour de moi comme si c'était naturel. C'est ce que je ressens depuis notre premier baiser sur le pneumatique. Quand nous nous détachons, ses pupilles sont gorgées de désir.

— S'il te plaît, n'arrête pas, Dom. J'ai besoin de toi.

Éberlué par sa facilité à l'admettre, je l'assieds sur le capot pour soulager mon poignet douloureux et caresse ses bras mouillés. Ses yeux sondent les miens.

— Tu as froid ?

— Non, murmure-t-elle en frottant son sexe contre le mien.

Ça fait beaucoup trop de jours sans pluie. Sans elle.

— Dom, implore-t-elle comme si j'étais le seul capable de l'apaiser.

C'est ce qu'elle me fait ressentir, là, maintenant, avec ses yeux et sa façon de me toucher. Dieu sait qu'elle devient rapidement la seule chose que je veuille, plus encore que la vengeance.

Je ne pourrais pas l'obtenir pour l'instant, mais elle… si.

Moins j'en sais, mieux je me porte.

Donc, pour l'instant, je vais me perdre dans l'oubli qu'elle m'offre parce que j'ai besoin d'elle aussi, ne serait-ce que pour la paix qu'elle apporte avec elle. Même si je suis nul pour ça, elle a le don de me faire me sentir habile.

Devant son regard rempli d'attentes, des scénarios s'entrechoquent dans mon esprit sur la façon dont se joueront les prochaines minutes si je deviens glouton et prends mon salut ici et maintenant. Craignant d'être interrompu, je la repose sur ses pieds à contrecœur. Ses mains continuent de me parcourir, de tirer sur mes vêtements, d'effleurer mes abdos alors qu'elle se hisse sur la pointe des pieds pour semer des baisers enflammés dans mon cou. Incapable de m'empêcher de rire, je m'écarte. Elle me regarde de travers.

— Donne-moi une minute.

— Sérieusement ? fait-elle, exaspérée.

— Je reviens tout de suite.

Je me dirige vers l'accueil, sors mon téléphone du coffre-fort et compose le numéro, heureux que l'appel aboutisse à la première sonnerie.

— Salut, Cindy, j'ai un service à te demander.

Je jette un regard à Cecelia, qui se frotte les bras. Petite menteuse. Elle a froid.

— Vingt minutes ? Accorde-moi quand même un peu de temps. Merci, Cindy. À charge de revanche.

De retour dans le garage, je la mange des yeux. Ses cheveux mouillés, sa peau hâlée qui brille même dans la pénombre. Elle me renvoie un regard aussi affamé que le mien, mais elle a l'air perdue. Après avoir fermé la porte roulante, je lui prends la main et l'emmène dehors, verrouillant le garage avant de l'installer sur mon siège passager. Démarrant ma Camaro, je monte le chauffage à fond, et m'engage sur la route principale, sous une pluie battante qui inonde le parebrise.

J'actionne mes essuie-glaces, change de vitesse et laisse ma main sur le levier de vitesse. Instinctivement, Cecelia couvre ma main oisive, mais je l'écarte.

D'un regard en biais, je vois que je l'ai vexée, mais mon sexe n'en fait pas cas et parle en mon nom, à travers mon premier ordre.

— Soulève ta robe.

Elle s'exécute, et je me fige en voyant une fine bande de tissu bleu cobalt.

— Montre-moi ce qui m'a manqué, Cecelia.

Elle s'apprête à baisser sa culotte.

— Non, aboyé-je. Garde-la.

Le châtiment s'impose dans tous les scénarios que je conçois en voyant cette culotte.

— Écarte-la sur le côté et ouvre ta chatte avec tes doigts, dis-je avec autorité, accélérant un peu. Montre-moi.

La tête rejetée en arrière, elle me fixe, les paupières lourdes, tout en me donnant un aperçu du paradis.

— Ouvre plus, dis-je sur un ton sec, sur le point de me garer n'importe où pour la pénétrer. (Bien qu'elle suive mes instructions, je n'obtiens pas satisfaction, car je suis obligé de reporter mon attention sur la route.) Plonge tes doigts et fais-moi goûter.

Du coin de l'œil, je l'aperçois lever ses doigts mouillés et je les attrape dans ma bouche, suce et savoure son goût, déterminé à me noyer dedans. Son gémissement résonne dans la voiture, murmurant directement à mon sexe, qui frémit en réaction. Pour ne pas conduire imprudemment, je libère ses doigts dans un bruit de succion, tout en faisant le vide dans mon planning, remplaçant toutes les tâches de ma *to-do list* par : la dévorer jusqu'à ce que mes lèvres et ma langue soient gorgées d'elle.

Le cœur tambourinant, je lève le pied, forcé de ralentir dans les virages qui grimpent le long de la montagne, chaque portion de route est une torture. M'accordant un autre coup d'œil, je vois une goutte d'eau atterrir et couler le long de sa cuisse exposée et décide de la remplacer par le sperme qui goutte sur mon gland.

Quand nous arrivons enfin au portail ouvert, je bifurque à droite sur les chapeaux de roue.

— Où sommes-nous ? demande-t-elle, n'ayant pas vu la pancarte.

— Seuls.

Et c'est tout ce qui compte. Je ne veux rien ni personne autour de nous. Même pas un mur ou une porte de garage. Si le voyeurisme excite Sean, ce n'est pas mon truc. Elle a clairement dit, au rassemblement, qu'elle n'aimait pas ça non plus. Sur ce point, nous sommes raccord. L'intimité est nécessaire parce que je veux qu'elle crie comme lors de notre premier jour ensemble.

Les essuie-glaces balaient la pluie devant nos yeux, et j'entends la boue et le gravier s'amasser sous mes pneus qui agrippent assez la route pour nous emmener au-delà des rangées de pieds de vigne à maturité de part et d'autre du chemin. M'arrêtant juste devant une cave creusée dans la falaise, je descends et contourne la voiture. Je l'attire directement entre mes bras et écrase ses lèvres dans un baiser vorace. Promenant mes doigts entre ses cuisses, j'écarte sa culotte sur le côté. Deux doigts enfoncés jusqu'aux phalanges, je pince ses petites lèvres entre mon pouce, mon annulaire et mon petit doigt. Je les tiens en coupe tout en tournant mes doigts pour la préparer. Elle rompt le baiser dans un cri de plaisir, ses lèvres entrouvertes contre les miennes. Recapturant sa bouche, j'avale son bruit pour assouvir en partie la bête qui gronde en moi.

Devant ma portière, la pluie nous martèle et un éclair crépite. Cependant, l'orage semble davantage résulter de nous que de la nature.

Chaque goutte de pluie qui tombe me déchaîne. Rendu féroce par la faim, je l'emmène vers la cave et allume la lumière.

À quelques mètres à l'intérieur, je touche le bord d'une table de six mètres, jonchée de fleurs éparpillées, de bocaux et de matériel de fleuriste, sans doute abandonnés après mon appel. Sans s'intéresser au lieu, Cecelia glisse les mains sous mon tee-shirt, ses doigts suivant mes abdos pendant qu'elle suce la pluie dans mon cou, sa main libre tenant mon sexe.

— Dom, souffle-t-elle.

Elle frotte ses dents sur ma peau, gratte mon torse de ses ongles. Inhalant pour puiser de la patience, je m'empare d'un des cadeaux de Cindy sur un tonneau et dévisse le bouchon avec mes dents, tout en rapprochant Cecelia du bord de la table.

— Remonte ta robe autour de tes hanches.

Elle s'exécute et sangle sa taille avec sa robe avant que je l'allonge, la pressant sur la table. Les yeux brillants d'anticipation, elle est bouche bée quand, à mon tour, je trace un chemin le long de son corps. Puis, posant la main sur la table à côté de sa tête, je traîne un peu avant de donner l'ordre suivant :

— Ouvre.

Je bois une gorgée de vin alors qu'elle entrouvre ses lèvres parfaites. J'y plonge et transvase le vin de ma bouche à la sienne, stimulé par le fredonnement de plaisir dans sa gorge.

Je baisse sa robe sur son épaule pour libérer son sein, et passe la langue dessus, pendant qu'elle agrippe ma tête. Armé d'une nouvelle gorgée de vin, je tire sur son téton. Comme elle s'arque contre moi, je l'aspire, suce plus fort, un rappel de la dernière fois. Je suis satisfait qu'elle n'en ait pas besoin, et que sa supplique dérive dans mon oreille.

— Dom, s'il te plaît, s'il te plaît.

Pour entretenir sa soif, et l'ardeur de ses désirs, j'arrose son sein de vin avant de le sucer. L'éclaboussure coule sur sa peau impeccable, ruine l'encolure de sa robe. Je verse encore et descends le long de son buste, lavant tous les filets de vin que je peux attraper avec ma langue. Puis je m'arrête pour lécher la petite flaque dans son nombril. Ses yeux me suivent quand je m'agenouille, l'entraînant vers le bord et écartant ses cuisses.

J'incline la bouteille pour arroser la bande cobalt qui recouvre son sexe, avant de sucer l'ensemble. À travers le tissu satiné, j'aguiche son clitoris avec de rapides coups de langue. Elle commence à remuer ses hanches, réclamant l'attention nécessaire à sa délivrance, mais je la lui refuse. Je préfère la sentir exploser autour de mon érection. Sans me presser, je la regarde se tortiller. Je fais grimper l'excitation à l'extrême, puisqu'elle est à mes ordres, que mon nom dégringole de ses lèvres une demi-douzaine de fois. Ce son m'aspire encore plus loin dans notre cocon. Le seul endroit où j'ai envie d'être. Envoûté par ses gémissements mélodieux, balayé par un contre-courant bleu, je pose la bouteille sur un tonneau, libérant mes deux mains pour la toucher.

— Dom ! dit-elle, le souffle entrecoupé. J'ai besoin de toi tout de suite.

Le besoin est réciproque.

Le sol en béton est sans pitié pour mes genoux. Et je sais que la table ne peut pas être confortable, mais je m'en fiche royalement. Mes doigts tirent sa culotte sur ses jambes. Me relevant d'un bond, je l'emmène avec moi et relève sa robe tachée par-dessus sa tête. Dès que je lance mon tee-shirt sur le côté, elle saisit mon poignet blessé et le couvre de révérencieux baisers en me regardant dans les yeux. Son expression, de même que l'acte, exprime toute son affection, ce qui creuse encore la fêlure qu'elle a provoquée dans ma poitrine.

Les mots me manquent à mesure qu'elle continue de me regarder, complètement mise à nue, les yeux débordant de confiance. À ce moment-là, je veux l'avertir de ne pas donner aussi gracieusement des choses que je n'ai ni gagnées ni méritées. Les battements de mon cœur se modifient, pour battre à un rythme plein de remords. Ces quelques secondes-là durant lesquelles ses yeux dévoilent sa foi, tout cesse.

Je suis en train de la berner.

Sourcils froncés, elle prend ma joue dans sa main, s'efforçant de lire la raison de mon hésitation, mais le désir et la faim l'emportent.

La retournant face à la table, j'arrache mon portefeuille de mon pantalon tout en la pressant contre la surface. Je déchire l'emballage avec mes dents, lève son genou sur le bord. Après avoir libéré la capote, j'enfonce mes doigts en elle et en guise de signal, je masse son point ultrasensible.

— Vas-y, s'il te plaît.

Sa voix rauque me prie d'accélérer, mais je reste concentré sur ma tâche, et palpe le renflement révélateur du bout des doigts jusqu'à être satisfait. Quand je les retire, c'est la vision de son sexe brillant qui me fait craquer.

Déboutonnant mon jean, je libère mon érection, enfile la capote autour du bout, devant son dos qui se soulève et s'abaisse. La vision d'elle écartée et prête fait jaillir mes mots.

— Tu es tellement parfaite, Cecelia.

Puis je mords son épaule. Sa joue à plat sur la table, elle suce avidement mes doigts rapprochés de sa bouche.

Même si je pourrais passer la journée à la chauffer, le désir m'envahit au point que je suis encore en train de dérouler la capote quand je m'engouffre en elle.

Sous l'afflux de plaisir, je rugis :

— Putain !

Mon torse allongé sur son dos, mon genou maintenant le sien relevé, j'appuie mes mains sur les siennes, sur la table, et commence de furieux va-et-vient. Le plaisir m'assiège quand ses miaulements suivent chaque poussée. Secouant la table, je glisse en elle, les fleurs retombent sur les côtés, des pots s'écrasent sur le béton. Après quelques mouvements brusques, je me redresse et regarde mon sexe, le sien étiré autour, essayant désespérément de se retenir. Alors que je la sens au bord de l'extase, j'enroule un bras autour de sa taille pour la verrouiller à moi. Elle se met à tressaillir quand je donne de la vitesse.

— Lâche tout.

En quelques coups ciblés, elle tremble sous moi, sa respiration saccadée interrompant son gémissement, et ses jambes flageolent. J'agrippe ses hanches quand elle se liquéfie. Puis je la tiens de nouveau par la taille avec mon bras avant de la soulever du sol, poursuivant mes assauts pendant qu'elle jouit. Après coup, elle s'affaisse, et mon poignet commence à flancher quand je la repose. Je la retourne doucement sur le dos et m'imprègne d'elle. Ses cheveux emmêlés, ses lèvres irritées, ses seins parfaits et perlant de sueur, sa poitrine qui se soulève, et ses yeux embrumés par la jouissance. Le rugissement s'intensifiant, j'amène ses talons au bord de la table. Les mains sur ses hanches, je l'attire lentement sur mon sexe tendu, que je regarde disparaître centimètre par centimètre dans sa chaleur humide. L'invasion lui coupe le souffle, et je m'arrête un instant pour la laisser s'acclimater.

— Ne t'avise pas d'arrêter.

C'est tout ce dont j'ai besoin pour la pénétrer comme si c'était la dernière fois, et il y a des chances pour que ça le soit. Le plaisir s'entortille autour de mon échine. Bouche ouverte, ses yeux roulent en arrière avant de se fermer.

— Ouvre. (Bam. Bam. Bam.) Les. Yeux.

Ils se rouvrent d'un coup, alors que je repousse chaque bribe de raisonnement qui menace de s'imposer dans les sensations qui rebondissent entre nous, forçant le chemin au-delà de ses limites et des miennes. Relevant sa cuisse pour m'immerger plus en profondeur, je sens le même déclic inévitable qu'au lac, celui qui va au-delà du physique. Juste au moment où je commence à me noyer dans cette sensation, elle pose la main sur ma mâchoire, réclamant ma confirmation.

Je la lui donne en ralentissant pendant de longues et intenses secondes. Je ne lui cache pas, mais je ne l'exprime pas non plus.

Un battement plus tard, je suis délivré. Comme un forcené, je me propulse en elle. Ses mains explorent mon torse et mes bras, jusqu'à ce qu'elle agrippe le côté de la table. Aussi soumise que moi au désir, elle répond à chacune de mes poussées en soulevant ses hanches, le sentiment qui rebondit entre nous se décuple.

Si la passion ressemble à ça, c'est trop bon pour être ignoré.

C'est alors que je prends conscience qu'il n'y a pas de différence entre baiser et faire l'amour, pas avec une connexion aussi forte. Je peux rendre l'acte aussi obscène que je veux, ça n'amoindrira pas l'effet. C'est ma dernière pensée avant qu'elle se crispe autour de moi, m'agrippant de toutes ses forces pendant qu'elle jouit, me faisant succomber aussi.

Et je chute… pour retomber dans l'état où rien d'autre que la sensation de nous deux n'a d'importance. Comme la dernière fois, je suis éparpillé, mais présent. Avec elle.

Tout aussi perché, tout aussi inconscient, tout aussi décalqué par l'extase.

Même si je me sens perdu, comme je l'ai souvent été dans ma vie, elle continue de me trouver et de me ramener.

Un cadeau qu'elle me fait et que je ne mériterai jamais.

À moitié écroulé sur elle, je susurre son nom d'une voix râpeuse pendant qu'elle caresse mon dos moite, en murmurant ce que je ne peux pas dire en retour :

— Tu m'as manqué.

« Mais les yeux sont aveugles. Il faut chercher avec le cœur. »

Le Petit Prince, Antoine de Saint-Exupéry

Chapitre 28

— C'est donc ça, dit Cecelia d'une voix traînante, éraillée par l'épuisement. Vous avez accès à tous les commerces de la ville ?

— Seulement ceux que nous aidons à accroître leur bénéfice net, murmuré-je près de sa tempe, le bout de mes doigts caressant son dos.

Sa robe imbibée de vin est en boule sur le sol, avec mes vêtements. Notre attention est concentrée sur l'étendue de vignes feuillues qui courent sur la pente de la montagne.

Sa joue sur mon torse, elle est à califourchon sur moi, sur l'un des bancs encastrés le long des murs de la cave. Quelques secondes après avoir récupéré de la première manche, un baiser prolongé l'a amenée à me chevaucher en douceur sur le banc. De celle-là, nous redescendons lentement.

— Ce que c'est beau ici, murmure-t-elle, rêveuse, complètement détendue.

Je ne peux pas dire que je ne ressens pas le même genre d'apaisement. Ma posture avachie, je dessine des cercles paresseux sur sa peau.

— Le vin est bon.

Je jette un œil au tonneau, où une bouteille est posée à côté de celle avec laquelle je l'ai arrosée.

— Je te ressers ?

— Je ne bois pas de vin en général, mais j'en prendrai pour t'accompagner.

— Je ne bois pas en général. Quelques bières à l'occasion.

Un silence.

— À cause de Delphine ?

La question n'est pas idiote, elle est même pertinente.

— En partie. Mais principalement pour garder la tête froide.

— Pour le business des corbeaux, conclut-elle en suivant le dessin de mon tatouage.

Le frottement de mes doigts sur son dos nu la fait frissonner de tout son corps. Je ronronne de satisfaction tant elle est réactive à chacun de mes contacts. Nous sommes deux épouvantails, les cheveux dans tous les sens, trempés de sueur et poisseux. Je n'arrive même pas à me soucier que nous soyons nus et susceptibles d'être découverts par quiconque s'approchant. Un jour dans un avenir proche, nous le serons, et ça sera la pagaille. Sean continue de faire l'ignorant, tandis que j'ai conscience des répercussions qu'aurait cette révélation. À l'idée de la lâcher maintenant pour modérer le chaos, je me contracte.

— J'ai raison ?

Relevant la tête, elle fronce les sourcils quand elle constate que je me suis assombri. Elle frotte mon front, sans réussir à le lisser, et je repousse sa main.

— Ce que tu es lunatique ! dit-elle sur le ton de la plaisanterie.

Cette vérité me blesse parce que je n'ai fait qu'affronter ça ces temps-ci, avec mon cercle intime. Tout spécialement Sean, devenu plus distant qu'il l'a jamais été. Sentant mon irritation, elle se soulève de mes genoux pour s'asseoir sur le banc à côté de moi.

— Dom, je blaguais.

Vexée, elle ramasse ce qui reste de sa robe pendant que je retire la capote, attrape mon boxer et l'enfile.

— Non, tu ne blaguais pas.

C'est la vérité, bordel. J'ai l'impression de ne plus être foutu de contrôler ce que je ressens. Je n'arrive plus à réguler mes sautes d'humeur, encore moins quand mon esprit s'égare dans les horreurs que je lui ai continuellement imposées. Sans chercher à interpréter son absence de réponse, j'attrape la bouteille à moitié vide sur le tonneau décoratif et la tends à Cecelia. Sur la défensive, elle se rhabille autant que possible.

Bien joué, crétin.

J'ai pourri l'ambiance, comme bien souvent. C'est là que ça se complique. Avec Cecelia, après le sexe, se séparer vite fait, ça n'existe pas. Elle n'est pas fabriquée comme ça, et ce n'est pas ainsi que j'ai envie de clôturer ce moment à deux. Sauf que je ne suis pas en terrain connu. Je suis plutôt à des années-lumière de ma zone de confort. J'ai cette vérité à l'esprit quand j'avale une longue gorgée à la bouteille. Elle me regarde bouche bée.

— Euh... pour quelqu'un qui vient de déclarer qu'il ne boit pas, tu as vidé un quart de la bouteille.

— Nous en avons une autre.

Je la présente devant elle d'un geste brusque et elle la prend avec prudence. Après avoir mis mon jean et mes bottes, je me dirige du côté passager de ma Camaro. L'averse fouette ma peau quand je récupère ma beuh dans ma petite boîte ignifugée. L'intérieur de la voiture s'éclaire, mais je vois le soleil percer les nuages avant d'examiner le sol détrempé de l'exploitation viticole abandonnée.

Je réfléchis très vite à une manière de détendre l'ambiance, mets le contact et sélectionne une chanson de ma *playlist*. « Three Little Birds », de Bob Marley, s'élève vers la cime. Devant la cave, Cecelia me sourit.

Elle m'a déjà pardonné.

L'une de ses sublimes jambes remontée sur le banc, son pied nu sur le bord, notre bouteille de vin serrée sur sa poitrine, elle est la déesse de la sérénité.

C'est fou ce qu'elle est belle.

Je lui adresse un sourire et la rejoins, m'asseyant en bout de table pour rouler un joint.

— C'est comme un rêve ici, Dom, dit-elle avant de boire au goulot et d'inhaler profondément. Merci de m'avoir amenée ici.

— Je voulais qu'on soit seuls, expliqué-je au risque de saper le romantisme.

Mais c'est crucial qu'elle ne se fasse pas d'illusions. Pendant que j'émiette la beuh, je l'entends avaler du vin, le reste retombe dans le fond de la bouteille.

— Amatrice de vin ou pas, il est délicieux, dit-elle en examinant l'étiquette. Point Lookout, c'est ici ?

— Oui, le viticulteur est de la famille de Tyler. Il a étudié à West Point.

— Il descend vraiment d'une famille de loyaux militaires, hein ?

— Toute sa famille. Sans exception. Sauf sa mère.

— Et c'est mal ? pressent-elle.

— Pas pour la mère de Tyler, confessé-je en étalant la beuh sur la feuille.

— Comment ça ?

Je secoue la tête, me reprends à temps.

— Pas à moi de te le raconter.

— Ah, encore des secrets.

— Ouais, alors garde tes questions pour toi, rétorqué-je un peu trop brutalement.

Arrête ça, Dom.

Le regard noir, elle boit une gorgée.

— Tu veux en parler ?

— Considère « jamais » comme ma réponse normale à cette question.

Je balaie d'un geste les miettes sur la table.

— Je tâcherai de ne pas l'oublier.

Elle lève les yeux au ciel.

J'ai beau aimer me bouffer le nez avec elle, après ce que nous venons de partager, ce n'est pas approprié.

Je ne saurai jamais m'y prendre.

J'humecte le papier replié entre mes lèvres en sentant le poids familier de son regard sur mon profil.

— Je ne me lasserai jamais de te regarder rouler, murmure-t-elle d'une voix enflammée. C'est hyper-sexy.

Me voilà de nouveau mal à l'aise. Je ne peux pas vraiment la blâmer, car nous sommes tous deux assez directs dans notre façon de nous exprimer, mais ses vérités crues provoquent en moi une réaction de repli, que je n'arrive pas à contenir. Concentré sur ma tâche, j'aperçois du coin de l'œil un autre frisson involontaire de tout son corps. Elle a encore froid.

Mon bédo derrière l'oreille, j'attrape ma bouteille pleine d'une main et lui tends l'autre.

— Rebouche ta bouteille. On y va.

— Déjà ?

Découragée, elle baisse les yeux, prend ma main et se lève à contrecœur.

Dans la voiture où elle grelotte, je sens sa déception, et sur un coup de tête, je tourne à droite, remontant lentement la route pavée et escarpée qui conduit au sommet de la montagne. La salle de dégustation principale et l'accueil du vignoble sont sur notre gauche. Cecelia pousse un cri de surprise quand elle découvre graduellement ce qui nous attend sur la droite.

— Dom, oh punaise, c'est… wouah !

Subjuguée, elle descend de voiture comme si elle rêvait. Souriant, je la suis et dépasse quelques tables avant de la rejoindre vers le mur rocailleux qui borde la falaise et sur lequel elle s'assied. Devant nous, un océan de pics et de vallées des Blue Ridge Mountains s'étale à perte de vue. Nous passons quelques minutes dans un silence confortable. C'est quand j'allume mon joint qu'elle détache son regard du paysage.

— C'est ton seul vice, dit-elle en montrant le pétard. En plus du petit déjeuner, ajoute-t-elle en riant.

— Ne bois pas trop, l'avertis-je. C'est traître, le vin rouge.

— J'avoue que je me sens émoustillée.

— Je ne baise pas une femme inconsciente.

Les yeux écarquillés, elle feint la surprise.

— Eh bah, quel gentleman ! lance-t-elle avant de se replonger dans la contemplation de la vue. Tu sais, pour un gars qui pense que le romantisme est une blague, tu es assez incroyable.

— Pas une blague, juste pas…

— Pas quelque chose qui te branche. Ouais, ouais, j'ai reçu le message la première fois. Au moins, on a dépassé l'étape où on se bouffe des yeux en grognant, plaisante-t-elle.

Je lui décoche un regard menaçant.

— Oh non, nous avons régressé, pouffe-t-elle.

Ne pouvant pas m'en empêcher, je secoue la tête et souris.

— Et l'étape suivante, c'est un tango avec toi, King. Mais je suppose que tu ne danses pas non plus.

Je lui offre le joint, mais comme elle décline, j'inhale et réponds en recrachant la fumée :

— Bonne supposition.

Elle se retourne vers la vue époustouflante.

— Ouais, rien de romantique là-dedans, déclare-t-elle d'une voix sans émotion. Ça doit te tuer, monsieur Sinistrose.

Au lieu de rétorquer que ce n'était pas mon intention, je laisse tomber.

Même si je pense que l'amour romantique est essentiellement un état induit par la chimie, elle y croit. Nul besoin d'être hargneux ou de démonter sa conception de la chose. Sean peut lui donner tout ce dont elle a besoin dans ce domaine. Je suis content à cet égard, parce qu'elle mérite de croire à tout ça autant qu'elle peut. La vie est fortiche pour réduire en lambeaux nos idées et nos espoirs sur ce qui importe le plus pour nous.

Nous restons silencieux de longues minutes, pendant que je fume. La chance se paie joliment ma tête quand, au loin, un arc-en-ciel se dessine.

Coulant un regard vers moi, Cecelia pince ses lèvres jusqu'à ce qu'elle n'en puisse plus et explose de rire.

— Pour un retour de flammes, celui-là est épique, dit-elle entre deux éclats de rire. Pauvre chou, ça doit être une vraie torture pour toi.

— La ferme.

— Je m'attends à ce qu'une licorne défile dans le ciel et lâche une couronne sur mes genoux, taquine-t-elle. Vu que j'ai déjà trouvé le prince caractériel qui se déplace sur son cheval noir.

Elle indique la Camaro derrière nous.

— Hilarant.

Je termine mon joint et écrase le mégot sous ma botte avant de jeter un œil à l'arc-en-ciel.

— Ils sont assez courants dans la région, lui dis-je alors qu'un second apparaît derrière le premier, en plus estompé, tous deux formant une arche élevée au-dessus du vaste terrain vert fluo.

— Mince, alors, s'exclame-t-elle. Ça aussi, c'est courant ?

Éberlué, je ne me souviens pas de la dernière fois que j'ai vu un arc-en-ciel, et encore moins de m'être embêté à en chercher un. La musique dérivant de mes haut-parleurs, je m'immerge dans l'ambiance créée – de manière intentionnelle ou non. J'ai un peu la tête qui tourne. La tension s'évapore, mes pensées ralentissent, et je réussis à retomber dans un état de sérénité avec elle. J'observe Cecelia qui, pensive, admire le spectacle. Est-ce le mélange du vin et de la beuh, ou est-ce elle, tout simplement, qui m'empêche d'arracher mon regard ? Je n'ai jamais été autant attiré par une femme.

Boum. Boum.

Sentant mon regard, Cecelia se tourne lentement vers moi. Son sourire s'estompe quand je saisis l'arrière de sa tête et l'attire contre moi.

Le bourdonnement omniprésent augmente quand je passe ma langue le long de sa lèvre inférieure, capturant une gouttelette de vin à la commissure, avant de m'écarter, nos lèvres s'effleurant.

Boum. Boum.

Boum. Boum.

Se nourrissant du courant qui bruisse en continu entre nous, elle me fixe, elle aussi prise au piège.

Putain.

Le baiser commence profond, au-delà de ce que je viens chercher, et dure de longues secondes béates, peut-être plus, pendant lesquelles elle se cramponne à moi. C'est quand mon torse s'ébranle que j'interromps brutalement le baiser et me lève.

— Allons nous doucher.

Son regard s'éclaire quand, lisant entre les lignes, elle sait que notre temps ensemble n'est pas écoulé, en ce qui me concerne. Loin de là.

Et j'ai d'autant plus raison qu'il pleut les deux jours suivants.

« Tu deviens responsable pour toujours de ce que tu as apprivoisé. »

Le Petit Prince, Antoine de Saint-Exupéry

Chapitre 29

Chacun à un bout de l'îlot, Sean et moi buvons notre café matinal en débattant des informations comme si l'impasse dans laquelle nous sommes depuis le rassemblement n'existait pas. Bien que ce soit encore peu apparent, l'éclat dans ses yeux est revenu. Quant à savoir qui l'a ranimé, ce n'est un mystère pour personne. Au même instant, sa source focalise notre attention sur elle en cessant tout mouvement sur le palier, en haut des marches. Fraîchement sortie de la douche de Sean, Cecelia traîne en shorty noir et débardeur moulant. Son expression est celle d'une biche prise entre les phares de deux voitures. Pour être honnête, c'est le premier matin où elle se retrouve seule avec nous deux depuis que ça a débuté. Un sourcil levé par l'amusement, Sean jette un regard vers moi, avant de faire sa première tentative pour l'attirer vers nous.

— Salut, Pup, la douche t'a fait du bien ?

Elle hoche lentement la tête, son regard passant de lui à moi.

— Café ? propose Sean dans un second essai pour la faire venir.

Elle hoche la tête et descend lentement les marches, comme si nous étions un problème qu'elle essayait de résoudre. Je sors un mug du placard, le place sur l'îlot entre nos tasses fumantes et le remplis.

Dès qu'elle est à portée de main, Sean l'attire dans ses bras. Ce qu'il lui murmure à oreille s'entend aisément.

— Détends-toi, ma puce. Nous n'allons pas te mordre, dit-il en l'embrassant sur la joue. Tu sens super bon.

Elle murmure quelque chose pendant que je la scrute. Ses cheveux entortillés, attachés sur le sommet du crâne, son long cou frêle empourpré par l'embarras, la honte, ou les deux.

— Je me douche vite fait, dit Sean avec douceur, alors que Brandy apparaît dans la cuisine, ses griffes cliquetant sur le carrelage. Tu veux sortir prendre un petit déj', après ?

— Bonne idée, approuve-t-elle en me regardant à la dérobée remplir la gamelle de Brandy.

— Je me dépêche.

Sean lui adresse un clin d'œil avant de monter. Pensive devant le frigo, elle attrape une brique de lait et se dirige vers l'îlot.

— Salut, chuchoté-je.

Je me débarrasse du sac de croquettes, incapable de retenir mon sourire quand elle braque son regard sur moi, dans lequel je peux clairement lire « salopard ». Je m'approche d'elle en l'admirant de la tête aux pieds.

— Quand feras-tu la paix avec ça ? demandé-je, mon souffle frôlant sa nuque alors qu'elle débouchonne la brique de lait.

— Je suis… (Elle ébauche un sourire pincé.) Je ne sais pas. C'est différent.

— Ah oui ? fais-je, mon pouce suivant la courbe de son cou. Il t'a baisée hier soir ?

— Dom, souffle-t-elle, surprise.

— Il t'a fait jouir ?

— Je ne répondrai pas à ça, tranche-t-elle.

Sa respiration s'accélère quand je détache ses cheveux et qu'ils retombent souplement sur ses épaules. La senteur de son shampoing me frappe quand je frotte entre mes doigts le bout de ses longues mèches, appréciant leur douceur satinée.

— Il sait faire vibrer ton sexe comme moi ?

Saisi d'un besoin de la marquer, je la revois étirée autour de moi.

— Il a enfoncé ton beau visage dans les draps et mordu ton cou…

Ce n'est pas un scénario, mais un souvenir de la dernière fois que je l'ai pénétrée.

— … sucé ton sein jusqu'à ce qu'il soit violacé, et plongé si profond en toi qu'il t'a fait basculer dans une extase masochiste, inondant sa queue et les draps ?

— Punaise, Dom, gronde-t-elle, alarmée, son cou et son profil cramoisi.

Elle redresse la bouteille de lait juste avant que sa tasse déborde. Passant mes doigts dans ses cheveux humides sur sa nuque, j'aperçois ses paupières qui s'abaissent brièvement et la lueur des flammes bleues de ses yeux quand elles se rouvrent, et que son regard se concentre sur moi.

Son expiration saccadée s'amplifie à mesure que nos derniers jours ensemble sont rejoués avec précision, et mon sang commence à chauffer. À cause de mon attraction pour Cecelia, en ce qui concerne le sexe, mon imagination est débordante. Elle a été plus que volontaire dans chacune de nos expériences, et aucune n'a mal tourné.

Je l'ai tourmentée durant des heures de préliminaires, la poussant à bout, la regardant supplier, pour ensuite en redemander. Rien de très sage. Je ne me considère pas comme un pervers, mais un homme avec un appétit sexuel qui frise la perversion. Elle flirte autant que moi, et chaque fois, ça paie pour nous deux.

Frottant mon érection dans son dos, j'écarte ses cheveux hors de mon point de mire, sa nuque, avant d'y presser mes lèvres.

— Dom, murmure-t-elle, en alerte. Je, euh, je suis…

— Chut, murmuré-je. Sean peut parler pour lui-même à propos de la morsure.

Je plante mes dents dans sa nuque. Elle gémit alors que je frotte sa peau à vif, mes bras autour d'elle.

— Tu enfreins les règles, miaule-t-elle en guise de protestation.

— Difficile de m'en vouloir, vu que c'est mon métier, lui rappelé-je.

J'écarte mes doigts sur sa poitrine, les passe sur ses mamelons tendus.

— Dom, on ne peut pas faire…

— Nous ne faisons rien, dis-je en frottant mon nez sur son épaule nue. C'est moi qui fais… L'avantage de jouer à domicile. Il devrait savoir maintenant qu'il ne faut pas te laisser seule dans une pièce avec moi. Jamais.

— Ce n'est pas une question d'envie, dit-elle dans une expiration tremblante.

Je me mords les lèvres pour m'empêcher de rire. Elle s'adapte doucement au polyamour, et en vrai salopard, je ne lui facilite pas les choses. Elle a choisi cette relation, nous l'avons choisie et aucun de nous trois ne s'en plaint, surtout pas elle.

— Tu as peur que je baisse ton petit shorty, dis-je en saisissant son sexe dans ma paume, et que ton copain me trouve en train de te baiser.

Je presse son sexe pour plus d'emphase.

— Mais sais-tu vraiment comment il réagirait ?

— Non, souffle-t-elle quand je mords son épaule, la marquant pour qu'il le voie.

— Peut-être qu'il te punirait, murmuré-je. Mais tu sais que ça te plairait. Parce que tu aimes ça. N'est-ce pas, Pup ?

Je ne culpabilise pas de subtiliser du temps à Sean, parce que lui non plus n'a pas respecté la limite du « pas touche ». Je l'ai surpris une fois ou deux en train de chaparder des moments avec elle. Mais aucun de nous n'a réellement franchi les limites qu'elle a fixées. Je ne le lui reproche pas, et vice versa. Grâce à ces limites, la situation est plus claire. Les plans cul, par le passé, étaient tous planifiés, en dehors de la maison, et n'ont jamais eu d'impact sur le club. Cette dynamique-là n'a rien à voir avec les autres.

Les autres étaient clairement temporaires, et même si celle-ci reste dans la même catégorie, c'est notre trio qui, collectivement et délibérément, ajourne la date d'expiration. Et j'y ai ma part, parce que je ne me lasse pas d'elle.

Mais même si je vois une éventuelle fin à notre relation, je ne nie pas qu'elle est plus profonde. Sean est déjà attaché, et je suis attiré par elle d'une manière que je ne peux ignorer.

Ma paume glisse sur son ventre à travers le débardeur, et je plonge mes doigts dans son short. Elle saisit ma main pour l'arrêter.

— J'ai mes règles.

— Ton clitoris s'en fout, pourquoi je devrais m'en soucier ?

Mes doigts descendant juste assez pour la masser à travers sa culotte, je démontre à quel point ça m'est égal. Dès que mon index opère une lente rotation, sa tête bascule en arrière contre mon torse.

— T'es vraiment un enfoiré, râle-t-elle en commençant à trembler entre mes bras, où je la coince entre moi, mes doigts et l'îlot.

— Sans vouloir le nier, demande-moi de te faire jouir, lui ordonné-je alors qu'elle commence à remuer ses hanches, accentuant le contact. Demande-moi, Cecelia.

— Fais-moi jouir, concède-t-elle, la tête tournée en une invitation à l'embrasser que je ne saisis pas.

Un baiser que je refuse de lui donner parce que cela m'amènerait à en vouloir davantage. Nos baisers ont le don de nous embraser au point de non-retour. Un état d'excitation dans lequel je ne veux pas être si je ne peux pas l'assouvir.

— Ça sonnait plus comme un ordre que comme une requête, dis-je en mordant le rebord de son oreille.

— Dom, s'il te plaît, chuchote-t-elle, et je sais que c'est parce qu'elle veut cette connexion.

Ignorant sa supplique, j'ajoute un doigt, masse en cercles lents, son corps sursautant à l'approche de l'extase. Essoufflée, elle tourne encore la tête, le menton relevé, ses lèvres si proches qu'elle peut les frotter contre les miennes.

— Ne fais pas ça, articulé-je, sur le point de perdre le contrôle.

— Embrasse-moi, demande-t-elle d'une voix rauque.

— Non, rétorqué-je.

Mon besoin commence à prendre le dessus quand ses épaules tremblotent, et son clitoris bat sous mes doigts.

Son corps épousant le mien, je sens physiquement son orgasme approcher. Elle saisit l'arrière de ma tête, chevauche fiévreusement mes doigts à la recherche de la vague.

Mon sexe pressé dans son dos à travers mon short, je décide de la manière de la faire chavirer.

— La prochaine fois, je te ferai tellement mouiller que quand je t'étendrai sur les draps et y enfoncerai ton visage, tu dégoulineras sur tes cuisses.

— Je… je… Oh putain, Dom.

La voix haletante, elle tire mes cheveux dans mon cou si fort que mon sexe frémit.

— Lâche tout, ordonné-je.

Elle tremble de plaisir jusqu'à enfin s'avachir, épuisée. Je la garde serrée dans mes bras le temps qu'elle redescende et murmure les mots qui me viennent, sans filtre :

— Tu es la plus belle femme que j'aie jamais vue, Cecelia, surtout quand tu te laisses aller pour moi.

Quand je la libère pour prendre mon café, elle se retourne soudain. Je peux juste voir ses yeux bleus étrécis avant qu'elle me pousse contre l'îlot et, saisissant fermement ma nuque, elle écrase sa bouche sur la mienne.

Tendu, je veux protester.

— Cece…

Prenant l'avantage, elle enfonce sa langue insistante dans ma bouche, et un besoin instantané m'assiège. Une seconde, une putain de seconde, c'est tout ce qu'il faut pour que je flanche. Je réponds alors à chaque assaut de sa langue, perdu dans ce baiser, verrouillé à elle, comme son otage. Ses gémissements me rendent dingue. Puis elle glisse la main dans mon short, saisit ma queue, dure, et pompe avec vigueur. Son pouce touchant mon gland, elle gémit de satisfaction quand je grogne dans sa bouche. Elle lâche brièvement mon sexe, baisse sa main pour planter ses ongles dans ma cuisse. Mes jambes sur le point de se dérober tandis qu'elle me cloue au plan de travail, me mettant à sa merci.

Putain.

Attisée, ma lueur supportable devient une flamme incandescente. J'empoigne ses bras pour tenter de me libérer, mais elle s'appuie de tout son poids sur moi, enfonçant ses griffes dans ma peau, sachant ce que ça me fait.

Elle garde le contrôle de ma bouche, m'alimente et me motive jusqu'à me rendre frénétique, prêt à pénétrer tout ce qu'elle m'autorisera avant qu'elle s'écarte brutalement. Avec un sourire narquois, elle se retourne, verse deux cuillères de sucre dans son café et touille. Elle me fait face, un bras replié sous sa poitrine, boit une gorgée et m'examine. Figé, je bande ferme, ivre de rage.

Psychologiquement, je suis à genoux.

Physiquement, je pourrais me taper un mur de brique.

— Je présume que tu as à moitié pris ton pied, nargue-t-elle en tapotant deux fois sa tempe. Parce que tu sais à quel point c'est bon quand on baise. Donc, conclut-elle en se repoussant du meuble, me jetant un regard par-dessus son épaule tout en se déhanchant en direction de l'escalier, tu peux finir toi-même. Oh, et… salut !

« Pourquoi tu me détestais ?

— Qui dit que je ne te déteste pas ? »

Grognant, je vérifie le petit réveil numérique sur ma table de nuit, en me repassant en boucle la première conversation de notre première journée ensemble.

Je cille pour discerner les chiffres flous et me frotte la mâchoire. Les murmures de Cecelia naviguent dans mon esprit agité pour la énième fois depuis qu'elle m'a planté dans la cuisine, après avoir échangé les rôles. Me laissant en demande, dans le besoin d'en avoir plus.

Les yeux fermés, je suis frappé par l'image de ma paume sillonnant son dos puis la courbe parfaite de ses fesses, ainsi que l'écho de la vérité brute qu'elle m'a lancée le premier jour de pluie :

« Tu me fixes tout le temps, toi aussi. »

J'ai réussi à éviter ces conversations intimes depuis notre premier jour, mais elle continue néanmoins de me narguer, de m'envahir comme depuis qu'elle a débarqué à Triple Falls. Ce matin, elle m'a mis au pied du mur et quand elle est partie, j'ai su qu'elle m'avait calmé. Plus que ça, elle m'a manipulé en me laissant croire que j'avais le dessus. Elle sait exactement le pouvoir qu'elle a sur moi, et a feint l'innocence jusque-là.

Devant mon clavier ce soir, je décroche parce que je pense à elle. Aux façons d'essayer de la divertir dans mon univers. Ces pensées dérivent vers les différentes manières dont j'ai envie de la prendre. Je me suis branlé deux fois pour évacuer le besoin accumulé, en pure perte. Ce qui me laisse en ébullition.

Captant une trace de son parfum, je tourne la tête, inhale profondément avant de me lever et de jeter un regard noir à la source de mon agitation. Agrippé à l'oreiller, j'enfouis mon nez et inhale, identifiant le coupable de mon inconfort. L'odeur convoque le souvenir, ce qui aide ensuite à déclencher tous les autres sens. Lâchant l'oreiller comme s'il était en feu, je me rends compte que c'est son arôme addictif qui a provoqué toutes les minutes de torture des neuf dernières heures.

Je lève mon drap pour renifler et reçois une autre bouffée d'elle.

Elle est partout.

Dans ma tête, dans mes draps. Même ma libido commence à jouer à Fido le chien fidèle.

Fait chier.

Agenouillé, je saisis le drap-housse et tire dessus. Les coins se détachent et je lance tous les oreillers au milieu, les enveloppe et forme un balluchon sur mon épaule. Sur le palier, son odeur m'enveloppe. Je lance mon paquet au pied de l'escalier comme s'il me brûlait. Marchant vers la cuisine, je suis arrêté net par deux paires d'yeux curieux. Tyler est figé derrière l'îlot, sa tasse de café près de sa bouche. Sean est en face de lui, devant le réchaud, la spatule dans la main. Je passe devant eux, déchire un sac-poubelle sous l'évier.

— Salut, mon pote, dit Sean sur un ton débordant de mépris. Tu as eu un accident ? T'inquiète, ça arrive même aux meilleurs.

Pendant que je fourre le linge dans le sac, Tyler se mord les lèvres pour se retenir de rire. Je les fusille du regard.

— Dis-moi, raille Sean d'une voix traînante en brouillant ses œufs avec la spatule, tu sais que tu peux laver tes taies d'oreiller. Tu n'as pas besoin de jeter les oreillers à la poubelle.

— Va chier, rétorqué-je en nouant le sac-poubelle, avant de retourner à l'étage.

Ils éclatent de rire. Agrippé à la rampe, je monte deux marches à la fois.

— Il est grave, glousse Tyler. Il écoutait carrément K-Ci & JoJo hier soir, dans sa chambre.

— C'était la radio, ducon ! me défends-je en marchant vers ma chambre.

Il n'est pas exclu que j'aie trouvé une de leurs chansons dans mon *cloud* et que je l'aie écoutée une ou deux fois.

— M'étonne pas, fait Sean pour me provoquer. Plus ils sont revêches, plus ils tombent amoureux.

— Ne nous confonds pas. C'est toi qui es emprisonné ! explosé-je avant de m'enfermer dans ma chambre.

Le souffle court, je pose la main sur la porte comme si les draps allaient revenir vers moi.

— Bordel, King, reprends-toi.

Mais je ne peux pas, parce que, au fond de moi, je sais exactement de quoi il retourne.

Elle essaie de me domestiquer !

Cherchant une quelconque trace d'elle dans ma chambre, je repère un élastique sur ma table de nuit. Je le saisis et le jette à la poubelle, satisfait d'avoir gagné deux points.

Si ça, c'est du manque ou de l'attachement, ça s'arrête là.

Sur-le-champ.

« As-tu déjà été amoureux ?... Ce n'est pas une question idiote.

— Ça l'est, quand on trouve l'amour sans intérêt.

— Pourquoi l'amour est sans intérêt ?

— Parce que ça ne m'intéresse pas. »

— Et ça ne m'intéressera jamais, déclaré-je à personne en allant me doucher.

Tournant le robinet, j'avise un tube de rouge à lèvre de mes deux sur mon lavabo et le balance dans la poubelle.

L'amour est une malédiction à cinq lettres. Aucun corbeau, à ma connaissance, qui a été frappé par l'amour n'a plus volé de la même manière après ça.

Elle a peut-être le physique pour rivaliser avec toutes les filles que j'ai mises dans mon lit, un sexe fait pour être adoré. Elle est peut-être une partenaire de conversation et de lecture convenable, mais *je. Ne. Serai. Pas. Domestiqué.*

Chapitre 30

J'ai été domestiqué.
Quelque peu.
Dans une faible mesure.
Minuscule, en fait.

Le pire est que ça ne m'embête pas tant que ça. La raison étant que cela apporte un modeste niveau de routine dans ma vie chaotique.

La musique sortant de mes haut-parleurs, Cecelia tourne une page à côté de moi. Exténué après une période de nuits d'insomnie – à cause de l'orage qui refuse d'éclater et la pluie de tomber –, je ferme les yeux. Enfin, je me détends. La main sur mon torse, je bats la mesure avec mon index. Maman aimait beaucoup le groupe Chicago. Après quelques mesures, je sens le poids d'un regard bleu profond sur mon profil. Impossible de le fuir.

Un œil entrouvert, je vois le livre de Cecelia glisser de sa poitrine sur ses genoux. Assise en culotte blanc neige, mâchoire tombante, elle me mate. La seconde suivante, elle lance le drap en l'air. Il flotte avant de retomber, la recouvrant alors qu'elle commence à farfouiller sur le matelas.

— Qu'est-ce que tu fais ? demandé-je, ses doigts s'enfonçant dans mes côtes pendant qu'elle explore le lit.

— Je crois que j'ai égaré le salopard avec lequel je suis rentrée, dit-elle sur un ton jovial avant de baisser les draps, un sourire éblouissant aux lèvres. Y a pas moyen que je l'aie grillé en train de chanter Peter Cetera… OMG ! Tu rougis ?

Incapable de cacher mon sourire, je tends la main vers sa poitrine et la pousse hors du lit. Elle atterrit dans un bruit sourd, son rire hystérique remplissant ma chambre. Pas du tout ce à quoi je suis habitué. Mais à l'idée de l'être, mon cœur se serre.

Son hilarité s'apaisant un peu, sa tête réapparaît au-dessus du lit. Elle s'agenouille, ses avant-bras croisés sur le lit, sourcils arqués.

— Note à moi-même : un peu de vin et quelques taffes, et ton côté romantique refoulé se révèle.

— Je n'ai pas bu une goutte et tu le sais, dis-je.

— Ce qui confirme ma théorie, me nargue-t-elle en haussant une épaule. Ton secret est bien gardé avec moi, mon salopard menaçant, mais je me sens le devoir, comme on me l'a répété quantité de fois récemment, de te rappeler d'« assumer ».

— Tu délires.

— Difficile de te le reprocher. Comme on dit : « Des chansons d'amour aussi belles, on n'en fait plus. »

— « On » est un imbécile.

— Ah, Jean Dominic, roucoule-t-elle, mais tu dois admettre qu'elle te met dans l'ambiance, pas vrai ?

Elle saute sur ses pieds. De profil, elle tend ses fesses en arrière et les mains sur les hanches, tourne sur elle-même.

— Vas-y, trémousse-toi, beugle-t-elle en imitant un timbre de voix masculin avant de brailler : Mets-toi à quatre pattes, *biatch*, et suce-moi profond !

Elle souligne chaque mot d'un roulement de fesses pour faire bonne mesure, ce qui me fait exploser de rire. Elle continue de tournoyer, en levant aussi les bras.

— Arrête. Pour notre bien à tous les deux, dis-je en éclatant de rire. Et ne refais plus jamais ça.

Elle se retourne, me lance un sourire aguicheur par-dessus son épaule en battant des cils.

— Tu ne devrais vraiment pas renier ton romantique intérieur, Jean Dominic. Je l'ai vu, et il t'a chopé en train de lire *Tatiana.*

Je hausse les épaules.

— L'intrigue est convenable.

Elle grimpe sur le lit et appuie son nez contre le mien, ce qui lui tire un nouvel éclat de rire. Sa fanfaronnade est en partie due à la bouteille que nous avons gardée. Je lui en fais part :

— Tu n'en auras plus.

— J'ai tout bu de toute façon, et ne t'avise pas de changer de sujet, mon gars. Tu as plus d'un gène romantique dans ton corps.

Elle lève les sourcils et passe les doigts sur mon sexe. Je mens :

— Je ne l'ai pas lu en entier.

— Ouais, ouais, évidemment… D'où les deux tomes qui ont soudain apparu sur ton étagère.

À califourchon sur moi, elle presse son nez contre le mien et fait de gros yeux.

— Tu n'es pas le seul à être observateur, monsieur l'oiseau.

Puis elle chuchote :

— Tu es d'une humeur remarquable ce soir. J'oserais même dire, de bonne humeur ?

J'éloigne mon nez et saisis ses fesses d'une main ferme pour l'avertir.

— Aïe ! C'est bon, j'ai compris, je n'insiste pas. Et si tu souris deux secondes de plus, tu risques de garder des cicatrices.

Elle reprend sa place à côté de moi aux premières notes de « Hard Habit to Break ». Inclinant la tête de façon à partager l'oreiller avec moi, elle écoute, très concentrée, jusqu'à la fin de la chanson.

— Il n'y a rien à interpréter là-dedans, commente-t-elle, à la mention de notre routine naissante.

Depuis peu, nous écoutons de vieilles chansons cryptiques de différentes époques en essayant de déchiffrer les paroles. Elle comprime nos doigts entrelacés et tourne vers moi son regard voilé.

— Alors ça, c'était beau et douloureux.

— Les meilleures choses le sont souvent.

Elle roule sur le flanc et tient sa tête dans sa paume.

— Quoi, par exemple ?

— Grandir, proposé-je en traçant le creux de sa gorge.

— C'est vrai, ça, dit-elle en embrassant mon doigt avec révérence. Quelqu'un va d'ailleurs bientôt fêter son anniversaire, continue-t-elle en vérifiant mon réveil. Dans précisément quatre heures.

Ses yeux calculateurs se réduisent en deux fentes.

— Pitié, ne te fais pas honte en organisant une fête où je ne me pointerai pas, la préviens-je.

— Ne me sous-estime pas, Jean Dominic, lance-t-elle malicieusement.

À en juger par ses yeux pétillants, elle a déjà organisé une célébration.

— Cesse de prononcer mon nom comme ça. Je ne suis pas un poète français.

Après avoir repoussé les cheveux de ses épaules, je constate qu'elle est complètement détendue et de toute évidence… divertie. C'est quelque chose que je ne peux pas me vanter d'avoir accompli avec une autre fille, hormis la partie physique.

Mais pour combien de temps ? Elle ne peut pas être heureuse, enfermée dans ma chambre. Elle a besoin…

— Quoi que tu penses, arrête. Ce n'est pas vrai, dit-elle doucement après avoir lu mon appréhension.

Elle commence à devenir bien trop habile à ce jeu-là. Voyant la conversation piétiner, elle prend les rênes.

— Allumes-en un. Cette fois, je fume avec toi et je joue le DJ.

Je me rassieds et suis ses ordres pendant qu'elle parcourt la discothèque numérique ouverte sur mon écran. Moins d'une minute plus tard démarre « Oh no », des Commodores, un autre des groupes préférés de maman.

Elle hausse les épaules quand elle constate que je suis surpris.

— Elle m'a plu quand on l'a écoutée.

Montant le son, elle sourit d'un air satisfait, car elle sait que nous sommes à plein régime ce soir, dans la maison, au point de sans doute exaspérer les voisins. Même avec Lionel Richie qui braille dans ma chambre, je m'en contrefous. D'autant plus qu'elle saute joyeusement sur le lit et se jette sur moi. Baissant la tête, elle passe ses lèvres et sa langue dans mon cou, avant d'attraper une capote sur la table de chevet.

— Pas de sexe sur cette chanson, annoncé-je fermement. J'ai mes limites, marmonné-je contre ses lèvres, qui s'activent pendant qu'elle redouble d'efforts pour me séduire. J'ai déjà regardé trop de films d'ados en pleine crise existentielle, même si je savais que c'était une erreur.

— Seulement deux, dit-elle sur une voix traînante, alors que je la retourne et plonge entre ses cuisses, me débarrassant sur la table de nuit du joint qu'elle m'a fait allumer.

— Ouais, ça fait deux de trop.

Ça a eu lieu lors de l'une de ces rares journées où j'ai vécu coupé de mes préoccupations. Où nous avons fait que dalle, à part regarder des films sur mon ordinateur portable et faire l'amour. Une journée où je n'ai pas eu l'impression que mon monde touchait à sa fin. Elle me sourit comme la folle de romantisme qu'elle est. Cette expression-là est immanquable, et elle n'hésite pas à l'exhiber devant tout le monde, effrontément, que nous soyons au garage ou seuls. Une expression que ma tête et mon cœur ne peuvent plus ignorer. Une expression qui semble aller au-delà de la chimie.

Mon bonheur naïf me renvoie mon regard. Et quand son sourire s'estompe, cet air-là persiste.

Ignorer est une torture, et je ne m'embête plus à le faire ni le nier. Je ne peux pas, au point où, la main sur son visage, je l'embrasse. Quand j'interromps le baiser, elle est stupéfaite.

— Qu'ai-je fait pour mériter ce baiser ?

Croire pour nous deux que, quoi qu'il se passe entre nous, c'est sérieux, parce que je ne le peux pas.

La pulsation augmente alors que je reprends sa bouche, et elle s'accorde à moi, me rendant chaque coup de langue. Je bande en quelques secondes et je refuse de l'ignorer, cette chose, ce sentiment, cet état. Que Lionel nous joue la sérénade ou pas, notre attraction a raison de moi, et je la laisse me guider, ainsi que ses gémissements. Juste quand je m'apprête à baisser sa culotte, on cogne à ma porte et j'entends la voix de Tyler retentir dans le couloir.

— Par pitié, ne mets plus de chansons d'amour ce soir. C'est tout ce que je demande.

Sean intervient moins d'une seconde plus tard :

— Faut pas déconner, frère.

— À la première occasion, je déménage de cette foutue coloc d'étudiants, peste Tyler avant de claquer la porte de sa chambre.

Hilares, Cecelia et moi nous séparons. À force de se tordre de rire, elle roule sur le côté et quand je comprends que sa destination n'est autre que le sol, et que je réussis à me cramponner à elle, elle m'entraîne dans sa chute.

Nous restons coincés entre son côté du lit et mon étagère ; elle, enveloppée par mon bras. Le soleil se couche, l'obscurité envahit la chambre, mais nous ne bougeons pas de là. Des filets de lumière des lampadaires filtrent entre mes stores et strient le mur derrière mon ordinateur, alors que nous fumons de l'herbe et écoutons les Commodores. Entre chaque titre, Cecelia remplit les plages de silence – car elle sait que je ne le ferai pas – en me parlant de sa vie avant qu'elle soit convoquée à Triple Falls.

Depuis que *ça* entre nous est devenu régulier, j'ai fait ce que j'ai pu pour éviter cette partie, conscient des conséquences si je l'alimentais. Mais c'est devenu inévitable.

Parce que je veux savoir. Tout.

Alors j'écoute, feins l'ignorance sur les détails que je connais déjà. En même temps, elle me fait découvrir des souvenirs, les gens qui comptent pour elle. Elle change une partie de la fiction que j'ai lue – la fille vivant dans un univers parallèle devient factuelle. La beauté de ce qui la fait vibrer apparaît pendant qu'elle murmure une nouvelle réalité réservée à nous deux.

— Désolée, je ne l'ai pas bouclée une seconde, dit-elle peu après.

Je ne sais même pas combien de temps s'est écoulé tant je me suis noyé dans sa voix mélodieuse, son histoire, ses frasques. Souriant ou riant, même quand ce n'était pas drôle.

Surtout quand ça ne l'était pas.

— Ça doit être la beuh, suggère-t-elle, comme si elle ne divaguait pas constamment depuis que nous sommes ensemble. Je t'ennuie ?

Avant que je puisse répondre, la voilà qui recommence à bavasser.

— Je ne sais plus de quoi je parlais de toute façon.

— Quand toi et Christy avez chapardé la voiture de ta mère en cinquième.

— Ah ! Tu m'écoutes !

— Pas le choix, plaisanté-je en l'enlaçant pour qu'elle le sache.

Je sens son sourire sur ma peau, alors qu'elle incline la tête, ses yeux sur ce qu'elle aperçoit de mon profil avant de déposer un lent baiser sensuel dans mon cou. Elle veut que je sache et sente qu'elle tient à moi. Je le sais et je le sens.

Tout arrêter serait vain, mais l'encourager serait le crime le plus grave que je puisse commettre.

Ce soir, je ne fais ni l'un ni l'autre.

Quand ses murmures faiblissent, je la soulève entre mes bras et l'allonge sur moi, sur le lit. Elle se pelotonne, sa joue sur mon torse, et noue sa cuisse autour de mon torse. Une position familière. C'est ainsi que nous dormons. La sensation s'installe dans ma poitrine, le genre d'intimité que je ne me suis jamais autorisé avec quiconque.

Jamais.

Précisément à cause du conflit qui se joue en moi en ce moment.

— Joyeux anniversaire, Dom, murmure-t-elle doucement, ses doigts effleurant mon torse avant qu'elle s'assoupisse.

Quelque part entre l'endormissement et la conscience, je m'approprie le seul cadeau que je veuille, en remontant sa cuisse pour l'ajuster autour de moi. Je pose mes lèvres contre son front, et reste là à inhaler son parfum, à succomber à l'idée de nous. Même si je sais quelle dure et impitoyable réalité attend que je m'écrase au sol.

Réveillé par sa main sur mon sexe, j'ouvre les yeux pour voir Cecelia passer la langue sur mon gland. Un sourire éminemment diabolique sur ses lèvres pleines, elle regarde mes yeux s'ouvrir d'un coup.

— Salut, dit-elle d'une voix rauque, ce qui résonne plus comme un avertissement.

Fraîchement douchée, en débardeur et culotte, les cheveux mouillés, elle me serre fort alors qu'elle déroule sa confession entre deux coups de langue.

— Au cas où tu te le sois demandé, murmure-t-elle avant de descendre sa langue aplatie d'un côté de mon érection puis de remonter de l'autre, si j'avais été plus hardie la nuit où je t'ai vu nu, si j'avais su alors à quel point ça, c'était bon, dit-elle lentement sur un ton excitant, je serais entrée dans ta chambre…

Elle enroule sa langue autour de l'extrémité.

— … et j'aurais fait ça.

Serrant ses lèvres autour de mon sexe, elle m'aspire dans le fond de sa gorge.

Oh, bon sang.

Je pousse un grognement rauque pendant qu'elle pousse l'excitation à son comble, avec ses lèvres encore enflées par les heures au lit. Sa peau marquée, son épaule et son cou à vif, à cause de mon imagination inépuisable.

— Putain !

Envahi par son odeur addictive, je lutte pour empêcher mes hanches de remuer. Pour ne pas louper une seconde, je rassemble ses cheveux humides dans mon poing, absorbé pendant qu'elle tire fiévreusement sur mon sexe en serrant la base d'une main ferme. Toute inhibition oubliée, son regard assuré guette ma réaction.

Quand je veux la soulever sur moi, elle repousse mes mains, montrant clairement qu'elle me veut à sa merci pendant qu'elle prend du plaisir à travers le mien. Elle le prend en réalisant la force de son pouvoir sur ceux qui la désirent. Avec ce savoir, je laisse faire, lui permets de prendre ce dont elle a besoin de moi. À l'instant où je lâche, elle me suce si pleinement que je vois des étoiles, mes doigts resserrés dans ses cheveux.

— Le périnée, ou scrotum.

Elle énumère, comme un décompte mental en effleurant la zone sous mes bourses. Serrant mes draps dans son poing, elle suce avant de laisser mon gland ressortir de sa bouche.

— Oh, j'ai parlé à haute voix ?

Je plisse les yeux quand elle effleure mes bourses de ses ongles, me laissant sans voix.

— Tu sais que c'est l'une des zones érogènes les plus sensibles de l'homme, hein ?

Elle démontre que cette zone en question devient vite l'une des miennes en léchant la peau sous mes couilles avec sa langue exploratrice, avant de m'enfoncer dans le fond de sa gorge, pressant doucement avec la pulpe de son pouce.

J'ai créé un monstre.

— Cecelia, articulé-je, les dents serrées pour l'alerter quand ses ongles longent ma cuisse.

— Jouis, ordonne-t-elle en serrant ma base fermement, et en suçotant autour du gland.

— Putain, soufflé-je alors qu'elle avale ma délivrance comme si c'était son oxygène.

Le souffle court, je la regarde aplatir sa langue de part et d'autre de ma hampe. Elle évite soigneusement le bout encore sensible, avant de me lâcher et de s'allonger au-dessus de moi, le regard brillant de satisfaction.

— Joyeux anniversaire, salopard, et bonjour.

Libérant mon sourire, je promène mon pouce sur ses lèvres irritées.

— Tu réussis magnifiquement à me convaincre que ce pourrait être les deux.

— Douche-toi et retrouve-moi dans la cuisine, murmure-t-elle avant de déposer quelques baisers pleins d'adoration sur mes lèvres.

— Douche-toi avec moi, dis-je sur le même ton.

— Je me suis déjà douchée. Je t'attends en bas.

Elle saute au bord du lit. J'attrape son bras, tire le haut de son corps vers moi.

— Cecelia ?

— Oui ?

— Il y a quoi en bas ?

— Du café, dit-elle avec une innocence feinte.

— Je t'ai dit que je ne voulais pas…

— Boucle-la, King.

Elle s'échappe, se lève, met son short avant de me lancer l'ordre suivant par-dessus son épaule :

— Et magne-toi.

Quand elle referme ma porte derrière elle, mon regard se perd au plafond. J'ai un an de plus. Une année de plus pour créer le futur que je veux. Une année de plus pour le changer si je décide que la vie que je mène ne me suffit pas. Une année de plus avec la possibilité de ne pas suivre la voie que j'ai tracée, pour moi-même et pour mes frères. Le choix n'a pas été difficile à faire au fil des années. Ce sont mes frustrations des derniers mois et le fait de patauger qui me font douter de cette décision pour la première fois depuis que j'ai intégré le club. Dans la salle de bains, j'examine mon tatouage.

Quels changements peut réellement accomplir un seul homme ?

Dans cent ans, est-ce qu'une seule de nos actions collectives aura une vraie importance ?

La victoire que nous revendiquons sera-t-elle balayée par mille revers ?

Ma paume frottant le motif imprimé, je me résigne à essayer, comme depuis le jour où les aiguilles ont pénétré ma peau.

Mon esprit est apaisé, en grande partie grâce à la langue qui m'a réveillé, et qui appartient à un diable qui passe inaperçu avec ses yeux bleus. Ou un ange, selon les moments. Je me lave les cheveux quand le cri strident du détecteur de fumée se déclenche. Après avoir rincé une partie de la mousse, je me précipite hors de la cabine et dérape sur le carrelage en attrapant ma serviette. Je l'enroule autour de moi en me ruant dans l'escalier, arrêté sur le seuil par ce que je vois.

Une banderole « Joyeux anniversaire, salopard ! », peinte à la main, est suspendue au-dessus de l'îlot de la cuisine. À côté, Brandy est assise, battant de la queue, un chapeau pointu attaché sous son menton velu. Ce sont les hurlements de Cecelia et les éclats de rire de Sean qui s'emparent du reste de mon attention. Cecelia réprimande Sean, sa voix un décibel plus aigu que l'alarme, en ouvrant le four d'où s'échappe la fumée. Équipée de gants, elle en sort un gâteau, l'odeur du bacon grillé montant jusqu'à moi.

— Laisse tomber, Pup, se marre Sean.

Il la soulève par la taille tandis qu'elle tient le gâteau dans ses mains, puis la tourne vers l'évier où elle le lâche en râlant :

— … je t'avais dit de ne pas me distraire. T'as pas pu me laisser cinq pauvres minutes !

Elle se dégage de ses bras. Mort de rire, il frotte son nez dans son cou avant de déplacer le bacon brûlé d'un feu allumé à un autre. Cecelia s'aperçoit que je suis là, du shampoing coulant sur mon torse. Brandy aussi me remarque et aboie juste au moment où la banderole se détache, emportant une assiette pleine d'œufs brouillés par terre. C'est un vrai cirque et, durant ces brèves et chaotiques secondes, j'aperçois tout ce que je pensais ne jamais vouloir.

Sean agite un balai devant le détecteur de fumée, alors que Cecelia se décompose. Les épaules avachies par la déception, elle lance des coups d'œil au gâteau fumant et au bacon carbonisé, puis à Brandy. Quand son regard revient sur moi, ses lèvres tremblotent.

C'est donc ça, l'adoration.

« C’est tellement mystérieux, le pays des larmes. »
Le Petit Prince, Antoine de Saint-Exupéry

Chapitre 31

Alerté par une tonalité mélodieuse, je visionne en quelques clics ma dernière éclosion d'œufs. L'argent n'a plus jamais été un obstacle depuis que mon frère a tout parié sur une course de chevaux en France, il y a des années. Un pari qui a fait de moi un adolescent millionnaire et le fondateur de la start-up Exodus. Depuis, la gestion de notre capital – qui inclut de terroriser des corrompus afin qu'ils alimentent notre machine – est devenue l'un de mes hobbies préférés.

Chaque jour, un nouveau dirigeant joue le jeu, gagne et perd tout, parce qu'il a loupé une marche, ou une vingtaine, sur le chemin de la moralité. Ils sont légion en raison de l'ordre économique que la plupart respectent. Ce sont ceux qui ne le respectent pas, comme nous, qui font que c'est si facile de les cibler. Suivre les fortunes rapidement accumulées par des actions immorales m'a conduit à Timothy.

Sur mon écran, j'agrandis la vue oblique de l'étage de son bureau, et jubile de pouvoir lire son expression pendant qu'il examine ma lettre d'amour composée avec grand soin.

Timothy, un homme à la fortune et au pouvoir relativement récents, s'effondrera de deux manières possibles, l'une étant probablement fatale. Dès qu'il termine la lecture de mon manifeste soigneusement élaboré, qui dicte la direction que prendra sa nouvelle vie, il jette son petit déjeuner dans sa corbeille. J'ai beau chercher, je n'aurais aucune pitié s'il opte pour la seconde porte de sortie.

Au pire, je dormirai mieux en sachant que sa belle-fille de 14 ans est à l'abri, protégée contre une attaque nocturne. Le chèque que nous allons recevoir, s'il choisit la première porte, ne sera qu'un bonus.

Il y a un an, j'aurais vécu cela comme une énorme victoire.

Maintenant ?

Comparée à ce que je combats, ainsi qu'aux visions que j'essaie à chaque instant d'empêcher de se jouer en boucle, la chute de Timothy me semble insignifiante. Un coup d'œil à l'horloge, et je décide de bricoler un peu la Buick. Je repousse mon fauteuil du bureau, retire mes écouteurs et me contracte, certain d'avoir entendu Cecelia m'appeler.

— Dom ! braille Cecelia, au rez-de-chaussée avant que la porte d'entrée claque.

Je ne l'ai pas imaginé, pas plus que les trémolos dans sa voix. Mon pouls s'accélérant, je sors précipitamment de ma chambre alors qu'elle crie encore mon nom avec une urgence flagrante. Je suis au milieu de l'escalier quand elle se jette entre mes bras. Je la rattrape de justesse, mon dos tapant le mur derrière moi. Elle enfouit la tête dans mon torse.

— Qu'est-ce qui ne va pas ?

Elle tremble de la tête aux pieds dans mes bras, pendant que je passe en revue une liste de scénarios, les battements de mon cœur se répercutant dans mes oreilles.

— Cecelia, dis-moi ce qui s'est passé.

Je l'éloigne avec douceur et, après l'avoir examinée, ne constate pas de blessures. Je songe à la possibilité qu'elle ait découvert la vérité sur nous, sur moi et son père. Mais c'est impossible, sinon elle ne s'accrocherait pas à moi… À moins que ce soit de la pitié. Alors qu'elle lève les yeux vers moi, je ne vois que du positif. Je saisis entre mes mains son beau visage marqué par le mascara qui y dégouline.

— Quoi ? insisté-je, effaçant les larmes avec mes pouces. Qu'est-il arrivé ?

Son visage retombe. Elle sanglote, le son me fendant le cœur.

— Vas-y, dis-moi maintenant, ordonné-je.

Je l'ai vue pleurer en silence devant un film ou à la fin d'un bon roman, mais ça n'a rien à voir.

— Cecelia, je vais…

— Tu… Ce que tu fais pour eux, murmure-t-elle. Je suis allée distribuer les chèques avec Tyler aujourd'hui et je…

La lèvre tremblante, elle lève vers moi son visage baigné de larmes. Son expression, un mélange d'admiration et d'adoration pour moi, me frappe avec l'impact d'une masse.

— Ce que tu as fait pour eux, Dom, c'est incroyable.

— Cecelia, grogné-je, inondé par le soulagement. Ce n'est pas…

— Non, me coupe-t-elle en secouant la tête.

Tyler surgit derrière elle, avec une moue amusée. Je le questionne du regard, au-dessus de l'épaule de Cecelia. Il hausse les épaules.

— Ne me regarde pas, mec. Elle a compris toute seule, soupire-t-il. Elle a été comme ça toute la journée.

Il pose une main consolatrice dans le dos de Cecelia en passant pour aller dans sa chambre.

— À bientôt, beauté.

— Mer… merci pour aujourd'hui, Tyler, renifle-t-elle, son regard débordant de respect le suivant jusqu'en haut des marches, avant de revenir sur moi. Je ne t'autorise pas à minimiser ce que tu fais, Dominic. Tu mérites de savoir comment tu changes leurs vies.

Elle prend ma main sur sa joue, son besoin de m'exprimer cela l'emportant sur les pas de côté qu'elle fait habituellement pour éviter de me mettre mal à l'aise.

— Tu les sauves…

Alors qu'elle s'effondre de nouveau, je me rends compte que cette mission du club était personnelle pour elle. Essuyant ce flot de larmes avec mes pouces, je devine qu'elle revit les années où elle s'interdisait de reconnaître les privations qu'elle a endurées à cause de sa mère. La tenant par le bras, je l'emmène dans ma chambre et l'assieds au bord de mon lit avant de m'agenouiller devant elle. Quelques secondes s'écoulent avant qu'elle se ressaisisse assez pour parler. Ses yeux se voilent du fait du souvenir.

— De mémoire, j'avais 5 ans la première fois… la première fois qu'elle a déraillé et perdu toute notion de la réalité, renifle-t-elle, la voix émue. C'est comme si elle avait oublié que j'existais. Sa souffrance se voyait, se sentait. Tellement de souffrance. Je ne me rappelle pas combien de temps ça a duré. Mais je me souviens d'elle allongée sur le canapé, jour et nuit. Elle ne bougeait pas, Dom. Elle ne se changeait pas, ne se douchait pas… Quand j'essayais de lui parler, elle n'avait pas l'air de m'entendre. Je me rappelle avoir pensé…

Elle frémit, une larme solitaire glisse sur sa joue.

— … que peut-être que si je balayais le sol et faisais la vaisselle, ça la rendrait heureuse.

La fêlure dans ma cage thoracique s'élargit alors que j'imagine Cecelia maniant un balai plus grand qu'elle, ou hissée sur la pointe des pieds pour nettoyer la vaisselle dans un évier trop haut.

— Je déteste les sandwichs à vœux, admet-elle, honteuse, tremblant tant elle lutte pour calmer ses pleurs. Tu connais ?

— Ouais, murmuré-je, ne les connaissant que trop bien. Quand tu fais le vœu d'avoir plus entre tes tranches de pain que juste…

— … du fromage, termine-t-elle.

Nous échangeons un sourire triste.

— Jusqu'à ce qu'il n'y ait plus de fromage, et que ce soit du pain au ketchup.

Ses yeux bleus se concentrent enfin sur moi, me coincent là.

— Elle faisait des efforts, Dom. Elle a fait ce qu'elle a pu. Les périodes d'exaltation étaient formidables, j'en ai tiré mes meilleurs souvenirs. Mais ses moments de dépression, sa malédiction, nous faisaient tant régresser qu'elle passait les phases intermédiaires à essayer de rattraper le temps.

Les lèvres tremblotantes, elle me regarde longuement, s'enfonçant davantage dans ses souvenirs avant de parler.

— Je sais que tu sais ce que ça fait d'être invisible… d'avoir un parent malade. De souffrir et de s'inquiéter constamment que l'électricité soit coupée ou de trouver de l'argent pour la cantine ou pour manger en général. Je l'ai vu le soir où j'étais là. Je l'ai senti dans l'atmosphère de ce pavillon. Le désespoir, dit-elle, une main sur sa poitrine. Parce que ça reste, ça s'incruste dans les murs. Alors je l'ai reconnu. Je viens de là, moi aussi.

Elle évalue mon expression, et je ne saurais dire ce qu'elle voit. Mais mon cœur bat à tout rompre, chacune de ses confessions me touche un peu plus profondément.

Boum. Boum. Boum. Boum.

— Je… je suis désolée, chuchote-t-elle. Je ne voulais pas me décharger sur toi, c'était juste… Aujourd'hui, ça m'a fait quelque chose, et quand j'ai vu ces gens s'éclairer à mesure que l'inquiétude s'effaçait de leurs visages…

Elle injecte son cœur dans chaque syllabe.

— Il fallait que je vienne. Il fallait que je te dise que tu as probablement sauvé un gamin invisible d'un destin similaire, aujourd'hui. Des gamins comme nous… ou une personne comme ma mère qui était malade, qui l'est encore, et trop fauchée pour bénéficier de l'aide nécessaire.

Elle touche mon visage d'une main hésitante, son pouce caressant ma mâchoire.

— Sais-tu que c'est pour ça que je suis là ?

Je secoue la tête parce que c'est la vérité. Tout ce que je savais se résumait au contenu de l'e-mail. Sean ne m'avait pas fait confiance pour en révéler plus, mais pour être honnête, je ne l'avais pas laissé entrer dans les détails avec Cecelia. Bien que la villa soit sur écoute et filmée, je n'ai pas écouté les bandes depuis le jour où je suis passé la chercher. Roman n'étant pas revenu, j'ai respecté son intimité, malgré la curiosité.

— Je suis là. Je suis venue à Triple Falls parce qu'elle est malade. Elle est tombée en dépression sévère juste après la fin de l'année scolaire. Elle n'était plus capable de rien faire. Alors, quand Roman m'a envoyé la proposition, je n'ai pas pu refuser, Dom. Je fais ça pour elle. Je suis ici pour toucher un héritage, pour faire ce que tu fais pour tant d'autres qui ont besoin d'aide.

Elle approche et appuie doucement ses lèvres sur les miennes. La sincérité dans ses yeux bleus me scotche.

— Je ne pouvais pas… Il fallait que je vienne pour m'assurer que tu saches que tu es un homme bien, Dom. Un homme incroyable.

Quand elle retire sa main, je réfute :

— Non, Cecelia, je ne le suis pas. Ne crois pas à la version qui s'écrit dans ta tête. Ce sont tes émotions qui te jouent des tours.

— N'importe quoi, rétorque-t-elle en secouant la tête, refusant mes arguments.

— Ne me mets pas un piédestal inexistant, l'avertis-je. Je ne pourrai que te décevoir.

— S'il te plaît, supplie-t-elle. S'il te plaît. Reconnais au moins que tu aides les gens. Des gens désespérés, qui sont dans le besoin. Accorde-toi du crédit au moins pour ça, d'accord ?

La gorge nouée, je hoche la tête.

— D'accord.

— Pardon de m'être épanchée sur toi, renifle-t-elle en séchant ses joues rouges d'un geste. Tu dois me prendre pour une folle.

— Tu as la larme facile.

Je lui fais un grand sourire, même s'il n'y a pas de trace d'humour sur son visage.

— Je vois ton cœur, Dom. Je le vois. Et il est beau.

Me mordant la lèvre, je me relève. Elle regarde autour d'elle comme si elle ne se rappelait pas comment elle est arrivée là. La poitrine à vif, j'accomplis les mêmes gestes.

Elle se lève, secoue la tête avec ironie.

— J'ai une sale tête. Je vais me rafraîchir avant d'aller bosser.

Dressée sur les orteils, elle pose un baiser infusé d'émotions sur mes lèvres. Je n'entends pas sa dernière phrase, quand elle sort. Je suis encore planté au milieu de la chambre quand elle fait démarrer sa voiture.

« J'ai beaucoup vécu chez les grandes personnes. Je les ai vues de très près. Ça n'a pas trop amélioré mon opinion. »

Le Petit Prince, Antoine de Saint-Exupéry

Chapitre 32

Cecelia accourt vers ma Camaro. Tandis qu'elle dévale les marches du porche en louvoyant entre les dernières gouttes de pluie, je pousse ma porte de l'intérieur.

Elle s'installe, son parfum addictif m'accueille en même temps que son doux :

— Salut.

— Salut, dis-je en écho.

Elle m'attrape avec son habituel « tu m'as manqué », en bouclant sa ceinture. Alors je mens :

— Je ne t'effraierai pas aujourd'hui.

— Menteur, crachote-t-elle dans un rire sarcastique, à la sortie de l'allée.

Dans le rétroviseur, la propriété de Roman rétrécit – ce qui est approprié vu que les progrès que nous faisons avec lui sont à l'arrêt. Cecelia suit mon regard vers la villa, et je me crispe quand elle commence à parler.

— Qu'est-ce que c'est ? demande-t-elle, intriguée par ce qui pend à mon rétroviseur intérieur. Oh mon Dieu, Dom… c'est ce que je pense ?

— C'est sans importance, contesté-je. Juste…

— … une couronne de chèvrefeuille, me gronde-t-elle comme si je venais de lui donner le, Cœur de l'océan, de *Titanic*.

Je grogne intérieurement quand elle s'extasie.

— Comme c'est beau, murmure-t-elle.

— Ce sont des plantes comestibles.

— C'est fabuleux, dit-elle en se parant. Dom, c'est toi qui l'as fabriquée ?

— Bah oui, vu qu'ils n'en vendent pas au supermarché. Cesse de faire comme si tu étais surprise. Je ne suis pas l'antéchrist.

— Depuis quand ?

Elle pouffe, et je me tourne vers elle. Sur sa tête, les feuillages que j'ai attachés en couronne, avec les bourgeons visibles, lui vont parfaitement.

— Tu as l'air ridicule, la charrié-je en rétrogradant pour prendre de l'élan, avant de déceler dans ses yeux la même foutue expression.

— Tu m'as fabriqué une couronne. J'en reviens pas, tu m'as fabriqué une couronne.

Sa voix tremblote. Je lui fais de l'air avec ma main.

— N'en fais pas tout un plat. En attendant Peter devant chez lui ce matin, je m'ennuyais.

— Clairement, tu pensais à moi, soupire-t-elle.

— C'est pas vrai, marmonné-je. Aucune bonne action ne reste impunie. Je t'assure, ce n'est rien de spécial.

— C'est beaucoup pour moi. Mais tu le sais. Merci.

Sachant qu'elle meurt d'envie de me toucher, je monte le son de la radio et rétrograde. Ses yeux ne me quittent pas jusqu'au bout. Avant même que je me sois garé, elle me saute dessus, et elle en fait tout un plat.

Cette fille, alors.

En tapant un ordre, je sens son regard omniprésent sur moi, qui m'exhorte à me lever de mon fauteuil de camping pour la rejoindre. Ne portant rien de plus qu'un short large, j'ai pris un bain de soleil fort nécessaire entre les bandes de nuages, après des jours rivé à l'ordinateur.

— Tu n'auras pas d'autre cadeau, déclaré-je tandis qu'elle lit avec attention. C'est un fait.

— Oh, ferme-la. Ça commence à faire vieille rengaine.

— Bon à savoir, dis-je en tapant un autre ordre.

— C'est faux, admet-elle en attachant solidement la couronne.

— Alors, continue, raillé-je.

Un silence le temps d'un battement ; puis deux.

— Quoi ? fais-je, incapable de l'ignorer complètement – c'est d'ailleurs devenu quasi impossible.

— On est dimanche, Dom. Prends du temps pour toi.

— Pour faire quoi ?

— Te reposer, soupire-t-elle. Tu bosses beaucoup trop. Entre le garage et le quotidien du…

Elle jette un œil à l'écran et évite toute mention du club.

— Ça fait beaucoup.

— Content que tu t'en rendes compte.

Je fais un sourire en coin au-dessus de mon écran, et en profite pour la zyeuter, couchée sur l'une des tables de pique-nique de notre point de rassemblement. Un livre délaissé à côté d'elle, sa couronne de chèvrefeuille sur la tête, sa peau hâlée irradie sous les rayons qui percent les nuages épars. Son *crop top* riquiqui m'offre une vue dégagée sur son décolleté, en particulier quand elle se tourne sur le côté ; son buste et ses longues jambes sculptées me font saliver. C'est certainement un écran de veille digne de remplacer celui que j'ai choisi dans ma piaule. Elle sourit quand elle s'aperçoit que je la reluque, ses longs cheveux retombant sur le côté de la table.

L'affection spontanée dans ses yeux me déstabilise, mais m'empêche aussi d'arracher mon attention d'elle. Aucune femme n'a jamais détenu autant de munitions contre moi dans un seul regard.

Sentant que je m'accorde la pause qu'elle me suggère, elle se lève de la table de pique-nique et marche vers moi. Elle s'empare de mon ordinateur et le range à l'abri dans la Camaro.

— Était-ce nécessaire ?

— Oui parce que j'ai une confession à faire, déclare-t-elle.

Elle revient vers moi comme une femme qui s'est donné une mission. L'effroi m'inonde quand elle sourit, sans se laisser démonter par ma réaction, quelle qu'elle soit.

— N'aie pas l'air effrayé, Dom. Ce n'est pas ce que tu penses.

— Je n'ai pas peur.

— Tu mens, dit-elle en contournant la table avant de s'étendre en travers de mes cuisses, ses longues jambes accrochées au bras de mon fauteuil.

Ses mains parcourant ma peau imbibée de sueur, elle se penche vers moi.

— Alors, ma confession est la suivante. Je sais ce que je représente, murmure-t-elle. Je sais combien il vaut.

La même confession que je lui ai faite notre premier jour ensemble. Un jour où mon ressentiment m'a été arraché, et où je ne voyais plus que Cecelia pour ce qu'elle est réellement, la façon dont je la vois à présent : une jeune fille sensible, au cœur rempli d'affection et à l'âme fondue dans de l'or. On pourrait croire que j'en fais des caisses, mais ça lui correspond parfaitement. Pour moi, elle est un rappel vivant qu'il reste du bon dans le monde.

— Tu travailles vraiment très dur, murmure-t-elle en saisissant mes épaules. Tu devrais t'amuser aussi dur.

— Tu es bien placée pour savoir que je suis dur quand je m'amuse.

Je soulève mes hanches pour l'illustrer, mais, comme toujours, elle ne me laisse pas me défiler.

— C'était tellement prévisible. Tu n'es pas ce genre de garçon.

— Tu ne devrais pas avoir une si haute opinion de moi, Cecelia, dis-je dans un souffle.

— Dis-moi pourquoi.

Parce que chaque jour où tu es avec moi, je te trompe.

— Je suis un criminel, je fais ce que font les criminels. Mentir, tricher, voler, tromper.

— Peut-être, mais tu finances, tu fais des dons, tu inspires aussi.

— C'est carrément risible.

— Tu m'inspires, murmure-t-elle en recouvrant ma mâchoire de petits baisers.

Comment fait-elle pour réussir ce coup-là chaque fois ? Provoquer ce qui est à vif en moi ? Encore plus important, pourquoi je la laisse me mettre au pied du mur ? Ce don qu'elle a, je ne l'aime pas. La sincérité dans ses mots et son expression ne requiert pas moins que ma sincérité en retour. Elle me dévoile constamment, au point que je veux chercher une issue de secours, tout en me nourrissant du désir de me rapprocher d'elle.

C'est de la sorcellerie. Et elle ne fait qu'être honnête.

Même si mes mots luttent sans arrêt pour jaillir de moi, je ne peux pas les prononcer et je ne le ferai pas.

Elle masse mes épaules avec application, et s'arrête sur un point de tension au milieu.

— C'est quoi, ça ?

Je hausse les épaules.

— Qu'est-ce qui provoque ça, Dom ? Qu'est-ce qui te frustre au point que ton corps trahisse ce que tu dissimules avec tant d'adresse ?

— Comme tu l'as dit, je travaille dur.

— C'est plus que ça. Qu'est-ce qui te pèse ?

— Tu sais que je ne peux pas te le dire.

— Tu peux tout me dire, conteste-t-elle. Je garderai tes secrets. Tous. Surtout les secrets que nous créons ensemble. Je pense, non, je sais que tu le sais. Sinon tu n'aurais pas laissé Sean m'emmener au rassemblement, pas plus que tu ne m'aurais laissé le choix.

— Choix que tu n'as pas fait, lui dis-je, détestant la direction que prend la conversation.

— C'est une énorme décision.

— Je pensais que tu t'enfuirais, admets-je avec franchise. Je me demande toujours pourquoi tu ne l'as pas fait, et je n'essaierai pas de t'en dissuader.

La solution la plus sûre pour elle serait de dire non, et de s'enfuir aussi loin de nous que possible. Si je n'étais pas aussi égoïste, c'est ce que je lui dirais. Ce que je devrais lui dire.

Son instinct de survie étant faible, il faut bien que quelqu'un lui dise. Mais ses yeux me réduisent au silence, de même que ses mains sur moi. Je refuse qu'elle soit là où je ne suis pas, où que ce soit. Quand nous nous regardons, nous touchons, ça semble trop parfait, même quand j'abuse de sa confiance et m'imprègne de sa loyauté mal placée.

— Dis-moi d'où ça vient, chuchote-t-elle, ses doigts pétrissant les nœuds entre mes épaules.

— De la frustration.

— À quel propos ?

Je secoue la tête.

— Des choses que je vois, que je ressens, que je crois, et principalement pour ce que je ne peux pas contrôler.

— Genre quoi ?

J'y réfléchis en savourant le massage, tandis qu'elle attend patiemment ma réponse. Même quand ses caresses me bercent, mon corps et mes sens s'éveillent, conscients de chaque seconde qui passe : les arbres qui bruissent autour de nous, la sensation de l'herbe sous mes pieds nus, les abeilles qui volent en cercle sous un coin de la table de pique-nique. C'est le cadeau d'elle que je préfère, la capacité à me remonter avec une corde du fond de l'obscurité, vers une conscience aiguisée dans le monde des vivants.

C'est du vaudou.

Elle m'a tant donné d'elle-même, ses petits soins, son attention que je prépare chaque mot avec soin, et lui donne en retour une honnêteté absolue.

— C'est comme la première fois que tu prends l'avion, au décollage… L'accélération sur la piste, le moment où il s'élève dans l'air est grisant. Juste après, on s'émerveille de voler parmi les nuages, de participer à une expérience si extraordinaire qu'elle est presque impossible à croire. En pleine euphorie, on contemple le paysage par le hublot, pour la première fois. Et là, on s'aperçoit qu'il est quadrillé par des lignes. Des frontières. Alors on commence à se rappeler que la terre est contrôlée et mesurée, mais jamais on ne se serait attendu à ce que ce soit si visible et si artificiel. La vue des frontières tue l'euphorie, l'impact est si saisissant qu'il ruine toute envie de prendre l'avion.

La couverture nuageuse s'intensifie. J'aperçois une lueur d'embarras dans ses yeux.

— Je comprends ton raisonnement, mais je n'ai jamais pris l'avion. Nous n'avions pas, tu sais… les moyens.

Je relève son menton avec mon doigt avant de suivre sa mâchoire avec mon pouce.

— Il ne faut pas te sentir gênée, Cecelia. Je n'avais qu'un an de moins que toi aujourd'hui la première fois que j'ai pris l'avion, et c'était pour mes études.

— Peu importe. Raconte-moi.

— Et je suis content que tu me l'aies dit, parce qu'il illustre parfaitement mon propos, et c'est justement là que réside ma frustration.

— Comment ça ?

— À cause de la division, du quadrillage des lignes. Tant d'aspects de ta vie ont été déterminés avant ta naissance. Ton accent, comment et quand tu reçois ton éducation, ton orientation religieuse, les préjugés hérités de ceux qui t'élèvent ou t'influencent incidemment, et tout autres privilèges. Qu'importe où on vit, qui on est, c'est le même scénario pour tous. Pour le meilleur et pour le pire.

— Donc, prendre l'avion symbolise les États-Unis ?

— Exactement.

— Mais regarder d'en haut, c'est quoi ? Le gouvernement ?

— Regarder d'en haut, c'est voir ce que nombre d'entre eux ne veulent pas qu'on voie. Ceux qui fixent les frontières, qui contrôlent les gens, qui tracent ces lignes veulent que nous restions aveugles. Que nous ignorions le système qui nous condamne à l'échec. La plupart d'entre nous sont trop absorbés par la survie quotidienne entre ces lignes pour se soucier de notre place dans le grand projet. Tant d'autres sont si occupés à se battre à la frontière de leur ligne pour la conserver qu'ils ne comprennent jamais le concept du vol en avion.

J'exhale un long souffle.

— C'est tellement faussé. La cartographie a été élaborée il y a plus de deux siècles et ils se sont plantés. Plus nous oublions qu'il est possible de voler, et plus ils établissent de frontières ; plus cela nous perturbe et plus nos cages se consolident. C'est à cause des lignes de contrôle que la vraie division a été créée au départ, et ça s'intensifie.

Elle me fixe longuement et durement.

— Alors, comment on arrange ça ?

Je passe mon pouce sur sa joue.

— Qui suis-je pour oser croire que je peux y remédier… Mais nous pourrions commencer par ignorer le lapin qui nous fait vainement courir en cercle et nous pousse à nous étrangler mutuellement. Alors peut-être que nous pourrions nous élever les uns les autres pour accéder à la vraie vue.

— Acheter un billet d'avion à tout le monde ?

— Exactement, c'est tout ce que j'essaie de faire.

— C'est possible, au moins ?

— Je ne sais pas, dis-je honnêtement. Mais on dirait que nous ne sommes pas loin du point de départ, alors ça vaut la peine d'essayer, non ? Peut-être pour pouvoir reprendre le contrôle de la carte, mais…

Je déglutis.

— Mais quoi ?

— D'après ce que je vois, ce que je peux prouver, c'est méga terrifiant. Il y a un groupe de puissants, plusieurs, que rien n'empêchera de veiller à ce que nous restions aveugles. On aurait une petite chance s'ils étaient éliminés de l'équation.

— Notre pays est endommagé, irréparable, n'est-ce pas ? demande-t-elle, son regard fouillant le mien.

— C'est ce que tu penses ?

Une goutte de pluie tombe du ciel, sillonne sa jambe. Je la suis avec mon doigt.

— Quelquefois, quand je te regarde, avec toute ta colère, quelquefois, je pense que c'est ce que tu penses. Je le sens irradier de toi.

L'impuissance la plus totale de ces derniers mois a été remarquée par la seule personne à qui je refuse de montrer la moindre de mes cartes. Malgré cela, elle me voit.

Boum. Boum. Boum.

Parce qu'elle me connaît.

Boum. Boum. Boum.

Le rugissement dans mon torse s'intensifie quand elle étale sa paume sur ma joue, exigeant que je la regarde.

— Dom, quand tu… te sens comme ça, tu peux venir me trouver. Je serai là pour toi. Je serai le meilleur ami que tu n'as jamais eu.

Ses yeux bleus se remplissent d'inquiétude.

— Tu peux me parler, et je ne… j'essaierai de ne pas poser trop de questions. J'écouterai, je serai là pour toi, et nous pouvons…

Je la coupe avec un baiser pour lui cacher ce qui infuse dans mes yeux, alors qu'une pluie fine s'abat sur nous.

Chapitre 33

— Dom, crie Tobias du bout du couloir, avant d'apparaître à la porte de ma chambre. (Baissant mon livre, il vérifie le titre.) Tu rafraîchis tes notions d'histoire ?

— Je vois plus ça comme un guide de ce qu'il ne faut pas faire, ou une sorte de « Comment ne pas se faire choper pour les nuls ».

Il sourit.

— Habille-toi. Je t'emmène au restau.

— Je suis habillé.

En jean et tee-shirt, mes bottes boueuses abandonnées quelque part au pied de mon lit.

Il grimace.

— Tu n'as rien de plus élégant ?

J'arque un sourcil.

— On se connaît ?

— Compris. Suis-moi.

Il montre la direction de sa chambre, en diagonale de la mienne.

— Je te prête une chemise… et un pantalon… et des chaussures.

Il a un petit rire.

— Pas besoin.

— Si, ils ne te laisseront pas entrer fagoté comme ça.

— Alors je n'y vais pas.

Je reprends ma lecture.

— On a quelque chose à célébrer, petit frère, et je ne suis pas d'humeur à me disputer avec toi. Alors, fais-moi une fleur et emprunte mes fringues.

— D'accord.

Je le suis dans sa chambre. Arrivé là, je regarde autour de moi. Elle est comme avant, le même mobilier, la même disposition. La différence est qu'il n'habite plus ici, et ce depuis presque une décennie. Toutes ces années, la plupart du temps, quand je regardais au bout du couloir, je ne voyais que du noir et du vide.

— Qu'est-ce qu'on fête ?

— Tu pars à l'université dans une semaine. Ça se fête !

— Et ça inclut un dîner chic ? Tu es sûr que la soirée est pour moi ?

— Peut-être un peu pour moi aussi. C'est mal ?

— Ça l'est si je dois ressembler à un connard en costard, dis-je en jetant un œil circonspect à sa valise, sur le lit.

— Tu ne trahis pas tes principes. C'est juste un code vestimentaire.

Il ouvre sa valise, et je me hérisse à la vue d'un pull en cachemire.

— Sérieux ? Tu portes cette horreur ?

À côté de lui, je survole le contenu de son bagage.

— Oui, et la différence réside dans le toucher et la coupe qui sont incroyables.

— Je te crois sur parole.

— Pourquoi ? demande-t-il, la tête inclinée. Il y a des avantages à être millionnaire. Il est temps que tu voies les bons côtés. Ou dans ton cas, les inconvénients.

— Tu penses que je ne suis pas prêt pour le MIT, en déduis-je.

Silencieux, il déplie une chemise enroulée extraite d'une rangée.

— Ça m'ennuierait que tu ne te sentes pas à ta place.

— Arrêtons là le suspense. Je ne me fondrai pas dans la masse.

— Dom, je ne te dis pas de changer. Mais ce sera différent. Les gens, les codes, la culture. C'est un milieu différent.

— Je ne suis pas débile, d'où la lettre d'acceptation. Je sais aussi prononcer des mots difficiles. Ne t'inquiète pas pour moi. Encore mieux, cesse de t'inquiéter pour moi.

— Tu te comportes comme si c'était un choix, raille-t-il.

— C'en est un. Je suis un grand garçon maintenant. Tu peux te frotter les mains. Ton job est terminé. Je prends le relais.

— Trop facile, ce jeu de la vie, hein ? J'ai 25 ans et je ne sais toujours pas comment gérer certaines situations. Tu connais le dicton « L'âge n'est qu'un chiffre » ?

— Oui, mais je pense que, toi, tu es plus dans le trip « L'herbe est plus verte ailleurs » en ce moment.

— Possible. Ne sois pas si orgueilleux, petit frère. Je ne savais même pas faire un nœud de cravate avant d'entrer dans mon lycée privé. L'homme qui m'a appris a vu du potentiel en moi et a modifié certaines des perceptions que j'avais sur moi-même, du fait de ce que les autres me renvoyaient. C'est un soir qui a bouleversé ma vie. Alors, mets une putain de chemise et essaie de garder l'esprit ouvert.

— D'accord.

Je lui arrache la chemise des mains.

— Tu devrais la repasser, ajoute-t-il en enfilant sa veste de costume.

— Alors ça, y a pas moyen, grommelé-je.

Il se rend, les mains levées, alors que je retire mon tee-shirt et enfile l'atrocité dotée d'un col.

À rayures.

Abattez-moi tout de suite.

Plus que jamais, nous sommes d'une corpulence similaire, si bien que la chemise est ajustée. Réprimant un haut-le-cœur, j'ôte mon jean pour mettre un pantalon en toile. Une fois que j'ai enfoncé la chemise dans le pantalon, l'expression de Tobias frôle la fierté. Ce qui ne l'empêche pas de rire de mon malaise.

— On va oublier la coiffure que j'avais choisi pour tes cheveux. Tâche de ne pas avoir l'air aussi abattu. On va s'éclater.

Son regard tombe sur mes pieds.

— Pompes, aussi.

Il sort des mocassins d'un sac.

— Même pas en rêve.

— Enfile-les. Je te promets qu'aucun de tes potes ne te verra.

— Sean ne vient pas ?

— Non. Ni Tyler. Tu seras seul à l'université. Du moins, au début, me rappelle-t-il.

Le poids de cette vérité passe mal, et il insiste encore :

— Ça, juste là, c'est le but de la soirée.

— Je pensais qu'il s'agissait d'une célébration, dis-je en déboutonnant la chemise. Pas intéressé par ta petite expérience.

Il repousse mes mains pour m'empêcher de me déshabiller. Frustré, il soupire mon nom.

— J'ai une idée, marmonné-je. Et si tu me laissais me débrouiller ?

Le bouton de manchette claque et il perd patience.

— Non, tu en as enduré suffisamment tout seul !

La lumière dans ses yeux faiblissant, il se passe les mains dans les cheveux d'un geste exaspéré.

— Très bien, grand frère. Pas besoin de devenir tout émotif.

Je souris à pleines dents. En retour, il me lance un regard noir.

Trois heures plus tard, Tobias pose sa carte pour régler l'addition à trois mille dollars, imputable en grande partie à sa sélection de vins. Nous avons fait honneur à notre nom de famille et ripaillé comme des rois. Nos verres n'ont jamais été vides ni de vin ni d'eau, le personnel s'étant occupé de nous comme si nous étions des bambins.

— Alors ?

L'air satisfait, Tobias savoure son vin.

— Alors quoi ?

— Alors, n'as-tu pas fait bonne chère comme jamais dans ta vie ?

— Si.

Je hausse les épaules. Il pose sa serviette en tissu dans son assiette vide. Le cliquetis des couverts se mélange aux chuchotements autour de nous. Détendu, il a clairement l'air dans son élément. Après avoir remercié le serveur qui remplit son verre de vin, Tobias me cloue d'un regard.

— Enfants, nous vivions comme des rats d'égout, et là, tu viens de savourer le menu dégustation conçu par l'un des meilleurs chefs du pays. Pourquoi ça t'énerve autant ?

Il secoue la tête.

— Dis-moi, Dom, qu'est-ce qui t'impressionne ?

— La souplesse d'une fille, dis-je avec ironie.

Sans se laisser démonter, il boit du vin.

— C'est une phrase de Sean, ça.

— Je vais te dire ce qui ne m'impressionne pas : gâcher trois mille dollars en raisin fermenté et en légumes grillés.

— Ça, c'est signé Delphine. Ta voix à toi, Dom, elle est où ?

Je le fusille du regard.

— Ne sois pas offensé d'être un caméléon. Tu changes de couleur en fonction de la personne avec qui tu es. C'est une preuve d'intelligence. Mais tu en as laissé certains te donner l'impression de savoir et te dicter ce que tu mérites. Tu évites les regards depuis toujours, résume-t-il. Les regards mécontents de Delphine parce que tu lui rappelles le décès de nos parents et les deux orphelins qu'elle a été obligée d'héberger. L'attention et la cruauté que tu as engrangées en étant un gamin pauvre qui porte des habits trop petits qu'on lui a donnés. Les regards que tu suscites désormais parce que tu pètes les plombs et que ta rancœur envers le monde entier saute aux yeux… Nom d'un chien, tu n'as même pas remarqué les trois femmes à ta gauche qui te bouffent des yeux depuis vingt minutes. Alors, même si tu fais de beaux discours et que tu as une bonne dose de confiance en toi pour confirmer tes propos, tu ne sais pas encore qui tu es exactement en dehors du club.

Il se penche en avant, le regard intense. Je racle ma dernière bouchée de purée de chou-fleur avec ma fourchette.

— C'est normal, Dom, ça prend du temps. Toute la vie, pour certains. Mais pour ça, il faut vivre et expérimenter le monde en dehors des livres, pour te faire ton propre point de vue. Partir de Triple Falls est ta chance de te découvrir en dehors de notre objectif commun et de décider quel genre d'homme tu veux être.

Conscient de bénéficier de mon attention, il marque une pause.

— Je partage ça avec toi parce que je me sentais paumé ma première année en France. Je ne savais pas du tout qui j'étais. Tu m'as largement surpassé à certains égards, mais je m'inquiète parce que tu ne t'es pas développé au-delà des

limites que d'autres t'ont fait croire que tu avais. Il faut que tu essaies, Dom, pour toi-même. Si tu ne le fais pas, j'ai peur que tu souffres de solitude.

— Je ne souffre pas de solitude.

— Parce que la solitude est devenue un état si constant que tu ne le reconnais plus. Tu préfères t'isoler parce que c'est sans danger.

Je reste muet quand il se rapproche.

— Tu peux m'en parler, frère.

— Pourquoi ? lancé-je, sur la défensive. Parce que tu es le champion de l'esbroufe ?

— Pas plus que n'importe qui d'autre ici. Mais oui, je suis un caméléon, et j'en resterai un. Comme toi.

— Ce dîner est sponsorisé par des slogans éculés ? Maintenant c'est : « Fais semblant en attendant que ça marche » ?

— Non, dit-il en serrant les dents. Fais semblant en permanence. Ça marche déjà pour nous. Mais si des gens l'apprenaient, ils essaieraient de nous tirer vers le bas, de nous mettre des bâtons dans les roues par envie, par malveillance, ou les deux. Alors, garde ta rancœur, mais rentre tes griffes. Ne te méprends pas, la plupart des interactions entre humains ne sont qu'une formalité. Quand ils te demandent comme tu vas, ils s'en fichent, et les interactions avec les lointaines connaissances se résument à ça, une formalité. Donc, ne gâche pas ton énergie, ton temps, tes efforts pour des gens avec qui tu n'échangeras que des formalités. C'est quand tu ne pourras pas faire semblant avec quelqu'un qui se ramène régulièrement, sans rien demander, que tu sauras qu'il mérite les trois.

Je ne peux m'empêcher de sourire.

— Ton petit monologue fait un peu cliché, tu ne crois pas ? Comme un gangster qui prodigue de grands conseils avant d'être tabassé ou renversé par le camion du laitier.

Il secoue la tête, lève les yeux au ciel avec exagération.

— Ton cynisme est épuisant, à force, frère.

— J'ai appris du meilleur. Et ce n'est pas comme si ceci te demandait beaucoup d'efforts, dis-je en survolant la salle du regard. Tu aimes cette atmosphère et les belles sapes.

Il hausse les épaules.

— J'aime les vins et les vêtements de luxe, des choses que nous n'imaginions pas pouvoir un jour nous offrir. Mais maintenant nous le pouvons, alors pourquoi n'acceptes-tu pas d'en avoir un peu dans ta vie ? Tu n'as pas dépensé un centime depuis que nous avons ajouté des zéros à notre capital. Commande-toi au moins un matelas neuf. Mais tu ne l'as pas fait… et je sais pourquoi. Regarde-moi, Dom.

Je lève subitement mes yeux vers lui.

— Force les limites de ta mentalité et décide de ton propre potentiel. Une fois que tu auras accompli ça, tu deviendras si fort que personne ne pourra l'ignorer ou s'échapper.

Le regard contemplatif, il fait tourner le pied de son verre.

— C'est risible, tous ces hommes qui sont tellement à l'aise à notre époque. Les hommes de ton livre d'histoire qui ont vraiment fait quelque chose de leur vie, qui ont brandi de vraies armes pour défendre leurs croyances. Qui ont fait couler le sang dans les rues sans sourciller, qui se sont déclarés hors-la-loi et ont sacrifié tous les conforts en combattant à mort. Si des négociations plus civilisées font partie de l'évolution depuis l'homme de Néandertal à l'homme moderne – qui s'appuie sur son cerveau plutôt que sur la brutalité –, il y a quelque chose à dire pour ces hommes du passé. Je suis sûr que ces pionniers ne se faisaient pas régulièrement des soins des pieds et des mains.

Nous partageons un rire. Il s'empare de la bouteille et remplit nos verres, alors que j'ai déjà la tête qui tourne agréablement.

— Alors, prends ce temps pour vivre un peu en dehors du club, parce qu'un jour, dans un avenir proche, nous combattrons dans les rues. Et peut-être dans des vêtements plus luxueux, armés de plans infaillibles, mais nous combattrons néanmoins.

— Je bois à ça, dis-je en avalant une rasade.

Souriant, il appelle le serveur qui trébuche presque dans sa précipitation à nous servir.

— Oui, monsieur ?

Tobias pousse l'addition vers lui.

— Nous prendrons un dessert.

— Lequel, monsieur ?

— Toute la sélection à la carte. Nous fêtons quelque chose, fanfaronne-t-il. Mon frère entre au MIT.

— Ah, fait le serveur en m'accordant à peine un coup d'œil. Formidable, monsieur. Félicitations.

Le serveur parti, nous échangeons un regard.

— Je ne pense pas que ça l'intéresse, dis-je.

— En effet, répond Tobias sur un ton jovial. Il transpire sûrement en calculant le pourboire que nous lui laisserons. Même un psy se ridiculise pour de l'argent. Maintenant, regarde autour de toi.

Ce que je fais. Mon dernier arrêt est la table des femmes qui nous reluquent en ce moment. Je me fais un devoir d'accrocher le regard aguicheur de l'une d'elles, pendant que Tobias continue :

— Ils ne sont pas mieux que toi, Dom. Pas un seul d'entre eux. Tu es la plus grosse menace de cette pièce. C'est un fait, crois-le.

La femme détourne le regard avant que je me tourne vers mon frère, qui porte un toast.

— Au long jeu.

— Au long jeu, répété-je en trinquant, encore plus sonné.

— Soyons durs en affaires, frère.

Il me fait un clin d'œil avant que nous buvions.

Le verre encore levé, ses yeux s'éclairent au-dessus du bord quand il aperçoit quelqu'un derrière moi. Posant son verre, il se lève subitement.

— Ah, c'est pas trop tôt ! Je me demandais si tu viendrais.

— Désolé d'avoir tardé, répond l'homme en approchant de notre table avec un éclat malicieux dans les yeux, en lui serrant la main.

Je le reconnais avant qu'il porte son attention sur moi. Il respire la confiance en soi quand il me tend la main.

— Enfin, le frère prodigue. Enchanté, Dominic.

Tobias irradie de fierté.

— Dom, je te présente…

— Le député Monroe, dis-je, déjà debout en tendant la main.

Pendant notre poignée de main, je lance à Tobias un regard confus auquel il répond d'un clin d'œil complice.

Quatre heures et d'innombrables verres plus tard, Tobias se retourne en sortant de la voiture et me pousse contre la porte pour la fermer. Il a appelé la berline de luxe quand nous avons commencé à voir flou et double.

Me lâchant, il recule en titubant dans le jardin et fait semblant de tirer son glaive.

— En garde !

Agrippé à son épée invisible, la jambe tendue devant lui en fente, il arque le bras opposé au-dessus de sa tête, ses doigts suspendus au-dessus de son crâne. Comme je me contente de le regarder, ses épaules retombent et il a l'air déconfit.

— C'était une invitation à dégainer ton épée.

— Je sais, mais si je la dégaine, tu seras humilié devant les servantes, ricané-je.

— Tout ce que j'entends, c'est que tu es trop impuissant pour dégainer ta lame, me provoque-t-il.

— Pas de projection, frère. Ça arrive à tous les hommes avec l'âge, et je suis plutôt du genre corps à corps, déclaré-je en fonçant sur lui.

Feignant d'esquiver son coup d'épée imaginaire, je le plaque dans l'herbe.

— Ouille !

Il éclate de rire jusqu'à ce que je reprenne l'avantage et fasse mine de lui flanquer une baffe excessive. Ses yeux assombris me menaçant, il me renverse.

— Où sont tes manières, Dom ? C'est un duel entre seigneurs.

Nous nous relevons en titubant. Mon épée brandie, je me mets en garde.

— Je ne serai jamais un seigneur, mais… Touché, ou je sais pas quoi, bafouillé-je.

Ivres, nous nous déplaçons sur la pelouse et montons les marches du porche, entrechoquant nos épées invisibles tout en renversant les pots en terre de Delphine. Quand Tobias atteint la porte-moustiquaire, je bondis et assène le coup fatal, enfonçant mon glaive jusqu'à ce que mes phalanges butent contre son torse.

Il tient sa plaie, les yeux écarquillés par une surprise feinte.

— Tu es sans pitié, mon frère. Un bagarreur dans l'âme qui vise en plein cœur, ricane Tobias avec fierté.

— Le rat d'égout aura ta peau.

Ouvrant la porte-moustiquaire, Tobias secoue la tête. Son sourire disparaît, ses yeux se plissent quand il voit dans quel état je suis.

— Tu as bousillé ma chemise à deux cents dollars.

— Je considère que je l'ai embellie et que tu mérites d'être puni pour avoir claqué autant dans une chemise.

— Tu es un ado millionnaire, Dom. Achète-toi un lot de tee-shirts à col en V et des sous-vêtements.

Le regard embrumé par l'alcool, il tapote ses poches.

— Tu as tes clés ? J'ai laissé les miennes au voiturier.

— Non.

— Merde.

Tête baissée, il toque à la porte. Moins d'une seconde après, la lumière du porche s'allume et la porte s'ouvre. Les yeux plissés, Delphine nous scrute.

— Regarde, Dom, c'est le laitier ! rugit Tobias avant que nous explosions de rire.

Delphine ouvre la porte en grand en soupirant :

— Imbéciles. Après une brève inspection, elle ajuste son peignoir avant de retourner dans sa chambre.*

— Non, tatie, viens avec nous, lui crie Tobias en retirant sa veste. Je prépare le petit déjeuner pour vous deux.

— Non, proteste Delphine.

— C'est l'heure, dit Tobias en déboutonnant sa manche, qu'il enroule.

Il échange un regard tendu avec Delphine.

— Il est ivre, me dit-elle.

— On est trois, comme ça, raille Tobias. Réchauffe du café, qu'on discute avant que le reste de l'équipe vienne le chercher.

— L'heure de quoi ? demandé-je en prenant le tabouret en ferraille sous le plan de travail.

En silence, ils s'affairent ensemble. La pression augmente alors qu'ils échangent un autre regard lourd de sens. Puis Tobias pose les mains sur le plan de travail et s'adresse à moi :

— L'heure que tu connaisses ton histoire. Comment et où tout a vraiment commencé. Ainsi que notre objectif ultime.

Même si ça a été l'une des rares cuites de ma vie, je n'en ai pas oublié une seconde. Dans les heures qui ont suivi, j'ai vite dégrisé en buvant du café pendant que Delphine me révélait l'histoire de mes parents, des détails sur les personnes avec qui ils s'étaient associés, les groupes auxquels ils participaient avant ma naissance. Elle a précisé son propre parcours, et ce qui l'a amenée à Triple Falls. Une minute après l'autre, j'étais un peu plus sidéré par ce qu'ils m'avaient caché. Les détails sur le passé sordide de Delphine m'ont aidé à mieux comprendre qui elle est, et pourquoi elle est ainsi.

Tobias a exposé ses plans, ses révélations me prenant de court. En particulier le secret sur le député qui lui a appris à nouer sa cravate, et qui est un corbeau originel. Un originel bien parti – encore aujourd'hui – pour devenir le Président.

Ce matin-là, Tobias m'a confié son secret le mieux gardé et sa vision pour notre jeu sur le long terme. La confiance avec laquelle il me délègue à présent le sort du club.

Il ne te le pardonnera jamais.

La culpabilité m'engloutit entièrement, après l'acte de trahison auquel je viens de participer parce que, en ce moment, l'un de nos membres originels est dans un avion à destination de la France.

La raison ? Je fais suivre mon frère, je reçois un compte rendu de ses faits et gestes, pour pouvoir continuer à coucher avec la fille de notre ennemi.

Si Tobias le repère, il saura immédiatement que quelque chose ne tourne pas rond, en plus de savoir qui l'a fait suivre, ce qui précipitera son retour. Si jamais il ne le remarque pas, au moins, je saurai si ce qu'il me raconte est vrai, que la raison de sa longue absence est réellement la quête de son père biologique.

Si je me fais choper, Tobias endurera la pire des trahisons et beaucoup de chagrin à cause de moi. Il ne mérite pas ça.

Rongé par les remords, j'envoie un SMS qui résume tout. Le fait qu'il me manque. Que j'ai des regrets sur l'état de notre relation. Que je fais des efforts. Qu'importe ce qu'il fait ou que nos chemins divergent en ce moment, une chose restera à jamais immuable.

Dom : Toujours frères.

Sa réponse ne se fait pas attendre. Et l'émotion me serre la gorge.

Tobias : Tu me manques aussi, petit frère.

Il ne te le pardonnera jamais.

« Il est bien plus difficile de se juger soi-même que de juger autrui. Si tu réussis à bien te juger, c'est que tu es un véritable sage. »

Le Petit Prince, Antoine de Saint-Exupéry

Chapitre 34

Je flotte quelque part entre la conscience et le sommeil agité quand mon téléphone vibre sur ma table de chevet. Mes yeux s'ouvrant, une prémonition m'assaille alors que je vérifie sur l'écran la confirmation de ce que je sais déjà.

Habillé en quelques secondes, j'attrape mon sac de sport et m'arrête au pied de l'escalier avant de repartir vers la chambre de Sean. Par la porte entrouverte, je discerne Cecelia qui dort paisiblement. Le cœur serré, je m'imprègne d'elle, couchée sur le ventre, ses cheveux étalés sur l'oreiller, les lèvres entrouvertes, le drap juste sous le creux de ses reins. Gravant l'image d'elle dans ma mémoire, la culpabilité menace parce que la dernière fois que je l'ai vue, j'étais tellement perturbé que je lui ai claqué la porte au nez quand elle a voulu entrer dans ma chambre. Plein de regrets, j'arrache mon regard d'elle et me dirige vers ma Camaro.

Un quart d'heure plus tard, je termine de visser la plaque d'immatriculation temporaire sur la vieille Buick avant de m'installer au volant. Boosté par l'adrénaline, je règle le rétroviseur et enfonce ma casquette noire. Bien que j'apprécie le ciel couvert du petit matin, je râle quand la pluie s'accumule sur le parebrise.

J'essaie les essuie-glaces, le seul accessoire que j'ai omis de restaurer sur ce modèle de berline des années 1980, et je remercie le ciel quand les balais rouillés s'activent. Maniant le vieux levier de vitesse au volant, je suis le chemin étroit que j'ai dégagé entre les épaves de la casse. En quelques manœuvres, j'insère la Buick entre des piles de berlines compactées à ma gauche, et le côté du garage sur la droite. Je suis tout près du parking du garage King quand Sean se plante sur mon chemin.

Sans lever les yeux, il sort son Zippo à une lenteur insupportable avant d'allumer la cigarette qui pend à ses lèvres.

Exhalant une volute de fumée, il traîne devant le capot de la Buick. Je baisse la vitre, la pluie tintant sur les voitures, garées à côté de moi. Il lève enfin les yeux et me fixe, sur mon siège conducteur.

— Où tu vas comme ça, frère ?

Comme je n'ai pas de temps à accorder à ses scènes, sachant qu'il ne bougera pas tant qu'il n'aura pas de réponse, je sors et m'approche de lui avec une anxiété croissante.

— Écarte-toi de mon chemin, Sean. Ce n'est pas le moment.

— Je dois comprendre que tu ne me veux pas en passager ?

Il examine la Buick et revient devant moi, la tête inclinée sur le côté.

— Il se passe quoi, là, Dom ?

— Ce qui se passe est urgent, rétorqué-je. À un point que tu ne peux même pas imaginer. Mais je n'ai pas le temps de satisfaire ta curiosité ou de parler de tes sentiments.

— Dis-moi, ordonne-t-il.

— Te dire quoi ? Que je suis aussi coupable que toi et qu'il ne nous pardonnera jamais ! C'est ce que tu voulais, non ? Partager la faute avec quelqu'un ? Tu as gagné. J'ai couché avec elle et je continue.

— Ouais bah, les narcissiques blâment tout le monde sauf eux-mêmes, dit-il sur un ton traînant. Mais je ne t'ai jamais rangé dans cette catégorie.

Il prend une longue bouffée, les sourcils froncés par la confusion.

— Tu pars en vrille, là ? C'est ça, Dom ? Je comprends qu'il se passe des choses pesantes…

— Tu ne sais rien de ce qui se passe. Tu ne sais plus rien depuis qu'elle est là. C'est ta faute.

Dans un accès d'anxiété, je le repousse, exploitant le seul levier que je possède pour détourner son attention.

— Depuis le premier jour, tu as trahi tes engagements et tes frères, en donnant l'impression que c'était facile. Ça aussi, c'est ta faute. J'en ai fini. Alors, ne m'approche plus. Et tant que tu y es, garde-la loin de moi aussi.

— Tu veux que je t'abandonne ? déduit-il d'une voix imprégnée de tristesse.

— Fais ce que tu veux, je m'en cogne.

Le regard sombre, il jette sa cigarette allumée sur la Buick et s'éloigne. J'ai la main sur la portière quand je suis retourné et immobilisé. Il me punit d'un crochet du droit qui fait craquer mon cou quand ma tête part sur le côté.

— Tu ne le pensais pas. Pas un mot.

Je contracte ma mâchoire. Mais face à son expression durcie, qui révèle toute sa détermination, mon masque tombe brièvement, et il réalise qu'il a raison.

— Cesse de me protéger et dis-moi comment aider !

— Écarte-toi de mon chemin ! rugis-je. Putain, Sean, laisse-moi passer !

— Alors dis-moi que tu pourras en revenir.

Ses yeux désespérés sondent les miens. Je hoche lentement la tête.

— Des mots, Dom.

— Si ça tourne mal parce que tu m'as retardé, je ne te le pardonnerai jamais !

J'ai déjà merdé et failli rater cette fenêtre de tir parce que j'étais distrait par Cecelia. Une fenêtre qui se referme rapidement pendant que Sean me prive de précieuses secondes. L'idée que je la rate suscite une peur que je n'ai jamais ressentie. Me ressaisissant, je le regarde d'un air méchant.

— Ne m'oblige pas à te faire mal.

Choqué, Sean s'écarte sans s'embêter à cacher qu'il se sent trahi. Même quand je brise une partie de nous – un bout de son cœur –, il m'implore parce que je suis sa seule préoccupation.

— Retrouve-moi à la casse quand tu as fini. Tu peux quand même faire ça pour moi ? Quoi que ce soit, nous arrangerons ça. Ensemble.

À mon hochement de tête, il s'en va sans ajouter un mot et claque la porte du garage pour que je l'entende. La promesse tacite qu'il ne me suivra pas et n'essaiera pas de m'arrêter quand je sortirai en trombe du parking.

Après une grosse heure à angoisser, je gare la Buick en bataille en scrutant la rue, à la recherche du hayon du poisson. Même si Sean m'a retardé, j'ai réussi à le devancer de quelques secondes, ce qui est confirmé par l'apparition du hayon dans mon champ de vision. Je remercie ma bonne étoile ou celui qui veille sur moi quand une voiture déboîte devant lui, de l'autre côté de la rue barricadée, et que le poisson prend la place adjacente à la mienne.

Sur les trottoirs, il n'y a pas un chat. Les vibrations familières me secouent, à tel point que mes mains commencent à trembler quand j'appuie sur le frein et abaisse le levier de vitesse à l'instant où il sort par le hayon.

Je m'éloigne lentement du trottoir pour gagner du temps, puis écrase l'accélérateur quand il sort ce dont il a besoin de la banquette arrière et referme la portière. Il n'a pas le temps de faire un pas vers l'auditorium que je le coince entre la portière passager de la Buick et sa portière conducteur. Ses yeux s'écarquillent quand il voit le silencieux vissé au Glock que je braque entre ses yeux.

— Bonjour, dis-je à voix basse.

En uniforme d'agent de sécurité, sa dragonne pend autour de son cou. Avec ma main libre, je soulève mon sweat pour dévoiler mon sac sur le siège passager. J'ouvre la fermeture éclair avec ma main gantée pour révéler mon cadeau.

— Prends-le en échange, ordonné-je en reconnaissant le vide dans son regard.

C'est comme un puits sans fond. J'enregistre son expression dans ma mémoire parce qu'il se peut que j'aie menti à Sean. Après ça, je ne pourrai peut-être pas revenir.

Le temps nous le dira.

J'insiste :

— Dis-toi que c'est un cadeau de bénédiction.

Son regard s'échappe vers le stade avant de revenir à moi.

— L'échange n'est pas optionnel.

Je tends mon arme vers lui pour clarifier mon intention.

— Qui êtes-vous ? demande-t-il avec un timbre de voix qui l'humanise.

Il pourrait être n'importe lequel de mes frères… sauf qu'il ne l'est pas.

Quand je secoue sa poignée, il percute. Il pense que c'est moi qui le retrouvais sur le *chat* le soir. Avec un sourire écœurant, il accepte mon cadeau et s'empare du sac du sport, laissant le sien bien rempli à la place, sur mon siège. Il porte le sac sur son épaule, et dès qu'il s'écarte de la vitre, je tire trois coups rapprochés, et écrase l'accélérateur. Depuis mon rétroviseur, je vois son corps inanimé s'écrouler sur la route, me confirmant qu'aucune quantité de colle ne réparera sa tête de détraqué. Traversé par des vagues d'anxiété, je rattrape la route principale après une succession de ruelles en maintenant la vitesse réglementaire, même après avoir rejoint la nationale.

— Dom.

Sean crache mon prénom pour me forcer à parler, comme il s'acharne à le faire depuis que je suis revenu. Le bruit qui rugit dans ma tête me scotchant les lèvres, je regarde le feu dévorer l'intérieur de la Buick. Le volant en plastique fond comme de la pâte à modeler. Je jette ma casquette, alimentant les flammes à mesure que je me déshabille. Je lance mon tee-shirt, mes Nike, mon jean et mon boxer, et m'empare du tuyau d'arrosage sous le soleil matinal qui nous inonde tous les deux.

Non loin, Sean fume comme un pompier, son anxiété s'aggrave à mesure que je me savonne et que je me frotte les ongles avec une brosse afin qu'aucun résidu ne reste sur moi avant de me sécher. J'attrape mon sac et enfile un boxer propre en survolant la casse d'un coup d'œil. Denny observe la flambée, l'extincteur à la main. Le seul oiseau présent, en plus de nous deux. Sans même nous regarder ni dire un mot, il reste à bonne distance, s'assurant avec application que la Buick n'a jamais existé. Mon jean boutonné, j'ajoute la serviette dans les flammes, ainsi que le sac. J'adresse un signe d'approbation à Denny. Quelques minutes passent en silence avant qu'il éteigne le feu. Pendant ce temps, je me mets en retrait avec Sean.

Durant des moments comme celui-ci, je suis reconnaissant d'avoir utilisé mon argent pour acheter ce terrain qui sert d'entrepôt de ferraille, plutôt que des vêtements coûteux. De l'extérieur, cette acquisition est cohérente quand on possède un garage. Heureusement que j'ai eu l'intuition de m'approprier ce lieu pour répondre à ce genre de besoin.

Sean ayant compris que je ne discuterai pas, nous regardons ensemble Denny monter dans le chariot élévateur puis planter les deux fourches dans la carrosserie fumante de la Buick. Ce n'est qu'après avoir entendu le moteur de Tyler résonner que je me prépare. Son pick-up s'arrête dans un dérapage à un mètre de nous.

— J'ai pas dit un mot, Dom, déclare Sean, ses yeux allant du pick-up à moi.

— Je sais.

Sean est toujours de mon côté pour le moment. Mon frère en qui j'ai le plus confiance, mon frère de cœur, et mon meilleur ami, tout ça pour la même raison. Cette vérité se répercute au fond de moi alors qu'il tremble de peur. Son inquiétude, même après mon sale coup, élimine un peu de l'espace entre nous.

— Qu'est-ce que t'as foutu, Dom ?

— Tu vas bientôt le savoir, dis-je.

Je le dévisage pour la première fois depuis que je suis revenu, la brume se dispersant avant que je profère mon avertissement :

— N'interviens pas pour moi.

— Quoi ? s'étonne Sean, juste avant que Tyler surgisse de son pick-up et fonce sur moi.

Son crochet du droit atterrit sur ma mâchoire, faisant vibrer mes dents. Incapable d'encaisser la force du coup, je vacille, mais relève le menton, me préparant à d'autres frappes. Nous sommes dans la casse depuis un peu plus de deux heures, donc la nouvelle s'est déjà répandue, et avec suffisamment de détails pour que Tyler tire ses conclusions sur mes faits et gestes.

Sean, qui ignore encore ce qui se passe, s'interpose au mépris de mon ordre et tente de calmer Tyler. En vérité, si Tyler voulait me flanquer un autre uppercut, il aurait déjà mis Sean à terre et fait pleuvoir les coups. Tyler doit encore montrer à tout le club de quoi il est vraiment capable. J'admire ça en lui, même si ma bouche me fait sacrément mal.

— C'est quoi ces conneries ! mugit-il en essayant d'écarter Sean du passage.

— Laisse-le passer, Sean, ordonné-je.

Sean soupire et se pousse de mauvais gré.

— Tu sais pourquoi, affirmé-je sur un ton que j'espère neutre.

— Nous avions un plan ! s'insurge-t-il.

Je vois qu'il fait de gros efforts pour ne pas me frapper.

— Tu as conçu un plan qui implique d'utiliser un système défaillant pour faire notre boulot. Ce n'est pas nous, ça. Nous ne faisons pas arrêter les citoyens, Tyler. Tu as peut-être passé trop d'années à suivre les règles.

— Alors au lieu d'évoquer ces questions, tu fous tout en l'air ? riposte-t-il avant de tourner la tête vers Sean.

— Ne le regarde pas, aboyé-je pour détourner le différend de Sean. J'ai joué le jeu en leurrant l'un des hameçons que tu prévoyais de lancer un peu en avance d'une manière flagrante. Mais ça n'empêche pas d'appliquer le plan.

J'avance pour affronter son regard accusateur.

— J'ai juste un peu accéléré le processus.

— Il se passe quoi, là ? nous demande Sean.

Tyler secoue la tête, son regard furieux fixé sur moi.

— Ce qui se passe, c'est que notre frère déséquilibré a fait cavalier seul, ce qui a mis en péril sa vie et son futur, tout en essayant par la même occasion de régler notre problème de caisses.

— Je l'ai modifié, dis-je en réitérant ma piètre excuse. Je suis passé à l'action en avance, par nécessité, parce que j'avais les mains liées !

— Ouais, et qui a la main maintenant ?

Il ouvre sa portière pendant que la Buick se fait broyer derrière lui. Quand il plonge à l'intérieur, je sais exactement ce qu'il mijote. Un instant après, le journal radio résonne sur le terrain.

« … le bandit armé retrouvé mort à proximité du North Carolina Stadium a été identifié. Il s'agit de Joshua Brown, 20 ans. Les autorités ont élargi les recherches à l'échelle de l'État pour retrouver le second tireur. Les enquêteurs pensent qu'il a pu changer d'avis à la dernière minute. Le feu d'artifice a été annulé dans les comtés de Gaston, Iredell, Lincoln et Mecklenburg. Restez vigilants, le second tireur est toujours en liberté et doit être considéré comme armé et extrêmement dangereux… »

Sean n'a pas une seconde d'hésitation.

— Putain, Dom !

— Ne me regardez pas comme si j'avais eu le choix, leur dis-je.

Ils me fixent comme si j'étais une autre personne que le copain avec qui ils faisaient du vélo à la nuit tombée, échangeaient des cartes dans nos chambres jusqu'à pas d'heure, et exploraient les bois environnants en partageant le récit de nos découvertes sexuelles.

Je ne suis peut-être plus le gamin avec qui ils ont grandi.

Je ne le suis peut-être plus depuis longtemps.

L'expression dans leurs yeux est peut-être justifiée. Ce que j'admets à Tyler.

— Aucun de vous ne voulait voir que je suis aussi capable que vous, dis-je, en sachant qu'il sait qu'avec ce « vous » ce n'est pas à Sean que je fais allusion. Transmettez ça à France quand vous le mettrez au parfum pour gagner vos bons points.

Le regard furieux de Tyler m'envoie un ultime avertissement. Je le prends comme tel, de même que son combat intérieur, né du fait qu'il connaisse à présent la nature du mien. Tandis qu'ils demeuraient à cheval sur la frontière de la réalité et du monde que nous prévoyons de changer, dans mon esprit j'ai vécu à plein temps de l'autre côté.

— On ne peut pas rester sans rien faire, pas quand les enjeux sont aussi élevés, déclaré-je. Regardez-moi de travers autant que vous voulez, mais vous auriez fait la même chose, parce que tous les trois, on sait que quand on compte sur les autres pour se bouger, il n'y a jamais personne.

Tyler empoigne mon tee-shirt à deux mains. Son visage collé au mien, il me toise, mais je ne faiblis pas.

— Nous sommes ces autres, Tyler. C'est ce que nous avons décidé d'être.

Il cherche les failles dans mon psychisme, mais je ne les ai pas encore senties. Dans l'immédiat, je ne ressens rien. Et ça doit se voir parce qu'il recule, visiblement satisfait, avant de me lâcher.

— Putain, Dom, fait-il, tête baissée.

— Tu perds déjà du temps, lui rappelé-je.

— Ces plans-là doivent changer, rétorque-t-il.

— Ils ne changent pas.

Son regard me transperce. Une douzaine de scénarios virevoltent dans son esprit, et il les ajuste tous pour continuer d'effacer mes traces.

— Des caméras ? vérifie Tyler.

— Toutes déconnectées sur plusieurs pâtés de maisons. Pas de piéton dans la rue. J'ai roulé doucement. Personne n'a identifié la voiture et je n'en suis pas sorti.

Je désigne l'épave de la Buick.

— Nous l'avions depuis des années, par droit de rétention.

Il est bouche bée.

— Tu prépares ton coup depuis combien de temps ?

— Un moment.

Depuis que le poisson a été ferré *via* le *chat*.

— Putain !

Tyler abat son poing sur son pick-up en me mitraillant du regard.

— Assemblée générale au garage, ordonne-t-il à Sean. Nous partons en virée. Je vous rejoins là-bas dans quinze minutes.

Alors que je me dirige vers la Nova de Sean, Tyler secoue la tête.

— Pas toi. Va chez Denny et n'en bouge plus tant que tu n'auras pas eu mon SMS.

Puis il s'adresse à Sean :

— Il est privé de sortie.

Tyler braque son regard sur moi et je n'objecte pas. Il est le seul à pouvoir m'imposer son veto. Et c'est irrévocable.

— C'est ça ou je fais revenir France. Ne me cherche pas, Dom.

Claqué, je baisse le menton d'un geste sec. Il grimpe au volant et disparaît à vive allure. Sean allume une cigarette et je lui dis ce qu'il a besoin d'entendre :

— Je vais bien.

Denny arrive et je contourne la voiture. En retrait, Sean m'évalue, à la recherche des mêmes fêlures que Tyler. J'ouvre la portière de Denny et lui fais signe.

— Vas-y. T'inquiète, ça va, frère.

Quelques secondes après, Sean décolle au volant de sa Nova. Denny reste muet, pendant que mon regard se perd entre les arbres rendus flous par la vitesse. Au cours de ce trajet, je me rends compte que j'ai enfin atteint ce que je cherchais. Un état pas aussi bienheureux que l'espace paisible sur lequel je m'appuie, mais assez puissant pour qu'il se reconnaisse : l'engourdissement.

« Je peux témoigner qu'il reste deux hommes bien dans ce monde. Des hommes loyaux. Des hommes fidèles. Ce qui n'empêche pas qu'ils soient des voleurs, étant donné qu'ils ont subtilisé mon cœur. »

Cecelia, *Flock*

Chapitre 35

Deux jours plus tard, je fixe le plafond, toujours dans la position que j'ai prise après que Denny m'a déposé. Couché sur le dos avec mes bottes, chevilles croisées, mains sur le ventre. Les vrombissements répétés de la Nova m'extirpent du fond de mon esprit. Moins d'une minute après, la silhouette de Sean apparaît à ma porte, en partie éclairée par les lampadaires. Il guette. Je n'ai pas droit à ses habituels traits d'esprit, alors que le contrecoup des dernières vingt-quatre heures émane de lui.

— Tu n'as pas chômé, lancé-je.

Je sais que Tyler continue d'appliquer nos plans, en même temps qu'il improvise pour balayer derrière moi. Pendant que j'étais confiné chez Denny, Layla a fait les cent pas à côté de moi, écoutant les infos en continu sur la chasse à l'homme qui couvrait tout l'État pour retrouver le second tireur, moi, qui courait toujours. Des heures après ma fuite, Tyler a utilisé ses hommes de confiance dans l'optique de diviser pour mieux régner. Ils ont fait bon usage des armes que nous avons subtilisées à l'entrepôt, dans une fusillade qui n'a pas fait de victimes : une mêlée générale qui consistait à tirer sur des bâtiments désaffectés et des commerces fermés. En partant de Charlotte, ils se sont déployés dans toutes les directions, de la frontière du Tennessee jusqu'aux plages de Nags Head, pour égarer les enquêteurs lancés dans cette chasse à l'homme.

Sean pose les mains sur l'encadrement de ma porte.

— Un coup de génie, de laisser les empreintes sur des balles.

Nous avions prévu de laisser des empreintes partielles et complètes – prises sur Spencer et le militaire véreux à sa solde – sur des douilles pour que les armes les fassent remonter jusqu'à eux. La tactique a pour but d'éloigner le plus possible de notre comté les agences gouvernementales à acronyme et les enquêteurs de l'armée qui cherchent les armes désormais en notre possession. Après avoir implanté les preuves moyennement subtiles, Tyler a rencardé l'un de nos fédéraux à plumes sur les lieux où chercher ces empreintes, afin que tous enquêtent et, potentiellement, inculpent. Condamner, c'est une autre histoire. De ce côté-là, je n'ai aucune foi.

— Ils s'en tireront, déclaré-je en retirant mes bottes avant de les pousser du lit.

— Ça valait la peine d'essayer, hein ?

— Où est-il ?

Ma question concerne Tyler et le statut de sa rancœur à mon égard.

— Il ne rentre pas ce soir, répond Sean. Mais son tél est allumé.

Pour moi.

Je ne pose pas de questions sur Cecelia, mais je sens ce qui arrive quand il s'assied au bord du lit.

— Elle se demande où tu es passé.

— Laisse-la se demander, grondé-je sur un ton menaçant.

Il déglutit.

— Tu sais qu'elle m'a récemment demandé qui était mon héros…

— Arrête, l'avertis-je, la gorge en feu.

— Cette réponse a changé il y a deux jours, déclare-t-il sans hésitation.

— J'ai tué un gamin de 20 ans.

La confession semble arrachée de moi alors que je le dis à haute voix pour la première fois.

— Tu as empêché une tuerie imminente, insiste-t-il. Denny a déchargé son sac à dos, c'était terrifiant… Il s'apprêtait à mitrailler des familles venues assister au feu d'artifice. Tu n'imagines pas le nombre de vies que tu as sauvées. Tu avais les mains liées. Tyler le sait, nous le savons tous. Je sais que tu ne pouvais pas ou que tu ne l'aurais pas fait si tu avais pensé qu'il y avait eu une autre solution et tu ne l'as abattu qu'une fois que tu étais sûr de toi.

Les secondes qui suivent se déroulent dans le silence, la douleur qui circule dans mon torse me condamnant au mutisme.

— Cesse de te torturer, dit-il sur une longue expiration. Je t'assure que dans l'immédiat, tu as besoin de quelque chose ou de quelqu'une, et peut-être que tu as du mal à l'identifier. Ou peut-être que tu peux…

— Elle n'a pas besoin de rester près de nous, Sean. Ce sera de plus en plus dangereux pour nous tous.

— J'ai essayé… souffle-t-il en se tenant la nuque. Ce soir-là, j'ai essayé de rompre avec elle… j'ai échoué. Je n'ai pas pu m'y résigner. Mais je t'ai entendu. Je t'ai entendu,

Dom, et je respecterai ta décision, quelle qu'elle soit. Mais sache que je suis désolé, vraiment, pour tout.

Il se passe la main dans les cheveux, aplatis par la cagoule qu'il porte depuis des jours pour effacer mes traces.

— Je n'évoquerai plus ce secret, mais j'aurais aimé que tu me fasses confiance.

— Je t'ai fait confiance… j'ai confiance en toi.

— Seulement quand je t'ai forcé la main.

Il se lève et tourne son regard voilé vers moi.

— J'ai peut-être perdu ta confiance, mais je t'aurais confié mon premier-né les yeux fermés, Dom. Dorénavant, je ne poserai plus de questions auxquelles tu ne veux pas répondre, et j'espère que ce ne sera pas nécessaire parce que je veux retrouver cette confiance… et je te préviens que jusqu'à ce que France revienne, je te garde à l'œil.

Ce n'est pas une grande surprise que ma sentence ait été prolongée. Sans doute qu'il l'a décidé avec Tyler en implantant de fausses pistes.

— En vérité, je veux ce temps avec toi parce que tu me manques, mec.

Je n'ai pas besoin de voir ses larmes pour savoir qu'elles sont là.

— Et tu sais que je ne reculerai devant rien pour l'obtenir. Ne m'oblige pas à faire un coup pourri.

— Sois tranquille.

Il cherche dans ma réponse une trace de malhonnêteté.

— Mais pour info, dit-il avec un mépris pour Tobias évident dans sa voix, au cas où tu aurais besoin d'un rappel, tu es un être humain autorisé à te comporter comme tel.

Je ne m'embête pas à lui dire que cette lucidité m'a été accordée par la seule personne au monde qui n'aurait pas dû me l'accorder.

— Et tu penses peut-être que je l'ignore, confie-t-il d'une voix cassée. Mais le soir du rassemblement, s'il m'avait rattrapé… si tu ne l'avais pas intercepté, je ne serais plus là.

Sa voix se fêle.

— Je ne te balancerai jamais à France, dit-il en essuyant ses larmes sur ses joues. Il n'a pas besoin de savoir. Tu n'es pas obligé d'admettre que tu l'as fait. Je…

— Je ne voulais pas.

Mon murmure est guttural. Il souffle de soulagement, ses doigts remuant sur sa cuisse. Il a envie d'une cigarette, mais je sais d'avance ce qu'il va dire.

— Je suis amoureux d'elle.

— Je sais.

— Alors si tu dois lui briser le cœur, tu vas devoir le faire seul. Je suis tellement désolé d'avoir dérapé en chemin.

Le regard sur ses bottes, il passe son avant-bras sur sa mâchoire.

— Je t'aime, frère.

Il laisse la porte ouverte. La vision embrumée, je m'assieds au bord du lit, le regard tendu vers l'endroit où il se trouvait, avant de croiser mon reflet mal éclairé dans le miroir de la salle de bains.

Moitié humain, moitié monstre. Coincé dans l'incertitude d'un avenir proche.

J'ai toujours pensé mes adversaires comme des monstres, parce qu'au moins je pouvais justifier le fait de les massacrer. La vérité est que ces monstres sont des êtres humains capables de commettre des actes en dehors des limites morales. Là où, moi, je rôde pour les arrêter. Mais cette fois, appuyer sur la gâchette, je l'ai vécu différemment et nous le savons tous.

Tyler le sait, Sean le sait et même si je savais que l'avenir de ce gamin n'avait été écourté que d'une heure – il aurait péri de son fait ou des mains d'un autre –, je suis celui qui l'a vu rendre son dernier soupir parce que je l'ai abattu.

Pour l'instant, je dois oublier. La liste, le besoin de réparer ce qui est brisé parce qu'elle a brisé. Je dois accepter ce dont je suis capable.

Ou incapable.

Mes limites m'ont été révélées plus d'une fois ces temps-ci, et je sens que la défaite commence à s'enraciner dans mes tripes.

J'ouvre mon ordinateur portable et presse ma paume contre le clavier. Sa lumière rouge feu m'accueille, puis je commence à tout archiver et à mettre les dossiers en veille jusqu'au moment où je pourrai y remédier. Tout lâcher me fait l'effet d'une saignée. Avec mes échecs des derniers mois, la culpabilité qui se multiplie tous les jours, faute de réussir à tous les choper. Malgré la force de ma volonté.

C'est peut-être ce que mon frère a ressenti, toutes ces années, à attendre que nous le rattrapions. S'il a réussi, je peux aussi. Peu importe que je les aie dépassés, ils sont ma famille, et les hommes qui m'entourent sont les seuls en qui je peux avoir confiance pour m'aider à m'en sortir. Tant que nous ne serons pas alignés sur la même voie, prêts à presser la détente, ce n'est pas envisageable.

Mes larmes me purgeant de l'échec, je laisse mes émotions me submerger et pleure le chemin que je ne peux emprunter tant que je ne serai pas libéré. Je me réconcilie avec ça parce que je ne veux pas que mes yeux deviennent aussi vides que ceux qui commencent à me hanter.

« Dom, quand tu… te sens comme ça, tu peux venir me trouver. »

Sauf que je ne peux plus. C'est la partie la plus dure à digérer. J'exhale le chagrin que cette vérité me procure, mets mes écouteurs et fais défiler ma *playlist* avant de me connecter aux micros cachés dans la chambre de Cecelia. De longues secondes de silence s'ensuivent où je suis couché sur le lit, sa chambre aussi calme que la mienne.

Je m'apprête à l'éteindre quand j'entends tonner au loin. L'orage. Le léger crépitement de la pluie s'ensuit, la clarté du son indiquant qu'elle a laissé ses portes-fenêtres ouvertes ce soir. Le volume réglé au maximum, je me prépare aux heures agitées à venir, mais réussis à m'assoupir alors que la tempête secoue mon toit.

Enveloppé dans l'obscurité, je tâte le mur à la recherche d'une porte d'entrée quand un cri résonne de l'autre côté. Je le pousse de tout mon poids, mais les hurlements s'accentuent, comme si je les blessais en voulant passer à travers. Mais ce n'est pas la vérité, laquelle s'exprime clairement dans les échos de douleur et de tourment qui emplissent mes oreilles, exacerbant la panique.

À bout de forces, je m'évertue à forcer un passage, pour que ça cesse. La terreur s'infiltre en moi quand les braillements cessent brusquement, l'un après l'autre. Une étincelle rougeoie au loin, je cherche son origine. Je vois le profil de Sean avant qu'il referme son Zippo. Mon appel à l'aide absorbé par les ténèbres, mes poings cognent en vain au mur. Je m'épuise pour rien face à la pierre qui reste impénétrable. Plus les cris se tarissent, plus je frappe et échoue. Serrant les dents quand le denier hurlement s'étouffe, je m'avachis contre le mur, sachant que j'arrive trop tard. Le long silence aspire en moi chaque once d'espoir, pendant que les ombres nocturnes m'écrasent et me paralysent lentement entre leurs serres. Glissant le long du mur, j'atterris dans une flaque, les paumes dispersant des éclaboussures en s'enfonçant dans le sol. Relevant les mains, je frotte ce qui les recouvre entre deux doigts, mon rugissement avalé par l'obscurité alors que la voix de ma mère me parvient : « Ce n'est qu'un orage… »

— … l'orage, j'espère que ça ne t'embête pas.

Je suis couché sur le ventre face à la salle de bains quand mes yeux s'ouvrent soudain. Cecelia est allongée sur moi, juste en dehors de mon champ de vision. Son poids me recouvre comme un cocon, son murmure tendre dans mon oreille.

— Je suis venue directement après l'usine et tu dormais déjà. Désolée de t'avoir réveillé.

La pluie tambourinant dehors, j'essaie d'éclaircir mes esprits. Son murmure me ramène à elle, alors que les ombres se dispersent.

— Tu rêvais ? Tes bras tremblaient un peu.

Complètement réveillé, je réalise que je tiens son bras, étroitement enroulé autour de moi, et le lâche. J'essaie de me lever, mais elle s'appuie sur moi, me clouant au matelas.

— Reste au lit, ordonne-t-elle, ses doigts effleurant mes cheveux humides dans ma nuque.

— Je t'ai fait du mal, putain.

Ma voix éraillée déborde de lassitude.

— Mais non. Pas du tout, répond-elle avec inquiétude. Tu te sens bien ?

— Ça va.

Toujours allongé, j'aspire de longues bouffées d'air jusqu'à ce que le pouls qui cogne contre mes tympans se régule.

— C'est mieux, chuchote-t-elle. C'était un cauchemar ?

— Je ne me souviens pas.

Plutôt ma définition de l'enfer.

— Estime-toi chanceux, murmure-t-elle. Dors, d'accord ?

À fleur de peau et plus exposé que jamais, je ne peux que hocher la tête sur l'oreiller. Le froissement du tissu me dit qu'elle retire son uniforme. J'attends, les yeux fermés, le fin voile de sueur produit par mon rêve se refroidissant sur ma peau.

C'était très certainement mon subconscient qui m'alertait d'un trop-plein, à travers ce cauchemar bien trop facile à interpréter. Je me sens encore entre deux mondes quand le lit s'enfonce juste avant que ses cuisses nues frottent le bas de mon dos. Son bras s'enroule autour de moi avant que la peau satinée de sa poitrine se presse contre mon bras. Mon corps se détend à la faveur de son parfum, de sa peau. Son contact apaisant me berce.

— Tu es si chaud. Toujours si chaud. Tu m'as manqué.

Elle est encore là pour moi, constamment présente pour moi, sans raison, parce qu'elle mérite mon énergie, mon temps et mes efforts. Ce que je savais bien avant de l'admettre. L'envie de me perdre en elle commence à vrombir, mais je ne bouge pas, trop faible, vidé par mon rêve tout en sachant que l'illusion que j'entretiens avec elle touche à sa fin.

Le réconfort qu'elle me procure et le fait que ce soit la dernière fois que je puisse me perdre dans ce bien-être me serrent la gorge. Pourtant, je me perds une ultime fois, à travers le léger frottement de ses ongles le long de mon échine, qui m'entraîne dans un sommeil agréablement profond et sans rêve.

J'émerge quelques heures plus tard, le rêve oublié, ma chambre baignée d'une lumière pourpre. Je la réveille avec de douces pressions de mes lèvres. Un sourire langoureux apparaît, puis ses yeux. Me faufilant entre ses jambes, déjà muni d'une capote, je capture sa bouche, guidé par le besoin de plonger en elle.

L'arrière de sa tête dans ma paume, j'écarte ses cuisses sans cesser de l'embrasser et la prépare. J'avale ses bruits, absorbe tout ce qu'elle est, alors que je m'enfonce tendrement en elle.

Une main remontant sa cuisse, l'autre sur sa nuque, je lui fais l'amour en douceur, si lentement que je bouge à peine en elle. Même sans friction, nous sommes profondément nourris par cette connexion. Ce qui était destiné à être un merci prend une autre ampleur, à mesure qu'elle élimine les résidus de ce qui me hantait. La pluie fait *tic tic* sur la vitre quand je bascule dans l'ébahissement pour la dernière fois. Il a fallu que je sois obligé de respirer pour remonter à la surface. Ma main sous sa tête, sa cuisse est rivée à ma taille. Elle me fixe en caressant mon bras. Sans un mot, j'enroule mes hanches et de minuscules explosions déflagrent dans mon torse quand elle hoquette mon nom. C'est la première fois que j'ai cette envie d'arracher la capote pour faire l'amour à une femme sans protection. Même si je la garde, je sais que je n'aurai jamais plus une telle tentation.

« Je sais que je suis amoureuse de lui. Ce que je ne sais pas, c'est dans quelle mesure je le connais. »

Cecelia, *Flock*

Chapitre 36

La température change dans le garage alors que je resserre le dernier écrou sur la Subaru, une poubelle roulante que je ramène à la vie depuis six heures. En étirant ma nuque pour dissiper la tension, je vois la pluie s'accumuler sur le ciment moucheté d'huile devant l'entrée de mon atelier.

Ignorant le cognement croissant dans mon torse, j'inhale la puanteur des teckels de Mme Weller, qui est allée jusqu'à broder leurs noms sur leurs sièges de voiture respectifs. Je mets le contact, satisfait qu'elle démarre au quart de tour.

Je retire la clé, ferme l'atelier avant de finaliser la facture à l'accueil. La pluie frappant le toit, le martèlement régulier augmente à l'intérieur. Un rappel que j'ignore tandis que, sortant mon téléphone du coffre-fort, je découvre un SMS, envoyé il y a des heures par Sean.

Sean : Elle est ici.

Merde.

Le ciel se déchire, secouant le sol sous mes pieds. Il se réverbère dans le garage au moment où je ferme la porte à clé. Je m'arrête quand mes yeux tombent sur le nom incrusté dans la vitre. Voir cela décuple la culpabilité qui fait rage en moi.

C'est confirmé, Tobias est à la recherche de son fantôme de père biologique, Abijah. Le corbeau qui le suit l'a confirmé dans les vingt-quatre heures qui ont suivi son arrivée à Paris.

Ce qui fait de moi le seul frère décevant de l'équation.

Au fond de moi, je le savais. Peut-être que je voulais sa culpabilité pour me réconforter. Un crime dont j'ai accusé Sean, ce qui fait aussi de moi un hypocrite.

Derrière le volant de ma Camaro, je scrute l'intérieur. La seconde suivante, je ne suis pas seul. J'imagine si nettement Cecelia à côté de moi, ses longues jambes étendues sur le plancher, son corps étroit enfoncé dans le siège, et ses cheveux noirs aux reflets de feu flottant dans le vent.

Quand je démarre pour faire chauffer ma voiture, mes haut-parleurs crachent « Tennessee ». Je monte le son et tourne les paroles en dérision. J'attends, mon regard dérivant vers la fenêtre, en particulier sur le nom.

En sortant à toute vitesse du parking, avec la chanson à fond, je suis frappé par l'ironie de ma situation embarrassante, qui est presque prophétique à ce stade. Un rôle que j'accusais Sean de jouer alors que l'aiguille pointait dans ma direction, se moquant de moi.

Je ne suis pas un Roméo, mais, dans ce bazar, tout est lié à notre nom de famille, à nos parents, une vendetta, et la raison pour laquelle nous sommes voués à imploser.

Alors, que contient un nom ?

Tout.

Tout est contenu dans un nom. Un nom dont il faut s'enorgueillir parce que mon frère l'a voulu ainsi. Il a fait de nous les futurs dirigeants à partir d'une pile de gravats, et chaque fois que je suis ivre de rage, je ruine une partie de ce qu'il m'a offert.

J'accélère sur la route principale, ma raison luttant contre mon cœur.

À 26 ans, je vois les choses si différemment qu'à l'époque où je lui en demandais tant. Au début de l'adolescence, je piquais des crises en lui réclamant d'être plus présent pendant qu'il s'usait et risquait sa vie pour subvenir à mes besoins, et pas juste ceux de base. Il s'est démené pendant des années pour me donner une vie qu'aucun de nous n'aurait imaginé connaître après avoir eu faim si longtemps, à la fois ensemble et séparément.

Ce que j'ai ressenti, en grandissant dans cette maison, en particulier durant ces années sans lui, correspond exactement à ce que Cecelia a décrit. Le désespoir suintait des murs. L'atmosphère était si lugubre que, parfois, je pensais que j'allais m'évaporer. Mon frère faisait de son mieux pour me protéger, et à ce jour, il reste mon protecteur.

Il a excellé aussi bien dans le rôle de parent et de frère, comme dans tout le reste. Tout le reste sauf avec les femmes.

Je suis presque sûr qu'il ne se préoccupera jamais de leur place dans ma vie. Ni dans la sienne.

Alors maintenant, à ses yeux, j'ai participé au seul crime impardonnable.

Parce que Roman Horner a commis l'impardonnable.

Coucher avec sa fille et la ruiner aurait dû être une évidence et causer quelques dommages collatéraux si Roman s'était soucié d'elle. Mais elle est une orpheline, comme moi.

Je suis incapable d'aller aussi loin, même s'il arrive que mon sang se glace – globalement, je bouillonne, ce que Cecelia aime me rappeler.

Mais je fais quelque chose de froid, et ce n'est pas parce que je ne la trahis pas avec de mauvaises intentions que je ne la blesse pas, ou que je ne le ferai pas.

Elle n'a absolument rien fait pour mériter ça. Pour moi, elle est précisément telle que Tobias avait prédit qu'une femme serait : un refuge.

J'entends presque le sarcastique « Je te l'avais bien dit », lancé en français, quand je sors au premier virage, le risque est assez élevé pour que l'adrénaline afflue et que la transpiration voile mon front.

— Ça, Sean, c'est quand je dérape vraiment.

Le pied au plancher, je négocie un tournant. La voiture patine sur l'eau avant que je la redresse et fonce tout droit. En un instant, la voix de mon frère s'immisce dans mes pensées pour m'avertir de me calmer *illico*.

Ce que je ne suis plus capable de faire durablement, depuis que ma colère a été aiguisée par ses absences prolongées au fil des années. Une colère qu'aucune âme sur terre n'a réussi à restreindre. Pas même Sean. Cecelia a souvent échoué aussi, bien que marchant sur des œufs. Même pour elle, je n'ai pas toujours réussi.

Pour elle, je voulais la canaliser.

Je le voulais vraiment.

Mais je dois entretenir cette colère et cette nervosité. Vu ce que nous combattons, elle ne peut pas adoucir ça. Elle a déjà trop volé. À présent, je lui en veux autant que je la veux, et c'est beaucoup trop.

Au virage suivant, je pars en aquaplaning. Je réussis à redresser la voiture juste à temps pour échapper à la mort.

Autrefois, je me demandais pourquoi je ne craignais pas pour ma sécurité. Au début, je pensais que c'était parce que je pensais que je ne valais rien, ou du moins, je voyais dans les yeux de ceux qui nous voyaient grandir dans la misère que j'étais une cause perdue. Maintenant, je sais que je vaux mieux que ça, mais je suis déterminé à éradiquer les vrais rebuts, la lie de l'humanité, les véritables menaces, et être ce genre d'éboueur a un prix.

Un prix que je devrai payer tôt ou tard. Cette idée m'a à peine frappé que l'urgence familière m'inonde : nous perdons un temps précieux.

Je pourrais tout arrêter immédiatement.

D'un coup de feu.

Je ne peux pas blâmer Cecelia, et je ne peux pas blâmer mon frère.

Mais je peux blâmer Roman.

Je peux blâmer Roman pour être la barrière qui me sépare de la vie que je pourrais mener. Sans attaches, libre de distribuer des châtiments. Une vie que je veux plus que n'importe quelle autre.

Je mets mon clignotant au feu rouge et zyeute ma boîte à gants.

Mon ignorance n'est plus source de bonheur. À présent, elle m'encombre, fait obstacle à ma progression, autant que son père.

Une balle à bout portant dans la tête de ce connard arrogant mettrait un coup d'arrêt à l'interminable mission de mon frère et m'offrirait la liberté dont j'ai besoin.

Je pourrais l'abattre sans un remords, mais si je le fais, je ne pourrai plus la regarder, encore moins la toucher, avec son sang sur mes mains.

Une solution simple à un problème trop compliqué.

Cognant l'arrière de mon crâne sur l'appuie-tête, je secoue la tête. Autant à cause de Tobias que de Cecelia, cette balle ne sera pas tirée.

Coincé au feu rouge, j'entrevois maman dans la brume qui enveloppe le parebrise. Dansant, elle agite la main pour m'encourager à la rejoindre avant de me saisir entre ses bras et de se balancer avec moi d'un bout à l'autre de la cuisine.

Un battement de cils plus tard, Cecelia la remplace. La main tendue vers moi qui suis assis sous ma fenêtre, elle m'invite à danser avec elle, en chaloupant dans un nuage de fumée que je produis en expirant.

Ce que je nous ai laissé vivre est une illusion. Je l'ai validée et, depuis peu, je l'alimente.

Tobias a tout dépassé. À coups de bulldozer, il a surmonté Delphine, notre minable situation, la totale, tout en réussissant à se conformer au plan d'action sans qu'aucune attache le retienne. Et je ne suis pas fichu de tourner la page sur la fille de l'homme que je hais de tout mon être ?

Pour mon frère, j'y parviendrai, sinon je bousillerais tout ce que nous avons vaincu collectivement pour en arriver là.

Je dois renoncer à elle.

Ma décision prise, j'accélère vers la fin du secret auquel je ne peux plus participer et me gare vite fait devant la maison.

Ça cesse maintenant.

D'un pas déterminé, j'entre et monte l'escalier, mais je m'arrête à sa vue ; elle est couchée sur le dos au bout de mon lit, seulement vêtue d'un de mes tee-shirts noirs et d'un minuscule shorty. Ses cheveux retombent en cascade sur le côté du lit. Les genoux repliés, elle tient un livre à hauteur de ses yeux. Quand elle me remarque, elle se retourne sur le ventre. Son sourire illumine la pièce, alors que ses yeux expressifs rencontrent les miens.

— Voilà enfin mon salopard.

Merde.

Chapitre 37

— Salut, dit-elle.

Ses yeux roulent sur mon corps, avant qu'elle bondisse vers moi qui dégouline devant la porte.

— Tu es trempé, ajoute-t-elle en posant un baiser chaste sur mes lèvres. Qu'est-ce qui t'a retenu si longtemps ?

— Les affaires.

J'essaie d'entrer, mais, imitant mes mouvements, elle me bloque le passage.

— Quelles affaires ?

Je hausse un sourcil. Et elle arque le sien en retour avant de lever les yeux au ciel.

— OK. Comme tu veux.

— Comme tu veux, cela signifie que tu n'es pas complice du fait. Les secrets sont les garants de ta sécurité.

— Les secrets sont les garants de ma démence.

Elle frissonne, à cause de la pluie qui goutte sur elle quand elle entrecroise les mains derrière ma nuque.

— Tu m'as manqué, murmure-t-elle. C'était long… où étais-tu ?

— J'avais des trucs à faire.

Saisissant ses mains, je dénoue son étreinte. Mon cœur rabougri repart à un rythme déterminé, alors que la confusion plisse son front. La destruction a été mon seul objectif depuis si longtemps que je ne sais pas comment ralentir suffisamment ma soif de chaos pour lui donner pleinement les rares parties paisibles de moi qu'il me reste. Je me suis cultivé à un point affolant. J'en sais trop pour connaître la paix comme tant d'autres la connaissent. Si Sean voit le verre à moitié plein, j'imagine que, moi, je l'explose. Je suis trop indigné, trop frustré par tout ce qui n'est pas tolérable. Tout ce qui doit être corrigé, tout ce que je veux corriger et changer pour tout le monde, encore plus pour une jeune femme de 19 ans.

Quitte-la, King.

Inquiète, elle passe son doigt sur mes sourcils froncés.

— Ça mouline trop là-haut. Tu étais pourtant avec moi. Que s'est-il passé ?

Je secoue la tête, essayant de la contourner, mais elle refuse toujours de me laisser passer.

— Non. Parle-moi. Qu'est-ce qui te tracasse ?

— Tu sais que je ne peux pas.

— Argh. Tu es le pire interlocuteur de l'histoire.

— Parle sentiments avec tes copines, Cecelia. Je ne suis pas l'une d'elles, dois-je lui rappeler, comme bien souvent.

La culpabilité rôde quand je vois que je l'ai vexée. Je la repousse en attrapant un boxer dans ma commode. J'ai à peine dégrafé ma ceinture qu'elle plante ses coudes sur mon lit, le visage entre ses paumes. Ses yeux suivent tous mes mouvements. Agacé, je la fixe aussi.

— Tu vas rester là à me regarder ?

— Parle moins, salopard, et mets-toi plus vite à poil. Et quand tu auras retiré ce boxer, veille à marcher très lentement en partant.

Le jean sur mes hanches, je m'arrête.

— Ça devient chelou.

Elle lève les yeux au ciel d'un geste théâtral.

— Tu trouves tout chelou. Avec toi, pas question d'avoir une seconde d'intimité en dehors du sexe, hein ? Tu peux m'embrasser tendrement quand tu retires ma culotte ou me caresser mon visage pendant que je te suce, mais dès que l'un de nous a joui, tu la boucles. Alors, si je dois me contenter des conversations les moins invasives possibles, et du fait que tu retires à peine tes bijoux avant de coucher avec moi, ajoute-t-elle quand j'ôte ma montre, tu pourrais au moins me divertir.

— Je ne suis pas là pour te divertir.

Je claque ma montre sur la commode.

— Non ? Alors, cesse de te renfermer dès que ça devient personnel.

— Si tu n'es pas heureuse ici, le mec dont tu as besoin est dans la chambre d'à côté.

Pleine de mépris, elle saute du lit.

— Franchement, j'en ai marre d'entendre ça, Dominic. Ton excuse est pathétique. Si tu oses me redire ça, c'est fini entre nous.

Elle aurait aussi vite fait de me poignarder. Et pour cette raison-là, il faut que ça cesse.

— Je dois travailler ce soir, alors…

Je montre la porte de ma chambre, ma façon de la mettre dehors. Elle me fixe quelques instants avant de s'asseoir au bord du lit.

— Hm, fait-elle, en regardant ses pieds. Je suppose que tu devras aussi travailler le prochain jour de pluie ?

Elle relève lentement les yeux et nous nous fixons un instant.

— Oui, c'est ça.

Ignorant mon pincement au cœur, j'entre dans ma salle de bains et claque la porte pour que le message soit clair. Juste après, la poignée se plante dans mes fesses quand elle la rouvre.

— Qu'est-ce que tu fous ? m'insurgé-je.

— Je te remets à ta place. C'est la deuxième fois que tu me claques la porte au nez en une semaine, Dominic. Je t'ai attendu la moitié de la nuit. Tu m'as manqué entre chaque éclaircie. Et c'est comme ça que tu me traites ?

— Comme je l'ai déjà dit…

Je montre la direction de la chambre de Sean.

— Ne fais pas ça. Je ne bluffe pas. Ne termine pas cette phrase. Tu n'as pas envie qu'on arrête de se voir. Je sais que tu as des sentiments pour moi. Ce que je ne sais pas, c'est pourquoi tu luttes autant contre ça.

Exaspérée, elle souffle.

— Je ne sais pas ce qu'il vous arrive à tous les deux cette semaine, mais vous vous comportez comme si vous aviez vos règles version mec. Alors, je vais attendre que ça passe.

Je ne réponds pas, et elle respire profondément pour reprendre patience.

— Prends une douche et je… nous commande à manger. Ça te va ?

Nous échangeons un long regard. Puis je hoche lentement la tête.

Bordel, King !

Elle s'approche de moi, se soulève sur la pointe des pieds et appuie ses lèvres sur les miennes, en baissant lentement mon boxer. Mon sexe se tend directement vers elle. Fouillant mon regard, elle saisit ma main et frotte une tache de graisse dans ma paume.

— Les affaires, hein ?

Démontrant qu'elle s'accroche à moi, elle cherche un indice qui explique la distance. Et je ne lui donne rien.

— Je me satisfais de ce que tu es capable de me donner, Dom. Mais je ne pense pas que ce soit une question de capacité. Tu ne peux pas ou…

Elle frotte sa lèvre inférieure entre ses dents, alors que le besoin de la toucher me fait trembler intérieurement.

— … ou tu ne veux pas, ou tu ne me prends pas au sérieux à cause… parce que je suis aussi avec Sean ? (Elle soupire.) Dans ce cas, tu es libre de ressentir ça, mais quand nous sommes ensemble, je ne vois que toi.

Posant un baiser sur mon torse, elle passe ses ongles le long de mon sexe. J'ai un mal fou à ne pas la baiser.

Tu fais quoi, là, Dom ? Dis que c'est fini !

— Cecelia.

Ma voix est rauque, alors que la légère brûlure dans mon torse s'embrase à la pensée de ce que seraient les prochains jours de pluie sans elle. Des mots incisifs sont sur le bout de ma langue, prêts à sortir quand elle secoue la tête avec fermeté, refusant de m'écouter pour la première fois.

— Pizza ? Je connais tes préférences.

Dès que ses bras me lâchent, j'attrape son poignet et la ramène contre moi.

Ses yeux bleus s'agitent et luisent, sa voix implore :

— Dom, si on pouvait arrêter, ce serait déjà fait. Tu penses que je ne culpabilise pas ? Tu penses que je voulais avoir des sentiments pour toi ? Tu te freines avec moi, mais je vois que c'est plus fort que toi. Qu'importe que tu me repousses de toutes tes forces… je le vois. Mens autant que tu veux, à moi ou à toi-même, mais je sais. Je te connais mieux que ça.

C'est la vérité. Dans sa totalité. Je me leurre, en pensant qu'il y aura un point critique. Je l'ai déjà dépassé. Mais mon frère ne doit pas en souffrir. Mon club ne doit pas en souffrir. Il y a trop en jeu.

— Tu sais quoi, en réalité ? rétorqué-je en m'écartant. Attends voir, tu sais ce que j'ai bien voulu que tu saches, c'est-à-dire rien.

Je vois l'instant où mon venin la blesse et je serre les poings, alors que la brûlure me calcine le torse entier.

— Je sais qu'avec moi, tu te protèges à un point qui commence à te perturber. Tu veux être avec moi, mais tu ne te l'autorises pas. Dis-moi au moins pourquoi. Je comprendrai, dit-elle avec douceur, le regard toujours implorant.

— Manifestement, tu ne comprends rien. Il faut vraiment qu'on ait encore cette conversation ? Je ne suis pas amer, ni blasé, ni brisé.

Je promène mon regard sur elle, de la tête aux pieds.

— Je suis juste pas intéressé. Pour faire court, je ne suis qu'un criminel débordé qui couche avec toi par commodité. Redescends sur terre. Il n'y a pas de « nous ».

Les yeux fermés, lèvres pincées, elle encaisse la gifle. Puis elle les rouvre. C'est le rictus satisfait qui souligne le « connard d'enfoiré » visible dans son expression qui me dit qu'elle n'en croit pas un mot. Et nous le savons tous les deux.

— D'accord, Dom, d'accord, chuchote-t-elle, résignée.

Sa poitrine se soulevant, elle secoue la tête pour souligner qu'elle n'est pas dupe, avant de me laisser là, embêté, frustré, nu, en érection, essoufflé et… très amoureux.

Chapitre 38

Allongé sur mon lit, je lance ma balle antistress. Chaque fois que je la rattrape, je coche une raison de la quitter. Mes membres s'engourdissent, sans doute à cause de la longue journée à bosser au garage.

Lance.

Frère.

Rattrape.

Club.

Lance.

Entrave ma progression.

Rattrape.

Boulet.

Lance.

Je n'aurais jamais dû coucher avec elle.

Rattrape.

La laisser entrer dans mon espace, mon lit… tout ça, c'était stupide, inutile et évitable.

Le tonnerre gronde et tandis que l'orage se déchaîne, je crains qu'elle rentre en voiture par ce temps. Résistant à l'envie de demander à Sean s'il a eu de ses nouvelles ou d'écouter les micros dans sa chambre, j'éteins ma lampe de chevet et reprends ma place dans mon lit.

J'ai renoncé à mon droit de savoir.

C'est un fait.

J'ai dit stop.

Point final.

Il le fallait.

Je regarde mon réveil, et un lent afflux d'adrénaline m'agite à mesure que minuit approche.

Je mets mes écouteurs, lance la lecture d'une de mes *playlists* de référence. Aux premières notes de « Three Little Birds », j'arrache mes écouteurs comme s'ils étaient en feu.

Oh que non.

11 h 54.

La journée est presque terminée.

Je hausse les épaules contre l'oreiller.

La cage thoracique comprimée, je déglutis et me retourne sur le ventre dans l'espoir de fermer l'œil.

Je suis face à l'oreiller sur lequel elle dormait, et mon regard survole cet espace désormais vide.

Normalement, elle devrait être couchée là, à bavarder de tout et de rien avec animation, blablatant sur je ne sais quoi tout en promenant ses doigts sur ma peau ; son rire emplirait ma chambre quand elle obtiendrait enfin la réaction qu'elle espérait de moi.

Même si je suis mis à l'écart du club, j'ai des tas de choses à faire. Mille livres à lire, au bas mot, et des affaires à mener, ce qui signifie que je ne la croiserai pas. Cela dit, je risque de tomber sur elle. C'est inévitable. Il faut que Sean me précise quand elle viendra à la maison pour que je lui facilite les choses. Non que ce soit dur pour elle, puisque j'ai veillé à ce qu'elle me déteste.

Lance.

Elle a l'usine et Sean.

Rattrape.

Elle a Sean.

Presse la balle.

J'abandonne la balle. Assis au bord du lit, je tends l'oreille au cas où elle serait avec lui.

Est-elle avec lui ?

Cette possibilité commence à me miner. Une jalousie d'un genre rare et brut se pointe à l'idée qu'il s'octroie mon temps avec elle.

Elle ne ferait pas ça.

Ce n'est pas son jour.

Mais depuis quelques heures, ce temps-là ne m'appartient plus.

Par ma faute.

J'ai fait le nécessaire pour que ce soit ainsi.

Pas le choix.

Me tordant le cou vers le mur qui sépare nos chambres, je le fusille du regard.

Si elle est avec lui…

Ce bruit, non merci.

Le déni s'estompe pour laisser place à un nouveau type de sentiment : une possessivité qui me submerge et avec laquelle mon cœur se débat en signe de confirmation. J'enfile un survêt et pose mon oreille contre le mur, à l'écoute d'un quelconque son.

Rien.

Je traverse le couloir et pousse brusquement la porte de la chambre de Sean. Seul sur le lit, il zappe. Encore en bottes, chevilles croisées, une bière à la main. Il décoche son sourire signature.

— Ça va ?

Inondé par le soulagement, je hoche la tête une fois. Ses lèvres s'étirent un peu plus, son regard se reportant sur la télévision.

— Je pense que quelqu'un ne veut peut-être pas s'excuser.

— M'emmerde pas.

Alors que je fais volte-face, il me lance :

— Elle vaut bien plus que des excuses.

Je me retourne aussi sec.

— Ouais. Elle vaut quoi pour toi ?

Il retourne ma propre tactique contre moi en me renvoyant son silence. Il sirote sa bière.

— On fait quoi, putain ?

— Tu sais ce que tu fais. *Idem* pour moi, répond Sean. Nous traversons une limite infranchissable.

Sous le poids de l'aveu, ses épaules se voûtent.

— Mais la différence entre nous est que je l'ai déjà accepté, précise-t-il sur un ton qui contredit sa déclaration. C'est plus dur pour toi, Dom. Et la raison n'est pas un grand mystère.

Son expression se durcit. Il réserve habituellement ce visage-là à ceux qu'il s'apprête à dégommer.

— Alors je passe l'éponge, frère. Rien que pour cette fois, parce que tu as pensé que tu pourrais arracher cette femme-là de mes bras, en particulier si tu l'y pousses imprudemment.

— Oh, c'est comme ça ?

J'incline la tête comme si je l'avais mal entendu.

— C'est ma copine, connard, et elle est anéantie en ce moment à cause de toi. Elle ne me laisse même pas la consoler. Alors tu t'attends à quel genre d'accueil ?

Il sirote sa bière comme s'il ne venait pas de me menacer pour la première fois de notre vie. Je laisse ces conneries faire écho en moi avant de comprendre que je suis dans sa chambre pour exactement la même raison.

Dans tous les cas, ma rancœur survient juste quand il enchérit.

— Je t'aime, frère, soupire-t-il. Plus que quiconque, c'est la vérité. Mais ce n'est pas contre moi que tu te bats. Alors, s'il te plaît, ne me fais pas passer pour l'ennemi pour justifier le trouble qui agite ton brillant cerveau. C'est la décision à prendre qui te ronge à petit feu. Prends-la et accepte-la, pour le bien de tout le monde.

L'avertissement ressurgit dans ses yeux.

— Mais sache une chose. Ton choix n'a plus de portée sur le mien. Ce temps-là est révolu.

Je m'attarde dans l'embrasure de la porte, voyant l'impact de la décision sur lui. Je repars le cœur gros, en repensant aux mots avec lesquels j'ai blessé Cecelia.

Ai-je encore une décision à accepter ?

Alors que je réalise que ce choix ne m'incombe plus, la douleur que j'ai dédaignée revient me percuter.

Le temps que j'arrive dans ma chambre, les regrets m'enflamment. La racine de mes cheveux en sueur, je retire mon survêt et mets un jean. Mes bottes aux pieds, mon portefeuille dans ma poche arrière, j'attrape mes clés. L'anxiété me propulse dans l'escalier, le malaise me donne la nausée.

Si je dois entrer par effraction chez Roman Horner pour retirer ce que j'ai dit, je n'hésiterai pas.

Au pied de l'escalier, je suis délivré de ce fardeau quand je la vois sur le canapé, caressant Brandy d'un geste distrait, les yeux rivés au plafond. Face à son visage baigné de larmes et ses joues marbrées, les remords font leur œuvre.

J'ouvre la bouche pour parler, mais elle est la première à s'exprimer.

— Un jour, j'aurai un chien à moi, dit-elle à voix basse, comme si elle parlait dans le vide. Ils sont beaucoup plus gentils que les gens.

Elle se penche et approche son nez de la truffe de Brandy.

— Certainement plus gentils que les criminels qui couchent avec une fille par commodité.

Elle rit, mais sans énergie. Connaissant son cœur, je l'ai blessée. Je l'ai ravagée, et je ne lui en voudrais pas si elle me rayait de sa vie.

Tu ne mérites pas de prendre la décision, tu ne l'as jamais mérité.

— Mais ce serait plus simple si j'étais plus comme toi, hein, Brandy, roucoule-t-elle au chien. Silencieuse, obéissante, j'attendrais sans broncher qu'on me donne des ordres, qu'on me dise quand et où lécher.

Elle se redresse, s'assied sans un regard dans ma direction. C'est alors que je vois sa résignation.

— Je m'apprêtais à partir, mais il pleut des cordes.

Elle glisse ses pieds dans les tongs, devant elle.

— On dirait que le jour de pluie est terminé.

Elle se lève, replie le plaid dans lequel nous nous sommes blottis un paquet de fois – elle l'avait apporté de chez elle, décrétant que ce serait notre couverture pour les soirées film. Un plaid qui nous a enveloppés après que nous avons fait bien plus que regarder des films. C'est notre truc à nous qu'elle prend en otage et menace de rapporter chez elle, loin de moi.

Je reste planté là comme un crétin, furieux de la vouloir, bouillant parce que je ne peux pas l'avoir ou pas comme je veux… tremblant et plein à ras bord de ce qui refuse de me laisser la regarder partir.

Mais je sais… je sais exactement de quoi il s'agit.

J'ai été transpercé par la flèche de la malédiction à cinq lettres.

Je suis complètement foutu.

Elle attrape son sac et s'arrête devant moi.

— À un de ces quatre, Do...

Arrachant le plaid de ses mains, je le lance sur le canapé et fonce sur elle comme un rugbyman avant de la soulever. Je l'emmène sur-le-champ comme un idiot sans cervelle, avant de la lâcher de son côté du lit. Elle rebondit sur le matelas, les yeux écarquillés, la bouche ouverte par l'incrédulité, avant que la fureur déforme son visage.

— Il ne pleut plus.

— Rien à foutre, dis-je en montrant quasiment du doigt son côté du lit.

— Pas moi !

— Tu n'es pas un chien.

— Merci, ce doit être l'étape au-dessus de la pute qu'on baise par commodité !

Elle se lève, tremblante de colère, et je ne suis pas loin de la pousser pour qu'elle retombe à sa place dans mon lit.

Mais qui suis-je en ce moment ?

Son regard noir renvoie toute son hostilité viscérale.

— Si je t'ai donné l'impression que j'étais désespérée, tu t'es planté, Dominic. Crois-moi, tu n'es pas le premier choix d'une femme.

Son venin la surprend elle-même, et je vois pratiquement la main qu'elle se retient de poser sur sa bouche, tant ses invectives l'horrifient. Le regret s'imprime dans ses yeux. Blessé, j'ai de la peine pour le connard qui méritera et finira par devenir son homme. Elle lui en fera baver. La seconde suivante, je le hais parce que ce n'est pas moi, et peut-être que je ne serai jamais digne d'être en lice, vu la façon dont j'ai abusé d'elle.

— Tu n'es pas allé vers lui. Pourquoi ?

— Vers Sean ? Parce qu'il s'agit de notre rela…

Elle s'empêche de prononcer le mot qui, selon elle, m'effraie. Mais ce n'est pas le mot qui m'effraie. Plus maintenant.

C'est un autre mot, un mot décisionnel, qui m'inquiète.

— Je vais clarifier ça pour toi, déclare-t-elle avec fureur. Je ne suis pas désespérée mais désabusée, parce que je suis la fille qui a très envie d'être avec toi, et tu es le criminel débordé qui couche avec moi par commodité.

— Je ne le pensais pas.

— Possible, mais comme c'est trop facile pour toi de me rabaisser de cette façon, je ne veux plus de toi.

Un autre couteau dans la poitrine. Clairement, je le mérite. Quand elle avance vers la porte, je fais barrage.

— Je suis désolé, murmuré-je. Je ne suis pas comme ça.

Elle relève vivement la tête et son regard me sonde.

— Je pensais le savoir, mais tu m'as prouvé le contraire.

Il y a du vrai là-dedans, une tonne de choses dont elle n'a pas idée. Je ne peux pas le lui reprocher parce que nous sommes doués dans notre domaine. Elle est déjà tellement emmêlée dans notre toile que je ne sais pas si elle pourra en sortir. Mais tout ce que je veux, c'est enfoncer mes crochets plus profondément, la maintenir empêtrée, avec moi.

— Dom, qu'est-ce qui te retient ? Si c'est Sean, je comprends… Je suppose…

— Ce n'est pas Sean.

— Alors quoi ?

Ce mot décisionnel.

Frère.

Et c'est trop tard parce que je la veux de son côté de mon lit, quelle que soit la météo.

Putain.

Putain.

Bon sang.

— Plus jamais je ne te traiterai comme ça.

— C'était trop facile pour toi.

Sa voix tremble d'affliction. Je redresse le menton.

— Non, vraiment pas.

Le regard voilé, elle lève le menton d'un air de défi. Elle ne va pas me donner une seule larme. Tant mieux. Je ne les mérite pas. Le besoin de surmonter ça, de faire en sorte qu'elle me croie, de la toucher et d'atténuer le roulis dans mon estomac s'intensifie, alors que mes paumes commencent à suer. Elle ne le pensait pas vraiment. En plus de ce que je ressens, si elle le ressent aussi, ça fait beaucoup trop mal. Pourquoi je ne peux pas le dire ?

Pourquoi je ne peux pas juste l'admettre ?

Parce que je ne peux pas le dire sans reculer, et je me suis déjà trop retranché dans un coin pour le pouvoir.

— Dis-moi ce que je dois dire.

Elle redresse le menton.

— Non.

— Dis-moi quoi faire.

— Non, raille-t-elle. Tu es un génie plein de bon sens. Une chose est sûre, tu sais traiter une femme bien mieux que ça. Caractère de merde ou pas. Il n'y a rien à ajouter. Tu as déclaré notre fin.

— Pas du tout, sinon je serais déjà parti.

À en juger par ses narines frémissantes, ce n'était pas une super idée.

— Et tu veux ça, sinon tu m'aurais laissée partir. C'était bien après moi que tu courais, hein ? débite-t-elle crânement.

Ah, cette fille…

— Très bien. Je veux ça. Toi.

— Eh non !

De nouveau, elle tend le menton. Je saisis ma nuque.

— Tu veux quoi ? Une déclaration, quelque chose comme ça ?

— Non. Je te voulais juste, toi, mais tu t'es rendu nettement moins attrayant.

Quel con.

— Je t'ai dit que je me contenterais de ce que tu pouvais me donner et je le pensais. Alors donne-moi quelque chose, Dom.

Je cherche désespérément en moi parce que je sais qu'elle le pense.

— Un bouledogue français, bafouillé-je.

Perplexe, elle a un mouvement de recul.

— Quoi ?

— C'est le chien que tu devrais adopter, dis-je.

Elle croise les bras.

— J'écoute.

— Ce sont des chiens de compagnie d'un tempérament enjoué, vif, sociable, patient, intelligent. Ils sont si laids qu'ils en deviennent mignons. C'est le chien que Sean aurait dû choisir, mais à la place il a pris une nouille.

Elle se mord la lèvre pour réprimer un sourire.

— Je ne te parlerai plus jamais comme ça, Cecelia. Je suis sérieux.

— Tu recommenceras. Tu ne peux pas le promettre. Alors, abstiens-toi. Être avec toi, c'est être constamment entre la morsure venimeuse et le remède. Mais avec toi, c'est un jour de semaine comme un autre. Je peux m'en arranger tant que tu es honnête avec moi… au moins quand il est question de nous.

Elle s'approche et déclare sans détour :

— Mais je te suggère de ne plus jamais me parler comme tu l'as fait.

— Tu me menaces, là ?

Je ne peux m'empêcher de sourire.

— Oui, lâche-t-elle sur un ton impassible.

Je suis le contour de sa mâchoire avec mon pouce avant d'effleurer la fossette de son menton. Ses yeux me pénètrent et ses mots apaisent la douleur.

— Mais tu en vaux la peine pour moi, Dom.

Mes épaules se détendent un peu. J'encercle sa taille, mon cœur tambourinant de vérité. Il ne s'agissait pas vraiment d'une décision à prendre. Seulement de céder à celle que j'avais déjà prise.

— J'ai l'intention de perfectionner mes excuses.

— Ah ça, tu n'as pas placé la barre très haut, s'offusque-t-elle.

— Ça changera à l'instant où tu reviendras de ton côté du lit.

Chapitre 39

Il y a une liberté indescriptible dans la chute.

— Dom, gémit Cecelia, ses lèvres parfaites entrouvertes.

D'une main, je bloque ses poignets et me retire en partie pour l'empêcher de jouir. Et je tue ses protestations avec ma langue, que j'enfonce dans sa bouche. Elle la suce sans retenue, ce qui m'excite.

Quand je me suis assez écarté pour la tenir en haleine, je replonge en ondoyant des hanches, en frottant le sommet de mon sexe sur son clitoris. En quelques poussées, l'orgasme la transperce, sa délivrance vibrant sur ma langue alors qu'elle se contracte autour de moi. Agrippé à ses hanches, je l'assieds sur moi, au milieu du lit vide, en dehors de nous deux. Les draps et les oreillers ont été balancés par terre. Je m'enfonce d'un seul mouvement, et elle crie mon nom. Quand elle essaie de bouger, je l'immobilise. Tenant sa joue, j'ordonne d'un regard, exige qu'elle reconnaisse que je suis celui qui suscite ce plaisir. Que cette connexion la lie à moi.

Elle se berce doucement sur moi en affrontant mon regard.

— Tu es si belle, murmuré-je.

Ses yeux cherchent dans les miens un sens plus profond à mes mots. Un sens qui est là, qu'elle sait que je ressens, mais refuse d'exprimer.

Quand elle essaie de bouger, je la maintiens d'une poigne d'acier. Je ne serai pas l'homme qui fait des promesses en l'air, je suis prêt à tout pour lui montrer que dans cette pièce, dans ce lit, c'est entièrement nous, et ce que nous créons quand nous sommes ensemble.

Nous le savons tous les deux, et depuis le début. C'est tellement plus profond qu'un lien physique. Pour moi, c'est une source de bonheur, de paix. Un lieu où à la fois je me libère et découvre plus de moi-même, une part qui n'est que pour elle. La maintenir dans cette intimité réprimée est la seule façon pour moi de lui communiquer, sans mots, que je le ressens aussi. Je ne la laisserai pas rater une seconde de cette vérité, même si elle n'est pas mise en mots.

— Laisse-moi bouger, supplie-t-elle en parsemant des baisers sur ma joue.

Mon sexe pulse alors qu'elle essaie de provoquer la friction que je veux aussi, son besoin palpitant autour de moi, mon corps vibrant avec le sien. Le cœur battant, je me retiens aussi longtemps que possible, parce que c'est avec elle que je me sens le plus vivant. Je suis si près de jouir. Du simple fait de la voir me regarder en retour, des explosions surviennent dans mon torse alors que tout ce que je ressens essaie de se libérer.

— J'ai besoin de toi, murmure-t-elle en frottant ses ongles dans mon dos en sueur.

Nous baisons depuis des heures. Tout ce temps, je me suis senti trépidant, le besoin irrépressible de la garder près de moi s'accentuant à chaque délivrance. Je panique à l'idée que si je lui concède un centimètre d'espace, elle découvrira la raison de mon urgence, et je ne retrouverai plus jamais cet état.

— Dom, murmure-t-elle en lisant ma crainte dans mon refus de la libérer. Tu peux tout me dire.

Mon poing tire sur ses cheveux pour arquer son cou, et je chuchote la vérité à la base de sa gorge :

— C'est ce que je fais.

Je lui dis des choses.

Je lui dis ce que je peux.

Je lui montre qu'être avec elle me ranime, et que chaque jour où nous sommes ensemble elle me ramène du bord de la falaise, rassemble des bouts d'humanité et d'empathie que je croyais perdus.

Je lui montre qu'elle seule est la percée de lumière capable de me reconduire quand je m'égare dans l'obscurité.

Je lui montre qu'elle est le seul être humain vivant qui ait réussi à me faire ressentir tout ça en même temps.

Qu'on nous enseigne qu'il faut aimer ses ennemis et que j'obéis fidèlement.

La peur combattant le désir, je prends possession d'elle physiquement. Mais même quand je prends son corps, elle continue de s'approprier des bouts de moi que j'ignorais posséder.

Avant elle.

Avant ce bonheur.

Fermement décidé à nous faire souffrir pour la perfection que je ne suis pas habilité à partager avec elle, je prends sa bouche, et avec juste un baiser et une profonde poussée, nous jouissons.

Une fois écroulés au bout du lit, nous restons emmêlés, en nage, face à face, à nous caresser, les yeux dans les yeux. Malgré ma barrière de silence, nous nous sentons dilués, comme une goutte d'encre noire teintant l'eau environnante, créant notre propre nuage. Mais c'est au sein de ce nuage que nous sommes le plus à l'aise. Là où nous pouvons maintenir cet état perpétuel, jusqu'à notre inévitable fin, causée par moi, mon frère, ou quiconque étant donné que je ne peux la protéger contre aucun de nous. Je ne peux que la préparer. Mais en la regardant maintenant, je ne me rappelle pas pourquoi je ne suis pas autorisé à l'aimer. Je ne trouve pas la moindre raison qui m'empêche de l'avoir, ou qui m'oblige à réduire les mots au silence.

Elle n'est pas son père.

Je ne suis pas mon frère.

Cela a du sens ici, sous le couvert de l'orage qui gronde dehors. Une protection que nous avons inventée pour nous garder à l'abri, cachés de tous.

Il n'y a que nous. Et c'est ici que je peux être moi-même avec elle, et je ne veux plus le cacher, de qui que ce soit, ce qui est non seulement stupide, mais impossible. Ce qui me ramène à la seule conclusion possible : c'est de l'amour, et il m'absorbe dangereusement.

Ce n'est pas une question que je dois me poser, la preuve étant ce qui bat à un rythme soutenu dans mon torse. Alors que nous partageons le même regard, le même souffle, je suis rempli de la conviction que j'ai en face de moi ma flamme jumelle. Attiré par elle d'une manière que je ne peux fuir. Même quand je suis en elle, le besoin se démultiplie ; en particulier dans ces moments-là, où je ne suis jamais trop près. Je ne peux empêcher mes mains de la toucher, pas plus que je ne peux empêcher mes pensées de s'échapper constamment vers elle quand nous ne sommes pas ensemble.

Maintenant, je comprends pourquoi les flammes jumelles ont la faveur des dépendants affectifs ; depuis que nous sommes ensemble, Cecelia a révélé une addiction que j'abritais sans le savoir.

Mais nous sommes des flammes jumelles du genre caustique, et rien ne peut changer ça.

C'est déjà écrit.

Alors, s'il y a de la liberté dans la chute, il y a aussi des conséquences.

J'assimile la vérité, avec les mots de Delphine qui résonnent dans ma tête.

« Cette fille causera ta perte. »

Ce que j'ai omis de lui dire, c'est que je le savais déjà.

Par le feu ou par l'eau.

L'un ou l'autre. Et qu'il en soit ainsi.

D'ici là, je guetterai le changement de pression atmosphérique, le regroupement des nuages, la striure des éclairs dans le ciel, le grondement du tonnerre et la pluie.

Donc ça, c'est la phase de lune de miel.

Transpercé par la malédiction à cinq lettres ou pas, je n'en demeure pas moins un salopard. Je l'assume. Je me sens maudit par le jour et je profite pleinement du temps qu'il fait. Il y a eu des orages tous les jours de la semaine, ma queue chante sous la pluie, éclabousse tout dans son imperméable. D'après la météo, le beau temps n'est pas pour demain. Les yeux fermés, je n'ose pas regarder en bas parce que je sais exactement jusqu'où je suis tombé dans l'oubli, et je ne veux pas mesurer la distance qui reste avant que j'atterrisse. Je n'éprouve pas un gramme de culpabilité envers Sean, qui se sent négligé, parce qu'il a eu beaucoup de temps avec elle avant que j'occupe ma place légitime. Au même moment, mon téléphone sonne. Le démon auquel je pense se manifeste sous la forme d'un nom sur l'écran. C'est plus fort que moi, je décroche et active le haut-parleur malgré l'hésitation.

— Dom ? demande Sean, comme je ne dis pas bonjour. Tu fais quoi ?

— Ce que je fais… hm. Je me fais sucer par la bouche parfaite de ta copine.

Je m'enfonce si profond que des larmes lui montent aux yeux.

Je lui tends le téléphone, pour lui laisser la possibilité de raccrocher. Nos yeux verrouillés, elle se remet à sucer en souriant, et j'emmêle mon poing dans ses cheveux.

— Quoi ?

La voix de Sean croasse au bout du fil, alors que Cecelia cramponne mon érection et que je grogne. Le feu lèche ma colonne vertébrale et mes genoux sont près de fléchir.

— J'ai dit, je me fais sucer par la bouche parfaite de ta copine. Et tu devrais être fier d'elle parce qu'elle est… oh putain, fais-je alors que la tête de Cecelia s'agite. Elle gère comme une reine.

Silence. Une seconde passe, puis deux.

— T'es un putain d'enfoiré.

Un sourire naît sur mon visage, mais Cecelia l'efface en pompant entre ses joues creusées.

— Putain, trésor, fais-je en baissant le téléphone pour offrir à Sean l'effet maximal. Elle est vorace, frère. Dommage que la météo ne soit pas en ta faveur.

— Putain, vocifère Sean. Cette bouche me manque trop.

Je sais que ça le fait planer autant que moi. Cecelia le sait aussi, ce qui l'incite à zapper la fin des préliminaires pour passer au bouquet final.

— Continue de parler, ça l'excite.

— Je suis au boulot.

— Alors trouve-toi un coin tranquille, et vite, dis-je d'une voix entrecoupée, perdant presque le contrôle quand elle tient mes couilles dans sa paume et tire. Elle est d'une humeur spéciale.

Les bruits de l'usine faiblissant, je sais qu'il a suivi mon conseil.

— J'ai de la peine pour toi, dis-je en massant sa tête avec mes doigts. Et pour ta vue, ajouté-je alors qu'elle me dévore, parce qu'elle ne porte rien d'autre que sa culotte rouge feu, ses seins parfaits exposés.

Sa tête replonge, et ses doigts enfoncés dans mes fesses me retiennent captif.

— Elle a peut-être acheté cette culotte pour la porter pour toi, ajouté-je.

Mon doigt trace la bouche étirée de Cecelia.

— Tu l'as achetée pour la mettre avec Sean ?

Sa confirmation étranglée bourdonne autour de ma queue. Sean débite des jurons au téléphone.

— Dommage que tu ne sois pas là pour la voir, dis-je en remuant mes hanches. Elle sait que le rouge est ta couleur préférée.

— Je ferai rougir ton joli petit cul pour ça, Cecelia, menace Sean.

Elle me retire de sa bouche pour lui répondre, le désir dégoulinant de sa voix.

— J'ai hâte.

— Putain, ma chérie, murmure-t-il. Tu mouilles pour moi aussi ?

Sourcils haussés, je saisis son menton.

— Dis-lui.

— Tu le sais bien, gémit-elle en serrant la base de mon sexe si fort que mes hanches sursautent. Tu me manques.

— C'est de la torture.

— Frère, elle me lèche de haut en bas comme une affamée, décris-je alors que sa langue aplatie remonte avant de s'enrouler autour de mon gland, en me regardant dans les yeux. Je faisais mes affaires quand elle s'est pointée et agenouillée, entièrement nue, et a commencé à me sucer…

Je passe mon pouce sur sa joue.

— Elle est tellement belle quand elle fait ça, ses lèvres étirées en grand. Dommage que tu loupes ça, grogné-je alors qu'elle aspire vigoureusement avant de m'engloutir.

— Va te faire, grogne-t-il, les bruits de l'usine cessant quand il claque une porte.

— Je pense que tu le fais bander, murmuré-je alors qu'elle me tient en haleine.

Une autre plongée et elle me retire de sa bouche dans un bruit de succion, murmurant comme une sirène :

— Tu bandes pour moi, Sean ?

— Putain oui, grogne-t-il. Toujours.

— Tu es dans ton bureau ? demande-t-elle en pompant mon sexe tout en griffant mon ventre.

— Oui, bébé. Tu veux que je rentre pour t'aider ?

— Ça ne marche pas comme ça, lui rappelé-je.

— Il a flotté toute la semaine, dit-il d'une voix entrecoupée.

— C'est elle qui choisit si elle partage, mais je dirais que notre chérie assure.

Quand elle m'aspire jusqu'à la base, je ne peux m'empêcher d'expirer fort.

— Putain, Cecelia.

— Bébé, tu m'en gardes un peu ? implore Sean.

— Toujours, murmure Cecelia.

— T'en fais pas. Je veillerai à ce qu'elle soit bien nourrie et bien soignée.

La main derrière sa tête, j'appuie pour qu'il entende son haut-le-cœur. La respiration accélérée de Sean résonne.

— Putain, ça vient déjà.

— Elle me lèche le gland, lui décris-je, le creux des reins embrasé. Elle m'allume, Sean. Je devrais peut-être lui donner une leçon.

— T'as pas intérêt à raccrocher, grogne Sean. Bébé, parle-moi.

— Je serai dans ton lit…

Elle suce bruyamment l'extrémité.

— … dès que le soleil se lèvera.

Pour couper court à mes protestations, elle s'étrangle pour nous deux. Mon sexe frémit.

— Mais ses fesses seront déjà rouges, déclaré-je.

À la seconde où elle enfonce les ongles dans ma cuisse, j'explose. Grognant bruyamment, je pulse dans sa bouche offerte, pendant que ses ongles râpent ma cuisse. Sa bouche remplie, je lève son menton pour lui faire avaler chaque goutte.

— Ouvre, ordonné-je, et elle s'exécute. Elle a la bouche pleine de moi, Sean. Que devrait-elle faire ?

— Avale, ordonne-t-il sans un instant d'hésitation.

— Tu l'as entendu, dis-je en lâchant sa bouche avant qu'elle déglutisse. Elle en a laissé couler un peu, précisé-je en enfonçant mon doigt dans sa bouche. Mais elle le suce sur mon pouce.

— Oh bordel, peste Sean.

— T'embête pas à me rapporter un dîner, le charrié-je en lui souriant. Le temps que tu rentres, j'aurai déjà mangé.

Après avoir raccroché, je la mets debout. Cecelia secoue la tête d'un air faussement fâché.

— Tu es abominable.

— Tu me remercieras pour ça et tu le sais.

— Ouais, sourit-elle. Probablement.

— Enfin, tu assumes, déclaré-je en tirant sur ses cheveux pour exposer sa gorge.

— Tu peux le dire, geint-elle quand j'étale ma langue sur le creux de sa gorge, avant de remonter vers sa bouche, et d'enfoncer ma langue pour une petite avant-première.

— Dom, articule-t-elle, les dents serrées, le corps tremblant d'anticipation, déjà en demande.

— Besoin d'un truc ?

Elle plisse les yeux. J'adore quand elle se met dans ces états, où c'est presque impossible de la rassasier. Tenant le bas de son visage, je m'empare de sa bouche, avale mon propre goût. Je la ramène sur le lit, la pousse sur le dos et baisse sa culotte. À genoux, j'écarte son sexe trempé, et le caresse tranquillement avec mes doigts. Mais elle est tellement prête, après tout ça, qu'elle jouit. La contemplant, je prie comme un égoïste pour qu'il continue de pleuvoir. Puis je baisse la tête et lui rends grâce.

« Un jour, j'ai vu le soleil se coucher quarante-trois fois !
Et un peu plus tard tu ajoutais :
— Tu sais… quand on est tellement triste, on aime les couchers de soleil… »

Le Petit Prince, Antoine de Saint-Exupéry

Chapitre 40

L'infirmière pousse le fauteuil de Delphine jusqu'à ma portière ouverte avant de m'aider à l'installer sur le siège passager. Delphine la remercie avec une gentillesse surprenante. Reprenant ma place au volant, je remarque une différence dans son attitude.

— Ça va ? Tu as l'air… d'aller bien.

Elle hoche tranquillement la tête. Je démarre sous les yeux du même gris rare que le mien.

— Tu as l'air en forme aussi.

— C'est rare, chez nous.

Ma plaisanterie assombrit un peu ses yeux.

— On peut… on peut aller se balader ?

Ma main se fige sur le levier de vitesse.

— Tu n'as pas envie de rentrer à la maison ?

— J'aimerais voir un coucher de soleil, déclare-t-elle, son regard s'échappant au-delà du parebrise avant de revenir sur moi. Tu sais où aller pour ça ?

— Nous habitons une petite ville de montagne. Il y a l'embarras du choix.

D'après l'heure au tableau de bord, nous disposons de moins de deux heures avant que le soleil se couche.

— Emmène-moi à un de ces points de vue.

Elle attache sa ceinture et se met à l'aise.

— Tu n'as pas la nausée ? demandé-je en sortant de l'allée circulaire.

— J'ai un cancer et du poison circule dans mon organisme pour l'éliminer. J'ai tout le temps mal au cœur.

Avec un sentiment de malaise, je cherche à comprendre d'où vient cette soudaine envie.

— Tu as prévu de mourir aujourd'hui ?

Elle analyse mon expression.

— Non, pourquoi ? J'essaie juste de profiter au mieux du temps qu'il me reste.

Je réfléchis à sa réponse.

— Le médecin t'a dit quelque chose ?

— Non.

— Je peux téléphoner à l'oncologue, tatie, lui rappelé-je.

— Non, soupire-t-elle. J'ai juste reçu mon traitement.

Si je ne l'avais pas vue essuyer une larme, je l'aurais crue. Les seules larmes que je l'aie vue verser, c'était pour pleurer la mort de mes parents et de son ex-mari. Je n'avais même pas 10 ans.

— Reconduis-moi à la maison si tu préfères. J'avais juste envie de passer du temps avec toi. C'est mal ?

— Considérant que c'est une première, ça m'étonne.

— Nous sommes… amis, maintenant. Non ?

— Si tu le dis.

— Compris. Reconduis-moi à la maison.

— Je sais où t'emmener, si tu me dis pourquoi tu pleures, insisté-je après avoir repéré une autre larme sur sa joue.

Cette larme ravive le souvenir de Cecelia, le jour où elle est venue me trouver. Elle était en larmes, aussi chamboulée que Delphine, parce qu'il lui était arrivé quelque chose de significatif. Cela pourrait être également le cas de ma tante.

— Pourquoi tu es triste, tatie ?

— Je n'ai pas envie de parler de moi.

Au feu rouge, elle m'examine.

— Tu es un bel homme. Je retrouve beaucoup Céline en toi.

— On a vraiment une conversation à cœur ouvert ? demandé-je, perdu.

— Tu as trouvé l'amour, déclare-t-elle avec certitude.

Je cligne des yeux.

— Qu'est-ce qui te fait croire ça ?

— Nous sommes semblables, Dominic. Je sais que tu n'as pas envie de l'entendre, et peut-être que tu ne le crois pas, mais c'est vrai. À de nombreux égards. Je suis heureuse si tu l'as trouvé.

— Heureuse que j'aie trouvé l'amour avec la fille de Roman ? fais-je, incrédule.

Elle me fixe, avec un sourire en coin.

— Tu le nies ?

— Ce n'était pas une question.

Elle se retourne face à la route.

— Je suis heureuse que tu en sois capable, que tu le vives pleinement.

— Je n'irais pas aussi loin, marmonné-je, presque inaudible, parce que ce n'est plus tout à fait vrai.

Au début de la balade, nous causons de tout et de rien, ce qui me donne l'impression d'être parachuté dans *La Quatrième Dimension.* Elle rit, deux fois, et fort. Le malaise s'accentue et je commence à me demander si elle ment sur les progrès de son traitement, et si elle n'est pas en sursis.

Un peu moins d'une heure plus tard, nous grimpons l'étroite route sinueuse vers le sommet de la montagne, vingt minutes avant que le soleil se couche. Silencieuse, Delphine me fait confiance pour exaucer son vœu, l'excitation irradiant d'elle. Chose rare, il y a de l'espoir dans ses yeux. À l'approche du parking, qui consiste en un petit abri sur notre droite, elle a l'air sceptique.

— Ici ?

Je hoche la tête et contourne la voiture pour l'aider à descendre. Une fois debout, elle tombe pratiquement sur moi, la sueur voilant son front et sa lèvre supérieure. Je la tiens fermement pour éviter qu'elle tombe.

— Ça va ?

Ses lèvres tremblent, sa fierté est en jeu. Elle jauge la distance jusqu'au bâtiment.

— J'ai moins de force que… On n'est pas obligés de…

— Je te soutiens.

Ses yeux s'embrument tandis que je la serre contre moi en la guidant vers le bâtiment. Au pied d'un escalier raide aboutissant à la porte, elle secoue la tête.

— Dominic, je suis trop fai…

— Laisse-moi faire.

Je la soulève dans mes bras et monte les marches avec elle. Un homme ouvre la porte et, nous voyant, fait vite passer sa femme pour nous tenir la porte ouverte.

— Merci, marmonné-je, et Delphine le répète en écho.

Son regard survole le couple, visiblement intrigué que je la porte contre mon torse.

— Ne sois pas gênée, tatie, lui dis-je quand elle enfouit son visage dans mon épaule.

Je commence à descendre les hautes marches, dangereusement inclinées, puis dépasse des bancs libres à droite et à gauche.

Arrivé en bas, satisfait, je soulève l'épaule contre sa joue.

— Pile à l'heure pour le spectacle. Admire ton coucher de soleil, tatie.

Elle relève lentement la tête, bouche bée quand elle découvre le panorama étalé devant nous. Une croix de quatre mètres se dresse non loin, plantée dans un socle en brique, et encadrée par un muret. Derrière se succèdent à perte de vue les pics des Blue Ridge Mountains, rapidement saturées d'une palette orangée, dorée et rose.

— Mon Dieu* ! s'exclame-t-elle d'une voix tremblante.

Je la pose doucement sur ses pieds. Elle s'imprègne en silence de la vue, plusieurs secondes, sa main restée accrochée à mon bras. Devant nous, la brume et les couleurs infusent le sommet des montagnes.

— Où sommes-nous ?

— À Pretty Place Chapel, dis-je, moi aussi bouleversé par la vue, presque trop irréelle pour y croire.

Elle secoue la tête. Le choc se mêle à l'émerveillement dans son expression.

— Comment connais-tu cet endroit ? demande-t-elle d'une voix approbatrice.

— Je suis venu quelquefois.

Elle plisse les yeux.

— Tu crois en Dieu.

— Les négociations sont en cours.

Nous contemplons la petite chapelle, la vue au format d'un écran de cinéma pendant plusieurs minutes, longues et sereines. C'est quand je vois ressurgir la peur qui affecte son expression depuis que sa maladie a été diagnostiquée que je développe mon point de vue sur la religion.

— Je me suis un peu renseigné il y a quelques années… quand j'étais curieux.

— Curieux de quoi ?

— De ton bon livre de morale, dis-je en souriant. L'apothéose finale. Et ce qui se passe après.

D'un hochement de tête, elle m'encourage à continuer.

— En farfouillant, j'ai lu une douzaine d'articles et de témoignages, et je suis tombé sur une histoire qui se déroule dans les années 1980 et qui m'a marqué.

Elle reste concentrée sur moi.

— C'est le récit d'une femme au foyer du Texas, partie au volant de son break récupérer des rideaux qu'elle avait commandés. Ses deux petites filles coloriaient, à l'arrière.

Je fouille ma mémoire à la recherche de détails pertinents.

— Ce que cette mère ignorait, alors qu'elle roulait vite sur l'autoroute pour aller faire ses courses quotidiennes, c'est qu'elle allait mourir trois fois ce jour-là.

Delphine écarquille les yeux.

— Elle ne savait pas qu'un peu plus loin, un poids lourd s'était arrêté sur l'autoroute parce que son chargement s'était vidé sur la chaussée. Des rouleaux de grillage. Il n'avait pas allumé ses feux d'arrêt d'urgence ni disposé des cônes de signalisation. Donc elle n'a pas ralenti ni freiné, et elle a foncé dedans à toute vitesse.

Captivée, Delphine écoute, son regard dérivant vers le paysage.

— La femme a été déclarée en état de mort clinique trois fois. Les deux premières pendant son transport à l'hôpital – en attendant l'hélicoptère, puis au cours du transfert. La ligne plate la plus longue a eu lieu sur la table d'opération. L'équipe médicale voulait la déclarer morte, mais le médecin qui s'occupait d'elle a refusé de renoncer à la ranimer. Il pensait à ses deux filles qui se faisaient recoudre quelques salles plus loin. Elle a été considérée comme médicalement morte plus longtemps que c'est acceptable pour avoir un pronostic de survie convenable. Autrement dit, pour que tout fonctionne normalement. Mais le médecin a tenté le coup une dernière fois, et l'a ranimée.

La chapelle se remplit d'un rose brumeux.

— Elle souffrait d'importantes lésions cérébrales. Elle a dû réapprendre à marcher et à parler, à lire et à écrire, mais sa guérison a été totale.

Je me tourne vers Delphine, qui est suspendue à mes lèvres.

— Et elle ne s'est plainte que d'une chose. Tu veux savoir laquelle ?

Elle opine légèrement.

— D'avoir été ranimée. Elle a vu ce qui nous attend là-haut, et le monde ne l'intéressait même plus.

Des larmes lui montent aux yeux.

— Elle a déclaré que pendant qu'elle était inanimée ici, elle avait suffisamment vu l'au-delà pour ne plus avoir envie d'exister ailleurs. Tout le temps qu'elle y avait passé, elle avait été enveloppée par une forme d'amour permanent. Rien à voir avec l'amour humain, il semblait un milliard de fois, voire plus encore, amplifié. Tous les êtres de l'autre monde réverbéraient cet amour-là, et dès qu'elle les effleurait ou les traversait, elle savait absolument tout sur eux. Chaque détail de leur vie. Elle a expliqué que, la première fois que ça arrive, on intègre une conscience collective. Il n'y a pas de jugement, pas de honte, pas de souffrance, pas de regret ni de chagrin. Rien d'autre qu'un genre inconcevable de ressenti qu'aucun esprit humain ne pourrait espérer appréhender. Elle a affirmé qu'aucune créature ne devrait se soucier de la vie après la mort.

Delphine craque à ce moment-là. Comme elle pleure dans ses mains, je la porte pour l'asseoir sur le premier banc. Je laisse ma main sur son dos pendant que ses pleurs secouent son corps.

Quelques instants après, les excuses qu'elle chuchote sont amplifiées par ses paumes en coupe sur son visage, et je réussis tout juste à les saisir.

— Je suis désolée, je suis désolée, Dominic*, répète-t-elle d'une voix essoufflée.

Ses yeux rougis rencontrent les miens.

— Sincèrement désolée pour la façon dont je t'ai traité.

Des larmes de regrets baignent son visage.

— J'étais abominable avec vous deux au début.

— Tu peux encore le vaincre.

— Peut-être, mais j'aurais dû m'excuser depuis longtemps, renifle-t-elle. C'est l'un de mes plus grands regrets.

— Tu étais jeune, fauchée et tu avais le cœur brisé. N'oublie pas que je connais le parcours qui t'a amenée à vivre cette situation. Cette vie ne nous a pas offert beaucoup de répit. Sur ce point, nous sommes semblables.

— Tu n'étais qu'un petit garçon… Tu n'aurais pas dû en pâtir. J'ai été égoïste, admet-elle avec émotion. Je suis égoïste depuis très longtemps.

— Tu l'étais, mais je t'ai pardonné depuis un moment.

— C'est faux.

— D'accord, dis-je en souriant. J'essaie.

— Je comprendrais que tu ne me pardonnes pas, dit-elle en se concentrant sur la vue. Je ne le mérite pas.

— Peut-être… Mais tu aurais pu nous abandonner, ce qui nous aurait séparés. Je garde ça en tête quand des souvenirs de toi me mettent en colère.

Elle sourit.

— Tu es devenu un homme bien, Dominic. Je n'ai aucun mérite là-dedans. Mais je dois t'avertir, encore, que nous nous ressemblons beaucoup.

— Tu penses ?

— Malheureusement, je le sais.

Elle pivote pour profiter des dernières lueurs du couchant.

— Ne laisse pas ton cœur s'endurcir comme le mien. J'ai trop perdu parce que je n'étais pas capable de pardonner.

— Je ferai de mon mieux.

Nous regardons le soleil disparaître avant de nous lever.

— Merci pour cette histoire.

— Il y en a des centaines, voire des milliers, comme celle-ci qui affirment que quelque chose nous attend. Pour chaque personne qui soutient qu'il y a un Dieu, une autre s'acharne à prouver qu'il n'y a rien. Au bout du compte, les deux ont un ego tellement gonflé qu'ils s'accrochent à leurs convictions et que personne ne peut rien prouver. C'est le secret le mieux gardé du monde. Aucun de nous n'en a connaissance avant de passer de l'autre côté. Mais il y a forcément un fond de vérité dans ces récits, non ?

Elle hoche la tête.

— Alors, essaie de ne pas trop te tracasser.

Je pousse son épaule. Chose rare, elle me fait un large sourire.

Après un retour silencieux, mais paisible, je l'installe dans son fauteuil. J'ai mal au cœur quand je songe à ce qu'elle a confessé, à l'isolement qu'elle endure depuis tant d'années. Nous demeurons dans le même état de désespoir, tous deux reclus depuis des années, sans jamais reconstruire le pont, bien que nous endurions le même genre d'existence. Elle a gâché la moitié de sa vie à vivre en ermite alcoolique, le cœur brisé parce que tous les hommes de sa vie n'ont pas été à la hauteur, la dépossédant du sentiment de sécurité à chaque occasion. Ça a commencé par son père et ça s'est terminé avec son mari, puis il y a eu tous les hommes entre les deux. Malgré son admirable résilience jusqu'à ce que son mari la quitte. À la suite de ce coup final, elle s'est repliée, faisant taire ses secrets avec sa bouteille quotidienne jusqu'à ce que son existence passe en arrière-plan pour ceux qui vivaient leur vie.

L'idée que nous nous ressemblions à certains égards instille en moi une sorte de peur.

Dès que nous entrons chez elle, l'odeur du citron et d'autres produits ménagers m'assaille et m'ébranle. Allumant la lumière, je remarque sur le dessus d'une jardinière vide un avis d'extermination récente. Autour de moi, la maison est impeccable, les étagères dépoussiérées. Dans la cuisine, j'ouvre le placard et vois que la vaisselle est propre et bien rangée. Après un coup d'œil à Delphine, qui s'allonge dans son fauteuil inclinable, elle répond à ma question tacite sans même me regarder.

— Elle ne voulait pas que tu saches, mais maintenant tu sais.

Cecelia.

Instantanément, le liquide qui alimente le battement dans ma poitrine solidifie son nom à l'intérieur, avant de ressortir de l'autre côté.

Boum. Boum.

Boum. Boum.

Je n'imagine même pas l'accueil qu'elle a reçu quand elle s'est pointée.

Le cœur serré par le besoin de la rejoindre, la panique me saisit brièvement.

— Elle n'a pas…

Lisant mes pensées, Delphine étouffe ma peur.

— Non. Sa chambre est restée fermée à clé.

Quand elle me regarde enfin, je vois la même culpabilité que le soir où Cecelia s'est agenouillée à ses pieds rejaillir dans son expression.

— Quoi ? fais-je, bras croisés, en m'approchant d'elle. Nous nous sommes parlé franchement, tatie. Pourquoi s'arrêter en si bon chemin ?

— J'ai mal agi avec elle, murmure-t-elle, le regard lointain. Par le passé.

— Tu veux dire avec Cecelia ?

Les larmes aux yeux, elle hoche la tête.

— C'est la chose la plus détestable que j'aie faite. Quand je…

Elle secoue la tête. Je suis saisi par un vif élan protecteur.

— Dis-moi.

— C'était il y a longtemps.

— J'écoute.

— Quand je travaillais à l'usine. Je t'ai dit… j'étais proche de sa mère, Diane, pendant une courte période.

Je hoche la tête.

— Quand ils sont morts, je savais qu'elle savait ce qui s'était passé, et que Roman était impliqué. J'étais hors de moi.

— Delphine, qu'as-tu fait ?

— Cecelia était bébé, murmure-t-elle, comme si son timbre de voix aurait un impact sur la révélation. J'étais ivre, je suis entrée par effraction chez sa mère.

— Et ?

— J'ai déposé un revolver chargé dans le berceau de Cecelia, grimace-t-elle. Pendant qu'elle dormait.

— Putain, tatie.

— Je voulais faire comprendre à Roman que nous savions que l'incendie n'était pas un accident.

— Ensuite, il s'est passé quoi ?

— Rien. Absolument rien. J'ai laissé le cran de sûreté.

— Oh, bah ça change tout !

Rempli de fureur, je sors les clés de ma poche alors qu'un éclair illumine le salon.

— Dominic ! crie Delphine alors que je sors.

Je l'ignore. Mon torse gronde alors que la pluie ruisselle sur son toit. Quelles que soient les confessions qu'il lui reste, je décide que Delphine n'aura qu'à les emporter dans sa tombe ou les confier à un prêtre. L'image de Cecelia avec une arme chargée près de sa tête me fait frissonner d'horreur, me rend physiquement malade pendant que je descends les marches et démarre ma Camaro.

Sortant en trombe de l'allée, le besoin de dire la vérité monte en moi à mesure que je file vers la maison, vers elle. Même si je hais Roman, il s'avère que ma propre famille est aussi coupable d'intentions malveillantes envers elle. Je réalise sur le trajet que les secrets, qu'importe qui les garde, surtout les plus fatals, ont le don d'empoisonner ceux qui les détiennent, autant que ceux qui, à l'autre bout, les découvrent. Pour ce qui est de mon lien avec Cecelia, nous étions maudits avant de nous rencontrer, sans que ce soit notre faute. Et en nous découvrant, nous nous sommes tous les deux empoisonnés à petit feu.

Devant chez moi, je suis soulagé de voir que la voiture de Cecelia est garée là. Le tonnerre gronde quand je sors. Le temps d'atteindre la porte, je suis trempé. Entrouvrant la porte, je vois Cecelia pelotonnée sur le canapé deux places face à la baie vitrée. Ses écouteurs dans les oreilles, elle lit en même temps qu'elle écoute la version audio sur son Kindle. Refermant la porte avec un petit clic, j'entre sans bruit et me baisse derrière le siège quand elle sent une présence. J'attends qu'elle reprenne sa lecture pour bondir, laissant dégouliner mes cheveux sur elle tout en l'attirant sur le dossier.

— Dom, hurle-t-elle en me repoussant, les mains sur mon tee-shirt mouillé.

Je secoue la tête pour l'asperger. Elle tourne son visage vers moi, et je la soulève entre mes bras, calant ses fesses sur le bord du canapé.

— Tu es terrible, rit-elle, abandonnée contre moi. Je…

J'étouffe le reste de ses protestations d'un baiser. Puis j'admire le désir dans ses yeux, ses paupières abaissées, sa respiration rapide, la lente émergence d'un sourire qui accompagne son bonjour.

— Salut.

Ses jambes se nouent autour de moi quand je la soulève et l'emmène vers l'escalier.

— Tu es trempé. Allons te sécher, déclare-t-elle en se tortillant entre mes bras.

— Allons te faire mouiller.

Elle mord sa lèvre, la fossette de son menton me fait bander.

— Comment était la journée de boulot ? demande-t-elle.

— Le boulot.

Elle lève les yeux au ciel.

— Comment tu vas ?

— Toujours le même.

— Petit salopard.

— Ça dépend avec qui.

Son corps se tend.

— Je n'ai pas besoin d'entendre ça.

J'écarquille les yeux.

— Tu as pourtant l'air de vouloir tout savoir.

Elle se ressaisit.

— Tout ce que tu veux de moi, c'est que je sois flexible et muette.

Je pince les lèvres. Taquine, elle me frappe le torse et essaie de se décoller quand nous arrivons en haut des marches.

— Quel enfoiré.

— Je t'avais prévenue.

— Tu peux me dire tout ce que tu veux, tu ne me convaincras jamais de ça. Pas comme ça.

— Tu devrais me croire.

— Cesse d'essayer de me faire fuir, Dom. Je ne m'en irai pas.

Je la pose sur ses pieds. Elle examine ma chambre.

— Alors, il y a quoi au programme de la soirée ? On peut lire… Je te prépare le dîner ou le petit déj' ? Pourquoi pas des œufs baveux et un film ?

Je hoche la tête.

Une heure plus tard, nous sommes allongés sur notre couverture fraîchement nettoyée, inhalant une odeur que je ne réussis pas à identifier. Il n'y a que nous deux à la maison. Sean travaille de nuit à l'usine et, comme la semaine dernière, Tyler passe ses jours et ses nuits ailleurs. Si je retournais chez Delphine, je trouverais sûrement son pick-up dans l'allée. Mais je ne vais pas m'embêter à le faire avouer.

Un jour, je me réconcilierai avec Delphine, mais pas ce soir, avec cet élan protecteur qui ressurgit. Déglutissant, je me concentre sur Cecelia qui regarde le film, absorbée par l'écran, sa main figée dans le saladier de pop-corn. Je saisis sa main et suce les restes de cheddar sur ses doigts. Elle se tourne vers moi brièvement. Je la laisse tranquille, feignant d'être intéressé par l'histoire. Mais quand elle se retourne vers l'écran, je garde sa main dans la mienne, et passe mon pouce sur le dos de sa main délicate avant d'étaler ma paume à côté de la sienne. La mienne rêche et calleuse, la sienne lisse. Mes doigts épais à côté des siens, fins et délicats. La mienne recouverte de sang et de colère, la sienne pure.

Boum. Boum.

Le murmure de Delphine me chatouille.

« Tu as trouvé l'amour. »

L'amour m'a trouvé.

Boum. Boum.

— Je t'aime.

Je chuchote ma déclaration au moment où le tonnerre secoue la baie vitrée. La confession étouffée par cet avertissement, Cecelia me regarde d'un air interrogateur.

— Hein ?

Boum. Boum.

Boum. Boum.

Je hoche la tête, alors qu'elle se retourne face à la télévision. Je m'imprègne de son profil, avise la longueur de ses cils, la pure perfection de son nez, ses lèvres pleines. Ses jambes étirées sur mes cuisses, elle s'enfonce dans le canapé pendant que je reste à l'affût.

Finalement, ça se produit. Sa poitrine se soulève, les émotions émanent d'elle, un geignement accompagne les larmes qui lui montent aux yeux. Sur l'écran, le nullos professe son amour, et Cecelia dévore chaque seconde de la scène.

C'est si facile de constater que l'amour est son énergie vitale, sa raison d'être, ce qui la motive. Je n'avais pas besoin de l'observer devant ce film pour le savoir parce qu'elle est aussi sentimentale avec moi. Quand je me perds en elle, quand elle s'attarde sur chaque sentiment exprimé, et sa façon de me regarder quand je la pénètre lentement et profondément. Son cœur est 100 % romantique, ça s'échappe de partout, qu'importe où elle est ou dans quelle situation elle se trouve. Elle est incroyablement brave à cet égard.

Pour ça, je l'admire.

Pour ça, je la respecte.

Pour ça, je suis mort de peur pour elle.

Quand les larmes finissent par couler, j'en cueille une avec mes lèvres. Elle hoquette, et ses yeux larmoyants me regardent aspirer le sel récolté avec ma langue. Ravalant les mots qui n'étaient pas censés s'échapper de mes lèvres, je lui livre une autre vérité :

— Tu es belle, Cecelia.

C'est la première fois que je le dis en dehors du sexe. Ses yeux s'écarquillent un peu du fait de l'émotion. Cette femme m'a consumé, totalement, de toutes les manières qui comptent, et elle doit le savoir.

Au lieu de cela, je grave en elle une promesse en capturant ses lèvres. Sans dire un mot, je fais le serment de protéger son cœur parfait autant que je peux.

Un serment muet, mais qui n'en est pas moins un engagement.

Une promesse que je tiendrai en faisant tout ce qui est en mon pouvoir.

La regardant dans les yeux, je fais le serment qu'elle ne saura jamais rien sur les monstres qu'elle ne peut pas voir parce que je les exterminerai avant qu'ils aient pu l'atteindre.

Même si ce monstre, c'est moi.

Chapitre 41

Le ciel a tenu sa promesse ce soir, avant que le soleil se couche. Une myriade d'étoiles parsème l'espace infini, au-dessus de nous, qui sommes couchés sur mon capot. Je tiens Cecelia dans mes bras, le cœur battant sous son regard. La musique qui s'échappe de la Camaro se mélange aux stridulations des grillons autour de nous. Un cadeau, combiné aux autres bruits nocturnes qui émergent alors que le contentement m'enveloppe d'une manière que je n'aurais pas crue possible.

— Dom ?

— Ouais ?

— Tu as envie de quoi ? Tu sais, pour l'avenir ?

Trop de choses pour les expliquer, mais seuls mes projets personnels l'intéressent. Et cette réponse-là est simple, bien qu'elle m'ait fait goûter à quelque chose de différent. Je n'ai aucun moyen d'explorer cette idée-là dans l'immédiat, donc je m'en tiens à ce que je sais. Je n'ai jamais su me projeter dans un avenir au-delà de la minute dans laquelle j'existe.

— Ce n'est pas une question idiote, se défend-elle.

J'ai ouvert la boîte de Pandore il y a quelques minutes, en lui racontant ce dont je me souviens de mes parents, lui distribuant des bouts de vérité, tout en contournant les passés de nos parents et leur influence dans l'équation.

Sa question, je peux y répondre avec franchise.

— Rien.

Elle pousse un soupir sonore.

— Au moins, ça t'évitera d'être déçu.

Je ne peux m'empêcher de rire.

— Je suis censé te retourner la question ?

— Pas si ça ne t'intéresse pas.

Ça m'intéresse, mais je ne peux pas te l'offrir.

Je glisse mes doigts dans ses cheveux soyeux. Avant d'énoncer une autre vérité :

— Je ne suis pas concentré sur l'avenir. Les projets ne font pas l'homme.

J'ai essayé cette tactique, et je suis resté coincé à chaque tournant.

— Je sais, je sais. Vivre l'instant présent. Prendre chaque jour comme il vient, récite-t-elle. Je comprends, mais il n'y a pas quelque chose que tu voudrais ?

Je la tiens dans mes bras.

— Non. Mais toi, si, apparemment.

Elle laisse passer un long silence, tendue dans le creux de mon bras. Nous sommes entièrement satisfaits depuis que j'ai accepté ma chute, mais quelque chose me dit que ce qui la travaille n'a rien à voir avec mon refus de lui faire des promesses.

La sentant se perdre dans ses pensées, je la pousse avec douceur.

— Quoi ?

— Je n'aime pas verbaliser mes peurs. Après, je dois m'attendre à ce qu'elles se réalisent.

— Pas très réjouissant, marmonné-je.

— C'est mieux que ne rien vouloir pour l'avenir, se défend-elle sur un ton sec.

— Je sais déjà de quoi il sera fait, chuchoté-je.

— C'est-à-dire ? Tu peux prédire l'avenir ?

En une fraction de seconde, j'invoque le plan que j'ai mis entre parenthèses, en attendant le moment opportun.

— Je peux prédire le mien parce que je fais bouger les choses.

— Lesquelles ?

— Tout ce que je décide.

Quand je serai enfin détaché.

— Juste pour une fois, tu peux me faire une réponse claire ?

Je ne peux retenir mon sourire quand mon regard la survole. Elle semblait flotter en descendant les marches du porche de la villa de Roman, il y a quelques heures ; la réplique parfaite de mon fantasme devenu réalité pour notre rencard.

Notre premier rendez-vous, et mon premier tout court. Un secret que je garde pour moi. Mais un secret que je partage avec elle. Rien qu'elle. En montant dans ma voiture, elle a chuchoté ses premiers mots : « Tu m'as manqué. » Une marque de sentimentalisme sincère, sur laquelle je me surprends à compter, et qui me donne une envie douloureuse de la lui retourner.

J'ai fait du mieux que j'ai pu pour le rendre mémorable. J'ai refusé les marques de tendresse faciles dans l'intimité parce que, dans l'immédiat, je ne suis plus en contact régulier avec Tobias. Je pense que c'est parce qu'il n'est pas loin de découvrir la vérité sur nous. Il n'a pas répondu à mon dernier SMS, lassé de se faire ghoster dès que la météo le permettait. Mais s'il a eu vent de la trahison, il a pu nous faire surveiller à notre insu, ce qui me révolte.

L'impression désagréable, si familière, rejaillit. Je la bannis en me tordant le cou pour scruter Cecelia. Repérant une traînée noire sous son œil, mon regard tombe sur ses lèvres irritées par les baisers, puis dérive vers les traces dans son cou et sur sa poitrine. Des preuves que je l'ai ravagée aussitôt que j'ai coupé le moteur. Deux fois. À son allure après le sexe, je me réjouis des légères imperfections que j'ai créées, et de la manière dont je m'y suis pris.

— Quelle était la question ?

— Ça t'arrive d'être jaloux ?

— Non.

Un mensonge sans conséquence, si ce n'est pour les conclusions qu'elle pourrait en tirer.

— Pourquoi ?

— Parce qu'il peut te donner des choses que je ne peux pas te donner, admets-je honnêtement.

Sean peut s'exprimer librement avec elle, là où je suis limité. Son tatouage est superficiel, et bien que son engagement soit sincère, au bout du compte, il est libre de décider de le suivre ou pas. Même si les mots sont là pour moi aussi, ainsi que le besoin de la posséder entièrement, nous avons tous les deux refusé de faire valoir nos droits et de les verbaliser. Il y a trop de non-dits. Tant qu'elle ne connaît pas toute la vérité, je ne peux pas le dire à haute voix, alors que Sean le peut. Parce que sous mon tatouage, un lien de sang m'unit à mon frère, ce qui m'empêche d'être plus que ça pour elle. C'est là que réside toute ma jalousie.

— Ne crois pas que je me plains, murmure-t-elle, mais pourquoi tu ne peux pas ?

— Parce que je ne suis pas comme lui. Je suis beaucoup plus simple.

Même à présent, ça reste la vérité.

— Je ne le crois pas, soutient-elle.

— C'est vrai.

La culpabilité me ronge plus profondément, sapant ma résolution. À ce stade, je lutte au quotidien pour compter le nombre de mensonges que je fais afin de préserver mon secret, et les vérités que je peux révéler, et c'est épuisant.

Sentant mon malaise, elle caresse ma joue d'un geste qui ravive l'envie.

— Tu es tout sauf simple.

— Mes besoins le sont. Je ne veux pas la même chose que tout le monde.

Même si je pouvais m'imaginer un avenir, je ne vois pas de points communs avec le genre de futur auquel aspire le plus grand nombre.

— Pourquoi ? Pourquoi te limiter à cette simplicité alors que tu vaux tellement plus ?

Mon torse s'effondre sous le regard qu'elle m'offre, celui-là même qui me fait me sentir invincible.

— Tu es tellement plus que ce que tu veux bien montrer. Que ce que tu te reconnais.

— C'est le but.

Sa question suivante retient mes yeux en otage.

— Pourquoi tu ne laisses pas les autres te connaître ?

Tu es les autres pour moi.

— Tu me connais.

Son regard s'attendrit au point que je détourne presque les yeux. La duperie me déchire intérieurement, elle m'assomme avec un uppercut sentimental.

— Et j'ai de la chance.

— Tout, sauf ça.

— S'il te plaît, arrête…

Elle s'interrompt, puis développe :

— Tu ne manques pas d'amour-propre. C'est quoi, cette désinvolture ?

Parce que si je verbalise mes peurs, je sais qu'elles se manifesteront de mon fait, et je te perdrai.

Je déglutis.

— Il y a tant de choses que tu ignores.

— Je veux savoir, Dom. Je veux connaître toutes tes facettes.

— C'est ce que tu crois, mais tu ne veux pas.

Le serment que j'ai fait, pour qu'elle n'aperçoive jamais ma noirceur, se renforce en moi.

— Tu penses que je ne tiendrais plus à toi comme aujourd'hui ?

— Les choses seraient vouées à changer.

C'est la pure vérité, et même si elle est bien informée grâce à Sean, même si elle est de plus en plus forte, le revers de notre réalité et de la vie que je mène sous son radar sont parfois trop difficiles à gérer pour moi.

— Ça m'est égal, déclare-t-elle, la main sur mon torse. Je veux en faire partie. S'il te plaît, intègre-moi au secret.

La gorge nouée, je reste muet de crainte de mal contenir l'émotion. Après un long silence forcé, elle cède.

— D'accord, d'accord. C'est dur d'être avec toi. Par moments, c'est juste dur.

Ça me fait tant de peine que je la lâche brièvement, puis je lui révèle la vérité la plus cruciale, une vérité qu'elle a transformée en fait :

— Tu es déjà dans le secret.

Dans ses yeux, je le vois si nettement.

Elle m'aime.

Les mots semblent insignifiants comparé à ce qui palpite entre nous. Mais je vois ces mots compromettants se former tandis que nous nous regardons. Mon pouls s'accélère à mesure que, m'imprégnant de son expression, je le vois si distinctement, si intensément, que c'est sans équivoque.

Elle m'aime.

Boum. Boum. Boum. Boum.

Couvrant sa bouche avec ma paume, je l'empêche de le dire à haute voix, parce que si elle prononce un seul mot de sa déclaration, je risque de ne pas m'en remettre.

— Ne gaspille pas ces mots-là pour moi.

Elle m'aime.

Le savoir me suffit. Mais je refuse de les prononcer, à moins de pouvoir agir en conséquence. Pour l'heure, je ne peux pas.

Ses yeux m'examinent, alors que je maintiens ma paume en place pour la faire taire. Et je cherche un moyen de compenser la douleur que je suis en train d'infliger.

— Tout va bien, Cecelia. Je suis aussi près du bonheur qu'un homme comme moi le mérite.

C'est tout ce qui me reste pour elle, jusqu'à ce que je finisse de trier les décombres qui s'entassent entre nous chaque jour.

Le cœur allégé par sa déclaration tacite, je me retourne avec elle face au ciel. Il donne l'impression de nous observer aussi, en témoin. Mon esprit divague, se perd dans des questions sur le rôle que joue le cosmos dans nos projets de vie, sur celui du destin dans la vie de nous tous. Tobias a tracé notre destinée, et je l'ai suivie aveuglément. Je me demande brièvement s'il m'a imaginé avec lui, quand il l'a forgée, ou si c'était son destin à lui seul, auquel il nous a invités à participer. Si c'est le cas, ça m'a toujours semblé normal. Comme si c'était le mien, de même que pour la femme à côté de moi. Sans un mot, je demande à la galaxie, composée d'étoiles sentinelles, ce que le futur nous réserve, me sachant coincé dans l'indécision.

Un putain de tourment.

Le retour de Tobias est imminent. Je le sens dans toutes les fibres de mon être. À partir de là, notre futur reste inconnu. Malgré cela, je sens les battements réguliers de mon cœur qui me poussent à aller de l'avant pour affronter ce qui m'attend de l'autre côté.

Ce qu'il y a entre Cecelia et moi vaut la peine d'être défendu. Mais cela implique d'exposer Tobias au grand jour et de mettre le club en péril. Je ne pourrai jamais faire ça.

Notre but est tellement plus vaste que nos besoins égoïstes, et nos moyens de subsistance reposent sur le succès du club. Des vies en dépendent, littéralement.

Je ne peux pas laisser tomber ni être aussi égoïste.

C'est là que se trouve le point central de la chute, ce qui donne du crédit à l'avertissement constant de Tobias sur cet imbroglio, ce casse-tête sans aucune solution viable à ma connaissance.

Dans ce cas, la vérité ne nous libérera pas, mais nous condamnera.

— Tu as fait du mal à des gens ? demande Cecelia en me ramenant au présent, à elle.

Je réponds par le silence. Cette vérité-là et ces détails, je pourrai les confesser un jour, si elle revendique sa place parmi nous, et qu'elle est admise dans le club.

— Je te rends heureux ? Au moins un peu ?

Question idiote. À laquelle je réponds par un lent baiser profond, gravant cette vérité en elle jusqu'à l'en persuader.

Je la soulève du capot et la tiens afin qu'elle s'enroule autour de moi. Pendant que je la porte côté passager, je me déhanche un peu. Elle en a le souffle coupé.

Et merde.

— Dom, tu viens de balancer tes hanches ?

Grillé.

Malgré l'obscurité, je vois ses yeux écarquillés, son sourire.

— OMG ! Tu as un peu dansé avec moi, là ?

Soupirant, je pose mon front contre le sien.

— Cecelia ?

— Oui ?

Elle me fait un grand sourire.

— Dès que tu pointes ces trucs du doigt, ils s'arrêtent. Tu ne l'as toujours pas compris ?

— Que tu es un romantique qui ne veut pas se l'avouer et qui aime ça ? Si. Je le sais depuis un moment. Tu n'es pas aussi futé et charmant que tu le penses, King !

Ouvrant la portière, je la lâche sans ménagement sur le siège.

— Fin du rencard.

Son rire me suit même après que j'ai fermé la porte. Je masque mon sourire jusqu'à ce que je prenne ma place.

Sean nous convoque par SMS au moment où je rejoins la route nationale.

Tournant dans cette direction, j'aperçois les cheveux de Cecelia du coin de l'œil. Détachant mes yeux de la rue déserte, je vois sa tête appuyée contre le siège, son visage offert au vent et au ciel.

C'est ça, être heureux.

Sentant mon regard, elle se tourne vers moi. Et le visage souriant, elle vole le dernier bout de moi inexploré.

L'allégresse qui m'envahit est légèrement atténuée par l'anxiété de ces derniers jours. Il faut que je contacte Tobias rapidement et parle à Sean d'une solution à ce problème. Je dois juste croire que mon frère m'entendra le moment venu.

Lorsque nous arrivons au garage, Cecelia repère la voiture de Sean et sort en me jetant un regard. En la suivant, je remarque que la voiture de Sean est la seule sur le parking. En lisant son message, j'ai supposé qu'il nous conviait à nous joindre à une fête quelconque. Puisque nous sommes seuls, sans Tyler, et que je ne sais pas pourquoi il nous a convoqués tous les deux, chaque pas qui me rapproche de l'atelier devient plus lourd. À l'intérieur, mon cœur s'arrête en même temps que mes pieds. Sean me regarde dans les yeux tandis que Cecelia se précipite vers lui.

Il sait.

Je me remplis d'effroi, alors qu'il se force à sourire à Cecelia. Le sang cogne contre mes tympans.

Boum. Boum. Boum. Boum.

Mon contentement est pulvérisé jusqu'à la dernière miette, mon cœur s'agite du fait qu'il sait. Les cognements désordonnés étouffent en partie la conversation de Sean et Cecelia.

— … faire des bêtises ?

Boum. Boum.

— Comme d'hab.

Boum. Boum.

— … ma chérie.

Ces mots m'écrasent, alors qu'elle l'interroge sur ce que font les autres, et que Sean annonce qu'il la ramène à la maison pour discuter. Elle nous lance des regards confus.

Je tremble intérieurement, avec l'impression que je vais me disloquer.

Boum. Boum. Boum. Boum.

Cecelia nous lit aisément.

— Vous êtes en danger ?

Boum. Boum. Boum. Boum.

— … est une illusion.

Boum. Boum. Boum. Boum. Boum. Boum.

— … pour une fois, Sean, pourrais-tu me mentir ?

Boum. Boum. Boum. Boum. Boum. Boum.

— … déteste le sol que tu foules.

Boum. Boum. Boum. Boum. Boum. Boum.

Les yeux de Sean trouvent de nouveau les miens.

— Quand ?

Quand l'as-tu découvert ?

— Maintenant.

Quand je t'ai envoyé un SMS.

L'anxiété m'inonde.

— Putain. Reconduis-la.

Sean se dépêche de pousser Cecelia vers la sortie, mais elle esquive, se ruant vers moi à la place, alors que notre nuage se disperse. Je l'entoure de mes bras et l'embrasse, sentant la fracture en moi. Je m'accroche à chaque seconde, mais le désespoir transpire de mon dernier baiser.

— Tu dois partir, bébé.

Je retiens ses yeux aussi longtemps que possible, les grave en moi, sachant que la prochaine fois que nos regards se rencontreront, cet air-là pourrait n'être qu'un souvenir.

Sean l'emmène de force. C'est alors que le frottement de nos doigts, quand elle me glisse littéralement des mains et que notre couverture disparaît, a raison de moi. Je suis seul, et la perte me consume et me fait décliner.

Détruisant tout sur mon passage, le chaos m'alimente et je suis furieux contre les cieux rieurs qui m'ont fait croire que cette réalité était possible. Une réalité où je peux garder la fille et tout ce qui m'est cher. Mais je ne peux pas vraiment les blâmer vu que je m'adresse à eux trop tard. Je ne peux pas blâmer le destin ni la chance qui n'ont jamais été de mon côté, pas plus qu'autre chose d'ailleurs… si ce n'est moi-même. J'ai forgé mon propre avenir dès que j'en ai été capable et j'ai choisi ce destin. Il était inévitable qu'après avoir ignoré chaque crépitement d'avertissement dans le ciel et chaque pas grondant qui l'accompagnait, derrière ma fenêtre, l'impitoyable géant que j'ai contribué à créer finisse par apparaître.

« S'acharner à faire entendre raison à l'amour ne mène à rien. Il n'a que faire de nos raisons, bonnes ou mauvaises. L'amour ne tient pas compte des circonstances, pas plus que de l'état dans lequel il nous met. C'est une émotion implacable qui ne permet pas de se mentir à soi-même. »

Tobias, *The Finish Line*

Chapitre 42

« S'il te plaît, Dom. S'il te plaît, ne pars pas. »

L'enfer existe.

L'emplacement géographique actuel de l'enfer ? Paris.

La ville que mon frère a conquise au début de sa vingtaine et qu'il a déclarée comme étant notre prison légitime.

La définition de l'enfer ? Repasser en boucle l'année écoulée en remettant en question mes décisions et le choix que j'ai fait à chaque seconde de chaque jour depuis ça.

Parce que le géant n'est pas apparu.

Non, Tobias a attendu trois semaines angoissantes pour rentrer à la maison. Des semaines pendant lesquelles nous l'avons supplié de répondre à nos messages. Des semaines pendant lesquelles Sean et moi avons perdu la tête à force d'ignorer s'il savait quoi que ce soit, de même que ses allées et venues et ses intentions à notre égard, y compris à celui de Tyler.

Soit Tobias l'a compris avant même de repérer l'oiseau chargé de le surveiller, soit juste après avoir aperçu sa queue à plumes, puisqu'il a disparu du radar. Obligés de nous précipiter dans son sillage, nous ne pouvions qu'imaginer le pire et nous y préparer.

Pendant deux de ces semaines, Cecelia s'est réfugiée en Géorgie, le cœur en miettes. Ce cœur, nous l'avions brisé à dessein pour tenter de lui faire passer un message. L'identité de la personne qui a révélé notre secret reste un mystère. Ce corbeau n'appartenait pas à notre cercle restreint. Ça nous paraissait de plus en plus évident à mesure que nous élaborions un nouveau plan tout aussi stupide que celui que nous avions conçu pour trahir Tobias. Ils avaient en commun le fait de me scinder en deux morceaux rongés par les conséquences ; la première partie s'enflammait pour elle, tandis que l'autre passait au crible les restes calcinés à la recherche de toute trace de lien restant avec mon frère.

Regarder Cecelia s'effondrer dans le garage, en prenant conscience des actes vindicatifs dont nous avions fait preuve, a été l'une des expériences les plus brutales que j'aie jamais endurées.

J'ai enfreint mon serment de protéger son cœur immaculé en tentant bêtement de la tenir à l'écart de nos subterfuges et de la colère de mon frère.

La voir se faire aspirer dans ce tourbillon, au ralenti, a encore élargi la fracture en moi, surtout lorsque ses yeux ont cherché désespérément un signe que ce n'était pas la vérité. Sean m'avait donné les munitions pour rendre cela convaincant, et ça l'a été. Trop, même.

Sur le moment, j'ai pensé que c'était le seul moyen de l'éloigner de la voie de la destruction qui s'ouvrait à nous, tout en essayant de masquer la vérité le temps d'avoir la possibilité de nous expliquer.

Quand Sean a craqué en voyant ça, son coup de poing a eu l'effet d'une piqûre d'abeille comparé à l'étouffement que j'ai ressenti lorsqu'elle a laissé libre cours à ses larmes. Parfaitement aiguisées, elles m'ont transpercé la poitrine et y ont diffusé une douleur sûrement tout aussi violente que celle qui a dévasté Cecelia. Chaque seconde de torture passée à la regarder s'effondrer dans ce garage restera à jamais gravée dans ma mémoire.

Ces semaines de tourment ont conduit à d'autres, notamment aux minutes qui hantent à présent chacune de mes heures d'éveil.

« S'il te plaît, Dom. S'il te plaît, ne pars pas. »

Après deux semaines de silence mérité de la part des deux personnes que nous avions annihilées pour notre bénéfice personnel, Sean et moi avons décidé que quand Cecelia reviendrait à l'usine – si elle revenait –, Sean cracherait le morceau au sujet de Roman. Autrement dit, révélerait qu'il était le principal suspect dans la mort de mes parents, ainsi que nos projets de vengeance, mais en omettant Tobias. Un moyen de continuer à la préparer tout en lui faisant une place dans le plan afin de regagner un peu sa confiance.

Nous avons décidé que ce risque en valait la peine seulement s'il n'impliquait que nous deux. Nous lui avions déjà autorisé l'accès au club, à nos méthodes de travail et donné notre confiance.

Cette décision prise, à son retour de Géorgie, nous ne nous sommes pas approchés de la villa de Roman. Nous ne savions pas s'il était rentré aux États-Unis ou si quelqu'un nous surveillait et lui rapportait tous nos faits et gestes.

La prise de tête autour de la disparition de mon frère ressemblait à une punition en soi. Malgré la douleur de son absence, j'espérais que Cecelia reste en Géorgie et évite tout risque de collision, le temps de limiter les dégâts. Sa raison pour revenir était altruiste et je savais qu'elle le faisait seulement pour sa mère, ce qui intensifiait ma culpabilité.

Le lendemain de son retour, j'ai pété les plombs et disparu dans la nature, me détachant de toutes les décisions mûrement réfléchies que Sean, Tyler et moi avions conjointement prises. Sean devait l'intercepter en premier, avec des bribes de vérité, mais j'ai laissé mon besoin me dominer. J'étais trop avide de la revoir. Je savais que mon comportement était limite, car je me conduisais comme le maudit homme que j'étais devenu. J'ai longé la route sur le côté de la villa de Roman en espérant qu'elle entende ma voiture avant de m'arrêter, moteur tournant, si d'aventure elle sortait de sa cachette.

Ce qu'elle a fait, après m'avoir repéré sur le bas-côté. Mais elle m'a entraîné dans une course poursuite infernale, bien décidée à me semer.

Elle a fini par comprendre que c'était une vaine croisade dont je ne me retirerais pas. Elle s'est donc arrêtée et a surgi, prête à en découdre. Coup fatal sur coup fatal, son cœur acéré s'exprimait à chaque frappe. J'étais tellement perturbé que j'ai agi comme un abruti, en laissant mes émotions altérer mon jugement. Au lieu d'avoir l'attitude ou les mots qui s'imposaient, je me suis excusé une seconde, puis j'ai débordé de fierté l'instant suivant pour son retour enflammé. Et après sa superbe démonstration de courage, je bandais.

« Tu as drôlement progressé.

— C'est censé être un compliment ? »

C'en était un. Très inopportun, j'avoue. Son accueil m'a attiré et amené à dissoudre son venin en l'embrassant, tandis que sa réaction violente me motivait à rattraper la séparation.

Durant cet échange, j'ai su que je l'aimerais envers et contre tout, quoi que notre avenir nous réserve ; en l'occurrence, devoir confesser ça à Tobias et accepter la sanction qu'il édicterait. Ce que j'ai ajouté à ma déclaration.

« Je dois te laisser pour l'instant. Mais putain, j'en ai pas envie… pas le choix, mais tout ce que je ferai dorénavant, ce sera pour toi. »

Elle m'a repoussé brutalement, mais, en fin de compte, je savais qu'il y avait du pardon là-dedans. Dans nos cœurs, nous deux, c'était loin d'être terminé. Elle s'était endurcie, quelque chose en elle avait changé après tout le mal que nous lui avions infligé, et il était désormais évident que, si la situation se présentait, elle serait prête à affronter mon frère, quoi qu'il apporte.

Pour ça, j'étais prêt. Par contre, je ne m'étais pas préparé à l'absolue dévastation qui nous a accueillis, Sean et moi, quand Tobias a fini par rentrer à Triple Falls, et qu'il s'est à son tour effondré.

« C'était pour maman et papa, Dom. Nous étions si proches, frère. Pourquoi ? »

Sa voix brisée, épuisée, nous a démolis. Alors même que nous étions debout, en rang comme les soldats qu'il a fait de nous, le menton droit, prêts à accepter notre sort tout en étant résolus à plaider notre cause, nous flanchions face aux dégâts que nous avions causés. Plus il s'épanchait, plus notre argument faiblissait, et plus notre hargne fondait, tandis qu'il passait de la souffrance atroce à la fureur, toutes deux dévastatrices.

« Dites-moi, frères… mot pour mot, dites-moi comment vous m'avez trahi pendant trois mois. »

La sentence ? Dix mois. Dix putains de mois.

Le triple du temps qu'il m'a fallu pour admettre que nous l'avions dupé, plus un en bonus pour ne pas oublier que sa foi en nous était anéantie.

« Racontez-moi chaque chose que vous avez faite, chaque mensonge que vous avez proféré, chaque acte de trahison destiné à me laisser dans l'ignorance. Après ça, dites-moi comment… comment vous m'aimez. »

Toutes nos objections ont été rejetées, même après que nous avons admis que nous aimions Cecelia. Nous nous sommes soumis à la sinistre sentence.

Ce qu'il nous a dit ensuite nous a fait tanguer. Avant que nous ayons pu l'intercepter, Tobias s'était révélé à Cecelia. À ce moment-là, Sean et moi pensions fermement que la collision annihilerait tout espoir de le convaincre qu'elle avait sa place parmi nous. Il l'a vue comme je l'ai vue la première fois que je l'ai rencontrée. Il l'a jugée naïve et innocente, sans intérêt pour notre business, pas à sa place dans notre monde, dénuée de potentiel. Il n'en avait rien à battre de nos aveux, parce qu'il ne voyait rien d'autre que sa propre dévastation.

« J'arrive même pas à vous regarder ! »

Depuis, il ne nous a plus regardés, pas une seule fois.

Bien qu'ivre au point de frôler l'évanouissement, son discours et son état d'esprit étaient d'une remarquable clarté. Quand Tyler a raccompagné Tobias, nous avons fait le choix de respecter sa sentence, nous nous sommes mis en retrait du club, de nos frères et de notre objectif, croyant que s'il existait un moyen de la ramener, de réduire la durée de la condamnation, nous le trouverions. Que Tobias nous pardonnerait, réduirait notre temps et nous rapatrierait.

Ça nous a achevés qu'il nous interdise tout contact avec elle pendant que nous réglions les derniers détails, avant de ranger nos vies dans des cartons. Nous avons rendu les clés de la maison à Tyler, les déménageurs ont emporté nos affaires vers l'espace de stockage dans lequel elles resteraient jusqu'à ce que notre avenir soit décidé. Nous ne lui en avons pas fait baver parce qu'il nous a épargné les conséquences de sa relation tendue avec Tobias et nous a promis de garder un œil sur Cecelia.

Nous ne pouvions rien demander de plus, car même s'il promettait de la surveiller, nous n'étions informés de rien.

Mais c'est ce dernier jour, le jour de partir à l'aéroport, qui refuse de me laisser en paix.

« J'ai reçu un SMS de RB, a dit Sean en consultant son portable, en démarrant. Cecelia est au festival de la Pomme. Seule. J'y vais.

— Non. »

Pourtant, mon cœur s'emballait.

« Il faut que j'y aille, a-t-il dit sur un ton implorant. Il faut que je la voie. Que je lui donne quelque chose. »

Il est sorti du garage King et a pris la direction de Main Street. Sa décision était irrévocable.

« Dix putains de mois, Dom. »

J'avais perdu cette bataille avant qu'elle commence, trop absorbé par mes problèmes pour vraiment me battre. J'appréhendais tant les dix mois à venir que j'étais vidé. Ma vraie bataille a commencé quand j'attendais dans sa Nova, la main sur la poignée, les minutes infernales nous rapprochant du départ. Elle était là, quelque part dans la foule, informée de la vérité sur nos parents et de l'existence de Tobias, consciente que nous lui avions menti et l'avions manipulée, mais pas de l'endroit où nous étions envoyés ni pour combien de temps. Interdiction de lui communiquer ces informations, sous peine qu'on nous coupe les ailes. La seule chose que j'ai imploré Sean de lui dire, il me l'a refusé avant de descendre.

« Je l'ai déjà prévenue que le jour était proche. Elle attendra, Dom. Tu verras. »

Après dix minutes dans cette foutue bagnole, le besoin de lui laisser quelque chose de moi m'incitait à sortir de voiture, mais Sean a réapparu dans la ruelle, l'air aussi misérable que je l'étais intérieurement. Mon cœur s'est écrasé sur le bitume en comprenant que j'avais laissé filer mon moment. Nous devions prendre notre avion, et si nous l'avions loupé, nous ne nous serions plus jamais envolés. Mes maudits espoirs m'ont fait pivoter, et j'ai vu Cecelia courir vers nous.

Vers moi.

Elle s'est arrêtée à quelques mètres et nos yeux se sont connectés.

« S'il te plaît, Dom. S'il te plaît, ne pars pas. »

Me tournant vers la vitre, au lieu du paysage crépusculaire, tout ce que je vois, c'est ce jour ensoleillé dans une ruelle, à des milliers de kilomètres. Un moment figé dans un temps que je ne peux retrouver, en dépit d'une envie gigantesque. Je n'ai même pas besoin de fermer les yeux pour le voir clairement : ses longs cheveux soulevés autour de son visage, ses yeux bleus, humides et implorants, ses larmes versées pour moi sur ses joues, ses mains sur sa poitrine quand elle a confessé :

« Je t'aime. »

C'était l'opposé de ce que j'attendais.

Ce n'est pas la colère qui m'a accueilli lorsqu'elle nous a acculés, Sean et moi, dans cette ruelle, mais un mélange de détermination et de vulnérabilité, avant qu'elle s'effondre avec son aveu. Nous l'avions préparée autant que nous le pouvions avec une vérité partielle, mais à en juger par son regard, elle souffrait autant que nous. Elle connaissait la vérité sur notre tromperie, et elle nous aimait toujours.

M'aimait.

Elle ne semblait pas nous tenir rigueur de l'avoir mystifiée si horriblement, en lui mentant et en abusant d'elle. Elle m'a poursuivi. Elle a suivi Sean pour s'assurer que je sache qu'elle m'aimait. Que peu importe où je décidais d'emmener cet amour, elle était prête à me laisser l'embarquer, même si je ne le méritais pas.

Tout ce que je revois, c'est l'angoisse qui déformait son visage parfait, le désespoir dans sa voix quand elle s'est avancée vers moi. D'un geste du menton, je l'ai refusée, nous reniant tous les deux, l'avertissement de mon frère jouant le rôle de barrière.

La vraie raison est que si j'avais fait un pas de plus vers elle, je ne serais jamais remonté dans cette voiture.

Mais j'ai pris la décision. J'ai choisi mon frère et le club. Je l'ai laissée là, sans lui répondre que je l'aimais aussi ni rien lui donner de ce qu'elle méritait, alors qu'elle avait fait l'impossible en me pardonnant.

Ne pas avoir répondu à son « je t'aime » est un regret que je traînerai jusqu'à ma mort, quand bien même j'aurais un jour une chance de me racheter. Pas une fois je n'ai vraiment mérité son amour, sa confiance, sa loyauté ni son cœur fidèle.

Je maudis mon frère qui m'a privé de ce moment-là, qui est la raison de mon déchirement, de ces longs mois de torture. Bien trop de jours se sont écoulés depuis la dernière fois que j'ai posé les yeux sur elle, que je l'ai touchée, baisée, que je me suis autorisé à l'aimer.

Chaque kilomètre qui nous séparait me déchirait un peu plus, alors que nous filions vers l'aéroport. Sur tout le trajet, Sean n'a pas dit un mot. Ce n'est qu'une fois dans la salle d'embarquement que Sean a tenté de me consoler comme il sait le faire, avec des déclarations et un ton plein d'assurance.

« Elle nous attendra, Dom. Tu verras. »

L'attente dans l'aéroport touchait à sa fin quand j'ai pensé au fait que Tobias et Cecelia avaient pu se rencontrer chez Roman. Lorsque j'en ai fait part à Sean, je me suis souvenu que j'avais encore accès aux vidéos de surveillance. Il s'est redressé pendant que je cherchais les enregistrements de ce jour-là. Peu après, j'avais la gorge en feu en recevant ce cadeau d'adieu.

Appelés à embarquer, nous avons visionné la confrontation sans le son filmée sous tous les angles au bord de la piscine. Ivres de rage de découvrir Tobias au-dessus d'elle, qui essayait de l'humilier en cachant son haut de maillot de bain.

Après avoir enduré quelques minutes de vociférations, elle a riposté avec la même férocité, lui a frappé l'arrière de la tête avec la bouteille de lotion. Là, nous avons éclaté de rire, débordants de fierté, émerveillés par elle. Il n'y avait pas de son, mais leur langage corporel était éloquent. À la seconde où ils se sont percutés – notre plus grande angoisse se concrétisant sous nos yeux –, nous avons su que cette conversation était pourrie. Les postures hostiles de l'un et l'autre, l'échange tendu avant que Cecelia craque et l'affronte avec son réel pouvoir, suppliant de tout son cœur à son dos qui s'éloignait. Les yeux de Sean rougissaient, pendant que nous la regardions tout en tirant nos valises sur le tarmac, sachant que quoi qu'elle ait pu dire, c'était en notre faveur, et qu'elle espérait l'atteindre avec sa requête sincère.

Sean a visionné la bande une nouvelle fois avant de s'exprimer, les yeux embués.

« On peut compter sur notre femme pour nous faire crever de désir une seconde, nous terrifier celle qui suit, puis nous faire rire avant de nous laisser plein d'envie et d'émerveillement. Nous n'avons jamais eu la moindre chance, Dom. »

Ses mots suivants, en partie sérieux, en partie blagueurs, m'ébranlaient, tandis qu'il fixait l'écran avec une expression imbibée d'amour.

« Si un jour elle nous pardonne, épousons-la. »

Nous avons visionné deux fois les séquences, avant d'être forcés d'éteindre le téléphone, aussi accablés l'un que l'autre. Nous nous sentions coupables qu'elle se soit battue pour nous, là où nous avions échoué à nous battre pour elle ; nous avons échangé un long regard avant de nous endurcir, en vue de purger notre peine. Ses mots reflétaient mes pensées, alors que l'avion accélérait sur la piste.

« Elle en vaut la peine. »

Il n'a jamais eu de mots plus justes.

Mais si le temps était flou pour moi autrefois, les jours et les dates passant sans laisser de souvenir, les journées et les nuits que j'ai passées avec elle réapparaissent à chaque battement de cœur, horodatées.

J'ai juré d'essayer de l'oublier à la minute où Tobias m'a regardé, comme il l'a fait la nuit où il nous a mis au pied du mur sur le parking, le visage marqué par la dévastation. C'était comme s'il avait compris que nous n'étions pas à la hauteur, que je n'étais pas à la hauteur.

C'est la pire chose que j'ai ressentie de toute ma vie, après ce que j'ai éprouvé en l'abandonnant, elle, dans cette allée.

Comme si Sean et moi l'avions brisé ; et d'une certaine façon, je pense que c'est le cas.

Tout ce que je voulais, c'était arranger les choses. J'en veux à mon cœur qui m'a attiré ces ennuis. Je m'en veux d'être tombé amoureux alors que j'avais conscience des conséquences de cette relation. Je ne suis même pas fichu de le regretter.

« Je t'aime. »

Mes yeux se rouvrent soudain, comme si elle avait murmuré ça directement dans mon oreille. Ces dernières secondes si cruciales me paralysent sur place, dans cette allée, à des milliers de kilomètres, à un moment inaccessible de ma vie, où j'existe encore. Au purgatoire.

« Je veux en faire partie. S'il te plaît, intègre-moi au secret.

— Tu es déjà dans le secret. »

— Tu es déjà trop impliquée, bébé. Putain, murmuré-je alors qu'un éclair strie l'espace, illuminant des silhouettes endormies autour de moi.

Un autre jour de pluie. Sans elle.

Passant la main sur mon crâne rasé, je m'assieds au bord du lit. Ma peau luisante de transpiration, à cause de la clim pourrie qui recycle de l'air vicié dans le coin. Les poings serrés, mon cœur galope en mode panique à l'idée qu'elle quitte Triple Falls à la fin de l'été.

Elle a 20 ans à présent, son avenir est sur le point de décoller et, si Roman a tenu parole, elle est millionnaire. Le monde lui tend les bras, ses options sont illimitées, alors que le mien se referme autour de moi. Comme promis, j'ai suspendu toute communication avec elle.

Nous ne recevons aucune information de l'extérieur depuis que nous sommes en France. Le plus drôle ? C'est volontaire.

S'il fallait voir le bon côté des choses, ce serait les progrès considérables que nous avons accomplis tout ce temps ici. J'ai rencontré de la famille qui m'a beaucoup appris sur mes parents. Avant qu'ils deviennent parents. Des histoires inouïes et parfois incroyables. Sur Delphine aussi, au passé haut en couleur. Je sais à présent qu'elle a omis des pans de leur histoire pour me protéger, mais ces détails m'aident à me réconcilier avec beaucoup de choses, et je m'assurerai de lui en faire part. Tobias et moi avons eu la vie facile à côté d'elle. À ce jour, j'ai du mal à croire qu'elle a survécu à toutes ces épreuves. Et pour ça, elle mérite tout mon respect.

Une série d'éclairs transperce ma chambre, suivie d'un coup de tonnerre. Je fais craquer ma nuque et mes muscles endoloris par mon combat de la journée. Nous avons brillamment exécuté notre ultime intervention. Un joli coup avant de rentrer à Triple Falls. Celui-là, nous l'avons planifié pendant des semaines. Je l'ai échappé belle, luttant avec un malfrat qui faisait deux fois ma taille, qui m'a craché son haleine putride et son français au visage avant que je réussisse à enfoncer le bout de mon canon dans son menton et à mettre un point final à sa tirade.

Sean et moi avons décliné le dîner de célébration et les verres offerts, au grand dam de nos chaperons. Pendant que Sean dort au-dessus de moi, nos baby-sitters attitrés – Julien et Albert – ronflent dans leurs lits superposés à l'allure assez précaire au bout de la pièce. Tous mes colocs sont tombés de sommeil, éreintés, mais je n'arrive pas à dormir.

Julien s'est révélé mon meilleur allié, ces six derniers mois, depuis que nous avons quitté la Côte d'Azur pour la banlieue parisienne. Et il y a une semaine, nous avons pris nos quartiers dans cette misérable auberge de jeunesse parisienne. Même notre période de travail en France est volontaire. Au début, nous étions envoyés dans des régions de plus en plus reculées, avant d'atteindre, au fil des mois, une grande ville. Peut-être est-ce une tactique de Tobias pour nous faire savoir que nous regagnons peu à peu sa confiance.

À cet égard, nous l'avons bien cherché.

Tout le mérite revient à Julien, celui qui a le plus contribué à rendre notre temps fructueux. Fraîchement acquitté de cinq années dans l'armée française, Julien a été incorporé, compte tenu du fait qu'il a reçu son tatouage d'Ormand, l'un des associés français de Tobias. Julien a instantanément piqué ma curiosité, avec ses actions calculées et le fait que je n'ai pas réussi à le dépasser. Non que j'aie vraiment essayé. Après m'être renseigné auprès d'Albert, pas assez vif d'esprit pour nous couvrir, Sean et moi, j'ai découvert que sa formation militaire et ses études impressionnantes le prédisposaient à être un candidat et une recrue de choix pour moi, et pour l'objectif que je me suis façonné en arrivant en France.

Cela dit, Julien est d'une obstination sans bornes, à un point qui peut devenir comique. Il m'a fallu presque une semaine pour obtenir son attention en privé, afin de le convaincre de qui il surveillait durant sa phase de basses besognes, en tant que recrue du club. Pour lui faire entendre que j'étais le frère de l'homme en coulisses, du chef de bande moitié français, moitié américain qui menait la danse. Clairement, il nous voyait comme deux Américains arrogants, en milieu de vingtaine, qui devaient être surveillés pour des raisons inconnues de lui.

J'ai partagé ce secret avec lui.

Il n'est pas un grand romantique, et à cause de ça, il nous a fait la morale, à Sean et moi, pendant des heures. C'était hilarant.

Une fois que j'ai établi le contact avec le dur à cuire, mon instinct a été payant. Un jour où nous étions en mission de reconnaissance sur les traces de corbeaux, il m'a aidé à rassembler des tas d'informations cruciales que je cherchais depuis des années.

C'est à cette occasion que j'ai compris qu'Antoine avait mis le grappin sur mon frère, et à quel point il avait de l'influence sur lui. Tobias a renforcé l'organisation de cet enfoiré de Français en échange d'une aide minime, de quelques connexions et privilèges, mais il en a surtout fait le royaume le plus résistant et le plus redouté de France. Du fait de sa seule réputation, personne n'osait contrarier Antoine, et c'est la faute de Tobias.

Il a bâti une armée quasi indescriptible avec Antoine, des mines que mon frère se fera lui-même sauter au visage. Nous ne mourrons pas comme ça. Je ne permets pas qu'il soit redevable à ce timbré. Il ne veut pas que je m'approche d'Antoine. La raison est simple : je suis la seule faiblesse de mon frère.

Je crois qu'Antoine le sait, même si Tobias est doué pour ne pas laisser ses émotions transparaître. À son tour, Tobias est devenu le pantin d'un monstre. Pour moi.

Un fait que je ne peux dédaigner. Un fait qui enfonce le clou de la culpabilité et me cimente ici, où je purge ma peine et répare mes torts.

Julien est la clé.

Parce que Tobias ne l'a pas dans son radar. Pour lui, il n'est qu'un troufion au bas de la hiérarchie des oiseaux, donc il peut s'éclipser quand il veut sans qu'il le remarque. Nous ne fonctionnons pas comme d'autres organisations, avec des menaces de mort jusqu'à ce que l'encre s'assèche. Même tatoués, nous ne les égorgeons pas. Avec assiduité, Julien et moi œuvrons pour implémenter un plan, aujourd'hui : nous avons consolidé une stratégie à long terme pour arracher mon frère des griffes d'Antoine, que nous éliminerons tout en prenant le contrôle de l'armée construite par Tobias.

Dans un an ou deux, Julien sera le premier corbeau à partir en mission d'infiltration dans l'armée d'Antoine. Une fois qu'il sera implanté, il lancera le processus de recrutement pour incorporer d'autres corbeaux afin de créer un géant endormi opérationnel. Il sera réveillé au moment optimal et, hélas pour Antoine, ce sera la fin. Ce géant remplira le même rôle et sera tout aussi efficace, s'il est utilisé correctement. Ça prendra du temps, mais ça marchera.

Sean est au courant, et dès que je pourrai en informer Tyler sans que ce soit dangereux, il sera la seule autre personne à savoir.

Mais la triste vérité, dans le fait de découvrir le revers du monde de mon frère, ce sont ses conditions de vie. Un soldat sans domicile fixe, qui n'a absolument rien d'autre que ses coups stratégiques et les cartes qu'il joue. J'ai fondu en larmes quand j'ai compris tout ce qu'il avait fait pour nous hisser là où nous sommes, dans une solitude profonde et perpétuelle. Et que les luxes qu'il prétend savourer pourraient être un mirage ou une tentative de masquer son isolement.

Un hobby né de la nécessité d'occuper le peu de temps qu'il ne consacre pas à satisfaire Antoine ou à veiller à ce que nous nous tenions à carreau aux États-Unis. Si la chaleur de Tobias n'est pas perceptible à l'œil nu, elle est bien plus diffuse que la mienne – et ces gens dont il s'entoure ne peuvent en aucun cas s'apparenter aux siens.

Son cœur est inapte parce qu'il n'alimente que son esprit.

Il y a quatorze mois, j'étais comme lui.

Je déteste tous les aspects de son monde ici. Je suis convaincu que lui aussi, et qu'il souffre en silence, coincé, sans refuge.

Sans le réconfort d'un son comme le frottement d'une page qui se tourne. Pas de nuage dans lequel s'immerger, de jambes emmêlées, de peau moite, de cheveux qui chatouillent le nez, d'ongles qui griffent le torse, de murmures qui apaisent. Il n'a jamais pu s'évader en se perdant dans des yeux bleus aimants, des lèvres vicieuses, dans un parfum si addictif qu'il fait instantanément bander, ou dans des gémissements essoufflés, qui sentent l'éloge à plein nez et font qu'un homme se sent invincible. Si seulement il savait ce que ça fait d'être regardé comme elle me regarde ! Ses yeux bleu foncé transperçant ma chair et mes os, comme si elle pouvait voir chaque partie à l'intérieur de moi et toutes les apprécier, sans se soucier de celles qui marchent mal voire pas du tout.

D'avoir une femme qui le comprend et ne le laisse pas se dérober à ce qu'il est réellement, et qui le libère.

Elle m'a cherché, a nourri mon cœur affamé et l'a ressuscité. Elle a extirpé l'organe affaibli qui se débattait… mais il est révélé, et bat régulièrement pour elle.

Boum. Boum. Boum. Boum.

Il n'y a pas de retour en arrière. Ces choses-là ne sont pas réversibles.

On ne peut pas désaimer quelqu'un sur commande. Le fait qu'il croie cela possible prouve son manque de maturité amoureuse. Même s'il a rendu sa décision, mon cœur avait déjà fait son choix avant même que je commence à purger ma peine.

J'ai choisi mon frère la nuit où il a prononcé notre condamnation. Et tous les jours depuis, la douleur gutturale que je trimballe ne cesse de me répéter que c'était une erreur.

Tu as fait le mauvais choix.

La vraie définition de l'enfer est de vivre dans la mauvaise décision.

Ma mâchoire se serre quand je prends conscience de ça, les yeux levés vers le plafond noirci par la moisissure de ma prison.

Mes chaînes sont invisibles, mais réelles.

Si je sors de cette auberge, je suis libre. Mais si je fais ça, je suis viré du club.

Un casse-tête auquel je ne veux plus participer.

Le blesser de cette façon a brisé quelque chose en moi aussi. Quelque chose entre nous qu'on ne retrouvera peut-être jamais. C'est ma faute, alors j'ai fait mon possible pour réparer mes torts, mais il me déchire avec sa quête de satisfaction.

Parce qu'il n'a pas la moindre idée de ce que ça fait de sentir ça, alors il ne comprend pas ce qu'il exige de moi.

Cecelia ne serait pas d'accord pour que je renonce à ma relation avec mon frère. Son cœur est bien trop grand. Mais tristement, celui de Tobias ne l'est pas.

Un éclair balafre l'obscurité et j'arrache mes écouteurs pour mieux entendre le tonnerre. Il claque inévitablement quelques secondes après, retentissant dans la chambre et se mêlant aux notes de la chanson de David Bowie qui se jouent entre mes doigts. Ça me rappelle un jour où je l'ai entendue sous un ciel étoilé avec la femme qui m'obsède.

Avec notre silence, a-t-elle tiré un trait sur nous ?

M'habillant sans bruit, j'enfile mes bottes, m'empare du téléphone de Julien, qu'il laisse maintenant en évidence pour moi toutes les nuits.

Malgré nos avancées, ces jours, ces semaines, ces mois me paraissent insipides, et je les vis comme la condamnation qu'ils sont. J'ai l'impression que mon cœur ne reprendra son juste rythme que lorsque je rentrerai à Triple Falls, et que mon frère pourra me regarder dans les yeux. Quand je retrouverai la main de Cecelia au milieu de ce merdier.

La période que nous avons passée ensemble se transforme en un lointain rêve. Le pire étant que plus je reste ici sans elle, plus ça en restera un. Même quand nous retournerons à Triple Falls, je ne la retrouverai pas dans cette allée, à m'attendre.

À moins que si ?

La porte refermée derrière moi, je longe le couloir pour sortir de l'auberge, sous l'orage. Elle nous hait probablement tous les deux pour l'avoir abandonnée sans même une promesse. Pour ne pas nous être opposés davantage à Tobias. Pour le long silence. Nous ne sommes pas démunis. Nous aurions pu refuser de partir et concevoir une nouvelle manière d'avancer, en contournant mon frère. C'est un choix d'être ici, ça reste un choix, un vœu d'allégeance, et plus que tout, une façon de nous excuser. Ce qu'il mérite.

Mais à ce stade, j'en ai marre de m'excuser.

Je ne crains pas d'affronter ce qui se prépare, quoi que ce soit, mais je suis terrifié à l'idée que sa main ne soit plus là quand je l'atteindrai.

Je renonce à rester à l'abri et laisse la pluie m'entourer, ma peau s'en imprégnant comme une affamée.

Je ressens chaque jour comme un jour de retard. La panique qui s'est immiscée en moi ces dernières semaines commence à pourrir dans mon torse.

Et ça va changer, à partir de maintenant.

Nous l'avons laissée avec toutes ses questions, et avec un trou béant dans son cœur confus. Le premier vautour qui passe risque de la dévorer, de la picorer par petits bouts jusqu'à ce qu'il ne reste plus rien d'elle. L'idée qu'elle ait tourné la page me rend malade physiquement. Penser à ça enracine ma jalousie en profondeur.

Il faut que je la contacte.

Tobias n'aura d'autre choix que de l'accepter. Elle mérite mieux que d'être abandonnée dans une rue déserte avec une explication douteuse. Si cette période m'a appris quelque chose, c'est que je sais exactement qui je suis et ce que je veux, et je n'ai pas besoin de la permission de mon frère pour l'avoir.

Peine purgée.

Fin de la pénitence.

Sans plus réfléchir, je l'appelle et il décroche à la seconde sonnerie.

— Dom ?

— Tyler, dis-je, laissant libre cours à la douleur alors qu'elle murmure sous la pluie.

« Je t'aime. »

— Tyler, j'ai fait une connerie, déclaré-je.

Des trombes d'eau se déversent autour de moi, le tonnerre gronde dans la rue tranquille de ce quartier résidentiel. J'entends l'inquiétude dans sa voix.

— Que se passe-t-il ?

Pendant que j'attends de pouvoir parler, je sens son anxiété monter en flèche.

— Dom ?

— J'ai un service à te demander.

Encore du silence. Et nous savons pourquoi. Il est déjà sur la corde raide avec Tobias, et il sait d'avance ce que je vais lui demander.

— Tu rentres dans une semaine, me rappelle-t-il.

— Rien à foutre ! J'ai déjà tiré dix putains de mois. Tu crois pas que ça mérite un petit geste de reconnaissance ? Il est passé hier, il ne nous a pas parlé. Je ne sais même pas si ça vaut le coup de s'embêter, s'il ne nous adresse plus la parole. Tout sera différent, quoi qu'on fasse. Pourquoi je suis là, en fait ?

— Dom, dit-il sur un ton qui insinue que je devrais le savoir.

Et je le sais, mais ça me gonfle.

— Tu l'as vu, continue-t-il.

Je l'ai vu. Il était inconsolable. Hormis aux funérailles de nos parents, je ne l'avais jamais vu pleurer. Même ce jour-là, il était seul quand je l'ai surpris, mais ma décision est prise.

— S'il veut vivre comme un moine le reste de sa vie, c'est son problème.

— Tu sais que ce n'est pas pour cette raison.

J'abats mon poing sur une boîte de lettres, à côté de moi.

— Je suis censé faire quoi, putain ?

— Ce que tu fais en ce moment. Tiens bon, encore sept jours, et tu seras à la maison.

— Il n'y a pas que moi, rétorqué-je.

Je pense à Sean, et à la façon dont l'exil l'a transformé. Je ne suis même pas sûr qu'il reconnaisse les changements en lui.

— Sean est… Il ne va pas bien, tu sais ? Il en a quelque chose à foutre, de ça, Tobias ?

— Il ne s'en fout pas. Ça le perturbe, m'assure-t-il.

Les yeux fermés, j'essaie de me raisonner pour pouvoir attendre. Ce que nous faisons ici a de l'importance. Nous avons enfreint les règles. Dans un club, il faut respecter les règles. Sans exception. En même temps, j'ai les poches vides et le prix devient trop élevé.

— J'ai besoin de ça, Tyler. Je sais ce que je demande. Mais j'en ai besoin.

— Dis-le.

Soulagé, je pince ma nuque.

— Fais-nous partir d'ici. Tout de suite.

— Dom, ce n'est qu'une semaine.

— Je m'en tape ! Réduction de peine pour bonne conduite. Mais si je ne suis pas dans un avion dans les heures qui viennent, j'arrête de bien me comporter. Il est temps de mettre les choses à plat avec lui et de crever l'abcès. Je ne lui demande plus la permission. Tu sais que nous avons fait ce qui était attendu de nous. Fais-nous sortir.

Fermant les yeux, j'entends la supplique gutturale dans ma voix.

— S'il te plaît.

Je les sens, l'urgence, la terrible envie de la retrouver. C'était déjà là, mais jamais aussi fort. Pourtant, mon instinct me dit aussi que ça pourrait être trop tard.

— S'il l'apprend… ça sera mauvais pour vous. Tu es sûr de toi ?

— C'est pour ça que je t'appelle. Détourne l'attention des chiens de garde assez longtemps pour nous rapatrier, histoire qu'on n'ait pas à gérer ça. J'ai besoin de ta magie pour que ça se passe sans heurts et sans douleur. Je m'expliquerai auprès de mon frère le moment venu, si je le sens, mais plus je reste ici, plus j'ai de rancune envers lui. Honnêtement, je ne m'inquiète plus de sa réaction.

Je me suis endurci d'une manière que je n'aurais pas imaginée.

— Je suis tombé amoureux, c'est pas un crime, et toi, plus que quiconque, tu sais que l'identité de la fille n'est pas discriminatoire… Comment elle va ?

Silence.

— Nous sommes adultes, Tyler. Arrêtons de tourner autour du pot. Je ne te blâme pas, comme tu ne me blâmes pas. Comment se porte Delphine ?

— Elle vient de passer un PET-scan. Nous aurons les résultats demain ou après-demain, mais elle n'a pas bu une goutte depuis presque onze mois, annonce-t-il avec fierté.

— Tu plaisantes, fais-je, assailli par l'émotion.

Onze mois. Ce qui signifie qu'elle était déjà sobre quand je l'ai emmenée à Pretty Place Chapel. C'était ça, le changement que j'avais remarqué en elle, et Tyler était ce qui lui était arrivé de significatif.

L'émotion me brûle le torse et me pique les yeux. Elle était sobre.

— Je… je ne sais pas quoi dire.

— Elle a réussi, Dom. Elle a vaincu la bouteille et elle continue de se battre… Elle est vraiment heureuse.

J'ai une boule dans la gorge.

— Formidable, vous le méritez tous les deux, et elle encore plus, dis-je franchement. Nous le méritons tous. Et ici, j'ai payé ma dette. Je ne paierai pas un jour de plus le fait de l'aimer. Tu m'entends ?

Le long silence de Tyler me fait tiquer.

— Quoi ? Qu'est-ce que tu ne me dis pas ?

— Un vol direct décolle dans quelques heures.

Submergé par le soulagement, je vois une femme qui promène son chien dans la nuit. Son parapluie Louis Vuitton est assorti à la laisse du chien.

Je décide de ne jamais revenir en France.

Elle se rapproche, sur ses escarpins, ses longues jambes soulignées par un short qui descend à mi-cuisse. Sur son débardeur fin, un petit nœud est cousu au milieu du décolleté plongeant, joliment emballée. Elle a l'air pompette quand elle passe devant moi, son regard s'attardant assez sur moi pour que je sache qu'elle est une cible facile. Quand nos regards se rencontrent, son sourire est une invitation. Elle passe, son chien frisé continue, la guidant au bout de la rue. Je ne me rappelle pas la dernière fois que j'ai vraiment regardé une femme, depuis *elle*.

— Dom ?

— Réserve deux billets.

Une heure plus tard, Albert est cagoulé, et Julien m'adresse un hochement de tête en signe d'adieu avant de se recouvrir, au moment où Sean atterrit à côté de moi. Il braque son Glock sur ceux qui appréhendent nos baby-sitters, mais je repousse son bras, avant qu'il vise et tire.

— Un peu lent, ton temps de réaction, frère.

Je ris, sors mon sac de sport de sous le lit pendant que nos baby-sitters sont traînés hors de la chambre. Sean se tourne vers moi les yeux écarquillés.

— Il se passe quoi, là ?

— Habille-toi et prépare tes bagages. On rentre à la maison.

« Je suis l'homme qui prendrait une balle pour vous deux, sans hésiter, mais aussi celui qui vous a tenu la main avant de vous apprendre à vous battre. Je suis le même homme, celui que j'étais avant de la rencontrer, et qui vous place au-dessus de tous. Mais en ce moment même, qui suis-je ? Je suis l'homme qui l'aime assez pour ne pas laisser qui ou quoi que ce soit se mettre sur son chemin. »

Tobias, *The Finish Line*

Chapitre 43

J'absorbe les bruits nocturnes, vautré contre la porte, la tête basculée en arrière et le regard dans le vide. Les cigales mêlent leur sérénade à celle des grillons. Le bruissement des arbres annonce la petite brise qui s'infiltre, rafraîchissant ma peau. Les éraflures sur ma botte sont amplifiées par le clair de lune.

Rien de tout cela ne m'a manqué.

Si autrefois le monde était flou et le temps filait sans que je m'en aperçoive, j'y suis sensible à présent.

Je suis conscient de chaque inspiration irrégulière qui déforme le rythme dans ma poitrine – ainsi que son état, désormais inhabitable. La brûlure accablante dans ma gorge s'intensifiant, je reste concentré sur la douleur qui se faufile dans chaque veine, propulsée par des battements saccadés.

Le vent frais murmure de nouveau, glisse sur mon profil et mes bras, démentant cruellement tout changement de température. Aucun signe d'orage.

Il n'y a pas un seul nuage dans le ciel baigné par la lune, une vue aisément accessible sur ma droite. Une vue que je rejette corps et âme pour garder celle que j'ai. Les cieux ne me sont plus d'aucune utilité, je n'ai plus de question à poser au cosmos, pas de futur à définir parce que, aujourd'hui, ils ont scellé mon sort.

Un avenir sans pluie.

Sans elle.

Il s'avère que l'enfer ne fait pas de discrimination géographique, mais est, en fait, un état destiné à me faire souffrir où que j'aille. Cette vérité s'est révélée à moi aujourd'hui en me suivant loyalement jusqu'à la maison pour me voir voler en éclats sous son impact.

C'est sa Jaguar garée derrière ce qui ne pouvait être que la Jeep de Cecelia qui nous a mis la puce à l'oreille. Après que Sean et moi avons échangé un regard éloquent dans l'allée, le rire de Tobias nous a attrapés, surgissant de quelque part dans le jardin. Le son nous a attirés à l'intérieur et incités à épier. Nous avons franchi le portail, la piscine et le jardin, pour recevoir en pleine face la vue de ce qui nous attendait.

Quand je ferme les paupières, la peine s'intensifie dans ma gorge, le martèlement de mon cœur à vif servant de rappel alors que l'image d'eux rejaillit dans mon esprit.

Cecelia allongée sous mon frère, quasi nue. Tobias, torse nu et en caleçon, la contemplant comme si elle était tout ce qu'il voulait dans la vie.

Vu l'intimité de l'échange, il était clair que ça ne datait pas d'hier. Tout étant une question de moment, Sean et moi sommes arrivés juste à temps pour les voir se confier leurs sentiments. La déclaration de mon frère étant la première.

« Tu m'as prévenu que je ne devais pas tomber amoureux de toi. Tu as dit que tu ne me ferais pas de place.

— Et tu m'as dit que tu ne tomberais pas amoureux. »

La réponse sincère de Cecelia a eu l'effet d'un coup de massue qui enfonce bien profond la réalité dans nos crânes. Je n'ai pas eu besoin de voir leurs yeux pour savoir qu'elle lui donnait son cœur… un cœur qui ne serait plus jamais à moi. Alors, quand il a ouvert la bouche pour répondre, j'en ai profité pour prononcer son retour de karma.

Grognant de douleur, je secoue la tête pour chasser l'image d'eux. En vain.

C'est donc ça, un chagrin d'amour.

Les mots sont faibles à côté de ce que je ressens.

« Détruit » serait plus approprié. « Insignifiant » aussi, dans le sens où notre temps ensemble ne signifiait rien pour elle, apparemment. Du moins, vu de ma place ce matin, d'où je la voyais donner son amour… à mon frère.

Mon sombre pressentiment en France s'est révélé pertinent ; comme je le craignais et le savais en mon for intérieur, j'ai perdu ma place auprès d'elle pendant et à cause de mon absence.

« Où étais-tu passé ? »

Cette question ne m'a pas autant surpris que découvrir que l'homme que j'ai admiré toute ma vie, que j'ai respecté et vénéré, se faisait un malin plaisir à tenir la réponse secrète pour prendre ma place.

Mon frère a volé mon bonheur naïf.

Et le plus dur, dans tout ça ?

C'est que je l'ai laissé faire.

Les larmes aux yeux, je me frotte le visage avec la manche de mon tee-shirt pour clarifier ma vision, refusant de perdre une seconde du temps que je m'octroie.

Ma colère contre mon frère, aucun problème pour la faire remonter à la surface, mais contre elle, c'est beaucoup plus difficile. Aujourd'hui, Cecelia a été prise de court autant que moi.

Si je ne l'avais pas vu tirer les leçons de sa duperie, si je n'avais pas vu ou entendu tous les efforts que Tobias a déployés pour la tenir dans l'ignorance, peut-être que je pourrais la haïr.

Mais j'ai tout vu, ainsi que son combat pour rester droite, alors qu'elle était visiblement bouleversée de nous revoir, Sean et moi. Dans ses yeux, il y avait de la nostalgie mélangée à de l'incrédulité, comme si elle se languissait de nous revoir, mais sans croire que ce jour viendrait. C'est la preuve que Tobias a échoué à nous remplacer dans son cœur.

Même si c'est un fait, c'est trop tard.

Trop tard.

Restant concentré, je prends une inspiration saccadée, sa confession résonnant nettement dans mes oreilles.

« Je vous ai attendus. À m'en rendre malade. Je vous ai pleurés toutes les nuits, pendant des mois. J'ai attendu et attendu, sans avoir aucun signe de vous. »

Bien que je me sois félicité d'avoir progressé sur le plan personnel avant l'atterrissage, je me suis emporté contre elle dans un mélange de blessure, de colère et de jalousie, ce que Cecelia m'a reproché à juste titre. J'ai tourné le dos à tout et elle a crié. Elle m'a supplié de ne pas partir, comme elle l'avait fait dans cette ruelle, en m'épinglant avec les mêmes paroles.

« Ne pars pas, Dominic. S'il te plaît, ne pars pas. »

Même si j'ai perdu ma place auprès d'elle, elle ne voulait toujours pas renoncer à moi. Elle voulait comprendre ce qui s'était passé, et plus encore, comment j'avais pu m'éloigner d'elle, de nous.

« Tu essaies de me dire que tu as attendu tout ce temps de me retrouver ?

— J'ai fait le mauvais choix, ai-je admis d'une voix cassée. »

Je remonte mes genoux, pose les avant-bras dessus, et serre les dents pour encaisser le coup suivant.

Mon frère l'a délibérément amenée à croire que nous l'avions abandonnée par choix, insinuant que c'était notre décision. Ça a été le coup de grâce, et nous l'avons tous senti passer. Je pensais avoir touché le fond, mais Sean a coincé Cecelia, avec ce qui était à la fois une accusation et une affirmation.

« Tu l'aimes. »

Elle n'a pas nié… parce qu'elle ne pouvait pas.

À l'évidence, mon frère a trouvé sa rédemption en elle, et comme moi, son refuge. Hier soir, dans cette auberge, j'avais de la peine pour lui. J'avais pitié qu'il ne sache pas ce que ça fait de vivre un amour réciproque.

Il sait maintenant. Il sait aussi à quel point l'idée de le perdre est terrifiante.

Spécialement de perdre son affection. Elle, un point c'est tout. Ce qui est ma réalité en ce moment.

— J'ai merdé, dis-je d'une voix étranglée.

Tenant l'arrière ma tête, je m'efforce d'absorber la cassure qui se produit en moi.

Le cœur de mon frère a peut-être mûri, mais à en juger par son comportement ce soir, il est désormais évident qu'avec Cecelia il est devenu dangereusement possessif. Il a déboulé au garage, dans tous ses états, pour nous supplier de ne pas retirer notre protection et, la seconde suivante, nous a condamnés.

« Deux idiots qui fanfaronnent comme des soldats, alors que vous ignorez le sens du sacrifice. Avec elle, vous n'avez rien sacrifié ! Que dalle ! Tant que vous ignorez ce que c'est, vous êtes incapables d'être l'homme dont elle a besoin… Et vous savez parfaitement que l'avez perdue dès l'instant où vous l'avez partagée. »

La pique était destinée à Sean, et j'ai su qu'elle n'avait pas loupé sa cible avant que Tobias se concentre sur moi.

« Et que vous avez choisi cette vie plutôt qu'elle. »

Coupable.

Pour l'ensemble.

Tobias a réussi là où Sean et moi avons échoué : il l'a choisie. Il l'a fait passer en premier, avant lui-même, avant le club, avant nous.

J'ai perdu la meilleure chose qui me soit arrivée à cause de cet échec, tout en découvrant l'une des vérités les plus accablantes sur la malédiction à cinq lettres. Sur l'amour. Selon cette vérité, on ne sait qu'il est important ou puissant qu'au moment où on le perd.

Le vent se renforce, augmentant l'irritation sur mon visage. J'apprécie la douleur physique, même une seconde, qui me distrait de mon tourment intérieur.

Je me relève du sol, les jambes engourdies, et marche jusqu'au lit. À chaque pas, je la distingue mieux, et la voir dans cette rigidité anormale me brise. J'écarte une pile de linge plié, au bord du lit, et m'imprègne de sa silhouette endormie, sachant qu'elle ne se réveillera pas à cause des drogues qu'elle a ingérées.

Parce que Tobias a mis sa menace à exécution et l'a marquée.

Je suis venu dans l'intention de l'en empêcher, quand j'ai remarqué le SUV de Jimmy. C'est lui qui nous a tous tatoués, et j'ai su à la seconde où je l'ai vu sortir par le portail de Roman que j'arrivais trop tard.

Trop tard.

Trop tard, et mon frère n'était même pas là.

Il ne lui a même pas donné le choix.

Il l'a juste… revendiquée.

Et la liste de sales coups que je ne peux lui pardonner s'allonge encore.

Je contemple sa perfection pendant qu'elle dort, comme je l'ai fait des dizaines de fois. Et alors qu'elle rêve, pendant ce bref moment, elle est à moi.

Elle était à moi.

Des visions affluent tandis que je regarde sa poitrine se soulever et s'abaisser… La seconde où nos yeux se sont verrouillés dans mon jardin, la lueur de certitude que j'ai rejetée au départ, mais qui continue de sonner juste dans toutes les fibres de mon être.

Elle te connaît.

Les longs regards que nous avons partagés un peu partout, jusqu'à la minute où nous avons craqué sur le pneumatique, avant qu'une collision nous crée. Le même bourdonnement continu à travers les coups d'œil volés en tournant une page, alors que l'orage éclatait dehors.

Ses doigts explorant ma peau, l'émerveillement dans ses yeux, ma paume effleurant son dos avec révérence, mon admiration pour le cœur qui bat en elle, enveloppé dans son mystère.

Jusqu'au soleil qui surgit et l'illumine sur mon siège passager, alors qu'elle ajuste sa couronne de chèvrefeuille. Nos rires, quand elle est couchée sous moi, emmêlée dans mes draps avant que nos sourires s'estompent. Le cœur à vif, alors que nous nous verrouillons l'un à l'autre, perdus dans notre connexion, nos poitrines tressautant à l'unisson en raison du lien qui nous unissait.

Et qui nous unit encore.

Un destin que nous avons créé ensemble.

Une histoire que je continuerai de revivre sans regret.

Tomber amoureux d'elle valait la peine de toucher le fond, et chaque douleur qui vient avec.

La main tendue, mes doigts suivent le contour de sa joue.

— Tu m'as anéanti, bébé, confié-je d'une voix éraillée. Mais je ne peux pas dire que je ne le mérite pas…

Je flanche, consumé par le chagrin.

— Tu t'épanouis dans l'amour, et je… nous avons affamé ton cœur… nous t'avons plantée là.

Écrasé par le poids de cette vérité, je lève sa main et entrecroise nos doigts.

— Nous savons tous les deux que je ne te méritais pas… mais tu m'as fait sentir que j'étais digne de toi… même si je n'ai pas été foutu de te tenir la main. J'allais le faire. (Je renifle.) J'allais essayer d'être ce gars-là. J'étais ce gars. Mais je…

Je passe mon pouce sur le sien, la douleur est insupportable.

— Je donnerais tout pour un jour de plus. Rien qu'un seul.

Elle ne bouge pas. Sa main inerte dans la mienne, sa respiration superficielle, mais régulière, elle est couchée sous moi, en tout point la belle endormie qu'elle est. Mais ses yeux ne s'ouvriront pas pour moi parce qu'ils ne sont plus ceux dans lesquels j'ai le droit de me perdre.

Il n'y aura plus d'évasion.

Plus de feu ni d'eau pour noyer le bruit.

Plus de flamme.

Plus de pluie.

Elle n'est plus à moi.

Complètement brisé, je me penche et appuie mon front sur le sien.

— Pardon.

Détruit par l'irrévocabilité de la fin, je pose un baiser salé sur sa tempe. Je murmure près de son oreille mon ultime confession, beaucoup, beaucoup trop tard.

— Je t'aime aussi, Cecelia.

Il n'y aura plus de pluie.

Chapitre 44

Après deux décennies à observer l'alcoolisme, j'en comprends enfin la cause. L'ivresse plonge dans un état d'engourdissement que j'ignorais pouvoir atteindre aussi facilement. Je sais maintenant que boire aide à réduire le chagrin en embrouillant la réalité.

Une réalité dans laquelle je me tiens, dans le garage, parmi les corbeaux, à l'occasion d'une fête de plus qui ne m'intéresse pas.

Fêter notre retour à la maison me ramène encore à la case départ de cet enfer sur terre. Un rappel du jour où ça a commencé, celui où j'ai plongé dans les yeux de la femme qui m'a définitivement métamorphosé, pour le meilleur comme pour le pire.

Les gars autour de nous décapsulent des bières, sourient et bavardent bruyamment. La plupart d'entre eux ignorent que le karma nous a détruits, Sean et moi, ces deux derniers jours, dans ce présent que je ne gère pas. Un présent seulement rendu supportable par la pinte à moitié vide dans ma main. Pendant que je me morfonds, le futur s'approche à chaque seconde, son sarcasme cruel et impitoyable. Cecelia avait raison. Quand on ne demande rien à la vie, c'est exactement ce qu'on reçoit : rien.

Si je n'ai jamais rien demandé à cette vie, j'ai pris tout ce qu'elle m'a refusé. Cette tactique fonctionnait à merveille pour moi, et j'ai cela en commun avec mon frère… en plus de nos goûts en matière de femme.

J'ai dit à mon frère que Triple Falls était mon territoire, mais pour l'instant, je n'ai plus envie de jouer mon rôle. Je n'imagine même pas à quoi ressemblerait la vie sans le club. Pour autant, la question demeure… comment sommes-nous supposés reprendre nos rôles ? Nos vies ?

Tobias a volé ce qui rendait la mienne tolérable. En faisant cela, il a enfin découvert la valeur de quelque chose qu'il avait quasiment banni de nos existences : l'amour.

Son air secoué d'hier soir tout comme sa panique quand il nous a suppliés de faire de Cecelia une priorité n'étaient que trop familiers ; je les ai éprouvés quand je m'inquiétais de sa réaction à lui. Essentiellement de la façon dont il accuserait le coup et la traiterait. Mon rire ironique se perd dans la foule. Néanmoins Sean le remarque, et me pousse du coude.

— Qu'est-ce qu'il y a de si drôle ?

— Rien que tu trouverais comique.

Je bois au goulot une rasade suffisante pour m'assommer avant de lui proposer la bouteille. Il secoue la tête, la sienne est encore pleine. Son regard balaie la fête.

— Virons-les, dit-il. Je ne suis pas d'humeur.

— Profite, mec ! Tu es ton propre patron maintenant.

— J'ai encore du mal à y croire. À tout, soupire-t-il en lorgnant la bouteille que je vide à toute vitesse.

— Moi, j'y crois.

La tête de Sean se tourne brusquement vers moi. Alors que je le fixe sans ciller, son regard se durcit.

— Ne me dis pas que tu vas laisser tomber. J'en reviens pas qu'il l'ait fait.

En repartant de chez Cecelia la nuit dernière, j'ai compris l'une des raisons pour lesquelles Tobias irait jusqu'à la marquer. J'ai partagé ma révélation avec Sean ce matin.

— Tu penses vraiment que c'est Antoine ? demande-t-il.

— Qui d'autre ? Antoine est le seul qui soit susceptible d'instiller ce genre de peur en lui. (Rasade.) De toute façon, le tatouage la protégera. Mais si cette ordure découvre que Tobias a une faiblesse, elle sera sa première cible.

De longues minutes s'écoulent, et je sais que Sean s'efforce de l'accepter.

— Je ne pense pas pouvoir lui pardonner, Dom.

Il me scrute en fumant.

— Alors, ne pardonne pas. Mais pour tout te dire, il avait raison sur pas mal de points. Nous aurions pu, et même dû, nous y prendre autrement.

— C'était pour le protéger, souligne Sean.

— Très juste, mais il n'est pas plus coupable que nous.

— Ah non ? Il a délibérément…

— Quoi ? Il a fait quoi de si différent, exactement ? Tomber amoureux d'une femme qu'il n'était pas censé aimer ? Mettre sa vie et notre club en danger, mentir à ses frères à ce sujet, et tout faire pour la garder en rusant ? Ça ne te rappelle rien ? ajouté-je en coulant un regard vers lui.

— C'est différent, assène-t-il.

— Bah non, dis-je en déglutissant. C'est la même chose.

— Tu le défends maintenant ? Il savait que nous l'aimions.

— C'est peut-être la seule raison pour laquelle tu puisses légitimement le haïr. Mais tu sais que la plupart de ses accusations étaient justifiées.

— Réfute autant que tu veux. Aucune de tes raisons ne me convainc, déclare-t-il avec franchise.

Alertés par un fracas, nous nous retournons et voyons Jeremy s'agiter entre les mains de Russell, qui s'amuse à le frapper. Sean réussit à esquisser un sourire alors que je le coince avec ma prochaine question.

— Tu étais sérieux, hein, quand tu as dit que tu voulais l'épouser ?

Il darde un regard sur moi, assez pour que je lise la réponse dans ses yeux.

— Je voulais juste l'aimer.

J'entends sa voix se fissurer malgré le brouhaha.

— Je voulais juste que ce soit normal de l'aimer sans culpabiliser.

— Tu es légitime maintenant. (Je penche la bouteille vers lui.) Mais je ne peux pas me disputer avec toi à propos de lui. Je n'ai pas la force, Sean.

Ma vision se brouillant brièvement, je secoue la tête pour l'éclaircir.

Il tient sa nuque et acquiesce.

— C'est ton choix d'honorer ton tatouage ou de claquer la porte. Je te suis, quelle que soit ta décision.

Un long silence s'ensuit.

— Tu te sens capable de lui pardonner ?

— Pas ce soir, réponds-je avant de vider ma bière et d'allumer un joint.

— Punaise, t'es à fond, hein ? observe-t-il en zyeutant la bouteille.

Je hausse les épaules.

— Je me suis récemment retrouvé dans la position où je m'en cogne.

Il exhale un nuage de fumée en examinant le garage.

— Tu penses… qu'il avait raison ? demande-t-il. Tu penses que nous sommes des idiots qui se pavanent…

— Comme des soldats ? Qui se prennent trop au sérieux dans leurs costumes d'Halloween ?

Il hoche la tête.

— Tout le temps, fais-je en haussant les épaules. Mais j'en reviens toujours à la même conclusion.

— Laquelle ?

Son ton est contemplatif, et je sais pourquoi.

— Pourquoi pas nous ?

Il hoche la tête. Et pour la première fois, nous envisageons de couper nos ailes. Comme s'il sentait notre dilemme, Tyler attrape mon regard. Je lève le menton vers lui, sachant qu'il nous offre son soutien silencieux alors qu'il préférerait être ailleurs. Tyler nous a arrachés du sol de l'atelier, hier, après le départ de Tobias et nous a conduits chez Delphine. Nous étions tellement sonnés par les événements de la journée que nous avions oublié que nous étions sans domicile.

Mais depuis ce matin, nous compatissons tous les trois ensemble.

Si Sean et moi avons été anéantis en peu de temps, le bonheur de Tyler lui sera dérobé à petit feu.

Les derniers résultats d'analyse de Delphine sont tombés, sa brève rémission est terminée.

Les étoiles ont eu la générosité de rallonger l'avenir, mais je maudis chacune d'elles. Parce qu'elles volent Tyler sans aucun remords et m'ont accordé un aperçu du paradis que je ne peux pas retrouver. Je les défie en inclinant ma bouteille et murmure :

— Je vous emmerde.

La douleur monte en flèche, et l'alcool tente en vain de la dissoudre avant qu'elle se propage comme les basses qui vibrent dans l'atelier.

Tandis que je suis emporté par la douleur, c'est le claquement soudain qui retentit dans l'atelier malgré le boucan qui me ramène quelque peu dans le présent. Tyler tourne la tête dans notre direction alors que nous nous redressons. Au moment où le tapage retentit à nouveau, et que nous identifions des éclats de verre, Tyler se précipite à la réception.

La musique est brusquement coupée et tout mouvement se fige. Tous les corbeaux se mettent en alerte, leur attention sur la porte de l'atelier. À l'accueil, Tyler révèle l'origine du remue-ménage.

— C'est Cecelia… et elle n'a pas l'air contente.

Au nouveau bruit fracassant, Sean me lance un regard avant de se diriger vers la sortie.

— Je m'en occupe.

Tyler le rejoint. Et à la seconde où Sean soulève le volant roulant, le verre explose à quelques centimètres de son visage. Il se protège à la dernière seconde en jurant.

Cecelia jette d'autres bouteilles sur nous. Quelques gars les évitent, alors que je rallume mon joint. Sean fait un pas vers elle, mais Cecelia lance des regards de lui à moi, la tristesse naviguant dans ses yeux furieux quand ils survolent mon visage rendu muet par le bourbon. Layla intervient d'une voix prudente, essayant de la raisonner bien qu'elle soit stupéfaite par l'état dans lequel elle s'est mise.

— Cecelia… qu'est-ce qui se passe ?

Layla ignore tout des rebondissements des dernières vingt-quatre heures. Son regard passe de Sean à moi.

— Qu'est-ce que vous avez fait, les deux abrutis ?

La meilleure question serait : que ne lui avons-nous pas fait ?

L'air dégoûté de Cecelia et la fureur dans sa posture en disent long. La trahison et la vengeance font rage dans ses yeux.

Je sais ce que ça fait, bébé.

— T'embête pas, lance-t-elle à Layla. Pas besoin de faire semblant de te soucier de moi.

— Tu sais que j'avais pas le choix, se défend Layla d'une voix pétrie de culpabilité.

— Raconte pas de conneries ! conteste Cecelia avec sarcasme. Tu avais le choix. Tu les as choisis, eux. Et tu sais quoi ? Tu les mérites.

— Je suis désolée…

— À d'autres ! Vous avez tous été clairs. À mon tour de m'exprimer.

Elle lève un jerricane d'essence et verse le reste devant elle. La flaque sert de barrière entre nous et sa Jeep, qui tourne au ralenti. Entre le faisceau des phares derrière elle et la lumière du garage, je m'imprègne de chaque détail, le bourbon échouant à réprimer la douleur naissante.

— Tu fais quoi, là ? hurle Sean en découvrant les dégâts sur le parking alors qu'elle brandit une bouteille dont sort un chiffon imbibé.

Désarçonné lui aussi, Tyler intervient :

— Bordel, à quoi tu joues ?

— Qui m'a fait ça ? crie-t-elle.

Si Tobias n'a pas admis qu'il l'avait tatouée, pourquoi mettre sa menace à exécution ? Sean avance d'un autre pas alors qu'elle lève la bouteille d'un geste menaçant.

— Un pas de plus avant que j'aie ma réponse, et je l'allume. Et on verra bien où elle atterrit. Ne m'oblige pas, Sean.

— Pose ça, ordonne Sean, sidéré par sa fureur.

Mais je sais ce qu'elle a.

— Qui m'a fait ça ? mugit-elle.

Même si elle nous déclare la guerre, en déclenchant une émeute à une seule personne, et en lançant des accusations, je sais qu'elle a à peine touché du doigt l'individu qu'elle deviendra un jour. Elle est renversante, malgré sa rage qu'aucune quantité d'alcool ne pourrait atténuer. Je suis fier qu'elle ne cède pas, même quand elle nous bombarde d'insultes.

Boum. Boum. Boum. Boum.

— … Vous me voulez ? Me voilà !

Boum. Boum. Boum. Boum.

— … Parlez, et vous pourrez venir chercher votre putain de trophée !

Elle allume un Zippo.

— Cecelia, ne fais pas ça ! braille Sean d'une voix paniquée.

Je le vois transpirer. Elle n'a aucune intention d'écouter. Me repoussant du mur, je me dirige vers elle. Les gars s'écartant, certains crachent des insultes et des plaisanteries malvenues à ses dépens.

— Elle est timbrée, la connasse.

— Tu l'as baisée trop profond, Dom.

Concentré, je me dirige sans vaciller vers elle, alors qu'ils commencent à découvrir les dégâts qu'elle a causés avant de signaler sa présence.

— C'est quoi, ce carnage ? Elle a crevé nos pneus !

La main levée pour qu'ils la bouclent, je continue d'avancer au même rythme. Elle canalise ses menaces sur moi.

— Je te jure, Dominic, je vais foutre le feu. N'avance plus.

Je n'en doute pas une seconde.

— Arrête ! ordonne-t-elle.

Je m'arrête.

— Pourquoi ? nous demande-t-elle. Pourquoi ?

Alors elle se retourne pour exposer son tatouage frais sous nos yeux. Du coin de l'œil, je vois Sean se raidir tandis que voir sa marque m'écœure. Les insultes continuent de pleuvoir.

— Lâches ! Vous êtes deux putains de lâches ! vocifère-t-elle avant que sa voix déraille. Je n'ai jamais été à vous et je ne le serai jamais. Ne m'approchez pas !

La peine exsude de sa déclaration même si elle bout. Manifestement, Tobias ne sera pas pardonné de sitôt.

Super.

Fais-lui payer cher, bébé.

Dans le regard qu'il m'envoie, Tyler cherche un moyen de gérer ça. Le fait est que nous avons créé et nourri le corbeau en elle et, stimulé par le tatouage, il commence à déployer ses ailes. Ce n'est pas quelque chose qui se gère.

Ah, ah ! T'es mal barré, grand frère !

La question étant : pourquoi Tobias n'est pas là pour nettoyer le foutoir ?

Au même instant, un pressentiment me déstabilise.

Quelque chose ne va pas.

Tobias ne la marquerait pas pour l'abandonner ensuite.

Moins d'une seconde après, les cheveux dans ma nuque se soulèvent alors qu'une chorale de vibreurs et de tonalités résonne autour de moi.

Cecelia, trop absorbée par sa diatribe, continue de cracher sa haine. Tyler aboie mon nom et je m'immobilise juste avant qu'il appuie le téléphone sur mon oreille. La voix de mon frère s'élève :

— Miami a pris un contrat pour éliminer Roman ! Mets-la en sécurité ! Il va débarquer !

Un afflux d'adrénaline me fait courir vers elle au moment où elle lance le cocktail Molotov dans la flaque d'essence qui s'embrase. Un mur de flammes me barre le passage. Je l'enjambe d'un bond, le feu léchant mes avant-bras. Je retombe juste à temps pour l'apercevoir dans sa Jeep. Je m'élance et réussis à taper du poing sur le capot, une seconde avant qu'elle disparaisse et s'enfuie sur les chapeaux de roues.

Et merde.

Boum. Boum. Boum. Boum.

L'instant d'après, Tyler surgit à côté de moi et examine ma peau. Une fois certain que les blessures sont superficielles, il s'écarte et distribue des ordres aux hommes, qui s'affairent déjà.

— Prenez tout ce que vous trouvez !

Tyler parle au téléphone avec animation pendant que les martèlements de mon cœur saturent mes oreilles.

Boum. Boum. Boum. Boum.

— … elle était dans tous ses états, elle voulait savoir qui l'avait marquée, T. Elle a crevé tous les pneus, et menacé de tout brûler. Elle avait l'air possédée, mec. Pourquoi elle ne sait pas ? Où étais-tu passé ?

Boum. Boum. Boum. Boum.

Dans la longue pause qui suit, je sais que mon frère résume une explication louable. Tout impitoyable qu'il est, il n'aurait pas laissé Cecelia aussi exposée s'il avait eu le choix. Alors que mon cerveau raisonne en sa faveur, le ressentiment est latent.

— Dom, appelle Tyler en me tendant le téléphone.

— Il n'y a pas de traceur sur sa Jeep ?

Tyler fait grise mine.

— Mais pourquoi ? rugis-je.

— Ils vivaient ensemble, admet Tyler dans un souffle. Chez Roman.

Sean tressaille quand je m'empare du téléphone, exaspéré d'avoir trop bu pour fonctionner normalement.

— Il se passe quoi, putain ?

— Dom. Écoute-moi. Je t'en supplie, écoute-moi.

La panique dans la voix de Tobias amplifie mes craintes.

— J'écoute.

— Ce n'est pas Roman. Il n'a pas tué maman et papa. J'avais tout faux… Putain, s'agace-t-il.

— Quoi ?

C'est à peine un chuchotement.

Boum. Boum. Boum. Boum.

— Dom, tu es là ?

— J'suis là, dis-je.

Mon attention saute de Tyler à Sean. Leurs yeux écarquillés sont rivés sur moi, ils entendent tous les mots criés. J'active néanmoins le haut-parleur.

— Roman n'est pas le coupable.

Boum. Boum. Boum. Boum.

— Comment le sais-tu ? demandé-je d'une voix peu audible.

— Parce qu'il me l'a dit, répond Tobias.

— Quoi ?

À mesure que j'assimile ses mots, le sol semble bouger sous mes pieds, ma respiration devient difficile. Ma tête se remplit d'un tourbillon de questions sans réponse, d'autres s'ajoutant à la ronde.

— Dom ?

— Ouais.

Pendant que Tobias parle, je masse mes tempes pour lutter contre un mal de tête naissant.

— … son bureau, Roman savait que nous le visions, Dom. Il le savait.

Tyler, Sean et moi fixons le téléphone d'un air éberlué.

— C'était un accident, dit Tobias d'une voix tremblante. Dom… c'était Diane… elle était enceinte de Cecelia. Roman n'a rien fait.

Pourquoi nous laisserait-il l'approcher ? Pourquoi… Bouche bée, je sens la réponse s'infiltrer en moi. Parce que même à notre ennemi nous n'avons pas réussi à cacher notre affection pour elle.

Ce qui me déroute juste après ça, c'est qu'il n'a jamais été notre ennemi.

Les pièces manquantes, que nous cherchons depuis des années, s'emboîtent quand la première voiture démarre. Me retournant, je vois Jeremy filer vers la sortie du parking, avant de foncer dans la même direction que Cecelia. Alors qu'une autre voiture démarre, Denny braille des directives, assisté par Russell, pour quadriller les environs.

— Gardez vos téléphones près de vous, crie Tyler en guise de dernier ordre avant de grimper dans son pick-up et de me faire signe. Grimpe, espèce d'ivrogne !

— Dom ! braille Tobias au téléphone. Mon frère… je t'en supplie, parle-moi !

— Je t'entends.

C'est tout ce que je dis. La panique mêlée aux émotions me dégrise en un temps record.

— Je suis dans la voiture de Roman, signale Tobias, et je devine pourquoi.

Il essaie de les appâter.

— Je les suis, lui dis-je en luttant pour émerger du brouillard provoqué par le bourbon.

— Je ne peux pas rouler trop vite sans éveiller leurs soupçons. À moins qu'ils soient déjà là. Nous avançons à l'aveuglette. Je ne sais pas du tout qui a commandité le coup, et les deux gars chargés de la surveillance ne savent pas depuis quand ils ont disparu. Ils les ont suivis chez eux hier soir et ils ont dû filer en douce ce matin. Je vais essayer de les attirer.

Angoissé à l'idée qu'il se mette en danger, je m'apprête à contester, mais il me devance.

— Ne m'envoie pas un seul gars. Il n'y a qu'elle qui compte, Dom. Tu m'entends ? Je n'ai pas d'importance. Trouve-la !

Ma colère s'apaise un peu parce que je me sens tout aussi impuissant à cet instant-là. Mon frère me supplie de l'aider à sauver la femme que nous aimons tous les deux. C'est à égalité avec les autres pires secondes de ma vie, quand on nous a annoncé que nous n'étions plus que nous deux. Ce qui était le cas jusqu'à Cecelia Horner.

En proie à l'affliction, c'est alors que je sais. Quelle que soit la manière dont ça se terminera, tout a déjà changé et il n'y aura pas de retour en arrière possible.

— Dis à Denny de déballer, ordonne Tobias. Tout. Absolument tout l'arsenal, tu m'entends ?

Sean hoche la tête. Je désactive le haut-parleur, lui lance mes clés, m'efforçant d'émerger du brouillard où tout se fait au ralenti, et où je suis coincé.

— J'ai deux roues de secours dans mon coffre, dis-je à Sean. Répare la mienne et demande à Denny de récupérer tout ce qu'on a raflé à l'entrepôt.

L'air mitigé, Sean se retourne sans même hocher la tête. Je monte avec Tyler pendant que mon frère continue de brailler des ordres. Je regarde Sean s'éloigner, et brièvement, à l'idée de ce qu'il doit ressentir, je ferme les yeux. Il a dédié sa vie à nous aider à nous venger du meurtre de nos parents, et renoncé à l'amour de sa vie pour nous permettre d'accomplir cette quête.

Et maintenant, il sait que c'était un accident. Tyler le sait aussi.

En regardant Sean ouvrir mon coffre, je suis obligé de croire qu'il nous pardonnera, et de me rappeler que le tatouage a encore du sens. Que l'objectif que nous nous sommes fixé dès le départ suffit à le retenir et à ne pas regretter son tatouage plus qu'il le regrette déjà.

Qu'il nous pardonnera à tous les deux notre ignorance et notre vaine soif de vengeance.

Aussi parce qu'il aurait pu l'aimer librement, sans culpabilité. Tout comme moi.

C'est ce coup-là qui m'achève presque. Mais j'ai si peur pour elle et ce qu'elle a subi, tout ça à cause des erreurs de nos parents, que je me crispe à côté de Tyler quand j'exige :

— Emmène-moi chez Delphine.

Sans un mot, il acquiesce et s'éloigne du garage King. Je remonte le téléphone près de mon oreille.

— … il faut la trouver ! Dom ? Frère… s'il te plaît.

L'affolement dans la voix de mon frère me fait dessoûler alors que nous brûlons le pavé.

— Je suis là. Reprends tout du début.

« Voici mon secret. Il est très simple : on ne voit bien qu'avec le cœur. L'essentiel est invisible pour les yeux. »

Le Petit Prince, Antoine de Saint-Exupéry

Chapitre 45

L'intuition ne m'a pas été accordée comme à d'autres. En général, c'est un don qui se manifeste à certains moments pour nous guider. Il n'en a jamais été ainsi pour moi. Tout au long de ma vie, elle a été mon carburant quotidien. Elle ne m'a jamais laissé tomber.

Pas une seule fois.

C'est ce qui m'a fait rester exactement là où je devais être. Au bon endroit, au bon moment.

Alors comment ai-je pu me retrouver là ?

Qu'ai-je fait pour me retrouver là ?

En ignorant mon intuition bien avant la chute.

En brouillant le sable qui s'écoule dans le sablier pour le multiplier, retarder le temps, même quand il filait sous mes yeux.

En taisant la voix dans ma tête à la faveur du feu que Cecelia a allumé dans mon cœur.

En faisant la sourde oreille à l'avertissement qui me hurlait de lui tendre l'arme, la lançant à la place, ne serait-ce que pour atténuer un peu de l'effroi dans ses yeux. Un regard que je redoutais depuis le début. Un regard qui montrait qu'elle savait de quoi je suis réellement capable.

Un regard qui m'a dit qu'elle était enfin convaincue que j'étais le salaud que je prétendais être.

Un regard terrorisé qui m'a rongé vivant quand elle s'est recroquevillée au moment où je suis entré dans sa chambre. En à peine quelques secondes, j'ai reconnu dans ses yeux que j'avais échoué à la protéger. J'ai reconnu la vérité, à savoir que c'était sérieux et que nous n'avions pas exagéré les enjeux, mais, au contraire, que nous les avions sous-estimés. Un regard qui me disait qu'elle pensait que je serais celui qui assumerait ces conséquences.

Un regard qui m'a suffisamment annihilé pour que je lance l'arme trop loin, hors de portée.

C'est quand sa vue s'est clarifiée qu'elle m'a vu, réellement, comme elle me voyait durant les premiers mois ; c'est alors que j'ai été gratifié de ces quelques précieuses secondes d'échange. Une collection de minutes où j'ai pu confier mes peurs, m'excuser de l'avoir trompée, et enfin faire ma déclaration avec tout mon cœur.

« Oui.

— Oui, quoi ?

— Oui, j'ai déjà été amoureux. »

Une déclaration que j'ai refusé de garder enfermée une seconde de plus, puisque c'était trop tard. Une confidence qui me conférait une sorte de paix mitigée, avec l'idée qu'un jour je pourrais être digne de cet amour que j'avais pris égoïstement.

Et à présent ?

À présent que j'ai ignoré mon intuition, je suis assis aux premières loges, en plein milieu, et je fais face aux conséquences. Mais en l'ignorant, j'ai reçu un bout de paradis, une minute de plus de mon bonheur naïf.

Et je l'ai pris.

Voilà comment j'en suis arrivé là.

Même si désormais mon arme est entre les mains de l'ennemi.

— Qu'est-ce qui t'amène, Matteo ? C'est un peu tard pour une visite amicale.

Je parle assez fort pour rameuter Tobias, dans le cas où il serait tout près. Mais je sens l'intuition que j'ai dédaignée une fois de trop se manifester, mon corps entier en état d'alerte.

C'est trop tard.

Pour garder Matteo à bonne distance d'elle, j'amorce un dialogue futile, tout en restant concentré sur le monstre devant moi. Ses yeux sont menaçants et sa silhouette s'approche trop près de la seule chose que je refuse qu'on me vole.

J'ai suffisamment perdu à cause de la vie. Il n'a pas le droit de la prendre.

Sentant Cecelia émerger de sa chambre, je le somme de reculer. Je ne veux pas qu'elle voie la dépravation irradier de cet enfoiré. Même si nous avons des points communs, ce pervers prend plaisir à faire couler le sang.

À cet égard, nous sommes aux antipodes l'un de l'autre.

J'ai au moins ça en ma faveur. Même si je peux m'identifier à lui par certains aspects, le saigner ne me fera pas perdre le sommeil.

Pour elle, je deviendrai le croquemitaine. Matteo le lit dans mes yeux, j'en suis sûr, même quand il la menace pour me déstabiliser.

Avant que je fasse un pas de plus, Tobias intervient derrière moi :

— Tout baigne, frère ?

— Je gère, dis-je avant de questionner Matteo sur le lieu où se cachent ses frères.

J'ai toute confiance en Tobias. Refusant de penser à la demi-douzaine d'étapes où ça a déjà mal tourné, je suis rassuré d'entendre Tobias ordonner à Cecelia de le rejoindre. À l'instant où le soulagement s'infiltre en moi, la voix d'Andre résonne. S'ensuit un échange insignifiant entre eux trois, pendant que Tobias tente en vain de me convaincre de patienter. Mais je m'y oppose à cause de ce que je sais et vois. Je n'ignore plus mon instinct. C'est si évident dans les yeux de Matteo que ça le fait saliver.

Nous sommes deux, comme ça, enfoiré.

Sachant que je peux éliminer cette pourriture par ma seule volonté, qu'il ait l'avantage ou non, je déclare à Tobias que je m'en occupe. Je me méfie plutôt de la menace derrière la porte d'entrée. Il faut du temps pour que nos gars nous rejoignent, même en fonçant jusqu'ici.

Quand Tobias ordonne à Andre de dégager, je descends d'un pas, m'interposant entre le monstre et elle. À chaque marche, je sens mes chaînes se tendre et se briser, l'une après l'autre. Cecelia est au cœur de mes préoccupations. Le brouhaha m'entoure, les hurlements des autres innocents que j'ai juré de venger me propulsent en avant. Me perdant dans le vide au cœur des yeux qui me regardent, l'adrénaline prend le dessus.

Boum. Boum. Boum. Boum.

Ce monstre va payer pour eux tous. Et quand mon frère m'implore, je lui assure qu'il n'y a pas d'accord à négocier. Ceci est inévitable, et un autre pressentiment me dit que je le savais depuis un long moment.

Boum. Boum. Boum. Boum.

C'est l'appel de Cecelia qui m'empêche de céder à la noirceur qui serpente en moi. Concentré sur elle, je m'accorde une chance de lui dire qu'elle m'a brièvement offert un aperçu du bonheur dont je ne pensais pas être capable.

— Cecelia, dis-je avec fermeté, mon cœur lancé au rythme qu'elle a créé.

Boum. Boum. Boum. Boum.

Tobias essaie d'intervenir, mais je le rembarre.

— Je m'adresse à Cecelia.

— Oui ? répond-elle, tremblante de peur.

— Après ça, tu veux qu'on regarde un film ?

Sans rien entendre d'autre que notre échange, je lui relate le souvenir qui m'aidait à tenir le coup en France.

Boum. Boum. Boum. Boum.

Un temps où je me sentais complet, entier.

— Tu pourras préparer le pop-corn au cheddar que j'aime tant et on se blottira sur cette couverture qui sent… Elle sent quoi, déjà ?

— La lavande, lâche-t-elle dans un souffle tremblotant.

Boum. Boum. Boum. Boum.

D'une vie que nous aurions pu vivre… si je n'avais pas autant de monstres à occire.

— Ouais, et je choisirai un film niais parce que tout ce que je veux, en vérité, c'est te regarder le regarder. T'as l'air shootée quand tu visionnes trop de trucs à l'eau de rose.

Boum. Boum. Boum. Boum.

— On aime les jours de pluie, n'est-ce pas, bébé ?

— Beaucoup, dit-elle d'une voix brisée.

Je défie Matteo d'un mouvement de tête et préviens clairement Tobias de se préparer.

— On ne négocie pas avec les terroristes.

Je descends une marche de plus vers Matteo. La voix paniquée de Cecelia s'élève :

— Dominic.

— Quoi, bébé ?

— S'il te plaît, ne fais rien de stupide. Je t'aime*.

— Je sais*.

Gonflé à bloc, je me dresse entre elle et le monstre contre qui j'ai juré de la protéger, tandis que son amour me libère. Un court instant, elle a été mon réconfort, mon répit. Elle est le seul rêve d'avenir que je me sois autorisé, bien que ce ne soit pas possible. Plus maintenant.

Trop de monstres.

— Dominic, braille Tobias avec autorité. Reste là. Je te l'ordonne. On est en train de discuter.

Je sens le désespoir dans son ordre qui me prie de prendre le temps de réfléchir avant d'agir. Sauf que j'ai déjà bien réfléchi, depuis trop longtemps, et j'ai enfin dix pas d'avance.

Désolé, frère.

Boum. Boum. Boum. Boum. Boum. Boum. Boum. Boum.

Je suis alors frappé par l'ironie de la situation, ayant attendu une vie entière de pouvoir déclarer cette guerre. Mais depuis les révélations de mon frère sur Roman et la mère de Cecelia, l'attente s'avère vaine.

Je m'approche, mon intuition m'offrant une révélation qui fait tilt.

Tout ce temps, j'ai attendu d'appuyer sur la détente alors que je suis cette putain de détente.

Ressentant cette vérité dans mes tripes, je redresse le menton, mes yeux reflétant la noirceur des yeux des monstres que j'ai combattus toute ma vie, et tout ce qu'ils représentent : ce système qui nous destinait tous à échouer. Cela nous a mis en guerre les uns contre les autres, et ça les amusait d'assister à ça, tout en créant leurs prédécesseurs toujours plus avides de pouvoir. Tout était là, aussi bien la pauvreté que la tristesse, la souffrance et la division. Tout ça pour l'unique chose que personne n'a jamais réussi à conserver dans l'histoire de l'humanité : le contrôle.

Ça cesse et ça commence ici.

Je ne pourrai peut-être pas tous les abattre, mais ce monstre-là… ce putain de monstre est à moi. La tête remplie de vengeance et le cœur nourri par la rage, je sens la dernière chaîne se détacher quand, au pas suivant, je me jette dans le gouffre.

— Vous dansez ?

— J'en serais honoré, mon ami, répond le démon.

— Fais ça bien.

— Dominic, non !

Aveuglé par une douleur cuisante qui transperce mes membres, je suis projeté vers l'avant par une autre balle, celle-ci me déchirant l'épaule. Mes yeux trouvent Cecelia, j'ai le soulagement de la voir entière, indemne, alors qu'une onde de souffrance me submerge quand je tends la main vers elle. L'instant d'après, elle est dans mes bras, et je m'écroule contre le mur, le feu circulant dans mon ventre, un frisson crépitant le long de mon échine.

Boum. Boum. Boum. Boum.

La douleur s'implante, entrave ma respiration. Tobias apparaît en jurant et en se dépêchant de boucher les trous par lesquels je me vide. Les cris de Cecelia me ramènent à elle, et les voir tous les deux sains et saufs m'apaise.

— Filez, leur dis-je avec le peu d'énergie qui me reste.

Mais les mots se brouillent, mon pouls ralentit, la douleur m'engloutit.

Boum… Boum… Boum… Boum…

Alors que je me sens partir, Cecelia me supplie de m'accrocher, des excuses se déversant de ses lèvres.

— Je suis désolée, tellement désolée.

Concentré sur mon frère, je vois mon destin se cristalliser dans ses yeux. En retour, je lui donne les mots que je sais qu'il comprendra. Des mots qu'il a toujours compris, dans le fond, et une vérité que j'ai toujours sue.

— Nous savions tous les deux que je ne fêterais pas mes 30 ans, mon frère. Prends soin d'elle*.

Fort de la promesse aperçue dans ses yeux, je sens l'urgence de la menace qui rôde derrière la porte.

— Filez, réussis-je à articuler en toussant, le goût du sang dans la bouche, et la respiration sifflante. S'il vous plaît.

— Pas question, tranche Cecelia en secouant furieusement la tête. Désolée, tu ne peux pas partir, Dominic, parce que j'ai rêvé ton avenir pour toi. Tiens bon, et je te raconterai tout.

Je fixe la femme qui vaut la peine de se battre. Celle qui m'a donné un aperçu du paradis sur terre, consciente du pouvoir de son amour. La voyant jusqu'à son âme, je maudis une fois de plus le destin qui permet qu'elle me soit enlevée. Mais au moment où cette pensée survient, ce que je pensais volé est en fait donné par son intermédiaire, comme toujours, parce qu'il n'a jamais été question de météo, de moment ou de lieu.

Boum… Boum… Boum…

Sa chaleur m'enveloppe. L'atmosphère change, des nuages tumultueux s'accumulent dans ses yeux et sa pluie tombe sur moi. Tous les fardeaux s'évaporent, ainsi que les restes de colère. Un froid intense envahit mon corps à mesure que la douleur s'estompe. Ses yeux bleus tourmentés me percent et m'emportent au loin.

Denny

Tous ceux qui ne sont pas marqués dans cette baraque vont crever.

C'est mon unique pensée quand Tyler émerge entre les arbres, avec les vêtements ensanglantés de Cecelia. Après les avoir jetés, il me fait un signe de tête, tire deux Glock de sa ceinture et se dirige vers la maison à toutes jambes. L'arme levée, je le couvre. En quelques secondes, nous sortons du bois sur le côté de la villa, près de la piscine. Les coups de feu rugissent autour de nous.

Les tirs rapprochés me stimulent, puisqu'ils signifient qu'il n'est pas trop tard pour se joindre à la fête. Franchement, j'ai hâte.

Alors je ne perds pas une seconde.

Couvrant Tyler, je me décale quand, du coin de l'œil, j'aperçois un homme approcher à l'orée du bois. Je l'identifie en une fraction de seconde, mon canon s'orientant déjà sur lui.

Pan. Pan. Pan. Pan.

Pas l'un des nôtres.

Je fais feu et il s'affale.

Pan. Pan. Pan. Pan.

La plupart des tirs proviennent de l'intérieur. Une fenêtre éclate tandis que nous approchons, et une autre silhouette s'impose sur le côté. Derrière moi, Jeremy s'éloigne du portail, aux aguets, et l'arme au poing.

Pan. Pan. Pan.

Un autre homme à terre.

Il se tourne vers moi et hoche la tête, le regard assassin. Le message est clair : « Je surveille vos arrières. »

Me dirigeant vers la porte de derrière, Tyler étant déjà à l'intérieur, je la pousse du bout du pied, et entends un affrontement. Je me pointe, armes brandies, et aperçois Sean sur le sol de la cuisine, à quelques pas. À califourchon sur l'un des gars de Miami, la soif de sang claire dans son expression, il enfonce le canon sur la gorge du traître pour lui écraser la trachée.

Facile de comprendre pourquoi il prolonge sa mort. Il veut qu'il souffre comme lui-même, et nous tous, souffrons.

Dom.

Nous ne serons plus jamais les mêmes.

Rejetant la tristesse à un moment plus opportun, je lutte pour rester hyper-concentré, et scrute l'immense double cuisine. Saisi d'anxiété, je vois un gars de Miami émerger du couloir en visant Sean. Ma peur est étouffée quand, sans regarder, Sean l'abat en deux coups de feu. Perdant l'avantage sur celui allongé sous lui, Sean lui flanque un coup de poing. Les dents serrées, il assène des coups mortels avant de lui tirer une balle dans la tête. Se relevant, Sean tape du pied dans le corps inerte. Quand il se tourne vers moi, je constate que sa soif n'est aucunement étanchée. Ce que je vois dans ses yeux dépasse tout ce que j'ai vu jusqu'à présent. Puis il disparaît, sans doute à la recherche d'ennemis. De l'autre côté de la cuisine, Tyler fonce vers un meuble retourné à l'envers. Un membre de Miami, barricadé derrière, fait feu autour de lui.

Mais Tyler continue d'avancer, même quand une balle perdue touche son gilet pare-balles. L'arme au poing, je pars dans leur direction. Tyler repousse la table comme si elle ne pesait rien et coince l'agresseur contre le mur. En un éclair, Tyler est au-dessus de lui et décharge ses deux revolvers.

Pan. Pan. Pan. Pan.

Me sentant derrière lui, Tyler se retourne en me visant, mais son expression me fait reculer.

Nom d'un chien.

Tyler disparaissant, le besoin de faire valoir mes droits me submerge. Après quelques pas dans le couloir qui relie la cuisine au hall d'entrée, je repère un gars de Miami planqué derrière un comptoir. M'approchant sans bruit, je signale ma présence en lui tapant sur l'épaule. Dès qu'il pivote, j'enfonce mon flingue dans sa bouche béante et tire.

La vue de son corps gisant sur le carrelage n'évite en rien la peine dans ma poitrine.

Il est mort. Mon ami le plus proche. Putain, mon seul ami.

Dans le hall d'entrée, par la porte entrouverte, quelques gars de Miami se faufilent à l'extérieur. Je fonce vers eux quand j'entends une balle tirée avec un silencieux, et l'immanquable chute qui s'ensuit.

Me ruant vers ceux qui ont filé, je suis arrêté par la chute d'un nouveau corps qui s'écrase sur la table devant moi. L'homme grogne en roulant par terre.

Miami.

Je me prépare à l'achever quand un grognement m'arrête.

— Il est à moi.

Me tournant vers l'origine de la voix, je vois Tobias descendre lentement l'escalier, en tirant un corps sans vie par le col. Avec une expression meurtrière, il reste rivé à sa cible qui se sert à présent de ses avant-bras pour ramper vers la porte ouverte. Au pied de l'escalier, Tobias se débarrasse du corps, en enjambe un autre pour capturer l'enfoiré de Miami qui s'échappe en braillant. En deux pas, il écrase avec sa chaussure les quelques vertèbres qui lui restent. Il hurle de douleur pendant que Tobias le retourne pour le faire taire à jamais.

Pan.

— Ils essaient de s'enfuir ! prévient Russell à l'extérieur.

La tête de Tobias se tourne soudain vers l'allée, avant qu'il sorte en ramassant un M16 abandonné sous le porche. Tyler surgit à côté de lui en renfort. Je les suis, sortant à reculons de la villa, le revolver en l'air. D'autres corbeaux émergeant de tous les côtés adoptent ma posture de repli. Russell accourt pour m'aider à les couvrir. Une fois à bonne distance, les corbeaux encerclent la villa, et je vois Tobias mitrailler l'équipe de Miami qui s'échappe vers les véhicules.

Pan. Pan. Pan. Pan. Pan. Pan. Pan. Pan.

Courant vers eux, j'aperçois deux voitures roulant à tombeau ouvert vers le portail. Mais Tobias réussit à cribler la dernière de balles. Tyler franchit le portail et ouvre le feu sur la voiture qui s'éloigne à toute vitesse.

Pan. Pan. Pan. Pan. Pan. Pan. Pan. Pan.

Le tir de Tyler est récompensé quand la voiture s'écrase dans un arbre.

Le temps que je le rattrape, il arrache un gars de Miami de la voiture, lâche son arme, avant de lui briser la nuque à mains nues.

Vérifiant l'intérieur de la voiture, j'en trouve un qui crache du sang en essayant de se cacher dans l'espace entre les sièges, entre les deux airbags gonflés. Je l'achève d'une seule balle.

Presque aussitôt, j'entends hurler et vois Tyler déverser son chagrin d'une manière qui me retourne l'estomac, avant de tirer.

Pan. Pan.

Puis un étrange silence retombe sur la villa et les environs.

De longues secondes de tension se succèdent.

C'est fini. Pour l'instant.

— Retourne à la villa, aboie Tyler en passant devant moi.

Il suit Tobias, déjà à mi-chemin.

Sans un mot, je leur emboîte le pas, examinant au passage les corps inertes qui jonchent la terrasse, au cas où l'un d'eux serait des nôtres. Je suis reconnaissant qu'il n'y en ait aucun, mais je sais que zéro n'est pas le chiffre exact.

Le visage de Layla surgit dans mon esprit. Je la revois m'ordonner de revenir. Je ne peux que remercier le ciel ou je ne sais qui d'avoir décidé que j'étais digne de rentrer à la maison aujourd'hui. Conscient que demain, le sort pourrait en décider autrement.

Pour n'importe lequel de nous.

Parce qu'une guerre vient de commencer, et nous le savons tous.

Que nous soyons prêts ou pas, elle est imminente, et ce n'est pas la seule chose qui m'attend. Hier soir, Layla m'a donné une raison de plus de rentrer, non qu'elle en soi ne suffise pas.

Je digère encore le fait que je vais devenir père.

Cette joie est vite chassée par un autre fait : *il ne connaîtra jamais mon fils ou ma fille.*

Le poids du deuil commence à me paralyser quand j'entre en silence dans le vestibule où les gars se regroupent. L'un après l'autre, ils arrivent de différentes directions, certains du porche. Les cadavres sont éparpillés autour de nous, le sang s'infiltre dans le parquet, les impacts de balle percent les murs. Un putain de bain de sang, mais je suis reconnaissant que celui des nôtres n'ait que peu coulé.

Russell nous rejoint, Tyler et moi, près de l'entrée. Sean apparaît sur ma droite, au pied de l'escalier.

— Le camp est prêt ? s'assure Tyler.

Je hoche la tête avant de poser ma question :

— Ils ont franchi l'une de nos frontières ?

Il opine.

— On a perdu quatre hommes. Ils n'ont pas eu le temps de nous alerter.

— On attend encore du monde ? demandé-je.

— On pense que c'est tout pour l'instant, mais on va tout faire pour s'en assurer.

Il hausse la voix pour s'adresser à tous ceux qui se rassemblent.

— Personne ne dort avant qu'on soit sûrs. Je veux tous les hommes chez Denny dans une heure. Sans exception, ajoute-t-il à mon intention.

Juste capables d'acquiescer en silence, nous lançons des coups d'œil au carnage.

C'est lorsque Russell lève les yeux vers le premier étage et s'y fige que je suis son regard, le cœur serré.

En haut des marches, Tobias tient le corps inerte de Dom dans ses bras, attirant tous les regards sur lui avant de descendre lentement. Dans un geignement de douleur, Sean s'agenouille, les mains sur le sommet du crâne, le corps plié comme pour se protéger. Son chagrin résonne autour de nous.

L'une après l'autre, les têtes s'inclinent à mesure que Tobias descend, le visage déformé par le chagrin, les larmes ruisselant de ses yeux vides.

À mon tour, je pleure quand Tyler lance d'une voix cassée :

— Russell, approche ta…

— J'y vais, dit-il en partant vers sa voiture.

Quand Tobias atteint le bas de l'escalier, nous nous écartons tous pour former une allée. Incapable de m'en empêcher, je relève la tête au passage de Tobias. Le regard droit devant lui, il descend les marches du porche. C'est la vue de la main relâchée de Dom qui noue ma gorge alors que les grognements torturés de Sean saturent l'air. Une fois que la portière de la voiture de Russell a claqué, les oiseaux du petit matin se mettent à gazouiller, comme si notre monde entier ne venait pas de s'arrêter.

Mon seul ami.

Tyler

Le vent qui se lève fait bruisser les arbres, créant une atmosphère apaisante juste au moment où le soleil apparaît. Ses rayons rehaussent le cercueil blanc devant nous. Le rugissement dans ma poitrine est à l'unisson avec le chagrin de chacun d'entre nous. Nos bras tatoués retombent immobiles le long de nos corps.

Personne ne parle. Personne n'en a envie. Il n'y a pas de cérémonie parce que notre frère aurait détesté ça. Nous n'avons pas besoin de mots parce que je suis certain que nous sommes tous perdus quelque part dans le temps avec lui. Nos souvenirs individuels nous inondent. C'est un réconfort pour certains, une souffrance pour d'autres.

Nous sommes pour la plupart blessés, bandés ou souffrons d'une blessure physique quelconque, conséquences de la guerre qui a commencé à la minute où Dom a perdu sa bataille. Une bataille que nous avons tous perdue, peu importe le nombre d'entre nous à en être ressortis vivants, car les séquelles sont atroces.

Notre nouvelle réalité est surréaliste.

Une réalité où celui qui nous lie n'existe plus.

Je revois des flashs de mon frère. Le jour où nous nous sommes rencontrés. Notre première balade nocturne à vélo. La première bière chapardée que nous avons partagée. Le premier joint que nous avons grillé en toussant. Nos frasques au lycée pendant la vie de classe. Les angoisses de l'adolescence que nous avons échangées.

M'approchant, je m'accroche aux souvenirs qui sortent du lot. L'un d'eux étant le jour où Sean, Dom et moi étions devant le garage qu'il venait d'acheter, tremblant intérieurement à l'idée que nous étions sur le seuil de quelque chose de plus grand, de mieux que nos modestes existences. Les regards que nous avons échangés devant le bâtiment. La satisfaction de Dom quand il a réparé sa première voiture. Le jour où il est parti à Boston, sa brève hésitation avec son sac sur l'épaule avant de partir sans se retourner, semblable à la mienne le jour où je suis parti pour suivre ma formation de marine. Parce que nous savions que si nous nous retournions, nous ferions machine arrière.

Devant la tombe de mon frère, je traverse des instants de notre histoire à tous, je suis le lien qui nous relie, qui nous a tous réunis. Il passe toujours avant l'objectif, le motif, le projet. C'est ce qui nous a construits qui semble nous briser aujourd'hui.

Dans le coin de mon champ de vision, Sean lève lentement la tête et ses yeux larmoyants se posent sur Tobias. Ils sont remplis d'un mépris que je n'aurais jamais cru voir. Derrière le cercueil, Tobias, tiré à quatre épingles dans son costume noir immaculé, a l'air d'un homme complètement détruit. Sentant le regard de Sean, il lève les yeux pour affronter son jugement. Tandis qu'ils se fixent au-dessus du cercueil de Dom, je perçois la véritable rupture entre eux. Et j'ai ainsi la certitude qu'ils ne seront plus jamais comme avant.

Cette prise de conscience rédhibitoire fait surgir une boule épaisse dans ma gorge. À côté de moi, Delphine, n'ayant rien raté, me serre la main. J'ai tant besoin d'elle que je serre la sienne tout aussi fort à l'instant où le cercueil de Dom s'abaisse. À ce moment décisif, Jeremy craque, gémit de douleur et fond en larmes. Son explosion répand le chagrin par vagues dans la foule. C'est alors que Tobias s'effondre avant de se retourner soudainement et de se diriger vers sa Jaguar.

Je pose un baiser sur la tempe de Delphine en chuchotant :

— Je re…

— Vas-y, murmure-t-elle, son attention sur le cercueil de Dom qui s'enfonce dans le sol sanctifié.

À dix pas de Tobias, je lance son nom en vain, sachant où il va et vers qui.

— Tobias… réussis-je à l'appeler malgré l'émotion. Tu ne peux pas y aller.

Déglutissant, je trottine pour le rattraper, mais il accélère son pas.

— Tu sais que tu ne peux pas.

— Où est-elle ? riposte-t-il, préparant ses clés sans m'accorder un coup d'œil.

— Ce n'est pas ce que tu veux, l'avertis-je. Ça ne ferait…

Il pivote d'un coup.

— Où est-elle ?

— À la fac, soufflé-je, exaspéré.

En moins d'une minute, il monte dans sa Jaguar et fonce en direction de la Géorgie, vers Cecelia. Malgré le chagrin qui l'écrase, nous savons tous les deux qu'il ne franchira pas la frontière de l'État. Il la protégera, au risque de détruire ce qu'il reste de lui. Quand je perds sa voiture de vue, je remonte la colline et franchis le portail. Le soleil disparaît derrière les nuages tandis que la foule se disperse par vagues. Delphine est la dernière à rester, l'air si frêle, seule au bord de la tombe, les yeux baissés. Non loin, deux hommes munis de pelles attendent ma permission pour commencer. Mais je refuse qu'elle voie ça. Son chagrin et sa peur sont une combinaison trop pénible. À moins que ça le soit pour moi.

Ce n'est qu'une fois devant elle que je constate réellement l'étendue des dégâts dans sa posture. Elle semble plus maternelle, comme une mère endeuillée, devant la sépulture de son neveu. Quand la dernière voiture s'éloigne, elle se tourne enfin vers moi et s'effondre dans mes bras.

Russell

Un gamin guette derrière l'arbre, alors que la dernière couche de terre vient d'être tassée à la pelle. Dans ma voiture, j'attends qu'il se dirige vers la tombe de Dom.

Il ne doit pas avoir plus de 12 ou 13 ans, mais sa posture montre qu'il est très mûr pour son âge. C'est encore plus évident quand je m'approche et qu'il tourne son regard attentif vers moi. Au bord des larmes, un millier d'émotions tournoient dans ses yeux. Sa lèvre est entaillée, et un hématome jaunit sous son œil.

Je patiente à côté de lui. Bien qu'il me soit familier, je n'arrive pas à le resituer.

— Salut, dis-je en arrivant à sa hauteur.

Hoquetant, il fixe la terre fraîche. Je l'évalue. Chétif, il a l'air de ne pas s'être douché depuis des jours ni nourri correctement depuis des mois.

— Il était… se lance le gamin. Il était le seul…

Il essaie de nouveau, en vain, avant de décider de laisser libre cours à sa peine, même s'il repousse quelques-unes de ses larmes.

— Il était la seule personne qui m'ait jamais vu.

Le gamin renifle et chancelle. Il se décompose comme s'il avait tout perdu.

Les larmes aux yeux, je regarde la terre et hoche la tête.

— Je comprends.

Dom était mon mentor, mon ami, le seul être qui ait jamais vraiment vu le combat que je mène intérieurement. Il l'a identifié très tôt, en a parlé longuement avec moi quand j'ai été prêt et a attendu avec moi que ça passe quand je ne l'étais pas.

C'était notre secret.

Alors que je replonge dans ce souvenir, le gamin reprend d'une voix dévastée.

— Je suis allé au garage la semaine derrière et Peter me l'a dit. (Il secoue la tête.) Bref. Toutes mes condoléances. Je ne devrais pas être ici.

Comme il prend le chemin du portail, je l'arrête d'une main sur l'épaule. À son mouvement de recul instinctif, je fais le rapprochement. Dom m'avait parlé de lui avant de partir en France.

— C'est toi, Zach ?

Les yeux un peu écarquillés, il opine.

— Il vous a parlé de moi ?

— Ouais. Et écoute bien ce que je vais te dire. Tu as très bien fait de venir.

Un soulagement bouleversant recouvre son visage. Je montre ma voiture.

— En route.

Sean

— Alfred Sean Roberts, rentre immédiatement ! crie maman, alors que je m'enfuis dans l'allée.

Ma chaussure dérape sur la pédale quand je tourne la tête pour lui répondre.

— Je me dépêche, maman !

— J'ai dit ici, immédiatement, monsieur ! houspille-t-elle, et je sais que ça va barder.

Si je salis mes habits du catéchisme, elle va me gronder. Quand je tourne à l'angle, mon père braille mon nom. Je pédale plus vite, mais mes chaussures me ralentissent.

Je fais comme si je ne l'avais pas entendu. Si je rentre maintenant, il ne sera peut-être plus là après.

Je l'ai vu en rentrant de l'église, assis au bord du trottoir. Il est souvent au bord du trottoir, mais il ne joue jamais. À l'angle de sa rue, je constate qu'il est encore là, à côté de sa boîte à lettres. Dès qu'il me voit, juste avant que j'arrive à sa hauteur, il se lève subitement, et regarde des deux côtés de la route.

Mes chaussures glissent un peu quand je pose les pieds par terre pour freiner.

— Salut.

Il me regarde comme si je n'avais rien dit.

— Tu veux faire du vélo avec moi ? proposé-je.

Il cligne des yeux. Il a les cheveux et la peau foncée. Mon cousin Bradly dit que, dans sa famille, ce sont des infortunés.

— Où est ton vélo ? demandé-je sans obtenir de réponse. Va le chercher pour qu'on aille se balader.

Comme il ne dit pas un mot, je tente autre chose.

— Bradly a dit que tu étais un infortuné ! Est-ce que tu es bizarre ? (J'incline la tête.) Tu n'as pas l'air bizarre.

Il plisse les yeux.

— Tu m'entends ? crié-je.

— J'ai cassé mon vélo, dit-il, les yeux plissés comme si j'étais débile.

Je descends du mien et le pousse vers lui. Il porte un tee-shirt avec une voiture dessus. J'aime mieux Batman.

— Tu peux prendre le mien. Mais pas longtemps. Je dois me changer, pour pas salir mes habits du dimanche.

Il se retourne vers sa maison.

— Je peux pas sortir du jardin.

J'incline la tête.

— Tu peux pas faire du vélo dans ta rue ? Moi, j'ai le droit, dans ma rue, la tienne, partout.

— Pas moi.

Il secoue la tête.

— Pourquoi ? Où est ta mère ? Je vais lui demander.

— Elle est morte.

— Oh. Je peux demander à ton père ?

— Il est mort.

Je donne un coup de pied dans un caillou.

— Alors tu habites chez qui ?

— Tatie, répond-il en regardant mon vélo avec envie.

— C'est quoi, une tatie ?

— C'est comme ça qu'on appelle sa tante en français.

— Tu es français ? Ça veut dire ça, « infortuné » ?

— Tu parles beaucoup, dit-il, la tête inclinée.

Je ris.

— Je parle pas plus que tout le monde. Tu dis des drôles de choses.

Il plisse encore les yeux.

— Allez, prends le mien. Pas longtemps.

Je lui passe le guidon. Comme il ne le prend pas, je soupire. Il est têtu.

— Bon, faut que j'y aille.

Je repars lentement en marchant, sachant que mon père m'attendra sous le porche et me mettra une raclée.

— Je vais en faire. Mais… pas longtemps, dit-il en reprenant mes mots.

Il accourt à ma rencontre avant de saisir mon guidon. Il s'assied sur la selle, pose un pied sur la pédale et attend.

— Tu as peur parce que tu as eu un accident ?

— J'ai pas peur, conteste-t-il, les dents serrées.

Il a peur.

— Moi aussi, je suis déjà tombé de vélo. Je me suis entaillé la main, ça saignait, dis-je en lui montrant.

Il n'a plus l'air en colère, mais il n'appuie pas sur les pédales pour autant.

— Juste… pédale très vite et tiens le guidon droit. Tu vas y arriver.

— Dom ? entends-je appeler depuis sa maison. Dom ?

— C'est toi ? Tu t'appelles Dom ?

Il opine, la tête baissée.

— C'est mon frère, dit-il en descendant de vélo avant de me le rendre. Il ne sera pas d'accord pour que je fasse du vélo avec un étranger.

— Bon. Alors… retrouve-moi ce soir, après l'heure d'aller au lit.

Il secoue la tête.

— Il ne me laissera pas sortir.

— Ne lui dis pas.

Je souris.

— Oh, fait-il, les yeux ronds. D'accord.

— Ce sera notre petit secret.

Il acquiesce. J'indique le lampadaire.

— On se retrouve là. Je dois rentrer à la maison. Je vais me prendre une raclée parce que je suis venu te voir avec mes habits d'église.

La tête renversée en arrière, il rit.

— Tu trouves ça marrant ? Que je me prenne une raclée pour te voir ?

Il hoche la tête encore et encore, souriant. Et je souris aussi.

— OK, Dom. À tout à l'heure, quand il fera nuit.

Pendant que je pédale, je lance un regard en arrière.

— Je m'appelle Sean.

Il hoche encore la tête, toujours en souriant. La porte de sa maison s'ouvre quand je tourne au croisement.

— Dom, tu fais quoi ? Ne traîne pas dans la rue !

— À minuit, tu pédalais bravement dans cette rue à toute allure.

J'arrache les brins d'herbe autour de sa pierre tombale, le cœur à vif comme depuis que j'ai vu son corps sans vie dans la chambre de Cecelia, par terre, il y a presque trois mois.

— Non que tu aies demandé, mais j'ai effectivement pris une raclée juste parce que j'étais allé voir le garçon qui restait assis au bord du trottoir toute la journée.

Submergé par une vague de chagrin, j'ai les larmes aux yeux.

— La meilleure décision de toute ma vie. Je ne la regretterai jamais, dis-je d'une voix étranglée.

La douleur me transperce alors que je relis les dates irrévocables. Les dates qui marquent le début de sa vie, et sa fin. Je viens aussi souvent que je peux pour me convaincre que c'est réel.

Qu'il n'est plus là.

Quelque chose en moi refuse d'y croire.

Nos derniers mots n'avaient rien de sentimental ni de mémorable. Ils étaient plutôt pratiques et nourris par la peur.

Mais il savait. Il a toujours eu connaissance de mon affection pour lui, et réciproquement. Avant ça, je me demandais pourquoi les gens se tracassaient des dernières paroles, après un décès, la relation demeurant plus importante. Mais maintenant, je comprends. Je donnerais n'importe quoi pour retourner à ces quelques secondes. Même si j'ignore quels seraient ces derniers mots.

Quelquefois, je décide qu'il n'y en aura pas.

Je ne cesserai jamais de lui parler.

— Putain.

Le souvenir du jour de notre rencontre me serre le cœur. Ce gamin au bord du trottoir, apparemment perdu, qui attendait quelqu'un ou que quelque chose lui arrive. Dès que je l'ai vu, j'ai su que c'était moi qu'il attendait. Cette certitude me réconforte. Le vent se lève et fait bruisser le feuillage des arbres, qui flotte puis qui tombe lentement sur le sol autour de moi. Les gonds du portail grincent, alors que je suis concentré sur une feuille dorée qui se pose sur sa stèle.

— Toi qui as toujours su m'aider à trouver du sens aux choses, tu me laisses comme ça, à devoir me débrouiller pour tout comprendre. Tu faisais ça pour moi. Tu mettais les choses en perspective. Je ne sais pas faire ça. (Je déglutis.) J'ai besoin de toi parce que je ne trouve pas de sens à ça, frère. J'ai beau essayer, je ne comprends pas pourquoi ta disparition est ce qui était censé advenir.

La boule dans ma gorge me réduit au silence. Je grogne pour la chasser.

— Je suis complètement largué, Dom.

J'appuie mes poings sur mes yeux, en proie à l'impitoyable déchirure qui revient tous les jours depuis qu'il nous a quittés.

— Comment je suis censé y arriver sans toi ? La vérité est que j'en suis pas capable… mais tu vas m'aider, pas vrai ?

Le vent souffle, je ferme les yeux pour me ressaisir. Le visage irrité, je prends de longues respirations et, je ne sais comment, j'invoque l'image d'un soir glacial de janvier. Un aperçu de Dom et moi, quelques années après notre rencontre, dévalant la rue sur nos vélos. L'éclat du sien, tout neuf, quand il m'a doublé à toute allure, les bras levés vers les premiers flocons de neige.

— On vole ! s'égosille Dom en se retournant vers moi, les yeux brillants, un sourire qui prend tout son visage.

Je vole avec lui. Le visage tendu vers le ciel, des flocons de neige pianotent sur mon nez et mes lèvres alors qu'il s'envole loin devant moi, dépasse le lampadaire et plonge dans l'obscurité. Sa voix aiguë flotte jusqu'à moi.

— Magne-toi, Sean !

Mon portable vibre, m'extirpant du plus vif souvenir que j'ai jamais revécu. Et la douleur m'étrangle sous l'effet de sa voix qui m'appelle à travers le temps.

« Magne-toi, Sean ! »

— Je te rejoins juste après, murmuré-je comme une promesse. Je te rejoins, Dom.

« Je suis content que tu l'aies aimé et qu'il ait su ce que ça faisait d'être aimé par toi avant de mourir. À cause de ta façon d'aimer, Cecelia. »

Tobias, *The Finish Line*

Tyler

« Ne me pleure pas. Promets-le-moi. »

La demande chuchotée par Delphine résonne en moi, alors que je me tiens face à la large fenêtre de ma suite. Mon regard remonte le long de la tour Eiffel, illuminée jusqu'à son phare qui perce les nuages. Le tonnerre gronde non loin, l'averse ruisselle sur les baies vitrées. Puis mon téléphone vibre.

Tobias : Quelles étaient ses instructions précises ?

Je soupire en relisant ce message que j'ai déjà reçu une douzaine de fois, avant de taper ma réponse.

Tyler : Tu essaies encore de craquer l'ordi ?

Tobias : Toujours.

Tyler : Je te jure que j'ai tout transmis mot pour mot.

Tobias : Fais-moi plaisir et dis-moi encore une fois.

En un clin d'œil, je revis le jour où je lui ai livré l'ordinateur portable. Un jour que j'ai revécu un peu trop de fois.

— Réveille-toi, salopard ! lancé-je en entrant.

J'étais encore furieux pour ce coup d'hier qu'il nous a fait, à Sean et moi, quand il s'est réveillé à l'hôpital. Un moment pour lequel j'ai prié chaque seconde depuis qu'il s'est fait tirer dessus en pleine rue et qu'il a passé une semaine dans le coma. La contrariété dans ses yeux quand il a compris qu'il avait survécu m'a anéanti d'une manière que je n'imagine pas pouvoir réparer. Surtout après la perte que nous avons subie.

D'une pâleur maladive et en blouse d'hôpital, sa tête roule dans ma direction, mais il a l'air ailleurs. Cet air-là ne l'a pas quitté un seul jour de toute l'année.

— Je suis réveillé.

— Je ne crois pas, non. Mais tu vas l'être.

Je lâche l'ordi sur ses cuisses sans me soucier de sa grimace de douleur. Un geste pourri, mais c'est ma propre douleur, dans mon cœur, qui fait que je me moque de ses simagrées ou de son inconfort. Il est grand temps qu'il reconnaisse qu'il n'est pas le seul à souffrir.

Sean a refusé de lui parler à son réveil, bien qu'il soit resté à son chevet tout le temps où il était inconscient, et nous avons failli en venir aux mains sur le parking de l'hôpital hier. Depuis que Dom est mort, je n'ai fait que me battre. Ça fait un an et une semaine que j'essaie de sauver ce qui reste de nous.

Mais un an et une semaine plus tard, je suis à bout de patience.

— Nous avons perdu vingt-cinq gars, lui rappelé-je. Moi vivant, ton cercueil ne sera pas le prochain à descendre sous terre. Il est temps que tu te réveilles !

Levant l'ordinateur, il essaie de me le rendre, mais je l'envoie s'écraser sur son torse. Il jure mais ne s'emporte pas, et nous savons tous les deux pourquoi. Son absence égoïste nous a coûté assez cher.

— Tyler, articule-t-il d'une voix rauque. Je ne peux pas. Juste…

— Ses instructions étaient claires. Juste, rien du tout.

— Des instructions ?

Ses yeux se baissent sur l'ordi de pointe.

— Ouais, s'il lui arrivait quelque chose, je devais le remettre entre les bonnes mains.

J'ouvre l'ordinateur pour faire une démonstration. Je pose mon doigt, mais rien ne se produit. Je saisis son index, l'appuie au même endroit et il s'allume instantanément. Je lève mes paumes.

— Visiblement, les bonnes mains, ce ne sont pas les miennes.

— Je ne peux pas, implore Tobias.

Sa voix est irritée par le tube qu'ils ont retiré hier et qui pompait son air pendant que Sean et moi étions tétanisés à l'idée qu'il ne respire plus jamais par lui-même. Quand il a émergé et compris qu'il survivrait, le désespoir lui est immédiatement tombé dessus… La vérité était claire : il voulait mourir.

À ce souvenir, ma colère éclate.

— Tu fais chier !

Ses yeux confus trouvent les miens. Alors je clarifie.

— Tu as élevé des soldats, dis-je en me frappant le torse. Et en ce moment, tu as une armée que tu ne commandes pas. À ce stade, nous sommes aussi inutiles que tu l'es depuis que nous l'avons enterré ! Je ne peux pas commander seul. Je

rectifie : je refuse de commander seul. Et tu n'es pas le seul à vivre un calvaire.

Il me regarde sans me voir. Je n'ai eu aucun impact. Rien ne l'atteint.

— J'ai tout perdu en même temps que toi, espèce d'égoïste !

Je vois la seconde où ça fait tilt.

Delphine.

Je déglutis alors que le peu de force qu'il me reste se disperse. Depuis que j'ai regardé la femme que j'aime perdre son combat contre la maladie que je ne pouvais pas combattre pour elle, je n'ai plus que mes frères, qui sont des zombies. Les yeux voilés par le chagrin, il m'examine.

— Tyler, je sais que je suis…

— Si je ne retrouve pas mon frère, soit. Peut-être qu'un jour, je l'accepterai, dis-je, affecté à l'idée que ça puisse se réaliser. Mais ce ne sera pas demain la veille. En revanche, je n'effectuerai plus de missions pour ce club tant que je n'aurai pas retrouvé l'homme qui m'a tatoué. Alors dépêche-toi de te réveiller, T.

Je me dirige vers la sortie. La main sur la poignée, je m'aperçois qu'il me suit des yeux. Au moins, j'ai gagné son attention.

— Tu tiens pour acquis le fait de respirer. Mais moi, je l'ai vue lutter pour chacune de ses respirations. Elle voulait respirer parce que ça impliquait d'avoir un jour de plus, avec moi. Tu veux t'aligner avec le reste de ta famille ? Te gêne pas, mais je ne serai pas là pour voir ça, si tu cesses de te battre pour survivre. Ils méritent mieux… je mérite mieux. Alors, si je ne suis pas rien pour toi, dis-je pour la toute dernière fois, dépêche-toi de te réveiller !

À ma grande surprise, Tobias a insisté pour me revoir à l'hôpital, le lendemain. Hélas, mon plan consistant à le motiver avec l'ordinateur de Dom et la liste de cibles s'est retourné contre moi, vu qu'il n'a pas réussi à s'y connecter.

Huit ans plus tard, nous ne sommes pas plus près d'entrer dans cet ordinateur que le jour où je le lui ai apporté dans l'espoir qu'il reprenne du poil de la bête et retrouve une nouvelle raison d'être.

Il a trouvé sa raison d'être, et il est plus déterminé que jamais à exécuter le reste de sa mission. Mais connaissant Tobias, il ne trouvera pas le repos tant qu'il n'aura pas respecté la promesse qu'il a faite à Dom il y a des années.

À vrai dire, nous avons bien avancé. S'il nous voit de là-haut, je doute que Dom soit déçu. Depuis que sa soif d'agir s'est renouvelée, Tobias est impatient d'entrer dans le dur. Primo, à cause de nos liens avec le gouvernement américain. Deuxio, pour qu'il puisse vivre l'avenir qu'il a récemment conçu avec Cecelia.

Je ne peux pas du tout le blâmer pour son envie égoïste de mettre prématurément un point final au projet. J'ai ressenti le même besoin égoïste quand je savourais chaque seconde avec l'amour de ma vie.

Si je pouvais, je recommencerais, même en étant averti de l'issue. Cela dit, je me suis engagé en connaissance de cause.

Après des années de privation altruiste, Tobias a compris que le temps est une monnaie précieuse, et en aucun cas je ne conteste que nous devons aller jusqu'au bout avant de raccrocher.

Nos sacrifices ont été trop nombreux, trop grands. L'heure de notre règne a sonné.

Cette fois, en ajoutant une reine.

Ses ailes et sa promotion ont été légitimement acquises.

Même si le plan de Dom pour renverser Antoine a été relégué au second plan, derrière notre guerre contre Miami, la réforme de notre organisation, l'élection, et la destruction des détails en suspens, Julien n'a jamais oublié. Chargé d'accomplir l'inimaginable, il a recruté avec finesse, renforçant les corbeaux sous couverture dans les rangs d'Antoine. Le plan de Dom s'est mis en place juste à temps pour que Cecelia intervienne, déclenchant une série d'événements destinés à faire tomber Antoine.

Au cours de notre courte collaboration, Julien est rapidement devenu l'un de nos atouts les plus fiables. Ses capacités nous ont tous stupéfiés. Bien que Dom soit irremplaçable, Julien a prouvé qu'il valait son pesant d'or.

Nous avons estropié ceux qui restaient dans l'armée déficiente d'Antoine dans les mois qui ont suivi sa chute orchestrée par Cecelia. Ce qui a ouvert la voie à la phase suivante.

Certains des lieutenants d'Antoine étaient tellement impitoyables qu'ils refusaient d'adapter leurs méthodes à nos ailes. Ainsi, nous avons dû en éliminer quelques-uns. Heureusement, grâce à Julien, nous avons pu localiser les plus coriaces.

Mais en supprimant autant de malfrats de notre fichier, nous nous sommes fait de nouveaux ennemis. Et ils se manifestent.

Nombreux sont ceux qui se sont enhardis dans leur quête de vengeance. Par mesure de précaution, nous changeons de lieu de résidence tous les jours depuis la semaine dernière. Ce soir, nous avons loué un petit hôtel entier, dans lequel des corbeaux français font des rondes à tous les étages. Les services secrets sont postés à tous les carrefours à cinq cents mètres à la ronde. Un coup de pouce de mon boss et de notre actuel Président.

Nous n'avons pas l'intention de nous retirer discrètement ni même de nous retirer tout court, surtout depuis que notre mouvement s'est considérablement développé.

J'enfile un tee-shirt et coince un revolver dans la ceinture de mon jean avant de sortir. Je fais un signe de tête aux deux gars qui montent la garde devant la suite et frappe à la porte.

Tobias apparaît, seulement vêtu d'un pantalon de pyjama. Il est sur ses gardes après une autre journée de nettoyage.

Il ouvre la porte juste assez pour que je puisse me glisser à l'intérieur.

— Cecelia dort, chuchote-t-il.

J'acquiesce et me penche pour saluer Beau, le laissant renifler ma main avant de le grattouiller derrière les oreilles. Aussi mignon soit-il, c'est un petit merdeux capricieux qui fait du raffut si on ne s'intéresse pas à lui ou s'il ne reçoit pas l'amour qu'il estime mériter. Il est aussi la deuxième prunelle des yeux de Tobias.

En balayant du regard la grande suite, j'aperçois l'ordinateur portable ouvert au bout de la longue table en chêne massif et me dirige vers lui. Tobias s'assied derrière la table et entre le premier des deux mots de passe. Le premier qu'il a créé était inclus dans le petit mot, le jour où je lui ai livré l'appareil.

Toujours frères

C'est le second que nous n'avons jamais réussi à deviner.

— Je ne comprends pas pourquoi il en aurait choisi un aussi compliqué, râle Tobias.

— Pourquoi ne l'aurait-il pas fait ?

— Je comprends, mais c'est quelque chose que je suis censé savoir, rappelle-t-il en fronçant les sourcils à l'écran. Répète-moi ce qu'il a dit.

— On a déjà tout repris. Il a dit de le placer entre les bonnes mains. Tes empreintes sont les seuls qui allument cette maudite machine.

Alors qu'une pensée me vient, Cecelia parle derrière nous.

— C'est à Dom, murmure-t-elle avec émotion.

Nous retournant, nous la voyons serrer la ceinture d'un long peignoir en soie qui touche le sol. Elle fixe l'ordinateur comme si c'était le fantôme de Dom.

— C'est l'ordi de Dom, insiste-t-elle.

— On t'a réveillée, trésor ? s'inquiète Tobias, son regard s'égarant sur son corps comme il le fait toujours, d'une manière qui exprime exactement ce qu'elle signifie pour lui : la vie.

— J'avais du mal à dormir, répond-elle avant de caresser son chien, prêt à tout pour avoir de l'attention. La journée a été… longue.

Une litote.

La journée a été horrible. Le nombre de victimes de Cecelia a considérablement grimpé durant les quelques mois qui ont suivi son départ d'Atlanta, ses ailes se déployant et se renforçant de jour en jour. L'innocente jeune fille de 18 ans que j'ai rencontrée a disparu depuis longtemps, remplacée par une guerrière féroce, forgée par le feu.

— Tu l'as déjà vu ? demandé-je en montrant l'ordinateur.

Elle hoche la tête, son regard s'attardant sur le bout de Dom, posé sur la table devant nous trois.

— Il contient quoi ?

— Nous l'ignorons, trésor, soupire Tobias. C'est ce que nous tentons de comprendre. Depuis des plombes.

— Vous ne réussissez pas à entrer ?

Elle examine le fond d'écran, un père Noël agitant un drapeau américain.

Tobias la tient par la hanche et lève les yeux vers elle.

— Tu te rappelles quand on s'est rencontrés, je t'ai dit qu'avec Dom, nous avions du mal à être sur la même longueur d'onde au sujet de ses activités radicales ?

Elle hoche la tête et le regard de Tobias se perd dans le passé.

— Il était en train de constituer des dossiers de preuves incriminantes contre un grand nombre de corrompus. D'une manière ou d'une autre, il a accédé à ce que personne ne devait pouvoir trouver. Je lui ai envoyé cet ordi pour l'aider à constituer sa liste.

Elle masse son épaule pour l'encourager pendant qu'il fouille sa mémoire.

— Je cherchais Abijah, donc c'était peu de temps après ton arrivée à Triple Falls.

Elle hoche de nouveau la tête, triste, avec de l'inquiétude pour lui dans ses yeux. Je vois l'instant où ça fait tilt dans sa tête et son regard est adouci par la dévotion.

Elle reporte son attention sur l'écran.

— Donc le père Noël symbolise la liste ?

— C'est ça, confirme Tobias.

Elle lit le petit cadre dans le drapeau.

— Et l'indice est « N-enemy » ?

— Oui, nous avons décliné tous les termes en rapport avec ça. Nous avons même fait calculer une liste de possibilités à des experts, mais seuls mes doigts peuvent taper la réponse. Il n'y a pas d'autre solution et je n'ai pas vraiment le temps de me consacrer…

— Tobias, l'interrompt-elle. C'est N pour « naturel ».

— Oui, trésor, nous l'avons envisagé, mais…

— C'est ça ! *Natural Enemy*.

— Oh putain, m'exclamé-je en les regardant, mon pressentiment se renforçant.

Ils se tournent vers moi, alarmés, alors que l'image de Dom promenant son regard dans sa chambre, le soir de sa mort, me tournant le dos, s'impose. Il ne regardait pas sa chambre, il réfléchissait.

De l'espoir dans les yeux, Tobias insiste en premier.

— Quoi ?

— Je suis trop con, dis-je avant de me tourner Cecelia. Tu as déjà tapé le mot de passe de l'ordi de Dom ?

Elle hoche la tête.

— Tu te rappelles le mot de passe ?

Elle secoue la tête.

— Non, ce n'était qu'une série de codes, des lettres et des chiffres.

— Non, c'était autre chose, dis-je.

— Tyler, s'énerve Tobias.

Je saisis le doigt de Cecelia, l'appuie sur le clavier qui s'est mis en veille. Il s'illumine comme un sapin de Noël. Ahuri, Tobias écarquille les yeux.

— Il a encodé tes empreintes et les a programmées dans le clavier.

— Quand ? demande Tobias.

— Tout est une question de *timing*, n'est-ce pas ? soupiré-je en secouant la tête.

Tobias acquiesce, sachant exactement quand il les a codés.

— Qu'est-ce qui m'échappe ? murmure Cecelia.

— La nuit de sa mort, répond Tobias pour moi. Il a dit à Tyler que s'il lui arrivait quelque chose, il fallait mettre l'ordi entre les bonnes mains.

— Les bonnes mains, chuchoté-je. Les deux bonnes paires de mains ?

Tobias possédait le premier mot de passe, elle avait le second et même s'il le trouvait par déduction, il fallait que ce soit Cecelia qui le tape.

— Tu connais la réponse, trésor ?

— Oui, répond-elle.

Elle se positionne derrière sa chaise, passe ses paumes sur son dos, sur son grand tatouage de corbeau.

— Nous avons eu cette conversation incidemment, un jour. Je suis sûre que vous avez testé mille termes en relation avec le gouvernement ?

— Exact, admet Tobias.

— Vous n'avez pensé qu'à l'ennemi naturel de l'homme. Mais quel est l'ennemi naturel du corbeau, lui murmure-t-elle à l'oreille.

Ses doigts survolant les touches, elle tape chaque lettre.

Pygargue

L'instant d'après, l'écran s'allume. Une liste de fichiers apparaît en colonnes. Un nom en particulier capture toute mon attention. Tobias fixe Cecelia d'un regard incrédule. Durant des secondes de silence pantois, Tobias essaie de comprendre la logique.

— C'était toi, trésor. Il savait…

Les yeux de Cecelia s'emplissent de larmes.

— Il fallait qu'on soit ensemble, explique Tobias. C'était le seul moyen.

Elle hoche la tête, une larme de tristesse glissant sur sa joue.

L'euphorie laisse place à la crainte quand je me remémore ma conversation avec Dom, il y a des années. Le jour où Cecelia est arrivée à Triple Falls. Et que Dom a essayé d'expliquer ce qu'il affrontait.

« C'est si grave que ça ?

— Pire. Ce ne sont pas des actes de guerre. »

Je me prépare mentalement à ce que nous allons voir pendant que Tobias et Cecelia se regardent avec perplexité.

— Vas-y, mec, s'il te plaît. Je sais que c'est énorme, mais il faut que je sache. Après tout ce temps, j'ai besoin de savoir.

Tobias se retourne vers l'écran, sa propre peur révélée.

— Trésor…

— N'insiste pas.

Elle secoue la tête avec véhémence, ce qui le fait acquiescer. Il est totalement transparent avec elle depuis qu'elle a évincé Antoine.

Mais je me dois d'exprimer mon désaccord, au moins pour la mettre en garde.

— Cecelia, c'est d'un autre ordre. Une fois qu'on a vu ça, on ne l'oublie pas.

— J'ai abattu trois hommes aujourd'hui. Ne me fais pas la morale, Jennings, riposte-t-elle avec un regard déterminé.

Ce serait comique si Tobias et moi n'étions pas réellement inquiets. C'est ce qui torturait notre frère, et qui l'a fait payer de sa poche jusqu'au bout.

— D'accord, trésor, mais s'il te plaît…

— Si c'est trop, je promets de sortir de la pièce, lui assure-t-elle avant que Tobias se retourne devant l'écran avec appréhension.

Me préparant, je le sens venir. Je sais que ce que nous allons découvrir nous changera irrévocablement. Tobias ouvre le premier dossier. Une vidéo apparaît.

Quelques minutes plus tard, j'immobilise Tobias au sol en appuyant de toutes mes forces mon genou dans son dos. Il rugit sous moi, un mélange de tourment et de fureur. Il pousse des hurlements alors que Cecelia s'empresse de s'allonger sur le ventre, à côté de lui. D'une voix douce, elle répète son nom, encore et encore, pour l'extraire de la noirceur qui l'a englouti. J'interviens de mon mieux pendant qu'il se débat physiquement et mentalement.

— On les aura tous, T., martelé-je avec rage pendant qu'il se débat sous moi. Je te jure, mec, on les aura tous. Jusqu'au dernier.

— Je suis là, Tobias. Regarde-moi. S'il te plaît, mon amour, regarde-moi, supplie Cecelia sur un ton apaisant, son visage baigné de larmes tout près de lui, les atrocités que nous venons de visionner se reflètent dans ses yeux.

Elle caresse sa joue.

— Trésor, bégaie-t-il en se relâchant sous moi.

— Tyler, tu peux le lâcher, murmure Cecelia, sans détacher son attention de lui.

Incapable de m'extraire de l'instant présent, je les observe de longues minutes, Cecelia remotivant son roi comme elle seule peut le faire.

Comme tout le reste, Dom savait.

Vu la façon dont il a organisé les choses, il n'y avait pas d'autre moyen de charger Tobias d'un avenir auquel il ne pourrait pas survivre sans elle pour le soutenir. Il aura besoin de sa force, à elle, pour exécuter le plan. Une entreprise qu'il refusait de lui révéler sans la présence de Cecelia pour le ramener des ténèbres de son esprit.

Parce que c'est ce qu'elle faisait pour Dom.

Cecelia a toujours été un répit, un refuge. Elle a la résilience que peu d'entre nous possèdent.

C'est ce qu'aucun de nous n'a réussi à identifier en elle, parce que nous avons mis cette partie d'elle à l'épreuve jusqu'à l'en déposséder.

Dom, qui l'avait compris, lui a octroyé cette place-là avant qu'elle la gagne.

Fixant la première image de la vidéo qui a mis Tobias dans une colère noire, je suis pris de nausée en me remémorant chaque seconde. Toutefois, je réussis à me calmer.

Notre agenda à court terme est rempli.

L'idée que Dom ait endossé ça seul m'insupporte. Nous avons tous critiqué son comportement alors que, au quotidien, il était mal dans sa peau à cause de ça. Parce qu'il savait que des monstres comme ces détraqués commettaient des abominations par pur vice, et que – pire ! – ils s'en sortaient en toute impunité.

Mais comme pour tout, savoir ou soupçonner est une chose, mais Dom a cru qu'il fallait « le voir pour le croire ». Je suis ébranlé jusqu'au tréfonds de mon être par les montagnes de force et de discipline qu'il a déployées, même quand il a déconné.

Une force inhumaine.

Quand nos roues touchent le sol américain, quelques heures plus tard, et que nous montons en voiture, j'admire les deux frères que j'ai choisis.

Des orphelins démunis aux hommes qu'ils sont devenus, je suis fier d'avoir assisté à une transformation aussi miraculeuse, ainsi qu'à la métamorphose de la femme qui se tient aux côtés de Tobias. La différence entre le début d'alors et le début de ce qui se déroule maintenant est époustouflante. Tandis que je les étudie tous les deux en attendant ce qui va se produire, Tobias détache ses yeux de ceux de Cecelia et tourne la tête vers moi. Après des heures de déconnexion, il a repris pied. Et il n'y a qu'une lecture possible à ce qui est si nettement écrit dans ses yeux. Les mêmes lettres gravées dans ceux de son frère il y a des années : vengeance.

Au son de mes pieds qui fatiguent sur le tapis de course de mon bureau, je zappe entre les chaînes d'informations.

Clic.

« … douze chefs de réseaux de trafiquants ont été retrouvés assassinés à leurs domiciles le mois dernier. Trente arrestations supplémentaires ont été effectuées. Les autorités ont indiqué que plus de six mille enfants ont été récupérés au cours des deux dernières semaines… »

Clic.

« L'élite fait l'objet d'une cyberattaque aujourd'hui, et croyez-moi, ce n'est pas beau à voir. De nouvelles preuves ont circulé sur le web concernant un rituel inquiétant qui implique des magnats de studios de cinéma, des chanteurs pop, des producteurs, des acteurs célèbres et même des géants du sport. Attention, la brève séquence que vous allez voir est déconseillée aux spectateurs sensibles et aux enfants… »

Clic.

« La nouvelle vient de tomber. Les corps de deux hauts gradés abattus à leurs domiciles ont été découverts aujourd'hui. Les enquêteurs sur place ont signalé la présence de vidéos diffusées en boucle sur tous les écrans des maisons des militaires, l'une d'elles attestant de l'existence d'une correspondance incriminante entre les deux officiers. Les deux hommes avaient fait l'objet d'une enquête il y a près de dix ans. Ils avaient été mis en examen à la suite d'une découverte de cargaison d'armes militaires qui avait été réacheminée. L'une de ces armes avait été retrouvée entre les mains de Joshua Brown, le jeune homme de 20 ans abattu un matin de fête nationale devant un stade en Caroline du Nord. À côté de lui, il y avait un sac rempli d'armes militaires et de munitions, ainsi que les pages imprimées des échanges en ligne sur la fusillade de masse qu'il prévoyait de commettre ce jour-là. Bien que le second tireur présumé n'ait jamais été retrouvé, des douilles de la même arme avaient été découvertes lors d'une vague de crimes commise en Caroline du Nord, ce qui avait conduit à l'arrestation des deux militaires. Ils avaient été inculpés, mais déclarés non coupables, faute de preuves suffisantes. Mais à la lumière des nouvelles découvertes des enquêteurs… »

Clic.

« Au cours des deux derniers mois, les ondes ont été inondées de dépêches sur ce que les fonctionnaires, les agences gouvernementales et les médias considèrent comme la plus méthodique des vendettas de l'histoire des États-Unis. Les points communs entre ces actes de représailles, ainsi que les preuves substantielles et indiscutables, ont laissé les autorités perplexes. Ce mouvement est souvent surnommé "Preuve irréfutable".

Le FBI, la CIA, la DEA et d'autres agences gouvernementales se disent déconcertés par la vague d'actes ignobles et de crimes qui ont été révélés au grand jour, mais n'ont pas été en mesure d'identifier un seul suspect dans le cadre de cette phénoménale série d'actes de justice expéditive. Les suspects, qui jouent le rôle d'enquêteurs, en plus de ceux de juges, jurés et bourreaux, sont toujours en liberté. Ces événements instructifs ont déclenché une réaction en chaîne à travers le pays, et beaucoup se sont manifestés pour prêter main-forte à ces justiciers… »

J'éteins la télévision, ralentis le tapis de course pour me calmer et marche une minute en silence, ses mots faisant écho en moi.

« On aurait pu croire qu'au moins un de vous comprendrait ce que j'affronte. »

Ce souvenir me serre le cœur tandis que j'assimile l'effet domino que Dom a déclenché une année avant sa mort.

Bien que je sois satisfait de nos avancées depuis que nous sommes partis de France, c'est comme si le poids qui m'accable ne s'était pas allégé d'un gramme. Le pourquoi n'a rien d'étonnant. J'ai mémorisé dans les moindres détails ce que Dom nous a laissé, ainsi que ses plans méthodiques pour révéler les pourritures et s'en débarrasser en même temps. Ce qui continue de me perturber, c'est le volume de tout ce qu'il a planifié. Les détails minutieux de ce qu'il a mis en place. La quantité de temps qu'il a passé avec ça dans sa tête. Seul. Totalement seul sur toute la ligne.

Le cœur gros, je me réconcilie avec le fait que je ne connaîtrai peut-être plus la paix et me dirige vers la douche.

Quelques minutes après, une serviette nouée autour de la taille, je passe en revue ma quinzaine de costumes coupés sur mesure, dignes du bras droit du Président. Aujourd'hui, je ne suis pas son homme de confiance et je ne le serai pas avant d'être venu à bout de ma liste de tâches. La mienne est beaucoup plus longue que celles des autres, pas par vice, mais parce que Dom savait à quel poste j'accéderais un jour.

L'épuisement essaie de m'avoir, mais à un peu plus moins de deux ans de la fin du premier mandat de Monroe, je trouve extraordinaire que le prochain cadeau de Dom nous aide à en exterminer assez à Washington D. C., pour assurer la victoire de Monroe aux prochaines élections. Aussi invisible que soit le tatouage de Preston, il est un corbeau pur jus.

Alors que le jour se lève, je me rappelle mon frère pour ce qu'il était, et ce qu'il a fait.

S'il avait ses secrets, c'était dans le but d'être notre tremplin.

Il ne nous a pas juste protégés en nous évitant d'être accablés par ces informations. Il attendait le moment opportun pour nous tous afin que, petit à petit, nous recevions tout ce dont nous avions besoin pour avancer, et de la manière la plus percutante qui soit.

Je suis convaincu à présent qu'il pressentait sa mort imminente dans cet escalier, il y a des années, et qu'il s'est sans doute préparé l'année précédant sa mort.

Qu'il l'ait su ou pas, il en savait assez pour organiser notre démarrage.

Je sors un costume de mon placard et quand j'entre dans ma chambre, mon téléphone sonne.

— Jennings.

— Monsieur Jennings, votre voiture vous attend.

— Merci, je descends.

Dix minutes plus tard, en sortant de l'hôtel, je découvre mon chauffeur temporaire, un petit sourire aux lèvres et de l'amusement dans les yeux.

Clint me tient la portière dans son uniforme ridicule.

— Bonjour, monsieur Jennings.

— Pas de ça avec moi.

Je souris à mon tour. Il a l'air en forme, comparé à la nuit où je l'ai emmené vers un avenir inconnu.

— C'est le grand jour aujourd'hui ? observe Clint.

— Oui. Ne le faisons pas attendre.

— Bien, monsieur, dit-il, avec un sourire en coin.

Il referme ma portière et prend place au volant. Vingt minutes plus tard, nous arrivons à l'aéroport, et patientons.

— J'ai entendu la nouvelle, dit Clint, alors que je cherche un signe de lui depuis ma vitre.

— Ah oui ?

Nous échangeons un sourire dans le rétroviseur.

— C'est incroyable, ce que vous avez accompli, continue-t-il d'une voix débordant d'admiration.

— En appliquant le projet de quelqu'un d'autre, souligné-je en tirant ma manche de sous ma veste de costume.

Les mots de Dom me reviennent soudain.

« Quand on compte sur les autres pour se bouger, il n'y a jamais personne. »

Au même instant, Zach apparaît à l'extérieur du terminal, en vêtements civils. Ses cheveux ont un peu repoussé depuis qu'il a terminé ses classes dans l'armée. Un sourire fend son visage quand je descends de la voiture et marche à sa rencontre. Avec empressement, nous nous étreignons. Mon cœur s'allège dans cette étreinte plus serrée que la normale, et encore plus quand il murmure :

— Salut, papa.

Le cœur rugissant, je saisis ses larges épaules et recule un peu pour l'examiner.

— Tu as bonne mine.

— Je me sens en forme, confirme-t-il alors que Clint le décharge de son bagage et le lance dans le coffre du SUV.

— Tu es prêt ? demandé-je.

— Depuis un moment.

Malgré les mésententes pour définir quand il serait tatoué, nous étions d'accord sur le principe. Quel meilleur endroit pour commémorer l'occasion que là où tout a commencé ?

Trois heures plus tard, nous nous tenons tous les trois sur les bords de la tombe. Je promène un regard sur les rangées de stèles, derrière le portail en fer. L'une d'elles appartient à mon premier et unique amour, et l'autre à mon frère de cœur. Ils se ressemblaient à tant d'égards que c'en devenait troublant. Je n'ai jamais évoqué leurs similitudes, mais ils en avaient conscience. Tous deux étaient intuitifs, à l'écoute de leurs cœurs, mais ces cœurs-là étaient souvent freinés par leur esprit brillant et leur soif d'indépendance. Impénétrables jusqu'à ce qu'ils ne le soient plus ; une fois qu'ils vous acceptaient, ils vous le faisaient sentir. J'ai connu l'amour de ces deux cœurs, et c'était extraordinaire.

Nous restons quelques instants devant la pierre tombale portant l'inscription « Prince déchu ». Trois générations de corbeaux rendant hommage à l'homme qui a changé en mieux nos vies de manière irrévocable. Qui nous a donné un objectif et nous a intégrés à la chose la plus précieuse qui continue de survivre à sa mort : son héritage.

Cédant à la douleur, je vois Clint avancer. Il sort son dernier jeton de sobriété de sa poche, et se penche au-dessus de la sépulture de Dom.

— Pour toi, déclare-t-il en enfonçant le jeton dans la terre, devant la tombe. Tu m'as sauvé la vie, frère. À plusieurs égards. Merci.

Il se relève et s'attarde un instant avant de poser la main sur mon épaule. Zach s'avance à son tour. Son récent tatouage enveloppé de film étirable, il ne ressemble plus au garçon maigrichon que nous avons tous accueilli parmi nous. Il s'agenouille, frotte la saleté amoncelée sur la stèle.

— Je…

Sa voix chevrote un peu, et je comprends chacun de ses trémolos. La route a été longue et difficile pour nous deux. Zach est devenu une partie permanente de ma vie au pire moment que l'on puisse imaginer. À la veille de la guerre, et pendant que Delphine perdait son combat contre le cancer. Son père ne s'était même pas embêté à le chercher, et j'avais dû le coincer et me montrer persuasif pour qu'il signe les papiers d'adoption. Même si ma main tremblotait en finalisant les documents, je savais que c'était la meilleure décision que je pouvais prendre. Légalement devenu mon fils à 15 ans, il est à présent un homme, la quatrième génération de marines, et un corbeau. Ça n'aurait pas pu mieux tourner.

— Tu avais raison, dit Zach à Dom d'une voix émue. Je ne suis pas comme lui. Papa dit que je te ressemble beaucoup, et tout ce que je peux dire, c'est… que je l'espère vraiment. (Il passe la main sur la pierre tombale.) Tu m'as donné une famille et pour ça, je ne te remercierai jamais assez, Dom. À bientôt.

Zach se lève et, les yeux remplis de vénération, il se tourne vers moi. J'espère que dans mon regard, il voit toute ma fierté, même si la douleur m'empêche de parler. Lisant mon expression, Zach fait un geste à Clint.

— Laissons-le une minute.

Ils ressortent par le portail et descendent la colline. Prenant tout mon temps, je laisse les souvenirs m'inonder. Avec émotion, je fixe les dates gravées de ces jours où je les ai perdus. J'ai l'impression que c'était hier, et à la fois que ça fait une éternité.

Ses mots reviennent avec force, face à sa pierre tombale érodée.

« Quand on compte sur les autres pour se bouger, il n'y a jamais personne. »

— J'ai toujours cru en toi, murmuré-je d'une voix étranglée, le corps recouvert de chair de poule. Tu étais celui qui se bougeait, et tu l'es toujours. J'espère que tu vois tout ça d'où tu es, frère.

Dom

— Ne t'avise pas de me laisser là. Je veux ce rencard avec toi, exige Cecelia.

En larmes, elle fait tout pour me ramener à elle, alors que le passé, le présent et le futur s'imbriquent. L'instant d'après, je suis aveuglé par un flash de lumière, puis tiré vers l'arrière.

Boum. Boum.

La colère et la rancœur de deux frères ennemis qui refusent de tourner le dos à l'autre.

Une guerre sans fin.

L'amour perdu et trouvé.

« Je te rejoins juste après, Dom. »

Un cœur exsangue qui passe la bague au doigt d'un nouvel amour.

Une présence m'effleure, suscitant un afflux de chagrin.

« Je vois que tu as trouvé la porte de derrière, mon neveu. »

Une porte d'hôpital.

« Dépêche-toi de te réveiller, T. »

Un homme sans foi guéri par un fils sans père.

L'inspiration du premier cri d'un bébé.

« Je t'avais dit que je te donnerais mon premier-né, mais à la place, je lui ai donné ton prénom. »

Nouvelle tentative de premier cri de bébé… L'écho d'un pleur, puis d'un autre.

Les drapeaux flottent, des millions de personnes retrouvant l'espoir se rassemblent.

« Nous réveillons des fantômes, Rye. »

Un amour perdu retrouvé dans une rue pavée.

« J'aurais aimé que tu m'emmènes avec toi mais, d'une certaine façon, tu nous as tous emmenés. »

La musique éclate, un pinceau plongé dans le rouge, un aboiement lointain.

Guérison.

« Je suis désolé. Je suis désolé. Je suis vraiment désolé*. »

« Lucioles. »

Le couronnement d'une reine.

Unification.

D'autres présences me frôlent, notre vision directrice identique.

Le cliquètement des boules de billard.

Un rire perpétuel.

Un amour sans bornes.

Un rayon de lumière perçant un ciel nuageux.

Des représailles tant attendues suivies d'un éveil.

Vengeance.

Révélation.

« Tu étais celui qui se bougeait, et tu l'es toujours. J'espère que tu vois tout ça d'où tu es, frère. »

Une infinité de levers et de couchers de soleil.

Des vagues écumeuses déferlant vers la falaise, les nuages s'amassant au-dessus d'une mer agitée.

« On a réussi, frère. »

Vie donnée et vie reprise, et chaque moment entre les deux.

J'ai tout vécu, avec eux, à travers eux et à leur place.

Boum.

« Si tu pars, on sera toujours frères partout où tu iras. Hein, maman ? »

Boum.

Tobias pose son front contre le mien, et le souffle entrecoupé, je rappelle que rien ne nous séparera. Un ultime secret à emporter avec moi.

« Toujours frères*. »

Boum.

La tempête Cecelia m'engloutit tout entier, m'emportant dans un état bienheureux qu'elle seule peut me procurer, alors que mon frère murmure :

« Que notre mère t'accueille. Que notre père te protège. Je t'aime, mon frère. »

Boum.

« Il est temps de dormir, Petit Prince. »

Boum.

Boum.

Boum.

Bou…

Chère lectrice, cher lecteur,

Alors, la fin n'était pas un peu trop barrée ? Elle m'a semblé appropriée, mais j'aimerais expliquer pourquoi, en racontant ce qui me l'a inspirée.

Vous vous souvenez de la femme des années 1980 mentionnée par Dom qui a été déclarée morte trois fois et qui, après avoir été ranimée, a gardé un souvenir précis de l'au-delà ?

C'est ma mère.

Tous les détails de la description de l'au-delà viennent directement des souvenirs qu'elle a gardés de ce bref moment au cours duquel elle a juré et cru en toute bonne foi qu'elle y était allée. En raison des blessures graves causées par cet horrible accident de voiture, elle a été considérée comme cliniquement morte un long moment. Cependant, les médecins n'ont pas voulu renoncer parce qu'elle avait trois filles en bas âge, dont deux étaient dans la voiture avec elle au moment de l'accident.

Je suis l'une d'elles.

J'ai repris connaissance au milieu de cette autoroute, par cette belle journée, et j'ai vu le ciel nuageux au-dessus de moi avant qu'un secouriste surgisse devant mes yeux. Ma première question a été : « C'est ça, le paradis ? »

Je me rappelle seulement son sourire, mais je n'ai aucun souvenir de sa réponse.

Non sans ironie, car, au même instant, c'est ma mère qui faisait ce bref voyage. Une fois revenue à la vie, elle a réappris à marcher, à parler, à lire et à écrire. Dès qu'elle l'a pu, elle nous a confié qu'elle n'était pas du tout heureuse d'avoir été ranimée.

Ma mère a encore vécu une trentaine d'années après ça, avant que le cancer l'emporte. Tout le temps que j'ai passé avec elle jusqu'à son décès, elle n'a jamais eu l'air effrayée. Peut-être qu'elle voulait me protéger, mais honnêtement, elle n'était pas si altruiste que ça, ce qui m'incite à croire qu'elle avait hâte de repartir.

Depuis cet accident, elle a campé sur ses positions, sur l'existence de l'au-delà, qui était mieux que tout ce qu'on pouvait imaginer. Pour quelqu'un comme moi, qui redoute l'inévitable, c'est réconfortant. Du reste, ses descriptions étaient assez sublimes, évoquant un lieu où ça ne m'ennuierait pas d'aller.

Cela dit, j'espère que vous me pardonnerez de m'être autorisé ces suppositions, puisque, en réalité, nous n'avons pas la moindre idée de ce qui nous attend. C'est un secret que personne ne connaîtra jamais, et auquel nous ne pouvons croire avant de le découvrir par nous-mêmes. Mais si un tel endroit existe réellement, je suis impatiente de toutes et tous vous y retrouver, au moins pour sentir cet amour inimaginable, cette compassion, cette empathie et ce pardon qui nous font tant défaut.

Malgré cela, il reste tant de bonnes choses qui valent la peine d'être défendues, et beaucoup de gens se bougent quotidiennement pour en apporter la preuve. Je serai éternellement reconnaissante à ces personnes, et ce livre est ma façon de les saluer. Si vous avez pris le temps de le lire, ne serait-ce qu'en partie, je vous remercie du fond du cœur.

Avec tout mon amour,
XO
Kate

Remerciements

Merci, incroyable lectrice ou lecteur, de m'avoir donné de votre temps et de votre attention. Je ne saurais suffisamment exprimer ma gratitude pour votre soutien continu. C'est un cadeau, et je ne cesserai de vous remercier, aussi souvent que possible, sans jamais considérer un·e seul·e d'entre vous comme acquis·e.

Ensuite, je tiens à remercier chaleureusement la petite fille qui coloriait avec moi à l'arrière de ce break. Kristan, tu m'as sauvée de toutes les façons possibles cette année. Merci, ce n'est pas suffisant, mais je le dis quand même : merci, petite sœur. Je t'aime de tout mon cœur.

Merci aux trois grandes sages qui se sont assises sous le porche avec moi de longues heures, et qui m'ont donné la force et le courage pour terminer ce roman : Amanda, Kristan et Alta. Sans vos encouragements et votre enthousiasme, ces vingt-neuf jours cruciaux derrière le clavier, pour conclure cette histoire, n'auraient pas existé.

Un immense merci à mes meilleures amies à la vie à la mort, Donna, Ally, Irene et Erica. Vous continuez de m'émerveiller et de m'inspirer. Je suis si reconnaissante de vous avoir près de moi, de ce que vous êtes et de qui je suis grâce à vos amitiés. Vous avez mon amour et ma dévotion jusqu'au bout.

À Donna, ma meilleure amie et éditrice, je ne te remercierai jamais assez de me rappeler notre parcours, tout au long de ce défi. « Tu y arrives toujours » était exactement ce qu'il me fallait pour continuer. Merci d'avoir répondu à mes FaceTime, et pour les jeux de ping-pong jusqu'au petit matin. Tu es un vrai trésor.

Nadine, tu m'as eu avec ton : « Faut qu'on parle, gamine. » Merci pour ton soutien sans faille et ta foi en moi. Merci d'être une enseignante et une partenaire exceptionnelle, et une *badass* jusqu'au bout des ongles. Notre amitié a changé ma vie et m'apporte tant de joie.

À mon équipe KLS Press, vous vous reconnaîtrez, mais ça ne fait pas de mal de citer des noms : Bex, Cassie, Donna, Marissa, Christy et Beth. Merci infiniment, mesdames, d'être des piliers, et merci pour votre implication. Je suis extrêmement reconnaissante de toutes vous avoir.

Merci à Sara et Kristi de The Book Bar, vous êtes deux génies, douées pour faire opérer votre magie. Je suis très reconnaissante pour votre partenariat et votre amitié. Je vous aime toutes les deux tendrement.

Merci à Amy, de Book Shelf Production, pour avoir donné vie à ma vision et pour notre amitié. Je t'adore.

Merci encore à Amy Queau et Stacey Blake d'avoir encore assuré en concevant la couverture (Q-Design) et le format (Champagne Format).

Enfin, et surtout, je tiens à remercier mon mari, Nick, pour ces vingt dernières années, et en particulier, ces dix dernières durant lesquelles je suis devenue écrivaine. Ton amour inconditionnel est la fondation qui me fait tenir debout. J'ai tellement de chance de pouvoir t'appeler « mon mari ». Je t'aime, Nick Stewart.

Dernières parutions

Alexandria Warwick
The Four Winds
Tome 1 – *The North Wind*
Tome 2 – *The West Wind*

Aly Martinez
From the Embers

Caroline Coiraton
Rue Saint-Honoré
Tome 1 – *Alma*
Tome 2 – *Athénaïs*

Chloe Walsh
Boys of Tommen
Tome 1 – *Binding 13*
Tome 2 – *Keeping 13*

Cindy Van Wilder Zanetti
La Clé d'Obsidienne
Tome 1 – *Fleur fantôme*
Tome 2 – *Princesse des os*

Elizabeth Helen
Beasts of the Briar
Tome 1 – *Bonded by Thorns*
Tome 2 – *Woven by Gold*
Tome 3 – *Forged by Malice*

Grace Draven
The Fallen Empire
Tome 1 – *Phoenix Unbound*
Tome 2 – *Dragon Unleashed*
Tome 3 – *Raven Unveiled*

J.L. Corolle

Malgré les épines

Kate Stewart

The Ravenhood

Tome 1 – *Flock*

Tome 2 – *Exodus*

Tome 3 – *The Finish Line*

Katelyn Doyle

Just Some Stupid Love Story

Liz Tomforde

Windy City

Tome 1 – *Mile High*

Tome 2 – *The Right Move*

Tome 3 – *Caught Up*

Tome 4 – *Play Along*

Melanie Hamrick

First Position

Okéanos S.

Games

Tome 1 – *Le Croque-Mitaine*

Tome 2 – *La Faucheuse*

Tome 3 – *Le Prince déchu*

Stéphanie Pélerin

Une librairie pour Noël

Un Noël musclé

Susannah Nix

Chemistry Lessons

Tome 1 – *The Love Code*

Composition et mise en pages
Nord Compo à Villeneuve-d'Ascq

Achevé d'imprimer en France en septembre 2025
par Normandie Roto Impression s.a.s.
N° d'impression : 2503376

#lisez engagé !
www.lisez.com
Pour plus d'information :
Imprimé sur du papier issu de forêts gérées durablement.

CHATTERLEY, 92, avenue de France 75013 Paris

C79147 / Rang de tirage : 01